LA CHAMBRE DES OMBRES

DU MÊME AUTEUR

L'Avers et le Revers, Éditions de Fallois, 2009 ; Le Livre de Poche, 2010.
Noir négoce, Éditions de Fallois, 2010 ; Pocket, 2011.
Identité numérique, Éditions de Fallois, 2011.
Electropolis, Éditions de Fallois, 2013.
Au crépuscule de Neandertal, Éditions de Fallois, 2014.
Le Fils de l'Homme, Éditions de Fallois, 2015.
Urbi et Orbi, Éditions de Fallois, 2016.
La Méduse. Chronique d'un naufrage annoncé, Éditions de Fallois, 2017.
Libre d'aimer, XO Éditions, 2019 ; Pocket, 2020.
Dans l'ombre du loup, XO Éditions, 2021 ; Pocket, 2022.
Le Manoir des séquestrées, XO Éditions, 2022 ; Pocket, 2023.
Les Entrailles du Mal, XO Éditions, 2023 ; Pocket, 2024.

Olivier Merle

LA CHAMBRE DES OMBRES

roman

XO
EDITIONS

ISBN : 978-2-37448-694-9

Nos rêves sont comme ces châteaux de sable bâtis par les enfants
que la vague de la marée montante aplanit sûrement
avant de laisser les flots les disperser à jamais.

Juan Sotomayor

PREMIÈRE PARTIE

L’exil

1

3 octobre 1993

La clameur lui revenait d'abord en mémoire. Une foule forte, combative, vociférante. Elle ne voyait qu'une forêt de jambes d'hommes et de femmes qui marchaient lentement, scandant des slogans qu'elle ne comprenait pas.

Son bras droit était levé presque à la verticale et la grosse main de son père serrait sa fine menotte. À sa gauche se tenait sa mère, Irina, qui la surveillait d'un regard bienveillant et souriait pour la rassurer. Car elle aurait eu peur sans la présence de ses parents. Sans son père surtout, si grand, si solide, qui paraissait indestructible, toujours calme en apparence, et qui sécurisait son petit univers.

Il portait des chaussures de géant, des croquenots en cuir épais dont les larges semelles semblaient à chaque pas écraser le macadam. Le nœud des lacets, la forme des souliers et leur couleur, la toile rigide du bas de son pantalon, tout était gravé dans son cerveau et ne pourrait plus jamais s'effacer.

À un moment, il y eut un arrêt. Le lent flux vers l'avant s'était interrompu, mais les slogans redoublaient, s'amplifiaient même, et des ondulations menaçantes agitaient la foule. Combien de temps dura cet état de parenthèse, de suspension, d'attente d'on ne savait quoi ? C'était sans conteste la pièce manquante de son puzzle mémoriel. La seule certitude dont elle avait conservé la trace était que ce mouvement contrarié, ce tassement, cet élan endigué, avait précédé la grande catastrophe.

Puis les crépitements épouvantables avaient commencé et aussitôt, en même temps, des cris, des hurlements, des bousculades. Des groupes entiers tentaient de reculer, s'écartaient, refluaient dans le désordre le plus absolu. La panique la gagna, mais elle sentit la main de son père qui se refermait avec force sur la sienne. Les crépitements ne cessaient pas.

Enfin, l'impensable était arrivé. Elle vit les jambes de son père fléchirent et il tomba sur les genoux, tournant vers elle un visage étrange, qu'elle n'oublierait jamais. Ses yeux bleus étaient d'une fixité insolite. Un dernier regard, avant de chuter lourdement en avant, sa tête heurtant avec violence la chaussée.

« Sergueï ! »

C'était sa mère. Un braillement inhumain, d'un désespoir animal, qui l'avait traversée de part en part, répandant un froid glacial dans ses veines. Sa mère, devenue folle, qui se jetait sur son père, le retournait avec difficulté, tentait de le relever, pleurait et hurlait, serrait son buste contre sa poitrine, appelant à l'aide tout en la saisissant par le bras et la tirant à elle.

La suite se perdait dans l'horreur. La débandade et la dispersion de la foule laissaient peu à peu apparaître des cadavres sur la place. Les crépitements cessèrent.

Deux hommes avaient empoigné les jambes de son père, l'avaient tracté sur le côté, et son long corps inerte avait suivi comme un tapis roulé. Sur le trottoir, un des hommes avait posé deux doigts sur le cou de son père et, d'une voix atone, avait prononcé ces mots affreux :

« Il est mort. »

2

14 novembre 2022

Ce fut aussi soudain qu'inattendu. Sa fesse droite glissa sur le rebord du tabouret et, sur le point de basculer, elle agrippa la grosse barre métallique qui courait le long du bar, évitant la chute *in extremis*.

Au même moment, la tête lui tourna et elle dut faire un effort pour retrouver son équilibre. Son regard se porta sur son verre à moitié vide. Combien en avait-elle bu, de cette vodka infâme qu'on lui servait sans sourciller ? Quatre, cinq ? Elle ne savait plus.

À 19 heures, elle était entrée dans ce rade tout près de chez elle, son rade, et elle avait perdu la notion du temps.

Svetlana était hantée par ses souvenirs. Ils occupaient son esprit en permanence et s'imposaient comme des intrus malfaisants. Souvenirs de tout et de rien, qui dansaient dans sa tête en une folle sarabande. Oppressants et épuisants.

On l'avait diagnostiquée hypermnésique. Un symptôme rare. Un dérèglement de la mémoire qui captait tout, enregistrait tout, gardait tout, le grave et le futile, le lourd et le léger. Hypermnésique, putain, quel pied ! semblait penser son entourage. Les gros malins, s'ils connaissaient cet enfer du dedans, ils déchanteraient vite. Il n'y avait guère que Juan qui la comprenait.

Juan, elle aurait souhaité qu'il soit à ses côtés en cet instant. Juan, le poète, le papillon magnifique, l'ange de la liberté, l'amant des mots et des sonorités. Elle avait pour ce garçon une réelle affection et c'était bien exceptionnel de sa part étant donné sa solitude chronique. Mais voilà, Juan n'était pas là et elle était seule, assise sur son tabouret comme une conne.

En début de soirée, elle s'était fait emmerder par un type qui devait avoir la bite en forme de tête chercheuse. Sèchement rembarré, il n'avait pas insisté. Encore heureux. Dans son bar, les habitués la connaissaient et on la laissait tranquille. Mais dès qu'un mâle en rut surgissait à l'improviste, elle y avait droit. Pénible.

Les mecs gravitaient souvent autour d'elle comme des guêpes autour d'un pot de miel. C'est qu'elle avait un joli minois, fin, les traits ciselés, les cheveux noirs, courts avec des mèches rebelles éparpillées au-dessus du crâne, les yeux bleus. Grande – elle mesurait un mètre soixante-dix-huit –, mince et musclée, d'allure sportive, elle attirait les séducteurs de toutes catégories qui cherchaient à l'inscrire à leur tableau de chasse.

« T'as vu la jolie plante là-bas, je l'ai niquée », rêvaient-ils de dire à leurs potes. Eh bien non, abruti, tu l'as pas niquée ! Parce que la jolie plante, elle n'aime pas être choisie comme une marchandise dans un supermarché. Quand elle veut baiser, c'est elle qui le décide. C'est comme ça et pas autrement.

Comme par un fait exprès, trois mecs manifestement éméchés venaient d'entrer et, dès qu'ils l'avaient vue, s'étaient donné des coups de coude avec des clins d'œil salaces en la désignant du menton. Évidemment, une fille seule au bar en train de boire de la vodka... Bon, il était plus que temps de se tirer. La tête lui tournait et ces cons fantasmaient déjà une lamentable partouze.

Elle finit son verre d'un trait.

— Franck, combien j'te dois ?

— Cinq vodkas... 22 euros et 50 centimes, Svet.

Sur ses jambes, elle eut besoin de quelques secondes pour se remettre d'aplomb, puis elle sortit sans un regard pour les trois imbéciles qui continuaient de la reluquer.

*
* *

L'air frais du dehors la fouetta au visage et la rasséréna. Cent mètres à parcourir pour rentrer chez elle, autrement dit rien, un saut de puce, et elle serait au lit.

Cent mètres où elle risquait fort d'être assaillie de nouveau par d'innombrables traces mnésiques dont elle n'avait que faire. En fin de compte, elle n'avait trouvé que trois remèdes efficaces contre ce mal. La vodka, le sport et la lecture.

Après une certaine quantité de cet alcool, le cerveau se troublait et finissait par égarer les flashs mémoriels. Était-ce par coquetterie ou par atavisme, elle s'était mise à en boire assez jeune. Le fait d'être née en Russie l'y avait poussée, sans doute par jeu et pour se singulariser.

Le sport était plus radical encore. Et pas n'importe lequel. Du brutal. Le karaté le plus extrême : du kyokushinkai, qui signifie en japonais « société de la vérité ultime ». Full-contact, à main nue, mise en situation réelle, cette variété de karaté était la plus violente et la plus performante. À deux reprises, elle avait eu l'occasion de s'en servir dans la rue pour se défendre et de constater que cet investissement s'avérait très utile.

Là encore, elle avait débuté assez jeune, gravi les échelons un à un, jusqu'à la ceinture noire 2e dan. Assurément, Svetlana était désormais une des meilleures du club, sa réputation n'était pas usurpée et elle avait gagné le respect. Son niveau était envié par bien des mecs, c'est dire…

Cette activité sportive était si intense, la concentration si exigeante, que son cerveau n'avait plus l'opportunité de proposer autre chose. Pas un micro-fragment de mémoire, une infime parcelle de passé ou un subtil parfum sournois de remembrance ne venait l'effleurer à l'entraînement, sinon elle se serait pris un uchi mawashi en pleine tête ou un yoko geri dans le ventre. Même sous la douche, vidée, rien ne lui venait à l'esprit. Elle avait donné des coups, elle en avait reçu, c'était parfait, un merveilleux exutoire à son mal.

Quant à la lecture, l'immersion se révélait totale, faisant disparaître ses pensées parasites. Lire, lire encore, lire toujours, tout et n'importe quoi, bourrait sa mémoire d'un nombre incalculable d'éléments inoffensifs.

— Voilà not' belle russkof qui va s'pieuter !

Dans une encoignure, un homme assis venait de l'interpeller. C'était Marcel. Figure de la rue, connu de tous, il représentait le clochard à l'ancienne. Cheveux et barbe hirsutes, nez en forme de patate pourrie, le même vieux pardessus quelle que soit la saison, cartons sous les fesses, une bouteille de rouge à ses côtés, et une odeur pestilentielle émanant de sa personne.

— T'as pas froid ? lui lança Svetlana.

On glissait peu à peu vers l'hiver et les nuits fraîchissaient.

— Ça va. Si ça cogne dur en janvier, tu m'hébergerais deux-trois jours comme y a deux ans, quand ça avait fait moins dix ?

— On verra.

— T'aurais pas une p'tite pièce ?

Elle fouilla dans ses poches, lui fila 2 euros et s'assit à côté de lui.

— Tu sais, y a pas grand monde qui s'approche de moi aussi près.

— Je m'en doute. Tu pues vraiment, si je peux me permettre.

— Je sais bien que j'pue. T'es une drôle de fille, quand même.

— Sans doute.

Les lumières des lampadaires s'éteignirent toutes ensemble, les plongeant dans la pénombre.

— Il est 11 heures, lâcha Marcel. Extinction des feux.

— Tu regrettes le temps où c'était allumé toute la nuit ?

— Sûr que non ! Je dors bien mieux dans le noir.

Ils se turent une pleine minute avant que Marcel reprenne la parole :

— Alors, comment vont les amours ?

— Dis pas de conneries, Marcel, t'as passé l'âge.

— J'te demande pas de m'les raconter.

Svetlana éclata de rire.

— Manquerait plus que ça !

— J'aime bien quand tu ris.

À cette heure tardive, surtout depuis que les lumières avaient cessé d'éclairer la rue, les trottoirs étaient presque déserts. Quelques attardés qui pressaient le pas, parfois un groupe de jeunes qui changeaient de bar ou allaient en boîte, des voitures qui fonçaient on ne savait où.

Svetlana se leva.

— C'est pas que je m'ennuie avec toi, mais j'ai un peu picolé et je serais mieux dans mon lit.

— Ah ! Rassure-toi, j'ai pas imaginé passer la nuit avec toi ! Seulement en rêve…

Un sixième sens avertit soudain la jeune femme. Elle se retourna. À une dizaine de mètres, elle vit un homme immobile, à moitié dissimulé derrière la devanture d'un magasin. Il paraissait les observer. Louche, l'attitude. Très louche. Le long du corps, collé contre sa jambe droite et maintenu par le bras, une canne, un parapluie ou un bâton. Svetlana était trop loin pour s'assurer de la nature de l'objet.

Aussitôt sur ses gardes, elle fit un signe à Marcel.

— Tu connais le gugusse, là-bas ?

Marcel se pencha en avant, tournant la tête dans la direction indiquée.

— Non, jamais vu. En même temps, j'y distingue pas grand-chose.

Svetlana n'avait pas peur. Non seulement sa pratique régulière du karaté la rassurait sur sa capacité à se défendre, mais elle portait aussi sur elle un couteau à cran d'arrêt. Celui-ci, même si elle ne s'en était jamais servie, en recours ultime pouvait s'avérer une arme redoutable. L'éventualité d'un danger, cependant, faisait monter en elle l'adrénaline. L'homme ne bougeait toujours pas, bien que Svetlana montrât clairement qu'elle l'avait repéré. Tendue à l'extrême, elle fixait l'individu et son cerveau enregistrait des informations.

— Allez, file, Svet, va te coucher, dit Marcel. Si t'as peur de t'faire violer, ce que j'comprends, faut pas rester avec moi. Tu sais, je vaux plus grand-chose, une claque et j'tombe. Je pourrai pas t'aider si y a du grabuge.

— Te fais pas de bile pour moi, mon vieux Marcel. J'ai pas besoin d'aide.

Le clodo empoigna sa bouteille, but une longue rasade au goulot et la reposa sur le macadam.

— Eh bien tant mieux, à la bonne heure ! Bonne nuit, ma belle, moi aussi j'ai sommeil.

— *Ciao*, Marcel.

Svetlana prit instantanément la direction de son appartement, marcha d'un pas vif pendant une trentaine de mètres et se retourna brutalement. L'homme n'avait pas bougé. Une vraie statue de pierre. Elle reprit son chemin, atteignit la porte de son immeuble et se mit à gravir les marches qui menaient à sa piaule.

Un nouveau souvenir parasite l'envahit. Quand elle était très petite, si petite qu'elle n'aurait su dire son âge, la dernière marche de l'escalier de la maison était fendue. Une ligne de fracture partait en diagonale de la contremarche jusqu'à la rampe. Elle revoyait cette courte faille avec une netteté hallucinante. Et puis aussi les chaussures bleues de sa mère qui se posaient sur cette fente, avec les petits nœuds très fins des lacets, ainsi que le bas de sa robe avec de la dentelle. Une réminiscence de la Russie de sa petite enfance.

Elle tourna la clé dans la serrure et se jeta dans son appartement en faisant claquer la porte derrière elle. Puis elle fit volte-face et la frappa du plat de la main de toutes ses forces.

— Arrête de penser, connasse !

Se frayant un chemin à travers les piles de livres qui s'entassaient et s'écroulaient un peu partout autour du lit, elle bascula et enfouit son visage dans l'oreiller.

3

15 novembre 2022

Il se tenait droit, les mains dans les poches, l'air sombre. Tel un marin dont le visage aurait été buriné par les embruns, le capitaine Becquedot, la cinquantaine sèche, corps anguleux, facies émacié, paupières tombantes et joues creusées, était un homme difficile à cerner. Mélange singulier d'expérience et de désinvolture, de compétence et d'indifférence.

Et, pour l'observateur attentif, une ombre de tristesse au fond des yeux.

— C'est moche, lâcha-t-il.

Des cadavres, certes, il en avait vu, mais c'était toujours la même sensation étrange face à un corps sans vie qui devait pourtant, peu de temps auparavant, respirer, penser, parler, se mouvoir et mener sa propre existence, banale ou originale, brusquement interrompue pour le néant. Fini, terminé, balayé, à la poubelle sans autre forme de procès.

— Oui, c'est pas joli-joli, fit Piquemal en écho.

Plus jeune, replet, aimant la bonne chère et la rigolade, une bouille ronde fendue d'un sourire amical, le lieutenant Piquemal, il faut l'avouer, constituait avec son chef une paire mal assortie. C'était surtout le lieutenant qui essuyait les plâtres de cet attelage disparate, car Becquedot, clairement, n'en avait rien à foutre.

Ils faisaient face tous les deux au cadavre. Un pauvre hère, ratatiné comme une vieille toile de jute, poisseux de son sang à peine séché, tué avec une sauvagerie manifeste.

Dépêchés sur place, deux membres de la police scientifique achevaient leurs premières observations. L'un d'eux passa sous les rubalises qui entouraient la victime et s'approcha des deux flics de la Brigade de sûreté urbaine.

— Alors ? demanda Becquedot non sans une certaine brusquerie.

Le scientifique ne se formalisa pas. Il connaissait Becquedot.

— Comme vous pouvez le voir, le crâne est défoncé. Au moins huit coups, portés probablement avec une barre de fer. La victime n'a pas eu le temps de se défendre et, vu la violence des coups, au premier elle était déjà en état de mort cérébrale. La suite relève de l'acharnement inutile.

— En somme, du travail peu soigné avec la volonté de faire de la bouillie.

— On peut dire ça comme ça.

— Quoi d'autre ?

— Pas grand-chose. On a un cheveu qui ne semble pas appartenir à la victime.

— Qu'est-ce qui vous fait dire ça ?

— Il est sombre et la victime n'a que des cheveux blancs.

— Rouges, aussi…

— Très drôle.

Piquemal avait toujours trouvé l'humour de son chef un peu limite. Sans doute s'agissait-il d'un moyen pour Becquedot de supporter les horreurs du métier ? Du moins lui avait-il trouvé cette excuse. De fait, le spectacle offert par cette caboche défoncée, les cheveux collés à la boîte crânienne par le sang séché, n'avait vraiment rien de ragoûtant.

— Donc, commenta-t-il à l'intention du scientifique pour faire oublier cette plaisanterie un peu glauque de son chef, une petite analyse ADN nous en dira plus.

— Voilà. Je vous tiens au courant. Le légiste pourrait peut-être vous en apprendre davantage, mais comme il n'est pas encore arrivé…

— Grosse feignasse, celui-là, jamais à l'heure, reprit Becquedot au vol.

Le scientifique fit comme s'il n'avait pas entendu et prit congé d'un signe de tête. Becquedot pivota sur lui-même et jeta un regard circulaire sur la rue, les trottoirs, les commerces. Puis, après un coup d'œil à sa montre :

— Mouais, 7 h 05, pas encore grand monde sur le pont.

Et, se tournant vers Piquemal :

— Tu peux aller chercher le mec qui a prévenu la police ?

— C'est le patron de la boulangerie, le magasin là-bas.

— C'est ça, le magasin là-bas. Et, donc, pourriez-vous, très cher collègue, aller quérir le mitron en chef qui a alerté la maréchaussée ?

— Ça va, ça va, j'y vais… T'es un peu pénible, toi, tôt le matin.

— Le matin seulement ?

Piquemal traversa la rue et pénétra dans la boulangerie. Becquedot se disait qu'on n'allait pas laisser ce cadavre dans la rue bien longtemps, à la vue des passants, et que si le légiste tardait trop il allait demander à la police scientifique de transférer le corps à l'institut médico-légal.

Il sortit de sa poche la pièce d'identité qu'il avait trouvée dans le pardessus de la victime en arrivant sur les lieux et y jeta à nouveau un coup d'œil. Première mesure : s'assurer que cette carte était bien celle du mort. Piquemal revenait déjà avec un homme revêtu d'une grande blouse blanche, des taches de farine sur le visage.

— Pierrick, voici le boulanger qui a découvert le corps.

— Parfait. Vous connaissiez la victime, monsieur ?

— Ben oui, tout le monde le connaît. C'est le clochard de la rue.

— Marcel Trochard, c'est ça ?

— Trochard, j'en sais rien. Mais Marcel, oui. Il s'appelait Marcel.

— Vous avez vu quoi, ce matin ?

— C'est en ouvrant la boulangerie, tôt ce matin. Ma femme s'apprêtait à descendre et moi je venais de sortir du four une nouvelle fournée de baguettes. Et je l'ai vu, en face, sur le trottoir, dans une mare de sang.

— Qu'est-ce que vous avez fait ?

— Ben, j'ai couru voir, mais y avait plus rien à faire. Ça m'a fait un choc de le trouver dans cet état. J'avais envie de gerber.

— Et ensuite vous avez prévenu les flics, c'est ça ?

Qu'un policier puisse désigner ses collègues ainsi eut l'air d'étonner le boulanger, qui prit plusieurs secondes avant de répondre.

— Oui, j'ai fait le 17.

— Très bon réflexe… Le Marcel, vous lui connaissiez des ennemis ?

— Non, je pense pas. Pourquoi il aurait eu des ennemis ? Les gens de notre rue, ça dépendait. Soit ils l'ignoraient, soit ils lui donnaient une petite pièce. Mais des ennemis, non.

— Il fréquentait d'autres clodos ?

— Il était toujours seul sur son carton.

— Depuis longtemps ?

— Ça fait une dizaine d'années qu'il est là, dans notre rue. Pour ainsi dire, il faisait partie du paysage.

Becquedot sortit une carte et la tendit au boulanger.

— Merci, monsieur. Si jamais quelque chose vous revenait, un détail, n'importe quoi qui pourrait nous aider à trouver le coupable, appelez-moi.

— J'y manquerai pas.

Le boulanger se précipita vers son magasin. Certainement touché par sa découverte du petit matin, il devait aussi avoir sommeil après la nuit passée dans son fournil et avait hâte d'aller se reposer.

Un petit attroupement silencieux commençait à se former devant les rubalises, et le spectacle était si ignoble que la peur, la stupéfaction et l'écœurement se lisaient sur les visages. Becquedot fit signe aux trois flics en uniforme postés en faction d'écarter ces badauds.

Une jeune femme brune qui venait d'arriver fendit à contre-courant la foule des personnes qui refluaient sous l'injonction des policiers. Elle stoppa aux rubalises, muette, le regard fixé sur le clochard, les dents serrées.

— Vous aussi, lança Becquedot, vous dégagez, s'il vous plaît !

La jeune femme n'eut aucune réaction, si bien que Becquedot s'approcha d'elle et la saisit au poignet.

— Vous m'avez entendu ? En arrière, hop !

Elle se dégagea avec vivacité par un mouvement tournant du bras en s'exclamant :

— Vous, ne me touchez pas !

Surpris par cette réaction, Becquedot hésita un moment, puis haussa subitement le ton :

— Oh là ! Changez de répertoire ! Sinon, on va pas être copains tous les deux. C'est en tant qu'officier de la Brigade de sûreté urbaine que je vous ordonne de reculer. Je ne le dirai pas une troisième fois !

Pourtant, son cerveau d'enquêteur reprenant le dessus, il eut la bonne intuition et, au lieu de proférer les rappels à l'ordre habituels ou d'égrener les sanctions encourues en cas de refus d'obtempérer, il baissa d'un ton et enchaîna contre toute attente :

— Vous connaissez la victime ?

— Oui, c'est Marcel. Un brave type qui n'aurait jamais fait de mal à une mouche. C'est dégueulasse. C'est vraiment dégueulasse !

Becquedot avait plus de finesse qu'il n'aimait en montrer et sentit l'émotion qui submergeait l'inconnue. Il avait flairé la possibilité d'une piste et ne souhaitait plus du tout refouler la jeune femme. Bien au contraire.

— Vous le connaissiez bien ? insista-t-il.

Svetlana, qui ne parvenait pas à détacher son regard du cadavre, haussa les épaules.

— Bien, bien, non ! On causait. Je le croisais tous les jours. C'est à vomir. S'en prendre à lui, ignoble ! Marcel, c'était une crème.

— Vous avez une idée de qui a pu faire ça ?

Becquedot s'attendait à la réponse habituelle, négative, et pas du tout à ce que cette femme lâche une bombe. C'est pourtant ce qu'elle fit avec une assurance déroutante :

— Oui, j'ai vu l'assassin.

— Quoi !?

Il y eut un silence prolongé parce que Becquedot ne parvenait pas y croire. Devait-il prendre cette affirmation au sérieux ou avait-il affaire à une mythomane ? Il recadra :

— Attention, c'est important, ce que vous dites. Mentir à la police, raconter des histoires dans de telles circonstances, c'est puni par la loi. Réfléchissez bien, je vais vous reposer la question.

Il n'en eut pas besoin. Svetlana déclara tout de go :

— Je l'ai vu hier à 11 heures du soir.

— À 11 heures du soir ? Où ?

— Ici. J'étais là, assise sur le carton près de Marcel. Et lui, il se cachait là-bas, derrière la devanture.

Voilà que cette jeune femme, jolie, désirable, qui aurait fait bander une armée entière, prétendait s'être assise à côté de ce clodo repoussant. Une mytho qui racontait n'importe quoi ! Becquedot était déçu.

— Vous ne me croyez pas ? s'écria Svetlana.

— Sincèrement, j'ai du mal à vous imaginer assise sur le carton à côté de cette cloche.

— Pour un flic chargé d'une enquête, vous manquez d'imagination !

Et paf ! C'était parti comme une baffe et Becquedot l'avait reçu comme tel. Au final, cette belle greluche le provoquait et n'était pas loin de le faire sortir de ses gonds. Il avait cependant le cuir épais, la solidité et la patience d'un bon enquêteur, et évita de réagir. Remettre les choses dans le bon ordre était tout de même une nécessité.

— Montrez-moi vos papiers, s'il vous plaît.

— Pour quoi faire ?

— Parce que vous prétendez avoir été témoin d'un meurtre.

— Je n'ai jamais dit ça, j'ai dit que j'avais vu l'assassin.

— Alors, je rectifie : vous êtes témoin dans une affaire criminelle. Nous allons devoir vous interroger. J'ai besoin de savoir qui vous êtes. Vos papiers.

La main tendue, Becquedot attendit en ajoutant :

— Vous n'allez quand même pas obliger mon collègue à vous fouiller ?

À contrecœur, Svetlana farfouilla dans une poche intérieure de son blouson de cuir et remit sa carte d'identité au flic, qui lui sourit d'un air patelin. Becquedot examina la carte, assez loin de ses yeux.

— Vous êtes presbyte, signala Svetlana sur le ton du simple constat.

Becquedot leva un sourcil et lui jeta un regard amusé.

— On ne peut rien vous cacher...

Par défi ou par jeu, il sortit sa propre carte d'identité et la présenta face à Svetlana, mais à plus d'un mètre de distance.

— L'avantage du presbyte : vous, vous ne pouvez pas lire d'ici.

— Si, j'ai une très excellente vue, très perçante. Votre adresse, par exemple, je la lis avec une grande netteté.

— Ah bon ?

Avec le sentiment de l'arroseur arrosé, il rangea sa carte d'identité et se reporta sur celle de Svetlana.

— Bien, vous êtes madame Koloshenskaïa et vos deux prénoms sont Svetlana et Sergueïevna.

Svetlana soupira et leva les yeux au ciel.

— Quoi ? Qu'est-ce que j'ai dit ?

— Deux prénoms, si vous voulez, mais Sergueïevna indique surtout que le prénom de mon père était Sergueï. Sergueïevna, fille de Sergueï. C'est l'usage en Russie.

— Ah, OK, j'ignorais cela. Vous êtes née à Moscou en 1988. Et vous créchez dans cette même rue, un peu plus loin. Facile de vous trouver...

Becquedot avait tiré de la poche intérieure de son blouson un carnet et notait les informations à mesure qu'il les énonçait.

— Vous avez la double nationalité ?

— Oui.

Griffonnée à la va-vite sur un formulaire tiré d'une autre poche, Becquedot lui tendit une convocation.

— Je veux vous voir à 14 heures au commissariat. L'adresse est sur la convoc.

— À 14 heures ? Je peux pas, je bosse.

— Vous faites quoi comme boulot ?

— Je suis journaliste.

— Putain, c'est pas vrai ! Moi, qui fais toujours tout pour éviter que les affaires que je traite soient divulguées dans la presse, il me faut tomber sur une journaliste. Et, en plus, du genre casse-couilles !

— Vous avez le droit d'insulter les gens ?

— Hors témoins, oui.

— Belle mentalité.

— Vous vous arrangerez avec votre boss, je veux vous voir à 14 heures.

— J'y serai pas et vous savez où j'habite.

— Je n'ai pas le droit d'interroger un témoin chez lui, et vous, vous êtes obligée de répondre à une convocation de la BSU.

— Envoyez-moi une convocation en dehors de mes horaires de travail.

Sur ces entrefaites, Svetlana tourna les talons et s'éloigna à grandes enjambées. Becquedot fit un pas pour la rattraper, puis s'arrêta.

— Fait vraiment chier, celle-là !

*

* *

Piquemal, qui observait la scène de loin, se rapprocha de son patron.

— C'était qui ?

— C'était quoi, plutôt ! Une tarée qui prétend avoir vu le meurtrier et qui refuse de venir au commissariat à 14 heures parce que madame travaille. Elle serait journaliste, mais je ne la crois qu'à moitié. Tellement cinglée que je pense qu'elle raconte n'importe quoi…

— Elle aurait vu le meurtrier ? Faudrait quand même l'interroger dare-dare.

Une voiture se garait à proximité et le médecin légiste, sa sacoche à la main, en descendait sans se presser. Il dit deux mots aux membres de la police scientifique avant de s'approcher du cadavre de Marcel. Le visage fermé, Becquedot observait la scène.

— Hein, Pierrick, tu m'écoutes ? Faudrait quand même l'interroger au plus vite, non ? répéta Piquemal.

Becquedot se tourna vers son adjoint et, geste inattendu, épousseta le col de son blouson d'un revers de main.

— T'as des pellicules, là…

— Oui, bon, j'ai des pellicules, merci ! Et pour la fille, on fait quoi ?

— Je crois que je vais passer chez elle ce soir.

— Quoi !? C'est pas très régulier. Si tu l'as convoquée et qu'elle ne vient pas, on ira la chercher et on l'amènera au commissariat.

Becquedot contempla ses chaussures, assez usées, et fit craquer les articulations de ses mains.

— Non, c'est pas très régulier, mais on va faire comme d'habitude.

— C'est-à-dire ?

— Je vais faire comme je l'entends et tu fermeras ta gueule.

Évoquer cette réalité d'une manière aussi crue donna un petit coup de sang à Piquemal, qui s'écria :

— Tu sais ce que c'est que de travailler avec toi ?

— Un enfer ? Un supplice ? Un bagne ? La géhenne ? Le Pandémonium ?

— En fait, je me demande comment tu peux avoir des amis !

Écartant les bras, Becquedot soupira et laissa tomber d'un air contrit :

— Justement, j'en ai pas.

— Eh bien, j'aimerais pas être à ta place.

Tournant le dos à son chef, Piquemal se dirigea vers le médecin légiste penché sur le cadavre. Remettant les mains dans ses poches, Becquedot lui lança à la volée :

— Et pourtant, malgré tout, je le sais, tu m'aimes bien !

Sans se retourner, Piquemal répliqua :

— Oui, c'est parce que je suis trop con !

4

Pendant le trajet qui la menait à son travail, Svetlana n'avait pas pleuré. Depuis la tragédie de son enfance, elle n'avait plus jamais pleuré. Plus jamais. Elle était pourtant bouleversée par la mort de Marcel, et son cadavre, avec le crâne défoncé, ce corps ratatiné littéralement écrasé par les coups, cet aspect terrifiant de déchet humain, la hantait.

Une carapace très ancienne s'était constituée qui, chez elle, donnait l'impression d'une absence totale de sensibilité. Mais des émotions, elle en avait, et pas qu'un peu. Elle réagissait à tout, souvent avec humeur, voire de la dureté, qui étonnait ceux qui ne la connaissaient pas. « Braque », disaient ses collègues au journal. Ils la craignaient comme la peste. En réalité, elle était hypersensible et seul Juan l'avait compris.

Elle pénétra dans les bureaux sans saluer personne et s'installa aussitôt devant son ordinateur. Sans relever la tête un seul instant, laissant courir ses doigts sur le clavier sans interruption, elle écrivit :

Drame rue Danton

Cette nuit, peu après 23 heures, un clochard très aimé du quartier, où il résidait depuis de nombreuses années, a été sauvagement assassiné à coups de barre de fer. Alertée, la police n'a pu que constater cette mort brutale et ne paraît pas disposée à mettre en œuvre les moyens nécessaires pour trouver le coupable. La mort d'un clochard vaut-elle la peine de mener une véritable enquête ?

Pourtant, il semble qu'une jeune femme qui souhaite garder l'anonymat ait vu l'assassin peu de temps avant le crime. Il guettait sa victime et aurait agi après l'extinction des lumières de la ville. Il s'agirait d'un homme de taille assez moyenne, environ un mètre soixante-dix, râblé et puissant, les cheveux courts, de type européen et revêtu d'une parka militaire. Cette description, même sommaire, devrait permettre d'établir un portrait-robot et de lancer les recherches appropriées.

SK

Elle relut, corrigea deux fautes d'orthographe mais ne modifia pas une ligne, et imprima le texte. Le directeur du journal, la quarantaine alerte, un homme qui se voulait dynamique, entraînant et efficient, entra dans la pièce, jeta un rapide coup d'œil circulaire sur l'équipe et lâcha :

— Réunion du staff à 14 heures comme d'habitude.

Atteint du syndrome de la « start-up nation », il émaillait ses phrases d'anglicismes de toute sorte. Parfois, il disait : « Brainstorming du staff à 14 heures comme d'habitude », voire même : « Brainstorming du staff à 14 heures *as usual.* »

En un éclair, il était retourné dans son bureau. Svetlana se leva, l'y rejoignit et, debout face à lui, lui tendit son article.

— Tiens, Rémi, un crime commis cette nuit dont personne n'a encore parlé.

— Un scoop ! s'exclama-t-il, la bouche gourmande comme si on venait de glisser une pâtisserie sous ses yeux.

Saisissant la feuille, il lit en silence, tiqua à un moment, poursuivit néanmoins sa lecture jusqu'à la fin. Puis il se cala en arrière sur son fauteuil à bascule, prenant l'air du patron qui sait juger instantanément de la qualité d'un travail.

— C'est *pretty good*, Svet, mais il va falloir que tu enlèves cette phrase sur la police et l'interrogation qui la suit.

— Non.

Ça y est, elle se bloquait, et allait s'arc-bouter sur la moindre virgule. À chaque fois, la même histoire ! Cette fille ne supportait aucune critique, même les plus avisées. Rémi fronça les sourcils face à sa subordonnée récalcitrante.

— *Come on*, Svet ! On n'est pas là pour dégommer les *cops*, mais pour donner des *news*. Des *news* ! Pas des suppositions, pas des *a priori* idéologiques, pas des attaques politiciennes hasardeuses. *See what I mean ?*

— Ce ne sont pas des *a priori* idéologiques et encore moins des attaques politiciennes hasardeuses. Le flic que j'ai vu n'était pas investi, c'est tout. Je ne fais que dire la vérité.

— On s'en fout, de la vérité, dans ce cas précis ! L'important, c'est la *news* ! Pas de se mettre à dos nos annonceurs. Un *hobo* a été assassiné rue Danton. Point barre. *That's all !* Et une jeune femme a vu le meurtrier, voilà de la *good news*. Qui c'est, celle-là ? Tu l'as vue, tu sais son nom, tu lui a parlé ?

— Évidemment, je lui ai parlé. Mais elle veut rester anonyme et elle m'a fait jurer de ne pas donner son nom.

Je respecte d'abord sa volonté et, en tant que journaliste, je protège ma source.

— À moi, tu pourrais le dire, quand même.

— Non, pourquoi ?

— Mais parce que je suis l'*editor in chief* du journal, cette question !

— Je lui ai juré de…

— Bon, bon, ça va, j'ai compris.

Cette fille avait le don de l'énerver. En fait, depuis des mois, Rémi se demandait pourquoi il ne s'en débarrassait pas. Outre les relations plus que moyennes qu'elle entretenait avec l'ensemble de la rédaction, elle n'en faisait jamais qu'à sa tête, n'appliquait pas les consignes et, par-dessus tout, était franchement désagréable. Il opta pour une diversion afin d'éviter de se mettre en colère :

— Ton enquête sur les deux EHPAD de la ville, ça avance ?

— Ça avance. Alors, pour mon article, je peux le mettre en ligne ? C'est un scoop, *man*.

« C'est un scoop, *man*… » Là, vraiment, elle dépassait les bornes. Elle se foutait carrément de sa gueule !

— Tu le mets en ligne en enlevant les deux phrases sur les flics ! dit-il en haussant le ton.

— C'est de la censure ?

— Non, de la pondération.

Svetlana tourna les talons et disparut sans ajouter un mot.

* * *

De retour au commissariat, puisqu'aucune piste ne s'était dégagée sur le terrain, hormis cette demi-folle qui prétendait avoir vu le meurtrier, Becquedot fit quelques recherches sur elle. Tapotant sur son clavier, il constata qu'elle appartenait bien à un journal en ligne, *L'Écho de la Plaine*, dont le contenu très local tenait plus des chiens et des chats écrasés que des grands équilibres politiques et économiques mondiaux. Le site était envahi de pubs qui clignotaient en tous sens : chauffagistes, supermarchés, entreprises du BTP, électriciens, coiffeurs, carreleurs, boutiques de fringues, etc.

Il prit la peine de lire quelques-uns des articles de la jeune femme dont le ton décalé, bizarre parfois, original souvent, tranchait avec ceux plus banals et très formatés du journal. Par ailleurs, certains étaient parsemés de sous-entendus obscurs dont il ne saisit pas toujours le sens. Étrange fille, vraiment, qui paraissait sortir du lot. Pour le meilleur ou pour le pire, songea-t-il, s'interrogeant de nouveau sur le crédit qu'on pourrait accorder à son témoignage quand celui-ci serait recueilli.

Qu'importe ! Sans tarder, il devait soit envoyer une nouvelle convocation assortie d'une injonction d'obéir, soit se rendre chez elle, comme il l'avait affirmé à Piquemal. Certes, il pouvait tout aussi bien y aller avec son collègue – c'était rester dans la légalité –, mais une curieuse envie d'y aller seul le titillait.

Becquedot n'était pas avare d'expériences singulières – il avait eu à cet égard une existence bien remplie qui l'avait parfois entraîné au bord du gouffre –, et cette fille provoquait en lui une réaction complexe d'attirance/répulsion. Un paradoxe qu'il avait déjà connu et qui lui avait révélé que ces personnes hors des clous donnaient du relief à la vie, en aiguisaient les contours et permettaient de s'éloigner, ne serait qu'un instant, du morne train-train de la valetaille ambiante. On pouvait certes aussi s'y brûler les ailes et une vigilante prudence était de mise, mais un vieux routier comme lui se jugeait désormais à l'abri des crashs destructeurs que subissaient souvent ces comètes instables.

Au fond, cette cinglée, car telle elle lui était apparue, il avait envie de la connaître. Et il ne mit pas longtemps à se rendre compte qu'il avait parfaitement jaugé sa psychologie borderline : alors qu'il s'apprêtait à quitter le site, un nouvel article apparut. Le titre le fit se redresser sur sa chaise : *Drame rue Danton*, signé *SK*… soit Svetlana Koloshenskaïa.

Fichtre, déjà ! Il cliqua et lut.

— Oh, la garce ! s'exclama-t-il à la fin du premier paragraphe. Elle me taille un short !

Et, à la fin du second, furieux, il fulminait.

— « Une jeune femme qui souhaite garder l'anonymat »… Je vais t'en foutre, moi, de l'anonymat ! Elle est complètement ravagée ! Et, en plus, elle lâche au grand public un vague profil dont rien ne nous assure qu'il soit exact !

C'en était trop. Dès ce soir, chez elle, il allait se la coltiner. Folle sans doute, mais peut-être capable néanmoins de faire avancer l'affaire. On ne sait jamais. Et si ce n'était pas le cas, si elle avait raconté des bobards, répandus de surcroît dans la presse, elle en paierait les conséquences de manière très officielle.

Jetant un coup d'œil à sa montre, il compta mentalement les heures qu'il avait à attendre avant de frapper à sa porte.

Ensuite, il s'attaqua à son rapport pour le commandant du commissariat. Le procureur, dès la découverte du corps, les avait mandatés pour mener l'enquête et il devait être tenu au courant du peu d'informations qu'ils avaient réuni. Il omit de mentionner Svetlana.

Au moment où il écrivait qu'un cheveu foncé avait été retrouvé près du corps et que les analyses ADN étaient en cours, il s'interrompit net. Un cheveu foncé, noir peut-être… D'une femme brune ? Et si cette cinglée disait la vérité ? Et si elle s'était vraiment assise sur le carton de ce clochard pourtant très odorant ?

Pensif un moment, il reprit la rédaction de son rapport, toujours sans mentionner le témoignage incertain de Svetlana.

5

Même jour, 21 heures

Becquedot avait grimpé jusqu'au dernier étage de ce petit immeuble des années 1930. Trois paliers successifs, puis quelques marches supplémentaires pour accéder à ce qui, initialement, ne devait être qu'un grenier mais qui avait été transformé en appartement.

Scotchée sur la porte, une feuille de papier griffonnée à la hâte, sur laquelle il lut : *Svet*. C'était là. Il frappa sans obtenir de réponse. Absente, bien entendu ! Il aurait dû s'en douter. Cette folle devait vivre des soirées agitées, des nuits blanches, et revenir à 4 ou 5 heures du mat, accompagnée d'un mec, de surcroît.

Il consulta sa montre. 21 heures. Aurait-il eu plus de chance en débarquant à 19 heures ? Peut-être, en effet, après le boulot, passait-elle chez elle pour manger sur le pouce avant de ressortir. Comment savoir ?

— Je lui donne une demi-heure et je me tire, murmura-t-il.

Cherchant la meilleure place pour patienter, il s'assit sur la dernière marche, dos à la porte de l'appartement, afin de faire face à la fille si elle rentrait. À vrai dire, il n'y croyait pas. Probabilité quasi nulle, mais puisqu'il avait marché une demi-heure pour venir jusque-là, il jugeait rageant de renoncer aussi vite.

Quel métier de con ! Attendre en haut d'un escalier le retour improbable d'une gonzesse qui l'avait quasi insulté dans un article de sa feuille de chou. Pourtant, il y mettait du sien pour apporter un peu de variété à son job, et cette visite impromptue procédait de cette stratégie. Pénétrer dans l'antre d'une nana aussi spéciale valait sans doute le coup, son intuition le lui répétait, et celle-ci le trompait rarement.

En tant que flic, il avait d'indéniables qualités. L'intuition, donc, mais aussi le raisonnement logique, la clairvoyance et, malgré son habitude de brusquer les témoins ou les suspects, une véritable compréhension de leur psychologie. Certes, il restait bloqué au grade de capitaine et n'ignorait pas qu'il ne passerait jamais commandant, et encore moins commissaire. Pas assez docile, pas assez lèche-cul, manque de courbettes devant la hiérarchie, manque d'ambition aussi. Un cocktail négatif dans le contexte actuel.

D'ailleurs, si Piquemal l'aimait bien alors qu'il lui servait souvent de souffre-douleur, c'était peut-être en raison de la sincérité de son supérieur direct qui, au final, lui donnait l'impression d'être du même côté de la barrière. Becquedot aurait été lieutenant, comme Piquemal, qu'il ne se serait pas comporté d'une façon différente. Au moins, il y avait de l'authenticité dans leurs rapports, et ce n'était pas le moins appréciable.

Le temps s'écoulait. Becquedot, perdu dans ses pensées, les yeux mi-clos, avait posé les coudes sur ses genoux et, le buste penché en avant, soutenait sa tête entre les paumes de ses mains.

Un bruit le fit se redresser. Quelqu'un montait l'escalier. Serait-ce que… ? Au palier inférieur, la personne poursuivit son ascension en entamant la dernière volée de marches. Et il la vit apparaître, puis stopper net dès qu'elle l'aperçut. Il se leva.

— Tiens, le flic, dit-elle.

— Eh oui…

— Je pensais pas que vous viendriez chez moi.

— Faut penser, mademoiselle, faut penser.

Elle eut son premier mouvement d'humeur.

— Parce que, moi, je ne pense pas, peut-être ? Je pense trop, voilà la vérité !

Renonçant à comprendre cette phrase obscure, Becquedot s'écarta pour la laisser passer.

— Vous n'êtes pas obligée de me laisser entrer.

— Et qu'est-ce que j'en ai à foutre !?

— Merci pour cette réponse positive.

Tournant la clé dans la serrure, elle ouvrit et Becquedot la suivit. L'appartement était une très grande pièce occupant toute la surface de l'ancien grenier. Dans un angle, deux cloisons avaient été montées, avec une porte qui devait donner sur la salle de bains.

Ce qui frappa Becquedot, ce fut l'encombrement maximal. On pouvait à peine se retourner. Outre le lit, un coin cuisine avec une petite table, un bureau encombré de paperasses et de dossiers sur lequel se trouvait un ordinateur, des étagères qui regorgeaient de livres. Le parquet était lui aussi jonché de bouquins, en piles, hautes et à moitié branlantes, ou carrément effondrées, sans que la locataire ait songé à les ramasser.

— Vous lisez beaucoup, remarqua-t-il.

— Vous êtes un véritable Sherlock Holmes, c'est impressionnant.

Que cette fille soit dans la provoc permanente, Becquedot s'y attendait et il n'eut aucune réaction. Elle jeta son blouson sur le lit.

— Vous êtes un adepte du café ou vous préférez une petite vodka ?

— Une vodka ? rétorqua Becquedot en éclatant de rire.

— Oui, pourquoi pas ? Je viens d'en boire trois, je peux bien en boire une quatrième.

Ouh là ! Cette nana, finalement, c'était du lourd, du très lourd. Becquedot n'était pas déçu.

— Eh bien, va pour une vodka, dans ce cas.

Dans le coin cuisine, elle tira d'un placard une bouteille à moitié vide et deux verres. Elle les remplit à ras bord et d'un signe de la main fit comprendre au flic qu'elle ne se déplacerait pas pour lui apporter son verre. Prenant le sien, elle s'assit sur le rebord du lit.

Becquedot s'approcha d'une étagère et, penchant la tête, inspecta les tranches des bouquins pour se faire une idée du type de littérature qu'elle lisait. Il ne fut pas étonné que toutes les rangées soient occupées par des romans russes : Dostoïevski, Tolstoï, Pouchkine, Gogol, Gorki, Tchekhov, Soljenitsyne, etc.

Il passa à l'étagère suivante. Le bel ordre qui présidait chez les Russes, tous réunis ensemble, avait disparu. Cette fois-ci régnait l'éclectisme le plus étonnant, ou l'hétéroclisme le plus confondant, voire inquiétant. Pour un peu, Becquedot aurait pensé que tous ces livres avaient été volés, au hasard, sans choix, sans jugement, au pif, pour la simple marotte, ou manie, ou obsession, d'entasser, de collectionner, d'accumuler des bouquins, encore des bouquins, toujours des bouquins, quels qu'ils soient.

C'est qu'on y trouvait vraiment de tout. Absolument de tout. D'innombrables romans appartenant à tous les genres possibles et imaginables, du thriller au roman d'amour, en passant par le roman d'aventure, la science-fiction ou l'anticipation, jusqu'au roman historique. De la poésie, aussi. S'y mêlaient, à parts égales et mélangés, des livres de philosophie, de psychologie, de géographie, de sociologie, de physique, de biologie, même de mathématiques, ou encore des biographies de personnages célèbres, des récits historiques, des descriptions de villes et de cités, de régions ou de pays, des livres d'art, de peinture ou de sculpture. Des essais, des documentaires, des dissertations, des thèses, de l'ouvrage grand public, très grand public parfois, à celui confidentiel du spécialiste. Tous paraissaient d'occasion, achetés chez des bouquinistes.

Perplexe, Becquedot se gratta le menton et sortit un livre pour regarder la couverture. *Histoire de l'architecture du XXe siècle*, par Jürgen Tietz.

— Ça vous intéresse vraiment, l'architecture ? questionna-t-il en feuilletant l'ouvrage.

Elle ne répondit pas. Il le remit à sa place et en tira un autre. *Traité pratique d'analyse du caractère*, par Gaston Berger.

— Vous cherchez à mieux vous connaître ?

Elle ne répondait toujours pas. Il en saisit un dernier : *Les Chamanes. Le grand voyage de l'âme, forces magiques, extase et guérison*, par Piers Vitebsky.

— L'ésotérisme aussi ?

Après avoir rangé le livre sur l'étagère, il se dirigea vers la cuisine, empoigna le dossier d'une chaise, la transporta pour la positionner face à la jeune femme, puis retourna chercher son verre et s'assit.

— En fait, vous êtes passionnée par tout et n'importe quoi.

— C'est mon problème.

— Certes.

— Non, vous me comprenez mal. C'est mon problème de m'intéresser à tout. Je ne peux pas m'empêcher d'ouvrir un livre, n'importe lequel, et d'avoir envie de le lire jusqu'au bout. J'y trouve toujours un intérêt. Toujours. Et je disais donc que c'était un problème.

— Je vous conseillerais de cesser d'ouvrir des bouquins.

— Surtout pas ! Quand je suis plongée dans *n'importe quoi* – elle appuya lourdement sur le terme utilisé par Becquedot –, je ne pense pas à autre chose. Au moins, mon esprit est occupé et n'a plus la liberté d'aller fouiner dans les recoins de ma mémoire.

Becquedot but une gorgée, puis resta silencieux un moment avant de susurrer non sans finesse :

— C'est un problème, ça aussi, chez vous ?

— Un grave problème, monsieur le flic, un très grave problème.

— Ah.

— Je suis hypermnésique.

— Hyper quoi ?

— Hypermnésique. Depuis toute petite, je n'oublie rien, j'enregistre tout, et ce tout ne cesse de ressortir pour me pourrir la vie.

— J'en suis désolé pour vous.

— Faut pas, mon bon monsieur, faut pas.

★

★ ★

Décidément, il était vraiment tombé sur un drôle de numéro. Becquedot ne savait plus trop quoi dire. Elle était là, face à lui, vêtue d'un pantalon slim assez serré et d'un sweat à capuche sans fermeture éclair, chaussée de boots à lacets plutôt masculines. Avec son blouson en cuir noir posé à côté d'elle, elle avait une panoplie qui évoquait la banlieue, la môme des rues, et non une journaliste, du moins pour ce qu'il en connaissait.

Il se racla la gorge.

— Si vous le voulez bien, revenons à nos moutons. Racontez-moi comment vous avez vu cet homme dont vous prétendez qu'il est l'assassin de Marcel Trochard.

Svetlana fit un compte rendu tellement détaillé de sa rencontre avec Marcel, de sa courte discussion avec le clochard, mot pour mot, puis de sa découverte de l'homme qui les épiait, dont elle donna une description d'une si étonnante précision que Becquedot ne savait pas si ce témoin était d'une fiabilité hors du commun, de surcroît doté d'une excellente vue, ou une affabulatrice hors pair. Hypermnésique, se répéta-t-il, elle est hypermnésique et ceci explique peut-être cela.

Quand elle eut terminé, il ne put s'empêcher de lancer un reproche :

— Vous avez eu tort d'écrire cette description dans votre article.

— Ah, vous l'avez lu ?

— Oui, et il n'y a pas que ça qui m'a déplu. Ma hiérarchie appréciera.

Svetlana émit un gloussement de satisfaction.

— Je m'en doute, mais si je vous avais pas foutu un petit coup pied au cul, seriez-vous ici à m'interroger ?

— Bien sûr.

— Si vous le dites.

Becquedot sortit un kit ADN de sa poche.

— Pour vous croire et faire avancer l'enquête, j'aurais besoin d'un peu de votre salive.

— C'est une blague ?

— Pas du tout. Sur le carton de ce pauvre Marcel, on a trouvé un cheveu qui, s'il vous appartenait, donnerait beaucoup de crédit à votre récit. Vous acceptez ?

— Je refuse.

— Quand je disais que vous étiez casse-couilles... Vous savez, dès qu'on aura les résultats ADN, vu que vous prétendez vous être assise sur ce carton, j'obtiendrai l'autorisation de vous racler l'intérieur de la joue. Pourquoi différer ce qui, de toute façon, se fera ?

— Je refuse.

— Putain ! Butée, en plus !

— En plus de quoi ?

— Ça va, laissez tomber.

D'un geste saccadé, qu'il aurait voulu naturel mais qui dissimulait mal sa contrariété et son agacement, Becquedot vida d'un trait son verre puis, réussissant à se contenir, il se leva et désigna le bureau.

— L'ordinateur, l'imprimante laser, le scanner, tout ça, c'est en état de marche ?

— Oui.

— Je vais taper votre déposition, on l'imprimera, et vous la signerez. Comme cela, vous resterez au chaud jusqu'à la convocation pour la recherche de votre ADN, dit-il en exhibant une clé USB sortie de sa poche.

Il fut presque surpris de constater que Svetlana ne s'y opposait pas. De son propre chef, elle alluma l'ordinateur et l'invita à s'asseoir. Se servant de sa clé, Becquedot fit apparaître le formulaire à l'écran et commença à taper. Svetlana retourna près de son lit, s'allongea dessus, le dos redressé contre le mur et appuyé sur deux cousins, continuant à siroter sa vodka. Elle lui lança :

— Vous en voulez une autre ?

— Non.

À intervalles réguliers, Becquedot posait une question sur le déroulement de la soirée du meurtre, à laquelle Svetlana répondait avec précision. En vingt minutes, il en avait terminé et lui demanda de relire pour s'assurer qu'elle ne contestait aucun terme de son témoignage, puis après impression elle signa sans rechigner.

— Une bonne chose de faite, lâcha Becquedot en pliant le document.

— Je ne vous retiens pas, rétorqua sobrement Svetlana.

Becquedot hocha la tête avec un petit sourire amusé et se dirigea vers la porte. La main sur la poignée, il se retourna ; Svetlana n'avait pas fait un mouvement pour le raccompagner.

— À quel âge avez-vous quitté la Russie ?

— En 2004.

— Née en 88, vous étiez donc dans votre seizième année.

— Bravo, Holmes ! fit Svetlana en battant des mains. Encore une brillante déduction !

— Peut-on savoir pourquoi votre famille a quitté la Russie ?

— Ça pourrait aider à savoir qui a tué Marcel ?

— Simple curiosité.

— Bonjour à votre femme qui doit s'impatienter, l'heure tourne.

— Personne ne m'attend.

— C'est triste ?

— Non, ce n'est pas triste.

Après un court silence, sans y croire, il fit une ultime tentative :

— La Russie vous manque ? Vous y êtes déjà retournée ?

Et Svetlana, plus provocatrice que jamais :

— C'est où, la Russie ? C'est loin ?

— Tête de mule, va !

6

Même jour, 22 h 55

Tendu comme la corde d'un arc, les mains en sueur, l'homme attendait, immobile. Il avait repéré la proie. Enfin ! Car il avait marché en vain dans les rues pendant près d'une heure, changeant de quartier et répétant en boucle ce qu'il percevait comme sa seule conscience.

C'étaient des bribes de phrases, peu nombreuses, marquées au fer rouge dans son cerveau, absolument indélébiles, qui lui revenaient sans cesse dans le désordre : « homme ou femme solitaire », « assis dans la rue », « désœuvré », « bouteilles », « cannettes », « mal vêtu », « sale », etc.

Elles encombraient son esprit et lui étaient désormais les seules accessibles. Rien d'autre. En dehors de ces leitmotivs, le vide absolu.

Ce qu'il apercevait correspondait bien à une cible recherchée. Un jeune homme assis contre un mur, une cannette de bière à ses côtés, un vague sac à dos, des vêtements défraîchis. Pourtant, un élément non prévu le faisait hésiter. Le garçon avait un chien couché à ses pieds. Un bâtard, ni grand ni petit, au pelage roux, aux oreilles tombantes.

Il avait beau tenter d'activer sa mémoire, et cet effort lui était proprement surhumain, aucune trace de la mention d'un chien n'émergeait. Pas de chiens, pas d'animaux, et cela le troublait. Devait-il agir néanmoins ?

Le plus difficile était de prendre une décision. C'est alors qu'un autre paquet de phrases, toutes aussi bien ficelées, l'envahit : « obéir », « ne jamais discuter », « pas d'état d'âme », etc. Il s'abandonna à ces injonctions qui lui parurent plus fortes que son incertitude. Après tout, la présence d'un chien ne changeait rien à la description de la cible qu'il avait identifiée.

Alors, il attendit avec patience le moment opportun. Là encore, il avait des consignes, des instructions, et c'était rassurant car, sans elles, il ne pouvait rien faire. Il n'y avait plus dans sa tête qu'un mince filet de pensées, comme une source en période de sécheresse, et elles lui tenaient lieu de guide.

Les lumières des lampadaires s'éteignirent. Un soulagement. Non pas qu'il avait peur – ce sentiment lui était devenu inconnu –, simplement il avait hâte d'accomplir la mission. Achevée, elle était synonyme de gratification. De bien-être.

Quand il fut certain que la rue était déserte et le resterait le temps d'agir en toute efficacité, il s'approcha à grandes enjambées du jeune homme. Celui-ci ne s'en aperçut pas. Seul le chien releva le museau. Mais un chien pouvait-il imaginer ce qui allait se passer ?

À un mètre de l'objectif, ouvrant son blouson, il en tira la barre de fer et, la tenant à deux mains, il la leva au-dessus de sa tête pour la rabattre aussitôt de toutes ses forces sur celle du garçon. En un réflexe ultime, celui-ci avait levé les bras au dernier moment pour se protéger et la violence du choc lui brisa cubitus et radius. Il hurla de douleur. Le chien, d'un bond, se mit sur ses pattes et gronda, découvrant les babines et faisant apparaître des crocs menaçants.

Pris de court, l'homme dévia la trajectoire du second coup, qui s'abattit sur le dos du clebs. Celui-ci glapit affreusement et son arrière-train s'effondra. Le jeune homme était à quatre pattes et tentait de se lever. Le troisième coup lui défonça la boîte crânienne. Allongé sur le bitume, il ne bougeait plus, mais par sécurité – on ne sait jamais – l'homme jugea qu'un quatrième coup était nécessaire.

Puis le bâtard continuant à couiner et risquant de réveiller tout le quartier, il l'acheva de la même manière. La tâche terminée, il s'enfuit à toutes jambes. Quelques rues plus loin, il s'arrêta, essoufflé.

C'est alors qu'une curieuse sensation qu'il avait oubliée depuis longtemps remonta à la surface. Le chien, ce n'était pas prévu. Jamais il n'en avait été question. Il n'avait pas voulu cela. Pauvre bête. Si bien qu'au lieu du bien-être espéré, ce fut plutôt une sorte de tristesse indicible qui l'étreignit.

Il se recroquevilla sur lui-même, mit son pouce dans sa bouche et commença à le sucer, le regard absent.

7

En retournant chez lui, Becquedot faisait le point. Le résultat positif de cette visite était que le témoin avait signé son audition. Hélas, celle-ci ne donnait aucune indication véritable pour retrouver le meurtrier, car le pseudo-portrait-robot se révélait si vague qu'il ne pourrait rien en faire.

Un homme de type européen – en était-elle sûre étant donné la distance et l'obscurité consécutive à l'extinction des lumières ? –, les cheveux courts, pas très grand, râblé et puissant. Combien y avait-il d'hommes répondant à cette description dans la ville ? Plusieurs centaines, sinon plus.

Quant à cette Svetlana Koloshenskaïa, c'était un drôle d'oiseau, borderline et déjantée, une hypermnésique dévoreuse de livres qui semblait en avaler le contenu comme un chien affamé dévore sa pâtée. Son cerveau devait en faire une bouillie indigeste et méconnaissable.

Il serait difficile d'attraper l'assassin, surtout si le cheveu retrouvé correspondait à l'ADN de Svetlana. On s'acheminerait alors vers la conclusion qu'il s'agissait d'un crime de rôdeur, un salopard qui avait eu une envie irrépressible de tuer quelqu'un, n'importe qui, et c'était tombé sur ce pauvre Marcel. Dans ce genre de crime, on retrouvait rarement le coupable, à moins qu'il n'y prenne goût et ne récidive. Ce n'était pas non plus à souhaiter…

Une demi-heure de marche était nécessaire pour rentrer chez lui. À l'aller, il avait avancé d'un bon pas, pressé de découvrir l'antre de Svetlana. Au retour, il progressait plus lentement, cherchant dans sa mémoire un indice, un petit rien qui lui aurait échappé et qui permettrait de débloquer la situation. Mais il n'y en avait pas. Il y en aurait eu un qu'il l'aurait déjà détecté. Becquedot savait que c'était très souvent dans les premières heures, voire les premières minutes de la découverte du corps qu'une piste se dégage. Pour lui, c'était presque déjà un *cold case*. Le pessimisme le gagnait.

Tout à coup, dans un bel ensemble, les lampadaires de la rue s'éteignirent. Becquedot en fut surpris et s'arrêta, consultant sa montre : 23 heures.

— Merde ! Font chier avec leurs lumières !

Il patienta quelques secondes, le temps que sa vue s'habitue à l'obscurité. En réalité, la pénombre était toute relative. Comme souvent, à moins d'une nuit noire, phénomène assez rare, une fois estompé le contraste entre le brutal passage du clair au sombre, la rue se redessinait, les alignements d'immeubles réapparaissaient, les trottoirs et les voitures garées redevenaient bien réels.

Reprenant sa marche, Becquedot tempérait sa première réaction d'humeur. Il n'ignorait pas que cette mesure était nécessaire pour effectuer des économies d'énergie. Si la raison première des municipalités ayant pris cette décision était avant tout financière, il savait aussi – il l'avait lu ou entendu à la radio – que c'était également une excellente pratique environnementale. Les animaux nocturnes souffraient de ces éclairages intempestifs qui les perturbaient, les déréglaient, au point de mettre certaines espèces en danger.

Le glapissement suraigu d'un chien le stoppa de nouveau. Comme un hurlement de douleur, un couinement insupportable, qui ne cessait pas. Ces cris de bête blessée semblaient provenir de la rue qui croisait la sienne au carrefour suivant.

Becquedot songea à un chien écrasé par une voiture et accéléra la cadence. Au carrefour, il tourna à droite et découvrit une scène qui le paralysa un court instant.

Un homme muni d'une barre de fer donnait un coup d'une extrême violence sur la tête d'un clebs, celui-là même qui hurlait à la mort et qui s'effondra comme une masse. Aussitôt, l'individu s'enfuit dans la direction opposée à Becquedot.

C'est à ce moment que celui-ci aperçut, à côté du corniaud, le corps d'un homme.

— Nom de Dieu !

Sans réfléchir, il s'élança et passa en courant devant le triste spectacle de l'homme et du chien mort. Avec difficulté, sans cesser de se ruer en avant, il extirpa son portable de sa poche et fit le 17. Le contact établi, il vociférait :

— Ici le capitaine Becquedot… Le capitaine BECQUEDOT ! Envoyez d'urgence une patrouille et une ambulance, une ambulance surtout ! Une ambulance !… Rue… rue quoi, merde ! Attendez, attendez, coupez pas, je vais vous dire le nom de la rue !

Il levait la tête, sans ralentir, pour essayer de trouver une indication, mais il avait déjà tourné à gauche à la poursuite de l'assassin.

— Attendez ! Attendez ! Je vais vous dire le nom de la rue !

Il dut attendre un croisement pour lire sur la plaque, qu'il éclaira de la lampe de son portable : *RUE JEANNE-D'ARC*. Devant lui, le fuyard s'engouffrait dans une autre rue.

— C'est dans une rue perpendiculaire à la rue Jeanne-d'Arc… Perpendiculaire à la rue Jeanne-d'Arc ! Vous avez compris ?… Et faites vite, bon Dieu ! Faites vite, l'homme n'est peut-être pas mort…

Il en doutait étant donné la force du coup assené sur le chien. Si son maître – il supposait instinctivement qu'il s'agissait de son maître – avait été frappé de la même manière, il n'y avait aucun espoir.

— À coups de barre de fer, comme Marcel ! C'est lui ! Putain, c'est lui, il a récidivé !

Il s'arrêta à l'embranchement suivant. L'individu avait disparu. Évanoui ! Pourtant, il ne pouvait pas être loin. Il s'engagea à gauche, dans la rue où il avait vu l'assassin tourner pour la dernière fois, ralentissant sa course mais gardant un trot soutenu. Très vite, un autre croisement. À droite ou à gauche, qu'importe ! Perdu pour perdu, il fallait compter sur la chance. Il prit à droite. Trente mètres plus loin, encore un autre croisement. Il prit à gauche.

Et, soudain, il le vit. Sur le même trottoir, immobile, figé, tel le mannequin d'un magasin de vêtements qui aurait été oublié sur la chaussée. Il avait lâché la barre de fer, qui se trouvait à ses pieds. L'étrangeté le disputait au danger de la situation.

Becquedot recula de plusieurs pas et leva la tête : rue Lamartine. Il appela de nouveau le 17 et, dès le déclic, parla à voix basse :

— Capitaine Becquedot. Il est rue Lamartine. Je ne sais pas ce qu'il trafique, mais il ne fuit plus. Envoyez une patrouille immédiatement. Soyez prêts à tout, l'individu est dangereux.

Par un réflexe idiot, il mit la main à sa ceinture, sachant très bien qu'il n'avait pas son arme de service. Pourquoi l'aurait-il pris pour rendre visite à Koloshenskaïa ? Pour cette raison, un constat s'imposait : redoubler de prudence, ne pas faire n'importe quoi, ni prendre de risque inutile.

Il décida de traverser la rue pour changer de trottoir. Au plus près de l'alignement des immeubles, à moitié caché par la rangée de voitures qu'il longeait, il se rapprocha de l'assassin sans le quitter des yeux. Celui-ci ne bougeait toujours pas et ne semblait pas avoir remarqué sa présence.

Quand il fut à son niveau, il stoppa et s'adossa contre l'immeuble, retenant son souffle. Ce qu'il observait était extravagant.

L'homme était de profil, debout, recroquevillé sur lui-même, la tête basse, les épaules affaissées, le buste voûté, les jambes fléchies. Il suçait son pouce.

Becquedot se frotta les paupières, regarda à nouveau. Non, il n'y avait pas de doute, il suçait son pouce. Puis, tout en gardant le doigt dans la bouche, il se mit à se balancer d'avant en arrière en émettant une sorte de plainte à peine audible, lancinante.

Était-ce des pleurs ? Ou bien une ritournelle ? Ou encore un gémissement de douleur ? Becquedot ne pouvait trancher. Jamais il n'avait été confronté à une telle situation. Si la folie guette souvent les assassins, celui-ci paraissait avoir sombré une fois son crime accompli.

Pour se raccrocher à des éléments tangibles, Becquedot s'attacha à le décrire. Taille très moyenne mais costaud, cheveux courts, type européen, une parka militaire. C'était bien l'homme aperçu par Svetlana et donc, sans erreur possible, l'assassin du pauvre Marcel.

Sans geste brusque et sur ses gardes, Becquedot traversa de nouveau la rue. Ce ne fut qu'au moment où il remontait sur le trottoir opposé, à cinq mètres de distance, que l'homme devina sa présence. Il cessa sa plainte lancinante, son balancement, et se redressa. Pourtant, il ne retira pas le pouce de sa bouche.

Fait surprenant, il demeurait immobile, sans manifester l'intention ni de fuir, ni d'agresser Becquedot. Il n'eut pas un regard vers la barre de fer, comme s'il avait oublié son existence.

Il y eut un long face-à-face pendant lequel Becquedot tentait d'évaluer le risque encouru s'il continuait à s'approcher. Tel quel, l'individu paraissait inoffensif, mais son attitude était tellement anormale qu'elle en était inquiétante. Après tout, si l'homme était fou, on pouvait s'attendre à n'importe quelle réaction, d'autant qu'il avait assassiné deux personnes en vingt-quatre heures à coups de barre de fer. L'hypothèse d'un accès de violence incontrôlée était à redouter.

Néanmoins, Becquedot fit deux pas en avant. L'autre eut un réflexe de peur et se tassa sur lui-même. Un autre pas et il manifesta de la panique, les yeux fuyants, levant son bras libre comme pour se protéger d'une gifle.

— Du calme, murmura Becquedot. Du calme.

Il avait désormais la certitude qu'il pourrait l'appréhender lui-même sans attendre l'arrivée de ses collègues. Il s'approcha encore et entendit le souffle court, saccadé, affolé, de l'individu.

Il répéta :

— On se calme, tout va bien se passer.

Il mit le pied sur la barre de fer et la fit rouler vers lui. Écarter cette arme ensanglantée relevait de la prudence la plus élémentaire. Le poing droit serré, prêt à frapper au cas où, il posa la main gauche sur l'épaule de l'homme. Celui-ci se mit à trembler.

— Allonge-toi sur le sol.

Aucune réaction. Becquedot se fit plus ferme.

— Allonge-toi sur le sol, ne fais pas d'histoires, c'est fini.

N'obtenant pas de réponse, Becquedot appuya sur l'épaule, exerçant une pression, légère au début, puis de plus en plus forte. L'homme plia comme un accordéon et se retrouva accroupi, avant de tomber sur les fesses.

— C'est bien. Ne bouge pas, on va attendre tranquillement.

Ce ne fut pas long. Quasi au même instant, Becquedot entendait la sirène de la voiture de police qui débouchait à l'angle de la rue.

8

Piquemal avait les yeux gonflés de sommeil et tenait un café à la main.

— Était-ce vraiment nécessaire de me faire venir en pleine nuit ?

Les bras croisés, adossé au mur, Becquedot observait son collègue et s'amusait de sa contrariété.

— Désolé, mais ça fait partie de notre boulot. J'ai chopé le tueur de Marcel Trochard.

— Oui, tu me l'as dit au téléphone. Et comment tu as fait ? T'es tombé dessus par hasard ? T'avais ton arme de service ?

— Même pas. Pas eu besoin. J'étais dans la rue, je rentrais de chez la journaliste et il venait d'assassiner un jeune mec de vingt et un balais, SDF aussi. Pratiquement sous mes yeux.

— Merde. Et tu lui as dit : « S'il vous plaît, monsieur, veuillez me suivre » ?

— Presque.

— Comprends pas.

— Viens, tu vas comprendre.

À travers la glace sans tain de la salle des interrogatoires, Piquemal vit la table et la chaise où on asseyait les suspects ; elle était vide.

— Ben, il est où ?

— Là-bas, dans l'angle.

Dans un coin de la pièce, un homme était recroquevillé en position fœtale. La tête à moitié enfouie sous ses bras, il suçait son puce.

— C'est un gag ?

— J'ai peur que non. On n'a pas réussi à l'asseoir sur la chaise. À chaque fois, il s'est laissé tomber par terre et il a rampé se planquer où tu le vois. Depuis, il ne bouge plus.

— Il est fou ou il simule ?

— Il ne simule pas, parce que la terreur qui l'a gagné quand je l'ai arrêté, ça ne s'invente pas.

— Et c'est ce cinglé qu'on va interroger ?

— Absolument, cher collègue. Je ne sais pas si on va rire, en tout cas on peut s'attendre à écrire un rapport que nos supérieurs vont avoir du mal à croire. Je pense en particulier à notre bien-aimé commandant et à notre non moins bien-aimé procureur. Et je ne te parle pas du juge d'instruction quand on va lui amener le phénomène.

— Il va l'expédier direct en hôpital psychiatrique.

— C'est fort possible. En attendant, on va aller voir ce qu'il a dans le ventre, le coco. Si on arrive à en tirer quelque chose…

*

* *

En pénétrant dans la salle des interrogatoires, ils firent signe au planton qui surveillait le prisonnier qu'il pouvait faire une pause. Celui-ci ne se fit pas prier et sortit aussitôt.

La situation était inédite. Comment interroger un suspect dont on ne doutait pas de la culpabilité mais qui se tenait dans une telle attitude, terré dans un coin de la pièce, couché dans la position du fœtus et suçant son pouce comme un bébé ?

Après une courte hésitation, ils décidèrent d'un commun accord de prendre chacun une chaise, de les approcher à deux mètres de l'individu et, côte à côte, de s'asseoir face à lui. Becquedot prit la décision d'agir comme si l'homme n'était pas dans cette position ubuesque et d'aller droit au but.

— Bon, à moins que tu ne parviennes à nous convaincre du contraire, les faits sont très clairs. Je ne vais pas les rappeler en détail. Disons que tu es soupçonné d'avoir commis deux meurtres en moins de vingt-quatre heures. Deux meurtres d'une extrême violence à coups de barre de fer sur le crâne des victimes. Est-ce que tu contestes ce que je viens d'affirmer ?

Cette entrée en matière provoqua une réaction. L'homme se redressa et, plaquant son dos à l'angle des deux murs, replia les genoux contre son buste, gardant le pouce dans sa bouche mais enserrant ses jambes de son autre bras. Ses yeux se fixèrent sur Becquedot, qui enchaîna :

— Tu n'avais pas sur toi de carte d'identité. Quel est ton nom ?

Plissant le front, l'individu paraissait faire un effort intense de mémoire. À l'évidence, il hésitait. Se passant la main dans les cheveux, Becquedot choisit de patienter. L'instant dura. Puis, pour la première fois, retirant le pouce de sa bouche, l'homme fit entendre le son de sa voix. Une voix fluette, peu consistante, sans assurance, un peu comme celle d'un enfant intimidé.

— Alexeï.

— J'ai pas bien compris. Tu t'appelles Alexis ? C'est ça ? Et ton nom de famille ?

Après d'interminables secondes, le regard vide, hagard, comme si la question était insurmontable, il lâcha :

— Je sais pas… je sais plus.

— Tu ne sais pas ou tu ne sais plus ?

Cette alternative entre deux termes si proches, mais sous-entendant une profonde différence, sembla le paniquer. Il remit le pouce dans sa bouche et se balança d'avant en arrière d'une manière que Becquedot avait déjà observée au moment de l'interpellation. Se penchant vers Piquemal, il lui murmura à l'oreille :

— On est mal barrés.

À quoi Piquemal répondit :

— Barré, il l'est plus que nous…

— Certes.

Malgré le peu de succès rencontré par ses questions, hormis l'obtention du prénom, ce qui consistait sans doute une grande victoire étant donné les circonstances, Becquedot poursuivit :

— Quel âge as-tu ?

Alexeï secoua vivement la tête dans un mouvement de dénégation, poussa une sorte de plainte aiguë, comme s'il était harcelé, et ferma les yeux.

— De mieux en mieux… ne put s'empêcher de marmonner Becquedot.

Fallait-il poursuivrc ? Si on sc plaçait sous l'angle de l'enquête, non. Becquedot avait vu le meurtre, ou presque. En tout cas, celui du chien, et c'était du pareil au même. Les indices étaient accablants, la barre de fer tachée de sang, la présence de l'individu sur les lieux, sa fuite ; l'ensemble constituait un tout amplement suffisant pour qu'il soit déféré illico devant un juge d'instruction. Pourtant, Becquedot ressentait une forte frustration de ne pas en apprendre plus sur les motivations derrière ces assassinats. Il choisit d'insister :

— Pourquoi tu as fait ça ?

Pas de réponse.

— Où habites-tu ?

Ce fut étrange de l'entendre répondre :

— En haut.

— En haut ? En haut où ?

— En haut.

— Où, bon Dieu ?

— En haut.

Un dialogue de dingues auquel Becquedot ne comprenait rien et qui commençait à l'énerver.

— Tu sais, je t'ai vu tuer le chien. Tu n'as aucune chance de t'en sortir.

À l'évocation de l'animal, Alexeï se mit à trembler, entra dans une sorte de transe inquiétante et, se couchant de nouveau sur le côté, secoué de spasmes, il émit un gémissement lugubre qui s'amplifia jusqu'à devenir insupportable.

— OK, on va arrêter là !

9

20 mai 2004

Assis à la table de la cuisine, le vieux Koloshenski plissait le front et arquait ses sourcils broussailleux, l'air grave et soucieux. Il tenait toujours dans sa main droite la lettre officielle qu'il venait de déplier, mais il avait écarté le bras et ne la regardait plus. Ses yeux fixaient l'assiette et les couverts que sa belle-fille Irina avait posés devant lui.

Constatant l'inquiétant mutisme de son grand-père, Svetlana osait quelques coups d'œil dans sa direction, mais ne s'autorisait pas à intervenir. Au bout de son fil, l'ampoule qui pendait du plafond au dessus de la tête du vieil homme ombrait ses traits comme un vieux tableau du dix-neuvième siècle, lui donnant l'allure d'un archétype slave.

Avec sa longue barbe grisonnante qui cachait son cou, ses cheveux blancs abondants, les profondes rides qui sillonnaient verticalement ses joues, et ses yeux d'un bleu profond, il personnifiait une certaine noblesse, la beauté et la sagesse de la grande maturité, celle du patriarche russe qui, en toutes circonstances, bonnes ou mauvaises, guide la famille. Feodor Koloshenski, né en 1925, beau-père d'Irina et grand-père de Svetlana, veillait sur sa belle-fille et sa petite-fille depuis la mort de son fils Sergueï.

La mère de Svetlana aussi se taisait, mais elle restait active, allant et venant dans la cuisine, achevant de dresser la table et surveillant le *chtchi* sur le feu de la gazinière. La soupe au chou traditionnelle qui cuisait depuis le début de l'après-midi était prête. Après un instant d'hésitation en raison du silence de son beau-père, elle décida de verser le potage dans la soupière et de poser celle-ci sur la table.

Le plat fumait et, toujours sans prononcer une parole, Irina en versa deux louches dans l'assiette de Feodor, deux aussi dans celle de Svetlana, puis une dans la sienne. Elle s'assit et, par un réflexe acquis, attendant un signal tacite, fixa son beau-père. Mais celui-ci ne saisissait pas sa cuillère et demeurait pensif.

— Qu'est-ce qui se passe ? demanda-t-elle.

Feodor parut sortir d'un rêve et son regard reprit de la consistance. Un peu mécaniquement, il se tourna vers sa belle-fille.

— Cette lettre est une convocation dans les locaux du FSB.

L'évocation du FSB jeta un froid glacial dans la petite cuisine. Véritable police politique du régime, le FSB avait succédé au KGB de l'ère soviétique. Poutine en avait fait l'instrument privilégié de son régime autoritaire.

— Tu vas t'y rendre ?

— Non.

Irina se signa tandis que Svetlana était tétanisée par la détermination de son grand-père. Car ce refus avait été affirmé avec une clarté définitive et les conséquences pouvaient être désastreuses. Sans qu'elles aient été formulées, Feodor répondit aux craintes de sa belle-fille et de sa petite-fille :

— Si je passe la porte du FSB, je serai interrogé, Dieu sait avec quelles méthodes !, puis arrêté sous un prétexte quelconque, « connivence avec les ennemis de la patrie » ou quelque chose de ce genre. Peut-être serai-je libéré quelques mois plus tard, peut-être, dis-je, car ce n'est pas sûr. Dans les prisons de Poutine, on vous tabasse, on subit toutes sortes de mauvais traitements, on vous affame, parfois on vous torture. Il s'agit de décourager les opposants une fois libérés.

Feodor se frappa trois fois la poitrine du plat de la main.

— Regardez-moi ! J'ai 79 ans et je ne crois plus être en mesure de supporter une telle épreuve.

Un constat. Une évidence venait d'être énoncée, qui plongeait le dîner dans une atmosphère étouffante.

— Et si tu n'y vas pas ? interrogea Irina.

— Si je n'y vais pas, ce sera pire. Ils viendront me chercher.

Cette phrase parut sonner le glas d'une issue possible. Irina échangea avec Svetlana un regard effrayé. Sans le remarquer, Feodor reprit :

— Depuis trop longtemps, ils me détestent. Je me suis opposé à Eltsine, à Poutine, aux deux guerres de Tchétchénie, surtout la seconde, qui fut atroce, aux oligarques, à la corruption endémique. À tout. J'ai écrit tant d'articles dans *Novaïa Gazeta* qu'on ne me pardonnera jamais. Ma contestation de la réélection de Poutine en mars dernier a été l'article de trop. Mes enfants, quand je dis : « Ils viendront me chercher », vous pouvez l'entendre de deux façons. Arrêté ou éliminé. Deux journalistes du journal ont déjà été assassinés : Igor Domnikov et Iouri

Chtchekotchikhine[1]. Pourquoi serais-je épargné ? En raison de mon âge ? Allons donc !

Irina pâlit et ses mains se mirent à trembler. En apparence, Svetlana ne manifestait aucune émotion, mais à l'intérieur elle était dévastée.

— Poutine, c'est pire qu'Eltsine, ajouta Feodor en guise de conclusion.

— Non ! cria Svetlana. Eltsine a tué mon père !

Le visage de Feodor se brouilla.

— Pardonne-moi, Svéta[2]. Je n'oublie pas que Boris Eltsine, le 3 octobre 1993, a fait tirer sur les manifestants qui défendaient notre toute nouvelle démocratie et que ton père y a perdu la vie, ni que le lendemain l'armée a bombardé avec ses chars notre Parlement élu. Je n'oublie pas. Je n'oublie rien. Et surtout pas comment Eltsine a détruit à coups de canon cette fragile liberté instaurée par Gorbatchev ! Mais, vois-tu, Poutine, si personne ne le stoppe, pour conserver son pouvoir, il nous ramènera au temps de Staline. J'en ai la conviction.

— Qu'est-ce qu'on va devenir ? murmura Irina d'une voix éteinte.

— Il ne nous reste qu'une seule solution, répondit Feodor.

— Laquelle ? implora Irina en se tordant les mains.

— Laquelle ? Je me dois de vous protéger. Depuis longtemps, je devine que cela finira de cette manière. Avons-nous le choix ? Nous allons quitter ce pays où nous ne pouvons plus vivre.

— Quitter la Russie ?

---

1. Depuis, quatre autres journalistes de *Novaïa Gazeta*, dont trois femmes, ont été assassinés : Anna Politkovskaïa, Stanislav Markelov, Anastasia Babourova et Natalia Estemirova.
2. Diminutif de Svetlana.

— Oui. Ils nous laisseront partir. Enfin débarrassé de ce vieux fou de Feodor Koloshenski ! Je ne serai pas le premier à fuir la répression. Et puis, on ne sait jamais, si nous restons, ils sont capables de s'en prendre à vous. C'est mieux ainsi…

Cette décision paraissait épouvantable. Mais Svetlana, plus jeune, plus encline à imaginer l'avenir, tenta de se projeter :

— Où irions-nous ?

— En France.

En chœur, la mère et la fille s'exclamèrent :

— Nous ne connaissons pas la langue !

— Vous l'apprendrez.

— Pourquoi la France ? reprit Svetlana.

— Pourquoi la France ? Je ne veux pas vous le dire parce que je ne sais pas si les plaies du passé se sont refermées.

Svetlana eut le sentiment que sa mère savait. Celle-ci baissait la tête et, maladroitement, prit sa cuillère en disant :

— La soupe va être froide.

— Pourquoi la France, grand-père ? s'obstina Svetlana.

— Ta mère a raison, la soupe va être froide.

10

16 novembre 2022

4 heures du mat. Svetlana ne dormait plus. Frappant avec véhémence à la porte de ses rêves, une cohorte de souvenirs intempestifs l'avait finalement réveillée. La jeune femme avait émergé alors que ces images oniriques, plutôt agréables, étaient peu à peu envahies et remplacées par d'autres représentations, floues à l'origine, comme dissimulées, mais hélas de plus en plus précises, jusqu'à montrer leur vrai visage, celle d'un réel déjà vécu.

Ce fut d'abord des visions de son arrivée à l'aéroport de Paris en 2004. Elle revoyait avec une précision diabolique les couloirs empruntés à la descente de l'avion, le passage du poste de police, le tapis roulant pour retrouver les bagages, puis le taxi, et même le visage du chauffeur qui les avait transportés au centre de la capitale. Avec en prime cette surprise de découvrir que son grand-père parlait le français. Plutôt bien, en plus.

Né dans l'entre-deux-guerres, le vieux Koloshenski appartenait à la dernière génération de Russes ayant appris à l'école cette langue étrangère, laquelle était encore considérée à l'époque comme la langue internationale.

Maintes fois ressassé et jamais résolu, le mystère du choix de ce pays par son grand-père l'assaillit une longue minute. Pour s'en débarrasser, elle alluma la lumière et se redressa dans son lit.

Ce fut alors au tour du flic de venir la parasiter. Elle revivait chaque seconde de sa visite, comme si celle-ci présentait un intérêt quelconque. Elle s'en foutait royalement et se serait bien épargné cette répétition, en forme d'inutile dissection, des phrases qu'il avait prononcées à l'occasion.

Elle en tirait cependant deux conclusions. La première était que ce poulet déployait plus d'énergie à chercher l'assassin de Marcel qu'elle ne l'avait cru. Était-ce l'effet de son article, comme elle l'avait affirmé, ou s'était-elle trompée à son sujet ? Auquel cas sa courte chronique était infondée, et même injurieuse.

La seconde était que le flic vivait seul. Personne ne l'attendait le soir et il avait prétendu que ce n'était pas triste. Était-il divorcé, veuf ? Avait-il des enfants ? Autant de questions qui finirent par la faire rire.

— On dirait que tu as envie de coucher avec lui ! s'exclama-t-elle à haute voix, phrase qui lui échappa et qui l'étonna.

Car, non, vraiment, c'était assez absurde, puisque l'idée ne l'avait pas effleurée quand il était dans sa piaule. Elle aurait très bien pu « se le faire » à ce moment-là. En la matière, un homme, c'est facile à « convaincre », même si les plus rétifs – il y en a –, il faut parfois les « bousculer » un peu pour réveiller leurs hormones. Elle n'avait jamais connu d'échec, sauf une fois, quand le garçon lui avait révélé être homosexuel. Quelle idiote, et quel embarras sur l'instant de ne pas s'en être rendu compte !

Incroyable, mais c'est dire à quel point elle le désirait, ce beau jeune homme !

Le flic était un peu trop vieux à son goût. Pourtant, dans son genre, il ne manquait pas d'un certain charme avec son allure de vieux loup de mer qui en a vu d'autres. Elle n'y était pas totalement insensible. Irritée lors de leur première rencontre, elle l'avait trouvé plus intéressant la seconde fois.

Pour cesser de divaguer sans but, elle se pencha sur le côté et saisit au hasard un livre qui traînait sur la première pile quelle pouvait atteindre sans sortir de son plumard. *Lettre d'une inconnue*, de Stefan Zweig. Ça tombait mal. Outre qu'elle l'avait déjà lu, cette histoire d'une jeune femme secrètement amoureuse d'un homme plus âgé la ramenait au flic. Ridicule ! D'un revers de main, elle renversa la pile et s'empara d'un autre bouquin.

Le Corps de l'œuvre, de Didier Anzieu, un psychanalyste qui explorait les processus de la création artistique, littéraire ou scientifique, des prémices jusqu'à la forme finale. Elle l'avait déniché chez un bouquiniste, en avait lu vingt pages sur place, et n'avait pu s'empêcher de l'acheter. Depuis, elle n'avait pas eu le temps de le reprendre.

Au moment où elle ouvrait le livre, son portable vibra sur la table de nuit. Un SMS d'un numéro inconnu. Elle l'afficha. Le flic ! Un premier mouvement d'humeur – comment il a eu mon numéro, ce mec ! –, avant de se rappeler qu'elle l'avait inscrit sur la déposition qu'il lui avait fait signer. Elle lut : *Mademoiselle Koloshenskaïa, j'ai arrêté l'homme qui a tué Marcel. Pourriez-vous passer ce matin pour l'identifier ? Merci. Pierrick Becquedot.*

C'était presque inconcevable. Comment avait-il pu réaliser un tel exploit ? La veille, rien ne laissait présager un pareil dénouement alors qu'il fouinait dans ses étagères à la recherche d'on ne savait quoi, ou posait des questions indiscrètes sur ses origines. Elle s'était foutue de sa gueule, le traitant de Sherlock Holmes et, à 4 h 20 du matin, il lui annonçait avoir résolu l'affaire ! Elle répondit aussitôt : *Je ne dors pas, je peux venir maintenant.*

Puis attendit la réponse, qui ne tarda pas : *C'est gentil, mais je vais me coucher. J'ai besoin de sommeil. Demain à 9 heures, ça vous irait ?*

Elle envoya un simple *OK*, puis éteignit la lumière en espérant se rendormir.

⋆

⋆ ⋆

Becquedot avait aligné six personnes tenant dans leur main une pancarte avec un numéro. Tous de taille moyenne, assez costauds, les cheveux courts et de type européen. Cependant, le cinquième en partant de la gauche était roulé en boule à même le sol, la pancarte posée devant lui. Becquedot n'avait pu faire mieux. Inutile de relever l'individu, il s'effondrerait aussitôt, reprenant cette position grotesque – replié comme un fœtus et pouce dans la bouche – qu'il ne quittait plus.

Derrière la glace sans tain, Svetlana jeta un rapide coup d'œil sur les hommes présents, écarquillant les yeux en découvrant celui couché par terre. Becquedot avait décidé de ne pas la prévenir. Sinon, à quoi pourrait donc servir cette exercice d'identification ? En même temps, c'était si étrange et incongru qu'il se doutait bien que la présence de cette anomalie fausserait la perception du témoin.

Après un moment de silence pendant lequel Svetlana fixa de nouveau, un à un et plus lentement, ceux qui se tenaient debout, elle demanda :

— Vous voulez savoir si j'élimine ceux qui me font face, bien campés sur leurs deux jambes, regardant droit devant eux et tenant fermement leur pancarte ?

— Euh…

Un piège que cette pseudo-question. Pris de court, Becquedot comprit que la perspicacité de cette fille l'empêchait de finasser avec elle. Son hésitation fut suivie d'un sobre « oui ».

— Eh bien, aucun d'eux ne correspond à l'homme que j'ai vu. Vous êtes content ?

— Et…

— Et celui que vous avez tabassé ?

Surpris par cette accusation, Becquedot s'indigna.

— On n'a tabassé personne !

— Ah bon ? Parce que celui qui ne tient plus debout, vous l'avez caressé avec amour, c'est ça ?

— Mademoiselle Koloshenskaïa, je vous assure sur mon honneur qu'il est ainsi depuis que je l'ai interpellé. Nous n'avons pas porté la main sur lui, ni moi ni mon collègue. Nous n'avons pu obtenir que son prénom, Alexis. Avant même son arrestation, il était dans cet état, dans l'incapacité de communiquer, et nous n'en tirons rien.

— Qu'est-ce qui vous fait penser que c'est l'assassin ?

— Vous ne le reconnaissez pas ?

Haussant le ton, Svetlana s'écria :

— Vous vous foutez de moi ? Comment voulez-vous que je le reconnaisse ? Je le vois à peine ! Je vous rappelle aussi que je l'ai aperçu debout, en bonne santé. Et puis je vous ai posé une question !

— J'ai assisté au second meurtre, en tout point semblable au premier, à la barre de fer. Le crâne défoncé…

— Parce qu'il y a eu un second meurtre !?

— Hélas, oui. Un jeune SDF avec son chien.

— Merde ! C'est épouvantable ! En plus, imaginer que cette loque a assassiné deux personnes avec une telle sauvagerie, c'est inconcevable. Là, je suis un peu perdue.

— Nous aussi…

— Vous ne voulez pas qu'on prenne un petit café ?

La proposition était si inattendue que Becquedot ne répondit pas.

— Je ne vous parle pas d'un café dans un gobelet en plastique de l'infâme machine à sous qui se trouve dans votre couloir.

— Ah bon ?

— Non, je parle d'un petit café dehors dans un bistrot du coin.

Là encore, ce n'était pas bien réglementaire, mais tentant. Piquemal en serait irrité. Et ce serait amusant.

— Va pour un petit café !

★

★ ★

Du reste, Piquemal, ils l'avaient croisé. Au niveau de l'ascenseur. Ils y pénétraient, il en sortait et leur avait jeté un regard déconcerté en les voyant prendre sa place.

Tout en lorgnant d'un œil gourmand la bière d'un blond doré que le serveur déposait devant lui, Becquedot en souriait encore.

Puis il tint à mettre les points sur les *i*, car il n'était pas dupe concernant le but de cette surprenante invitation à prendre un pot.

— Si c'est pour me tirer les vers du nez afin d'écrire un nouvel article sur le tueur des SDF, vous perdez votre temps.

— *Le tueur de SDF*, excellent titre ! Merci.

— Arrêtez votre cirque, ou je bois mon verre cul sec et je me tire.

— Grognon, le flic…

Avec application, Svetlana dépiautait un morceau de sucre puis le laissait tomber dans sa tasse.

— Vous savez ce que je pense ?

— Je ne vais pas tarder à le savoir.

— À mon avis, vous vous trompez. Cette loque humaine ne peut pas être le type qui a fracassé le crâne de deux personnes avec une rage de dément.

Agacé, Becquedot haussa les épaules.

— Je vous l'ai dit, j'aurais sans doute pas dû, d'ailleurs, mais je l'ai vu.

— Vous l'avez vu frapper ce pauvre gars ?

— Le chien, pour l'achever, et c'est tout pareil, étant donné la scène. Son maître gisant à côté dans une mare de sang et l'assassin fuyant à toutes jambes, sa barre de fer à la main.

— Ah ! Vous ne l'avez pas arrêté sur place !

— Non, je l'ai poursuivi et je l'ai alpagué quelques rues plus loin.

Après avoir tourné la cuillère pour diffuser le sucre, Svetlana la releva et la mit dans sa bouche avant de la reposer sur la soucoupe.

— Pendant cette poursuite, vous l'avez toujours eu sous les yeux ?

— Non, je l'ai perdu un moment puis j'ai fini par le rattraper.

— Eh bien voilà !

— Voilà quoi ?

— C'est pourtant simple. L'homme que vous avez interpellé n'est pas celui que vous avez poursuivi. Entre l'instant où vous ne le voyez plus et l'instant où vous croyez le retrouver, vous ne savez pas ce qui s'est passé. C'est pendant ce laps de temps que s'est produite la substitution.

— Oh là là !

Saisissant son demi dans la foulée, Becquedot but avidement une grande gorgée, fourrant son nez dans la mousse. Quand il reposa le verre, une écume blanche auréolait ses narines.

— Vous lisez trop de romans, surtout trop de romans policiers, et des mauvais en plus !

— Vous devriez changer de métier. Flic, ça vous va pas. Ce qui vous manque, c'est l'imagination pour concevoir des situations un peu complexes.

— L'imagination, mon cul, oui ! Et la barre de fer à ses pieds ?

— Posée là pour l'accuser.

— Donc, si je comprends bien, un fou se promène par hasard la nuit. Le tueur le croise et remarque, parce qu'il a beaucoup d'intuition, que ce pauvre type est le pigeon idéal, lui balance la barre de fer dans les jambes et disparaît. Moi, j'arrive sur ces entrefaites et je tombe dans le panneau.

— Oui ! On vous lance un os à ronger et vous vous jetez dessus tête baissée !

— C'est complètement con.

— Je ne vous demande pas de reconnaître tout de suite que vous vous êtes trompé.

Une seconde longue gorgée, si longue que le verre se vida et se révéla insuffisant pour supporter les élucubrations de la jeune femme. Becquedot leva la main et héla le serveur :

— Un autre, s'il vous plaît !

— Quand vous vous y mettez, vous avez une sacrée descente.

— J'aurais dû me méfier, avec vous, et prendre une pinte dès le début.

Le silence s'établit. Becquedot se remémorait la soirée. Il ne pouvait pas nier qu'il avait perdu de vue le tueur avant de le retrouver. Mais la poursuite s'était enchaînée sans temps mort, et pour quelqu'un qui l'avait vécue, en prise direct avec le réel, l'hypothèse de la « substitution » ne collait pas. D'ailleurs, cette théorie farfelue n'était que le fruit d'un blocage mental : le refus de concevoir l'individu arrêté comme étant le coupable.

Quoi qu'il en soit, il s'était fait piéger avec habileté. Il avait fourni à la journaliste une matière exploitable pour suggérer dans un article que l'homme interpellé n'était pas le bon. Avec Svetlana Koloshenskaïa, il pouvait s'attendre au pire.

Elle n'avait toujours pas touché à son café et fixait Becquedot. Celui-ci s'en étonna.

— Qu'est-ce que vous avez à me regarder comme ça ?

— Avez-vous envie de faire l'amour avec moi ?

Abasourdi par cette question sortie de nulle part, véritable ovni tombé sans crier gare sur la table, Becquedot haussa les sourcils. Pendant de longues secondes, il ne sut que répondre. Puis il finit par dire, sur un ton qu'il voulait le plus neutre possible :

— Votre café va être froid.

— Oui, je sais : « La soupe va être froide. » On me l'a déjà fait, ce coup-là, mais j'étais très jeune et ça ne marche plus.

Mince, elle débloquait complètement. La bouche entrouverte, dubitatif, Becquedot tirait sur le lobe de son oreille gauche.

— Par moments, vous êtes un peu à l'ouest.

— Très à l'ouest de la Russie, c'est exact. Vous avez de bonnes notions de géographie. Et ma question, vous allez continuer à l'esquiver ou vous voulez que je la repose ? Avez-vous envie de faire l'amour avec moi ?

— J'ai l'impression que c'est une question que vous vous posez vous-même.

— Vis-à-vis de vous ?

— Oui, vis-à-vis de moi.

— Super psy ! En fait, pour un flic, manque d'imagination chronique. Mais pour retourner les choses comme un psy, là, chapeau ! Bon, admettons, par exemple, que je me la pose, cette question, je vous demande dans ce cas si vous ne vous la posez pas vous-même.

— Non, pas du tout. Je me la pose pas du tout. Vous êtes une très jolie fille, super bandante, et je ne vois pas pourquoi je n'aurais pas envie de faire l'amour avec vous.

— De la clarté, enfin !

— Néanmoins, votre café va être froid.

— Merci, flic, de votre sollicitude.

Svetlana but son café d'un trait.

— Je crois qu'on s'est tout dit, il faut que j'aille bosser.

— S'il vous plaît, n'écrivez pas n'importe quoi dans votre article. Cela ne sert à rien de faire croire à la population que le tueur est toujours en liberté.

— C'est une pression ?

— Amicale.

— J'écris ce que je veux.

— Ça, je l'avais compris.

11

Dès qu'elle fut assise à son bureau, Svetlana tapa sur son clavier. Encore une fois, les phrases lui venaient sans effort. Dix minutes plus tard, elle avait terminé et se relut pour vérifier qu'elle avait bien exprimé sa pensée.

Le tueur de SDF

Un nouveau meurtre de SDF s'est produit cette nuit dans notre ville. La victime est un malheureux jeune homme, tué à coups de barre de fer sur le crâne, de la même manière que le vieux Marcel la veille. La sauvagerie de l'assassin ne paraît pas avoir de limite et la raison pour laquelle il s'attaque aux SDF demeure inconnue.

La police a interpellé un suspect qu'elle présente comme le coupable. Pourtant, de nombreuses questions demeurent, car le profil de l'homme actuellement en garde à vue cadre mal avec la férocité des meurtres. Par ailleurs, les preuves manquent, et des indiscrétions nous ont appris que les conditions même de l'arrestation n'excluent pas la possibilité d'une méprise.

SK

Satisfaite, Svetlana imprima et jaillit dans le bureau du directeur. Celui-ci ne releva même pas la tête, si bien qu'elle glissa la feuille sous ses yeux.

— Il y a eu un nouveau meurtre de SDF. J'en ai fait un papier.

— Je n'ai pas envie de le lire.

— Pourquoi ?

Il se redressa et la foudroya du regard.

— Parce que tu te fous de mon avis et de mes conseils !

— Ah, c'est ça, tu m'en veux.

Prenant l'article entre le pouce et l'index comme s'il s'agissait d'un mouchoir usagé, il le rendit à sa subordonnée.

— Plus que ça. Il va falloir interrompre notre collaboration. Je souhaiterais que tu cesses de travailler dans ce journal. Par ta faute, on perturbe nos annonceurs qui pensent que nous sommes devenus anti-flics. J'ai reçu de nombreux coups de téléphone, jusqu'au commandant Paltier qui, je te prie de me croire, n'était pas content du tout. Il faut que cessent ces articles à la mords-moi le nœud. Tu entaches la réputation de notre site web.

Pris par la colère, il en oubliait de parsemer ses phrases d'anglicisme.

— J'ai un CDI.

— Tu peux démissionner.

— Certainement pas ! Des clous, oui ! Depuis la dernière loi pondue au Parlement, on n'a pas droit au chômage si on démissionne. Tu me veux à la soupe populaire ?

— Au diable ! Je te veux au diable !

— OK, mais ce sera à toi de me licencier.

— Je vais lancer la procédure.

Svetlana retourna s'asseoir devant son ordinateur, lâcha un sonore « Connard ! » que ses collègues firent semblant de ne pas entendre et mit son article en ligne.

⋆

⋆ ⋆

Son portable vibra. Un numéro inconnu.

— Allô ?

— Mademoiselle Svetlana Koloshenskaïa ?

— Oui.

— Excusez-moi de vous déranger, je me présente : monsieur Picard. Je souhaiterais vous rencontrer.

— À quel sujet ?

— Euh… C'est assez personnel. Une affaire vous concernant, dont je préfère ne pas parler au téléphone.

— Ah ? Me concernant… Et vous ne voulez pas me dire de quoi il s'agit ?

— Si, bien sûr, mais de vive voix, en tête-à-tête. Ce sera beaucoup plus simple.

Énervée par la brève entrevue avec son directeur qui annonçait des temps difficiles, Svetlana avait une forte envie de raccrocher.

— J'insiste, mademoiselle Koloshenskaïa, il faut que je vous voie. C'est assez urgent. Quand seriez-vous libre ?

— Écoutez, monsieur Picard, je devrais vous envoyer paître…

— Non, surtout pas ! Mon but n'est pas de vous importuner.

— Bon, alors, quand ? Maintenant ?

— Je suis à Paris. Mais je peux prendre un train demain matin et nous pourrons nous voir dans l'après-midi. Je repartirai le soir même.

— Un aller et retour rien que pour moi ? C'est vraiment trop d'honneur…

— Mon train arriverait à 14 h 23. Pouvons-nous nous donner rendez-vous au café de la gare, je suppose qu'il y en a un ?

— Oui, il y en a un.

— Parfait ! Je compte sur vous. 14 h 30 ?

— À demain, 14 h 30.

— Au revoir, mademoiselle Koloshenskaïa.

Il raccrocha. Un type de Paris qui se déplaçait rien que pour elle et qui refusait d'en expliquer la raison… Étrange.

— Il faut que je me détende un peu.

Elle envoya un SMS.

Je peux venir chez toi ce soir ?

La réponse ne se fit pas attendre :

Oui.

Elle pianota aussitôt :

À ce soir.

12

Même jour, 20 h 30

Avalant en bondissant la dernière volée de marches, elle frappa à la porte. Trois petits coups pianotés du bout des ongles pour signaler sa présence, comme à son habitude. Puis elle ramassa ses mains derrière son dos en se soulevant sur la pointe des pieds, telle une petite écolière obéissante.

— Entrez, c'est ouvert !

Simple délicatesse de la part de Svetlana que d'attendre cette autorisation, car l'appartement n'était jamais fermé.

— Ah, Nina Hagen !

Un stylo à la main, en chaussettes, le garçon était allongé sur un lit jonché de feuilles de papier et lui faisait signe de la main.

— Arrête avec Nina Hagen ! Tu m'as déjà fait le coup, il faut te renouveler, répliqua Svetlana en souriant.

— Mais c'est vrai, Svet, tu lui ressembles ! C'est indéniable.

Svetlana fit trois pas dans la pièce. À l'image de son propre logement, celui de Juan n'était qu'un grand espace sous les toits, réaménagé par le propriétaire. D'un aspect plus rustique, car certaines grosses poutres de la charpente étaient apparentes. Mal isolé, aussi, il y faisait plus froid que chez elle en hiver, et plus chaud en été.

— Tu sais, je suis allée regarder sur Internet qui était cette vieille chanteuse allemande dont je n'avais jamais entendu parler.

— Et ?

— Oui, OK, un peu, quand elle était jeune et brune. Mais j'ai quand même un nez plus fin et une bouche moins large.

— Je n'ai pas dit que tu étais son sosie. Tu pourrais être sa sœur, par exemple.

— Ah oui ! Sa sœur dont elle jalouserait la beauté. C'est bien cela que tu veux dire ?

— Mouais…

Svetlana se pencha au-dessus du lit, posa une demi-seconde ses lèvres sur celles de Juan, et fit brusquement apparaître ses mains toujours cachées derrière son dos, tels deux diables jaillissant de leur boîte. L'un d'elles tenait une bouteille.

— J'ai apporté de la vodka !

— Moi qui ai du mal avec les alcools forts, on va encore finir bourrés…

— « Encore » ? Tu exagères ! Et puis je trouve qu'on baise mieux tous les deux quand on a un peu picolé.

— Un peu, mais pas trop, sinon ça finit par me ramollir…

Elle lui caressa les cheveux, l'air pensive. Juan était beau. La trentaine dépassée depuis peu, comme elle, il était brun avec des cheveux bouclés, les yeux noirs, le teint mat, un étrange nez en bec de corbeau qui lui allait bien, une bouche aux lèvres sensuelles.

— Tu écris ?

— Toujours. Dès que j'ai du temps de libre, j'écris.

— Des poèmes, toujours des poèmes ?

Il acquiesça d'un signe de tête.

— Toujours pas d'éditeur ?

— Peine perdue. Je renonce. Je cherche de moins en moins. À notre époque, personne ne lit de poésie, personne ne s'y intéresse. C'est un art en soins palliatifs. Je ne sais pas s'il survivra à la brutalité de ce monde.

— Tu me fais de la peine quand tu parles comme ça.

— Faut pas, Svet, parce que cela ne m'empêche pas d'écrire et que je suis heureux de pouvoir continuer. Ouvre-nous plutôt ta bouteille au lieu de t'attendrir !

Juan se redressa, réunit en un seul paquet toutes les feuilles étalées sur le lit, sembla les classer – certaines avaient des numéros – et les posa sur la table de nuit.

— T'as un peu de shit ? demanda Svetlana.

— Dans le tiroir de la table, il doit m'en rester un peu. Il y a un briquet avec, et du tabac.

Tandis que Svetlana chauffait le morceau de hasch et, entre le pouce et l'index, l'effritait pour réunir la quantité suffisante et la mélanger au tabac, Juan l'observait en silence.

— Je suis contente de te voir, Juan, dit-elle au bout d'un moment tout en restant concentrée sur sa tâche. Je vis une semaine difficile.

— Oui, j'ai lu tes deux articles.

Elle revenait, jetait au loin ses chaussures, s'allongeait sur le lit à côté de Juan, allumait le pétard, en pompait une longue bouffée et gardait la fumée dans ses poumons.

— Ça m'a fait un choc, la mort de Marcel… Et pour couronner le tout, j'ai été virée de mon boulot ce matin.

— Ah merde ! Ça c'est con ! Comment…

— Bof, le premier prétexte venu lui a suffi. Il m'avait dans le collimateur depuis longtemps. Parlons pas de ça !

Au goulot, elle but une bonne gorgée de vodka et tendit la bouteille à Juan, qui lui redonna le joint.

— Et puis, aussi, y a un mec qui veut me voir. Il vient de Paris tout exprès sans vouloir me dire de quoi il s'agit.

— Oh ?

— Si, si !

Quelques minutes plus tard, elle écrasait le joint dans le cendrier. Ils échangèrent un regard significatif.

— On fait l'amour ? suggéra Juan. J'en ai très envie.

— Moi aussi. Mais avant, tu vas m'écrire un poème érotique.

— Quoi !?

— Oui, aujourd'hui, ce sera la condition *sine qua non* pour s'envoyer en l'air.

— Bon, tes désirs sont des ordres. Un petit quatrain en octosyllabes vite torché ?

Svetlana se mit debout sur le lit et posa son pied nu sur la poitrine de Juan.

— Non ! Je suis Svetlana Sergueïevna Koloshenskaïa, impératrice de toutes les Russies, j'exige des alexandrins.

— Ah là là, qu'est-ce qu'il faut pas faire pour tirer un coup…

Juan s'empara d'une feuille vierge, reprit son stylo et se mit au travail tandis que Svetlana se laissait tomber sur le lit, comme une morte, en faisant gémir les lattes du sommier.

— Casse pas tout quand même, dit Juan sans lever la tête.

— Si j'ai envie de tout casser, je casse ! affirma-t-elle en saisissant de nouveau la bouteille de vodka et en la portant à ses lèvres.

Elle la brandit ensuite au-dessus d'elle en lançant sur un ton qui jouait l'impatience autoritaire :

— J'attends !

— Minute, minute, j'ai besoin d'un peu de concentration, s'il vous plaît, madame.

Fermant les yeux, elle se tut en croisant les bras. Une atmosphère d'euphorie flottait dans l'air. Il n'y avait que Juan pour la mettre dans cet état, accepter ses délires et y participer avec plaisir.

Pendant ce temps, il alignait les mots, les rayait parfois, restait le nez en l'air quelques secondes, puis reprenait de plus belle. Parfois, il murmurait « Ça c'est bien », ou « Pas terrible », ou encore : « Ah, voilà ! »

Il finit par prendre une nouvelle feuille, vierge, pour recopier le poème. Après une ultime relecture, il biffa de nouveau deux mots, les remplaça par d'autres, avant de relire l'ensemble à voix basse.

— C'est acceptable. Je te le lis ?

— Je t'écoute, dit-elle sans ouvrir les yeux.

Liane d'Alien

À tes cils qui frissonnent et oscillent sous la brise,
Je souris, en posant mes lèvres sur les tiennes.
Lors tu t'ouvres, et murmures, et te changes en Alien,
Longue liane érotique qui s'enroule et m'attire,
Calice ensorcelant qui brûle et me sublime,
Électrisant mon sexe qui, hors contrôle, explose.
Je m'effondre, hébété, échevelé, livide,
Tandis que, triomphante, tu me lèches et m'absorbes.

Silence prolongé, rompu par une question inquiète de Juan :

— Ça te plaît ?

Svetlana se blottit contre lui.

— Beaucoup, Juan. En plus, un poème rien que pour moi… Elles ne sont pas nombreuses, les amantes qui ont ce privilège.

— Sans doute.

Elle l'embrassa sur la joue.

— Merci, Juan.

— Ma petite Alien…

Prenant un air mutin, Svetlana dit tout à coup :

— J'ai noté un petit emprunt à un poème très connu. Tu t'en es rendu compte ?

— Non. C'est quoi, cet emprunt ?

— « Échevelé, livide »…

— C'est vrai ? s'étonna Juan.

— « Lorsque avec ses enfants vêtus de peaux de bêtes / Échevelé, livide au milieu des tempêtes »…

— Victor Hugo !

— Tu vois, tu connais ! s'écria Svetlana. Il y a des choses qui stagnent dans ton cerveau en arrière-plan et qui reviennent parfois sans crier gare. Moi, pas d'arrière-plan, tout affleure en permanence. C'est vraiment une tare d'être hypermnésique. Dès que je lis quelque chose, c'est imprégné à jamais.

Elle glissa sa main sous le tee-shirt de Juan et le caressa.

— Si on passait aux choses sérieuses ? interrogea-t-elle à voix basse.

Sans attendre, Juan l'embrassa. Un long baiser, où leurs langues se mêlèrent et se conjuguèrent en harmonie. Puis il plongea dans son cou tandis que Svetlana, desserrant la ceinture de son compagnon, coulait sa main jusqu'à son sexe, le massant avec délicatesse. Aussitôt, le pénis durcit et prit de l'ampleur.

— Doucement, Svet, sinon, *hors contrôle, il explose…*

— Toi, hors contrôle ? Je serais étonnée… murmura-t-elle en souriant.

Juan passa sa paume sur le creux des reins de la jeune femme, s'y attarda avec de lents allers et retours, puis il atteignit l'arrière des cuisses et, sans s'interrompre, glissa sur l'entrejambe, qu'il pressa avec insistance. Svetlana soupira.

Elle se déshabilla pour lui permettre de poursuivre son exploration. Bientôt, Juan, en une succession de gestes rapides, jeta lui aussi ses vêtements par-dessus bord. Il revint à la charge, l'embrassant, léchant ou suçant ses épaules, ses seins, ses hanches, cherchant à l'enlacer plus étroitement en l'attirant contre lui.

Elle ondulait de plaisir et s'échappait en se rejetant en arrière, la respiration saccadée, ne lâchant plus le sexe de Juan sur lequel elle repliait ses doigts, exerçant des pressions régulières.

Ses gémissements l'alertèrent. Il ne tiendrait pas longtemps, elle non plus. Elle écarta les cuisses, le saisit par les épaules, et eut cet appel d'un souffle presque véhément :

— Vas-y, Juan, achève-moi !

Il la pénétra sans violence, tandis que la main de Svetlana se portait sur son clitoris, qu'elle caressait, frôlant en même temps, du bout des doigts, le sexe de son partenaire qui entamait son va-et-vient tel un puissant balancier.

Il se pencha sur elle et l'embrassa avec une passion décuplée. Elle cambrait les reins, ouvrant toujours plus largement les cuisses, avant de lancer ses jambes autour du buste de Juan et de le serrer comme une désespérée.

Ils se mirent à crier ensemble, en un corps-à-corps presque douloureux, une tentative de fusion irréelle, un anéantissement de leur être en un magma de chairs brûlantes.

Hurlant soudain, Juan éjacula, et ils furent tous les deux tétanisés de plaisir, figés, pétrifiés, tandis que le sperme jaillissait en saccades incontrôlables et se répandait en Svetlana.

Puis ils s'écroulèrent comme une seule et même masse. Ils s'embrassèrent une dernière fois, longuement, avant de rouler sur le côté. Sur le dos, immobiles, la main dans la main, les yeux fixant le plafond.

Dix minutes de silence. De plénitude et de sérénité. L'esprit vide, mais paisible, loin du monde, de ses horreurs et de ses oppressions.

Enfin, Svetlana eut un rire léger et joyeux.

— Et te voilà, Juan, *hébété, échevelé, livide…*

— Et qu'attends-tu, après ton triomphe, pour me lécher et m'absorber ?

— De récupérer.

— Petite nature !

13

26 novembre 2004

Ce soir-là, de retour du lycée, Svetlana avait poussé la porte de l'appartement avec la plus grande discrétion. Elle rentrait plus tard que prévu et se voulait discrète. La faute au quartier. La petite famille composée du grand-père, de la mère et de la fille n'avait pas trouvé mieux qu'un grand ensemble de tours et de barres datant des années 1960 dans un secteur de la ville qu'on disait mal-famé, voire dangereux.

Un quartier d'immigrés, peuplé de Maghrébins et d'Africains. Eux aussi, les Russes, constituaient une famille d'immigrés, mais différente, pour raison politique et non économique, et d'une provenance géographique inhabituelle. Seuls Russes de la ZUP, ils avaient été regardés avec curiosité. L'allure du grand-père détonnait, sa longue barbe faisait se retourner et rire les enfants. L'impossibilité de communiquer avec la mère, qui ne parlait pas un mot de français, limitait les contacts avec les autres femmes de la cité. Bref, ils avaient été acceptés, sans plus, et faisaient partie dorénavant du paysage déjà riche en couleurs. Après tout, ces Russes vivaient de peu et ne dérangeaient personne.

Pour Svetlana, en raison de sa jeunesse, l'intégration avait été tout autre. Le lycée d'abord. Au départ, il y avait eu la barrière de la langue. Cependant, Svetlana avait appris le français avec une rapidité qui défiait l'entendement. Son hypermnésie s'était révélée un outil inattendu et d'une efficacité extraordinaire. Une seule explication suffisait, elle captait tout, retenait tout, et le mettait en pratique aussitôt sans erreur. Le grand-père avait inscrit sa belle-fille et sa petite-fille à des cours de français. Deux mois plus tard, Svetlana n'en avait plus besoin alors qu'Irina progressait si peu que le découragement la gagnait.

En classe, sa singularité l'avait emporté, étonnant les autres élèves. Malgré son caractère solitaire qui ne se démentait pas, ses camarades l'avaient intégrée. Un peu comme la pièce surnuméraire d'un puzzle qu'on ne parvient pas à caser, mais qui mérite d'être conservée en raison de sa forme bizarre et attirante. Par ailleurs, beaucoup étaient abasourdis et admiratifs de son hypermnésie. Les profs aussi qui, se trompant sur son compte, y voyaient la marque d'une élève brillante.

Mais c'est au pied des tours qu'elle fit son véritable apprentissage de la France. Dès son arrivée, désœuvrée, elle s'y était baladée en observant de loin les groupes de jeunes. Des Français de la troisième génération d'immigrés, mélange surtout de descendants d'Arabes et d'Africains, dont la décontraction apparente l'attirait. L'expérience était nouvelle et la plongeait dans un environnement qu'elle n'avait pas connu en Russie.

Vite repérée, elle fut testée par des plaisanteries plus ou moins fines, mais pas vraiment agressives, et ses réactions ou réparties lui gagnèrent le respect. On l'adopta, là encore comme un être à part, du genre déjanté, ce qui, à sa grande surprise, était très apprécié. Elle y gagna son surnom, « Svet », un diminutif à la consonance plus américaine que le « Svéta » de sa terre natale. Car les codes qui régissaient ces groupes empruntaient beaucoup aux films et aux séries hollywoodiens.

Sans participer aux nombreux trafics qui occupaient ces jeunes, elle en était le témoin et assistait souvent à des discussions dont elle aurait dû être exclue. Par une sorte d'instinct, on savait qu'elle ne parlerait pas et on lui faisait confiance. Svetlana apprit énormément à leur contact. Non seulement une langue différente de celle enseignée par les profs de français ainsi que des manières de raisonner stupéfiantes et bien étranges parfois, mais aussi une double perception de la société française, coupée en deux par une cloison étanche, un moule intégrateur mais conformiste symbolisé par le lycée d'un côté, une liberté dangereuse et quelque peu destructrice de l'autre.

C'est aussi avec ces jeunes, au pied des tours, qu'elle connut ses premiers émois sexuels, ses premiers flirts, et fut dépucelée un soir sans tambour ni trompette.

Voilà pourquoi, frayant souvent avec cette fine fleur de la cité, elle rentrait quelquefois tard chez elle, rusant sur ses horaires de lycée pour échapper aux remontrances de Feodor Koloshenski, dont elle redoutait la sévérité d'un autre âge.

Ce soir-là, elle se trouvait dans le petit couloir avec l'intention de regagner sa chambre sans se faire remarquer pour donner l'impression, quand sa mère la chercherait, qu'elle s'y trouvait depuis très longtemps.

Elle fut tétanisée par la voix de son grand-père qui assenait, d'un ton tremblant de colère :

— Il ne nous aidera pas, ce salaud !

Rien que le terme de « salaud », jamais entendu dans la bouche de son grand-père, l'alerta sur le fait que quelque chose de grave s'était produit.

La porte de la cuisine étant entrouverte, elle voyait de dos Feodor assis à la table, tenant une feuille qu'il secouait avec véhémence. Puis, avec un geste de dédain absolu, il la balança devant lui en répétant :

— Il ne nous aidera pas !

Mue par une étrange volonté, consciente que depuis leur départ de Russie on lui en cachait beaucoup, elle poussa le battant et apparut sur le seuil de la cuisine. La feuille jetée sur la table se révélait être une lettre. Écrite en français et tapée à la machine. Son regard s'attarda dessus puis, constatant le raidissement de sa mère qui, par des mouvements de tête, tentait d'alerter Feodor de la présence de sa petite-fille, elle lança à l'adresse de son grand-père :

— Qui ne nous aidera pas ?

Elle fut elle-même étonnée par la violence de son interpellation. Une voix forte, impérieuse, qu'elle ne se connaissait pas. D'un bloc, Feodor se retourna en pivotant le buste. Sa première réaction fut la surprise. La seconde la colère. Il répondit avec une sécheresse à glacer le sang :

— Personne ! C'est personne !

Ramassant la lettre, il se leva, ajoutant en fixant sa petite-fille avec des yeux furieux :

— Personne ne nous aidera, Svéta !

Il disparut dans sa chambre, dont il fit claquer la porte. Svetlana fit face à sa mère.

— Qui ne nous aidera pas, maman ?

— Ne me le demande pas, ton grand-père ne veut pas qu'on en parle.

14

17 novembre 2022, 7 h 05

Quand Becquedot et Piquemal pénétrèrent dans la chambre, ils furent statufiés par une vision d'horreur. L'odeur était insupportable. Piquemal pâlit, déglutit et baissa instinctivement les yeux. Le visage fermé de Becquedot en disait long sur l'effet que la scène produisait sur lui.

— Tu peux sortir un moment et revenir plus tard, si tu veux, dit-il à son adjoint.

— OK, répondit celui-ci d'une voix à peine audible.

Les membres de la police scientifique s'affairaient dans un silence de cathédrale. Personne n'était d'humeur à lancer une plaisanterie, comme il arrive parfois pour diluer les émotions morbides liées au crime. Piquemal s'était éclipsé et Becquedot ne bougeait toujours pas. Il ne pouvait détacher son regard de l'horrible carnage.

Sur le lit, allongé sur le dos, un homme nu, les bras et les jambes en étoile, chevilles et poignets solidement attachés à des cordes nouées autour des quatre pieds du sommier. Son ventre avait été ouvert par une lame tranchante depuis la poitrine jusqu'au pubis. Les deux lèvres de l'épouvantable plaie avaient été écartées et les intestins, sans doute saisis à la main, avaient été tirés et rejetés sur le buste, le sexe et les côtés, constituant des amas infâmes, ruisselants et répugnants, qui suintaient de toute part.

Les jambes et les bras de la victime avaient été lacérés et présentaient des entailles profondes. Les draps du lit, trempés, étaient rouges de sang coagulé. Autre détail affreux, la terreur de mourir avait eu raison des sphincters, et les fesses baignaient dans les excréments, expliquant l'odeur irrespirable répandue dans l'appartement.

D'un pas lourd, Becquedot parvint à avancer jusqu'au lit. Il eut un nouveau choc. L'homme avait été égorgé, d'une si horrible manière que Becquedot se détourna. Il serra les dents, eut la fugace pensée qu'un jour ou l'autre il devrait arrêter de faire ce métier et, avec difficulté, posa son habituelle question :

— Alors ?

Le chef de la Scientifique, dont le visage était dissimulé par son masque, s'approcha de Becquedot.

— J'en ai vu, mais là, ça dépasse tout… dit-il.

— Je te demande pas tes états d'âme, mais ce que tu peux en dire.

— Bof… Pas grand-chose, tu vois tout par toi-même. Que veux-tu que j'ajoute ?

— C'est de la torture dégueulasse. Il a été égorgé à la fin, pour l'achever.

— Comment peux-tu affirmer ça ?

— Mon instinct, vieux, mon instinct.

Le médecin légiste apparut dans l'encadrement de la porte. Ses traits se contractèrent comme un ver de terre qui vient d'être touché par une pioche.

— Ouh là là ! Putain, la vache ! Oh, l'horreur !

S'approchant à son tour, il eut cette réflexion :

— Comment on va ramener ça à l'institut médico-légal ?

— Y a qu'à tout lui remettre dans le bidon, tasser un peu, scotcher la gorge pour éviter que la tête se détache, et cela fera un très beau cadavre, docteur, laissa tomber Becquedot sur un ton à la fois neutre et froid.

— Vous changez pas, vous ! réagit le médecin.

Becquedot ne répondit pas. Il inspecta l'appartement, bien tenu, en ordre, si ce n'était une flaque de vomi récente sur la moquette qui l'intrigua, puis sortit et retrouva Piquemal dans le couloir de l'immeuble. Celui-ci paraissait avoir retrouvé des couleurs, mais son visage restait brouillé par l'image du cadavre entrevu.

— On fait le point ? lui lança Becquedot.

— Excuse-moi, j'ai un peu craqué…

— Pas grave. Sur la porte d'entrée de l'appartement, j'ai relevé le nom de ce pauvre homme. Jacques Lafeuille. Il me faut son pedigree.

— Je m'en chargerai.

— On va interroger les voisins, en commençant par celui qui nous a prévenus. Voyons… (il jeta un coup d'œil sur son carnet), un certain Farid Ben Allouf, au 52. C'est où, la porte 52 ?

— Derrière toi.

L'appartement jouxtant celui de la victime. Becquedot se retourna et sonna. L'homme qui apparut avait la trentaine sportive, les cheveux courts. Becquedot montra sa carte de police.

— Bonjour, monsieur, capitaine Becquedot. Et voici le lieutenant Piquemal. Excusez-nous de vous déranger, car je me doute que nos collègues de Police Secours vous ont déjà interrogé cette nuit. Vous viendrez signer votre déposition au commissariat, mais pouvez-vous nous raconter de nouveau les circonstances du drame telles que vous les avez vécues ?

Dans le couloir de l'appartement, une femme brune aux yeux noirs se tenait en retrait et observait timidement la scène.

— C'est… commença l'homme, des cris, qui nous ont alertés. Notre appartement est à côté de celui de M. Lafeuille et la cloison qui nous sépare n'est pas… pas très…

— L'isolation phonique laisse à désirer, c'est cela ?

— Oui. Au milieu de la nuit, il devait être 2 heures, ma femme a été réveillée et elle a trouvé ça bizarre.

— Pourquoi ?

— Parce que M. Lafeuille, il ne fait jamais de bruit. Il est assez… souvent chez lui… il vit seul… il sort peu…

— Renfermé, quoi !

— Oui, mais gentil, aimable, sans histoires.

— Et ces cris, donc ?

— Des cris comme si quelqu'un avait mal. Très mal. Pour tout dire, ça nous faisait peur. On écoutait, on se demandait… Par moment, c'était moins fort, on avait l'impression qu'il pleurait, et puis ça reprenait. On savait pas quoi faire. En pleine nuit.

— Je comprends. Et, finalement, au bout de combien de temps vous avez réagi ?

— Je ne sais pas… une demi-heure. Ma femme m'a dit : « Va voir, il se passe quelque chose. »

En arrière-plan, Mme Ben Allouf acquiesçait aux propos de son mari.

— Et vous êtes allé voir.

— Ben oui. Et c'est en sortant dans le couloir que je les ai vus.

— Qui ?

— Deux hommes qui s'enfuyaient en courant.

— Vous les connaissiez ?

— Non, jamais rencontrés. En même temps, ils étaient de dos et ont disparu dans l'escalier.

— Mouais.

En un sens, Becquedot était presque soulagé d'entendre ce récit. Depuis que Svetlana avait émis l'hypothèse d'une « substitution », même s'il n'y croyait pas, le doute s'était insinué. La présence de deux individus et d'un mode opératoire très différent dissociaient les deux affaires et ne remettaient pas en cause le fait que l'homme à la barre de fer soit bien le tueur de SDF.

— Ensuite, qu'est-ce que vous avez fait ?

L'homme détourna le regard et ses traits se contractèrent.

— C'est dur, dit-il.

— Je sais, mais il faut tout nous raconter.

— La porte de M. Lafeuille était restée grande ouverte. Sur le seuil, j'ai appelé. Pas de réponse. Alors, je suis entré, en me disant que je ne devrais pas, que c'était chez lui et que je n'avais pas le droit de faire ça. Et, dans la chambre, c'était horrible, monsieur.

— C'est le mot.

— Je me suis rué aux toilettes, mais j'ai vomi sur la moquette avant d'y arriver.

Voilà donc l'explication au vomi que Becquedot avait remarqué. Rien qui puisse aider à mettre la main sur les coupables.

— Ensuite, je me suis précipité chez moi, j'étais sous le choc, je tremblais, et ma femme a dû se battre pour que j'appelle la police. J'étais incapable de faire quoi que ce soit. Faut dire que ma femme, elle n'a pas vu ce que j'ai vu.

— En effet. Bon. Les deux hommes, certes, vous les avez aperçus de dos, mais vous pouvez les décrire un peu ?

— Non. Ils m'ont paru grands.

Encore une indication qui ne collait pas avec le tueur de SDF et qui, malgré ces terribles circonstances, rassurait Becquedot.

— C'est tout ?

— Je suis désolé.

— Faut pas... Monsieur Ben Allouf, je vous demanderai de venir avec votre femme à 14 heures à l'hôtel de police, on mettra tout ça sur papier. Au besoin, on vous fournira là-bas une attestation que vous pourrez donner à vos employeurs.

*
* *

Becquedot et Piquemal sonnèrent à plusieurs portes de l'étage, interrogèrent les présents, mais personne n'avait entendu les cris de Lafeuille. La configuration des lieux l'expliquait. L'habitation de la victime se situait au bout du couloir, donnant à une extrémité sur la façade de l'immeuble et à l'autre sur le seul logement des Ben Allouf.

De nouveau dans l'appartement de Lafeuille, ils cherchèrent des indices sans en trouver. Le chef de la Scientifique les informa que des empreintes différentes de celles de la victime étaient identifiables sur la porte d'entrée et sur le seuil de la chambre.

— On vérifiera, mais à coup sûr ce sont celles de Ben Allouf, lâcha Becquedot, désabusé.

Le médecin légiste y alla de son couplet, sur un ton manifeste de supériorité, pour informer l'assistance que l'homme avait été torturé avant d'être égorgé, et qu'il avait donc dû souffrir atrocement avant de mourir.

— On le savait déjà, répliqua Becquedot. Et le témoignage des époux Ben Allouf nous l'a confirmé.

De retour au commissariat, il ne fallut pas longtemps pour obtenir le curriculum vitae complet de M. Lafeuille. Piquemal résuma les informations à Becquedot qui, debout, les yeux mi-clos, tripotait son gobelet à café :

— Jacques Lafeuille, né le 15 janvier 1952, 70 ans, divorcé, père d'un garçon vivant aux USA et d'une fille vivant en Allemagne, retraité de la SNCF. Aucun casier judiciaire, un mec sans histoires qui n'a jamais fait parler de lui…

— Jusqu'à aujourd'hui, coupa Becquedot.

— Euh, oui… Son épouse vit à La Rochelle, donc loin d'ici. Contactée, elle dit ne pas avoir vu son ex-mari depuis treize ans. Joints aussi, les enfants vont venir par le premier avion. Apprécié de ses anciens collègues, mais qui ne le fréquentaient plus. Il semble, suite à son divorce, à sa fin d'activité professionnelle et à l'éloignement de ses enfants, qu'il se soit peu à peu renfermé sur lui-même.

— Ce dernier point colle avec ce que nous a raconté Ben Allouf. Quoi d'autre ?

— Des détails sans intérêt.

— Ça nous donne pas grand-chose.

— Non.

Le silence s'installa.

Encore une enquête de merde sans piste ni indices, pensa Becquedot en terminant son café et en jetant le gobelet dans la poubelle.

15

Même jour, 14 h 30

Svetlana avait failli ne pas aller au rendez-vous. Finissant la bouteille de vodka, Juan et elle s'étaient couchés tard, bien éméchés, ce qui ne les avait pas empêchés de refaire l'amour à l'aube, puis de se rendormir. De toute façon, elle avait décidé de ne pas se rendre au journal le lendemain, ne serait-ce que pour emmerder au maximum son directeur. Puisqu'il l'avait virée, elle ne lui faciliterait pas la tâche. Ce serait à lui d'envoyer par la poste – en courrier recommandé avec accusé de réception, s'il vous plaît – les formulaires à remplir pour son licenciement. Elle lui enverrait un texto en ce sens.

Vers 11 heures, Juan s'était levé. Pour son travail. Il tirait sa maigre subsistance de boulots précaires qui changeaient souvent. Magasinier, manutentionnaire, serveur, livreur, il avait même bossé sur des chantiers du BTP, dans des stations de ski, à la réfection des routes ou dans des jardins publics. Toujours en intérim ou en contrats courts, le plus souvent à temps partiel. Il aurait aimé plus de stabilité et des revenus un peu plus élevés, mais les temps étaient difficiles.

« Faut que j'y aille ! », avait-il lancé, sortant de la douche, à Svetlana qui s'étirait encore dans le lit.

Elle lui avait souri et s'était rendormie, exténuée par sa nuit. Juan n'avait pas insisté et s'était éclipsé.

Pourtant, l'appel du mystérieux Picard trottait dans la tête de Svetlana. Une heure plus tard, elle avait émergé et une première résolution avait pris corps. Un type qui vous passe un coup de fil en refusant de dire de quoi il s'agissait et en prétendant faire un aller-retour de Paris rien que pour vous rencontrer ne pouvait pas être pris au sérieux. À coup sûr, il s'agissait d'une plaisanterie de mauvais goût.

Elle n'aurait su expliquer ce qui l'avait fait changer d'avis. La curiosité, peut-être. Après tout, son licenciement la laissait désœuvrée. À 13 h 30, prenant une seconde résolution, opposée à la première, elle bondit hors du lit, fila sous la douche, se lava les dents avec la brosse de Juan et s'habilla.

— Si ce mec existe et que c'est une tactique pour coucher avec moi, il va être bien reçu !

D'humeur soudain batailleuse malgré la fatigue, elle se réjouissait de cette opportunité offerte de se défouler. Le « macho baiseur » en prendrait pour son grade !

Claquant la porte de l'appartement, elle dévala les marches quatre à quatre.

*
* *

Le café de la gare. Même si sa vitrine attirait le regard à chaque fois qu'on traversait le hall, Svetlana n'y avait jamais mis les pieds. Ce serait l'occasion, sans doute la dernière.

À proximité, elle consulta sa montre. 14 h 26. Le train de Paris n'avait pas de retard, ainsi que l'indiquait le panneau des arrivées, il était donc à quai depuis trois minutes. Soit le dénommé Picard se trouvait effectivement dans le train, et il fallait alors lui laisser le temps d'en descendre et d'atteindre le café, soit tout cela était du flan et notre homme venait de la ville.

Quoi qu'il en soit, elle décida de le faire mariner, regrettant d'être arrivée à l'heure. Et cela juste pour le plaisir et afin d'établir d'emblée un rapport de force favorable. On l'attendrait !

Elle se mit à arpenter de long en large une rue adjacente, et c'est au moment où elle s'avouait que son comportement était assez puéril que son portable se signala. Elle reconnut le numéro qu'elle avait mentalement enregistré sans le vouloir, celui de Picard.

— Allo ?

— Mademoiselle Koloshenskaïa, je suis au café. Vous n'avez pas oublié notre rendez-vous, j'espère ?

— Non, un peu en retard. Enfin... je suis en train d'arriver à la gare.

— Dans ce cas, ne coupez pas, je vous fais signe dès que je vous vois entrer.

— OK.

Raté, le rapport de force favorable ! Elle accéléra sa marche, poussa la porte vitrée du café à l'intérieur duquel un homme en costard cravate assis à une table, une mallette à ses pieds, un téléphone à l'oreille, leva la main dans sa direction.

Elle prit place face à lui. Les habits de son interlocuteur l'étonnaient. La cravate, la chemise blanche, le complet bleu foncé. Il avait tout du cadre sup bien inséré dans le système, du genre marié avec deux enfants, un SUV, une belle maison de lotissement avec un petit jardin. Elle l'imagina en train de passer la tondeuse le dimanche matin sur sa pelouse ultra-rase. Bref, pas vraiment sa tasse de thé.

— J'ai commandé un café, vous en voulez un ?

— Ça me réveillera, j'ai eu une nuit agitée.

Commencer par une provocation, c'était jouissif. Elle en sourit de plaisir. Puis elle attaqua avec vigueur :

— J'ai pas beaucoup de temps, alors si vous pouviez me dire vite ce que vous me voulez…

— Oui, bien sûr, je comprends.

À l'évidence, Picard était surpris par cette entrée en matière abrupte. Tandis que le serveur posait le café sur la table, Svetlana commanda un double. Puis elle reprit sans pitié :

— Donc ?

— Hum… Oui. Je suis généalogiste successoral. Vous savez ce que sait ?

— Pas bien.

— Quand une personne décède sans héritier, le notaire entreprend une recherche pour découvrir si, par hasard, il n'y en aurait pas un quelque part quand même.

— Ça existe, un truc pareil ? Il y a des gens qui ignorent appartenir à la famille du mort ?

Ce fut au tour de Picard de sourire.

— Si cela n'existait pas, je ne ferais pas ce métier.

— Bon.

— Vous êtes bien Svetlana Koloshenskaïa ?

— C'est un gag ?

— Non, il faudra que je m'en assure. Vous avez une pièce d'identité ?

Svetlana se cabra aussitôt.

— Vous trouvez pas que vous poussez le bouchon un peu loin !?

— OK, on verra ça tout à l'heure. Vous êtes la fille de Sergueï Koloshenski ?

— Oui…

— La petite fille de Feodor Koloshenski ?

— Ouais…

— L'arrière-petite-fille de Vladimir Koloshenski ?

Svetlana se troubla. Elle ne connaissait pas le prénom de son arrière-grand-père. Prise de court, elle ironisa :

— Vous êtes remonté jusqu'au quinzième siècle ?

— Non, je n'en ai pas eu besoin. Si j'interprète votre réponse, vous n'avez pas connu votre arrière-grand-père ? répondit Picard, qui n'avait pas eu l'air de saisir le sarcasme.

— Vous raisonnez bien…

— Ni le père de ce dernier, Oleg Koloshenski ?

— Encore moins.

— Et Viktor Koloshenski, ça vous dit quelque chose ?

— Non.

Picard hocha la tête en plissant les yeux comme s'il avait achevé une vérification nécessaire, puis vida d'un trait sa tasse de café. Svetlana ressentait un étrange désarroi. Avec sa gueule de premier de la classe à la personnalité insipide, ce type en cravate avait effectué des recherches sur sa famille allant bien au-delà de ses propres connaissances. Son univers intime, si balisé, organisé et protégé par sa mémoire phénoménale, était ébranlé dans ses fondements. Car si elle ignorait le prénom de son arrière-grand-père et du père de ce dernier, il lui semblait plus inquiétant de n'avoir jamais entendu parler de Viktor Koloshenski.

Avec une lenteur qui révélait son malaise, elle dépiauta le morceau de sucre, le balança dans la tasse et se mit à tourner la cuillère, le regard fixé sur le liquide.

Viktor Koloshenski. Quelqu'un de sa famille ? Forcément ! Pourquoi donc ce généalogiste aurait cherché à la rencontrer, sinon ? Quelqu'un de la famille, mais qui ? En France, elle n'avait plus d'attache. En Russie, donc.

Se sentant tomber dans une sorte de trou noir qui l'angoissait, elle s'ébroua et tenta de reprendre la main.

— Si je comprends bien, j'ai de la famille en Russie dont vous êtes venu me parler.

— Non. Mes recherches sont formelles. Il n'y a plus aucun Koloshenski en Russie, ni en Ukraine, ni en Biélorussie, ni en Pologne, ni dans aucun pays où on serait susceptible d'en trouver.

S'énervant, Svetlana lança avec agressivité :

— Bon, alors, monsieur Picard, cessez de tourner autour du pot. C'est qui, ce Viktor Koloshenski ?

— C'est le fils du frère de votre arrière-grand-père Vladimir. Ou, si vous préférez, le cousin de votre grand-père Feodor.

Muette. Svetlana était devenue muette. C'était irréel. Des ramifications inconnues se créaient devant elle dont elle ignorait tout. Elle avait par ailleurs des difficultés à se représenter les choses avec clarté.

— Le fils du frère de mon arrière-grand-père ou le cousin de mon grand-père… répéta-t-elle.

— Exactement !

— Euh, j'aurais besoin…

— D'un arbre généalogique. J'ai ce qu'il vous faut.

Se penchant sur le côté, il attrapa sa mallette, l'ouvrit après avoir écarté sa tasse de café, en sortit une épaisse chemise et se mit à farfouiller dedans tout en parlant :

— Bien sûr, j'ai un arbre généalogique complet, très compliqué, avec toutes les branches de votre famille, mais j'en ai fait un autre plus simple en éliminant le superflu, pour que vous compreniez bien.

— Merci.

Brandissant une simple feuille A4, Picard la posa bien à plat sur la table sous les yeux de Svetlana.

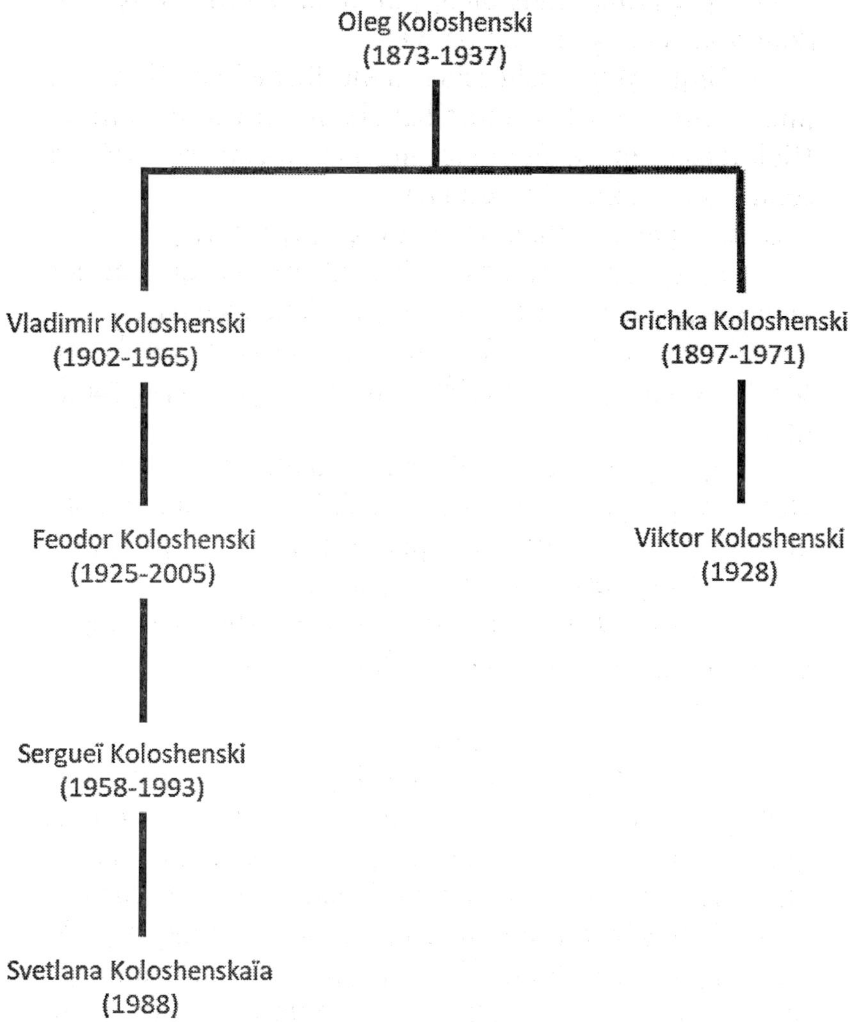
Oleg Koloshenski
(1873-1937)
Vladimir Koloshenski
(1902-1965)
Grichka Koloshenski
(1897-1971)
Feodor Koloshenski
(1925-2005)
Viktor Koloshenski
(1928)
Sergueï Koloshenski
(1958-1993)
Svetlana Koloshenskaïa
(1988)

Fascinée, Svetlana découvrait des prénoms, des dates, des liens insoupçonnés. Picard pointait les noms avec son stylo.

— Vous voyez, vous êtes l'arrière-petite-nièce au sixième degré de Viktor Koloshenski sur ce qu'on appelle une ligne collatérale.

— Au sixième degré ?

— Pour le nombre de degrés, on remonte jusqu'à l'ancêtre commun à partir de la personne décédée puis on redescend jusqu'à l'héritier, en comptant un degré à chaque génération. Pour vous, nous sommes à six, ce qui d'ailleurs est le dernier degré qui peut prétendre à l'héritage. Au septième, la personne n'y a pas droit. Au sixième degré, on n'hérite que de 40 % de la personne décédée, l'État prend le reste dans les droits de succession.

Elle releva la tête.

— Mais… Viktor, il est mort ?

— Non. Il est très vieux, mais il n'est pas mort.

— Où vit-il ?

— En France.

— Quoi !?

— C'est le plus incroyable de l'affaire. Je suis parti de France, je suis remonté en Russie, et je suis redescendu en France.

Des flashs s'allumèrent dans le cerveau de Svetlana. Son grand-père faisait-il allusion à Viktor quand il avait dit à sa mère : « Il ne nous aidera pas, ce salaud ! », puis, se fâchant : « Personne ! C'est personne ! Personne ne nous aidera, Svéta ! » ? Était-ce la présence d'une branche de la famille en France qui avait poussé son grand-père à venir dans ce pays ?

— Vous m'écoutez, mademoiselle Koloshenskaïa ?

— Oui, pardon.

— Viktor Koloshenski vit principalement à Biarritz.

— « Principalement » ?

— Oui, il a plusieurs propriétés.

— Ah ?

Autrement dit, ce Koloshenski était riche. Elle se tut, car l'idée qu'elle était peut-être victime d'une tentative d'escroquerie, dont elle ne saisissait pas encore les modalités, lui avait traversé l'esprit.

— Vous savez, poursuivait Picard, j'ai eu du mal à vous dénicher. Je cherchais des Koloshenski, pas des Koloshenskaïa. Au début, j'ignorais que les patronymes russes des femmes différaient de ceux des hommes.

— Oui, ils sont féminisés selon des règles assez codifiées.

— Moi, je croyais que la femme de Poutine s'appelait Mme Poutine.

Svetlana éclata d'un rire moqueur.

— Mme Poutine ! En Russie, on ne dit pas « madame », ni « monsieur » non plus, cela n'existe pas. La femme de Poutine s'appelle Lioudmila Alexandrovna Poutina. Mais je crois qu'ils ont divorcé, elle a probablement changé de nom.

— Et donc, j'ai appris que les terminaisons en « ski » se changeaient pour les femmes en « skaïa ».

— Vous en avez appris, des choses…

Le ton de cette réflexion fit un peu tiquer Picard. Se moquait-elle de lui ? De plus, il était très étonné par sa réaction. D'ordinaire, les gens maîtrisaient mal leur joie d'apprendre qu'un gros paquet de pognon tout à fait inattendu allait leur tomber dans les bras. Il voulut le signifier :

— Viktor Koloshenski possède une fortune considérable, mademoiselle Koloshenskaïa. Et 40 % de cette fortune représente toujours une fortune considérable, je peux vous l'assurer.

Il avait beaucoup insisté sur le mot « fortune », répété trois fois, en espérant créer une sorte d'électrochoc. Il n'en fut rien. Svetlana resta de marbre.

— Monsieur Picard, je doute que Viktor Koloshenski souhaite me léguer quoi que ce soit.

— Pourquoi dites-vous ça ? D'abord, il n'a pas le choix, il y a au moins la part réservataire, certes plus réduite, mais quand même. Mais, surtout, il est à l'origine de cette recherche. C'est lui qui a contacté son notaire, maître Bloch, lequel notaire m'a mis sur l'affaire.

— Et vous, vous allez toucher combien ?

Une petite gêne du dénommé Picard flotta dans l'air.

— Bien sûr, je ne fais pas cela gratuitement, c'est mon métier. Mais, un peu comme pour les noms russes, c'est codifié. J'ai un mandat de recherche signé par M. Koloshenski et le notaire. Il faudra s'entendre vous et moi sur un montant qui sera un pourcentage de votre héritage. En général, nous touchons entre 15 et 50 % de l'actif net.

— Ah quand même !

— Sans moi, vous n'hériteriez pas de cette fortune.

— Soit.

Picard ouvrit de nouveau sa mallette et en sortit une liasse de paperasse.

— J'ai ici une estimation de l'actif de M. Koloshenski. Vous verrez, ce n'est pas rien… Nous parlons d'un milliardaire. Voici le mandat de recherche du notaire et aussi un contrat de révélation que je vous demanderai de signer.

— Et si je refuse de signer ?

Picard se rembrunit.

— Ce serait idiot de votre part. D'abord, vous ne pourrez pas prouver que vous connaissiez Viktor Koloshenski. Ensuite, le notaire est déjà prévenu, il a pris connaissance de l'arbre généalogique et il sait que je venais vous rencontrer aujourd'hui. Vous savez, si vous tentez de m'enjamber, cela se terminera devant les tribunaux, et vous ne gagnerez pas.

— Des menaces ?

— Pas des menaces, mademoiselle, pas des menaces ! Je fais un métier et il est protégé par une législation. D'ailleurs, voici ma carte qui montre que je suis enregistré à la Chambre des généalogistes successoraux de France. Renseignez-vous, tout est légal, vous n'avez rien à craindre et tout à gagner. Et si vraiment vous ne me croyez pas, je vous donne le téléphone du notaire, qui vous expliquera.

— Bonne idée, donnez-le-moi.

Jetant un œil sur l'actif de Koloshenski, Svetlana fut estomaquée. De nombreux biens immobiliers, un yacht, un jet privé, un hélicoptère, etc.

Le numéro du notaire en main, elle vérifia d'abord sur Internet qu'il s'agissait d'un vrai notaire. Picard s'impatientait.

— J'ajouterai, mademoiselle, que vous avez quatorze jours pour vous rétracter après avoir signé le contrat de révélation. Mais, dans ce cas, vous renoncerez de fait à l'héritage. À moins que vous ne souhaitiez engager contre moi une procédure judiciaire, ce que je ne vous conseille pas.

— Faites voir votre contrat de révélation.

16

Même jour, 17 h 23

Svetlana avait pris le bus. S'éloignant du centre-ville où elle vivait, elle serrait avec force la barre métallique verticale pour résister aux freinages et aux accélérations du lent mais puissant véhicule. Direction la cité où elle avait passé son adolescence. Elle n'y avait pas remis les pieds depuis la mort de sa mère, quatre ans auparavant.

Non sans réticence, elle avait signé le contrat présenté par Picard. Tout paraissait légal et la mention d'une rétractation possible avant quatorze jours, clairement indiquée, l'avait rassurée. La négociation sur le pourcentage du généalogiste avait failli mal tourner. Il exigeait 50 %, ce que Svetlana trouvait exorbitant.

Alors, multipliant les documents, alignant les chiffres, il avait donné le tournis à Svetlana. Au total, selon lui, l'actif net de Viktor Koloshenski s'élevait à 1,2 milliard d'euros. L'équation était simple. L'État en prendrait 60 % et lui la moitié des 40 % restants. En bref, Svetlana recevrait la somme ahurissante de 240 millions.

— Vous voyez, avait-il affirmé, triomphant, vous allez être riche ! Très riche !

— Vous aussi… avait-elle rétorqué. C'est le grand coup de votre carrière. Vous n'en referez pas d'autres comme celui-là. Et vous allez même arrêter votre job.

— Certainement. Mais notez bien que je vous apporte sur un plateau, sans effort, sans travail, la chance de votre vie.

Puis, un rien culpabilisateur, il s'était penché en avant et avait ajouté :

« Moi, j'ai bossé pour les avoir, ces millions. Quatre mois de recherche à temps plein. Vous, qu'avez-vous fait, à part accepter de me rencontrer au café de la gare ? »

Juste réflexion. Cet argent, au fond, aucun des deux ne le méritait. Et, à tout bien considérer, Picard un peu plus qu'elle, même si son tarif horaire, au final, défiait l'entendement. Elle avait cédé.

Plus tard, dans la rue, elle avait appelé le notaire. Les propos rassurants de ce dernier, le sérieux de son discours, les garanties qu'il semblait apporter avaient achevé de la convaincre qu'elle n'était pas en train de rêver.

*
* *

C'étaient d'anciens garages transformés en garde-meubles. Ils bordaient sur les deux grands côtés une cour toute en longueur dont le ciment était craquelé, au point que l'herbe, s'immisçant dans les fissures, formait des lignes sinueuses qui évoquaient un damier ou le plateau d'un jeu d'échecs. Les toits de chaque garage avaient conservé les tôles ondulées bourrées d'amiante des années 1960. En revanche, les anciennes portes en bois, trop vétustes, avaient été remplacées par des fermetures métalliques qui se levaient à la force des poignets. Cerné par des tours d'une hauteur inconsidérée, l'endroit assez désert était d'une tristesse à pleurer.

Passant sous la barrière qui interdisait l'entrée de la cour aux véhicules, Svetlana s'arrêta face au numéro 16. Elle fit tourner la clé dans la serrure et, attrapant la rugueuse poignée située à la base du rideau de fer, elle releva celui-ci à mi-hauteur. Elle n'était jamais parvenue à aller plus loin. Le vieux système datant d'une quarantaine d'années aurait mérité lui aussi d'être à présent remplacé.

Son cœur se serra. Tout ce qui témoignait du passage sur Terre de Feodor Koloshenski et d'Irina Koloshenskaïa se trouvait là pêle-mêle, entassé en vrac dans ce petit endroit. Pas grand-chose…

D'abord, superposés l'un sur l'autre dans des positions instables, les meubles, moches et bon marché, achetés en France en 2004. Irina avait vécu jusqu'à son décès dans l'appartement où ils s'étaient tous les trois installés à leur arrivée dans le pays. Pour Svetlana, le souvenir du long et douloureux cancer qui avait emporté sa mère demeurait le pire souvenir de sa vie. Après la mort, insurmontable, de son père.

Ensuite, il y avait une quantité raisonnable d'objets et de bibelots de toutes sortes. Elle les enveloppa d'un regard : des lampes, des abat-jour, des couverts, des théières, une télévision, une radio, des matelas, des couvertures, des draps, des chaussures, etc.

Elle traversa l'étroite allée ménagée entre les meubles. Ce qu'elle cherchait se trouvait au fond du garde-meubles. Tout au fond. Il s'agissait de deux vieux cartons que sa mère avait remplis puis fermés avec du scotch après la mort de son grand-père. Svetlana les visualisait à la perfection : ils avaient longtemps été remisés dans le bas d'un placard, jusqu'au déménagement dans ce box avec les affaires de sa mère.

Si une explication était à trouver concernant la découverte de Picard, c'était là et nulle part ailleurs.

Tirant les cartons vers la lumière, elle en ouvrit un. Première surprise, il était plein d'icônes orthodoxes d'une rare beauté. Simples le plus souvent, mais aussi des diptyques et des triptyques. Avec des couleurs extraordinaires, les représentations religieuses étaient variées, la Vierge et l'Enfant, Jésus, l'archange saint Michel et de nombreux saints. Poussiéreuses mais en bon état, et si vieilles qu'elle ne doutait pas qu'elles dataient pour la plupart du dix-neuvième siècle. Avaient-elles appartenu à son arrière-grand-père Vladimir, et à son père avant lui, le vieil Oleg qui trônait au sommet de l'arbre généalogique de Picard ? Probable, car son grand-père Feodor ne croyait pas en Dieu. Impressionnée par leur magnificence, elle se promit de les rapporter chez elle.

L'intérieur du deuxième carton la fit frissonner. Des lettres. Nouées par paquets et qui, peut-être, permettraient de suivre les différentes étapes de la vie de son grand-père. Cependant, Svetlana avait une obsession. Mettre la main sur la fameuse missive qu'elle avait entrevue dans la cuisine et qui avait mis son grand-père dans une colère noire.

Dépliant avec fébrilité les feuillets, elle constatait que la presque totalité d'entre eux étaient rédigés en russe. À chaque fois, elle remettait la lettre dans l'enveloppe et passait à la suivante. Pour s'y retrouver, quand elle terminait l'inspection d'un paquet, elle le posait sur le carton des icônes et empoignait le suivant. Hélas, ces lettres, toutes anciennes, dataient d'avant l'exil.

Elle commençait à se décourager quand elle aperçut une enveloppe isolée, glissée verticalement contre l'une des parois du carton. Elle s'en saisit. L'adresse, écrite en français, correspondait à celle de leur ancien appartement dans la cité. Les mains tremblantes, elle déplia la lettre tapée à la machine et lut :

Cher Feodor Vladimirovitch,

Quelle n'a pas été ma surprise de recevoir ton courrier adressé à mon père Grichka. Si j'y réponds tardivement, c'est parce qu'il m'est parvenu avec beaucoup de retard. En effet, d'une part Grichka n'est plus de ce monde et d'autre part je n'habite plus depuis des lustres dans la ville où tu t'es établi après avoir quitté la Russie. Tu évoques une vieille lettre datant de 1920, de mon père au tien, l'informant de son installation dans cette localité. C'est possible, je ne connais pas cette lettre et m'en étonne, vu les relations entre nos deux parents.

Arguant de ressources financières modestes, tu me demandes ton aide pour aider ta belle-fille et ta petite-fille.

Ma réponse sera brève. Quand, en 1917, mon père a suivi les armées blanches du général Alekseïev, s'opposant à la révolution bolchévique, le tien, comme tu le sais très bien, a pris le parti opposé en s'engageant dans l'Armée rouge de Trotski.

À ce moment, d'une manière définitive et irrémédiable, notre famille s'est brisée dans une guerre fratricide épouvantable, jusqu'à l'exil forcé de mon père après la défaite de nos armées. Ne crois pas pouvoir recoller les morceaux parce que, à ton tour, tu as été forcé à l'exil. Il est trop tard pour reconnaître que mon père avait raison.

Prochchaï ![1]

Viktor Koloshenski

Un moment de sidération. Puis lui revint en boomerang une phrase prononcée par son grand-père le jour où il avait annoncé leur départ forcé de Russie : « Je ne veux pas vous le dire parce que je ne sais pas si les plaies du passé se sont refermées. » Et ce refus glacial de répondre : « Ta mère a raison, la soupe va être froide. »

Tout s'éclairait. Le choix de la France, et même de la ville. Feodor savait où son oncle s'était installé en quittant la Russie. Et « ces plaies du passé » n'étaient autre que le déchirement d'une famille dont les membres avaient choisi des camps adverses en octobre 1917.

Svetlana plia avec soin la lettre et la remit dans l'enveloppe avant de la glisser dans la poche de son blouson.

— Quel salaud !

1. « Adieu ! »

17

21 novembre 2022, 10 h 23

Six long coups de sonnerie. Déterminée mais fébrile, Svetlana attendait. Enfin, une voix de femme :

— Allô ?

— Bonjour, madame. Je souhaiterais parler à Viktor Koloshenski.

— De la part de qui, s'il vous plaît ?

— Svetlana Koloshenskaïa.

Silence.

— À quel sujet ?

— Je suis son arrière-petite-nièce et, donc, je souhaiterais lui parler.

Gros silence. Il y avait de l'embarras dans l'air.

— Veuillez patienter, je vais voir s'il est là.

Comme si tu ne savais pas s'il est là, connasse ! Un premier mouvement d'humeur, accentué par son état d'esprit déplorable. La lettre était désormais marquée au fer rouge dans ses neurones et elle abordait le vieux Koloshenski dans de très mauvaises dispositions.

Après quelques jours pour se remettre de cette double lame constituée par la révélation d'un héritage fabuleux tombé du ciel, suivie par la découverte de cette violente rupture familiale vieille d'un siècle, elle avait appelé de nouveau le notaire, qui lui avait donné le numéro du fixe de Viktor Koloshenski, tout en précisant qu'il l'avait lui-même prévenu, la veille, du dénouement des recherches.

Cinq minutes. Cinq minutes avant d'entendre enfin des bruits. Quelqu'un prenait en main le combiné. Une voix de vieux, certes, mais néanmoins précise, grave, nette, sans les stigmates chevrotants de la décrépitude.

— Allô ? On me dit que vous êtes la petite Svetlana ?

La petite Svetlana ! Ça commençait bien ! Si ce vieux schnock la prenait pour un bébé, il allait vite déchanter.

— Oui, je suis Svetlana Koloshenskaïa.

— C'est extraordinaire ! J'ai appris votre existence par maître Bloch, hier soir. Même si j'avais déclenché moi-même ces recherches, je ne croyais pas qu'elles aboutiraient. En plus, vous habitez en France. Vraiment, c'est ahurissant ! Il va falloir me raconter tout cela. Vous seriez donc l'arrière-petite-fille de mon oncle Vladimir, c'est bien cela ?

— Oui.

— Mon oncle Vladimir que je n'ai du reste pas connu. Mon père avait déjà quitté la Russie quand je suis né. Comment se fait-il que vous viviez en France ? Et, surtout, que je ne le sache pas ?

Jouait-il au con ? Était-il gâteux ? Svetlana était prise à contre-pied et ne savait plus quel comportement adopter. Elle temporisa :

— C'est à vous de me le dire.

— La vie est étrange, tout de même. Il y a parfois de ces coïncidences.

— Peut-être.

Viktor Koloshenski marqua une pause, puis reprit :

— Il faut nous rencontrer au plus vite, j'ai hâte de vous connaître.

Svetlana préféra de ne rien répondre. Un tel enthousiasme de la part de ce salaud qui avait refusé toute aide financière à son grand-père la déstabilisait trop.

— Vous pourriez venir à Biarritz ? J'y suis en ce moment.

— Vous voulez que j'aille à Biarritz ?

— Oui, bien sûr ! Enfin, non… J'ai une meilleure idée.

— Ah ?

— J'ai une propriété près de chez vous.

De mieux en mieux… Se moquait-il du monde ?

— Dans les montagnes, au-dessus de la ville. C'est le premier domaine que mon père a acheté quand il a fait fortune. J'aurais pu le vendre, mais il a pour moi une valeur sentimentale, comprenez-vous ? J'y ai passé toutes les vacances de ma jeunesse. C'est un peu isolé, un peu grand, un peu froid, raison pour laquelle je n'y vais plus maintenant. Mais ce sera l'occasion ! Le temps d'organiser mon déplacement, de chauffer la maison, et vous m'y rejoindrez. Vous êtes libre ?

— Oui.

— À la bonne heure. Je vais vous donner le numéro de portable de Jean. C'est mon majordome, en quelque sorte. Vous verrez les détails avec lui. Vous avez de quoi noter ?

— Je n'en ai pas besoin.

— Ah bon ? Comme c'est étrange. Vous avez une bonne mémoire, si je comprends bien ?

— On peut dire cela comme ça.

Svetlana écouta et casa le numéro bien au chaud dans son cerveau. Viktor Koloshenski conclut en apothéose :

— Svetlana, je me réjouis de vous rencontrer. Nous avons beaucoup de choses à nous dire.

Et il raccrocha.

Même jour, 14 h 08

Silencieux, ils étaient assis côte à côte face à l'écran posé sur un bureau. Becquedot se renversa en arrière, cala son dos contre le dossier de la chaise et croisa ses mains derrière la nuque.

— Je ne te le dis pas souvent, mais tu as fait du bon travail.

— Précision : tu ne l'as même jamais dit, rétorqua Piquemal.

— C'est possible, en effet.

Un sourire étira les lèvres de Becquedot qui, d'un vigoureux coup de reins, bascula son buste en avant et posa ses coudes sur la table.

— On va revoir toute la séquence. Donc, la première caméra de surveillance se trouve au niveau du second carrefour quand on quitte l'immeuble en prenant la direction du centre-ville. Et la seconde est au carrefour suivant. C'est ça ?

— Oui.

— Allez, en route ! Et heureusement que ce sont des caméras à vision nocturne. Tu nous repasses la première.

La nuit, une vue de l'artère sur laquelle circulent quelques rares voitures. Aucun piéton. Puis, tout à coup, en bas de l'écran, sur le trottoir, deux hommes apparaissent. Ils courent tous les deux. L'image est de mauvaise qualité et on ne voit pas grand-chose. L'heure indique 2 h 43 du matin.

— Ils viennent de quitter l'immeuble et remontent à toute bringue vers le centre-ville. Bon, on ne tire pas grand-chose de cette première caméra. Ils se tirent à fond la caisse et sortent de l'écran, c'est tout, constate Becquedot. Remets-nous la seconde, qui est bien plus intéressante.

Piquemal s'exécute.

Carrefour suivant. Un croisement désert, un arrêt de bus non loin. Les deux fuyards surgissent sur le bas de l'écran et traversent la rue sans cesser de courir.

— On les voit déjà mieux sur le passage piétons, non ? avance Piquemal. J'arrête ?

— Non, pas encore, ils sont toujours de dos. Mais traverser au passage piétons prouve que ce sont deux gars qui ont été bien élevés par leur maman.

Parvenus sur l'autre trottoir, les deux hommes le longent sur une dizaine de mètres et s'arrêtent à l'abri bus. Sans être de face, on les voit de trois quarts et non plus de dos ou de profil. Ils restent immobiles.

— Stop ! s'écrie Becquedot. C'est déjà assez curieux, ça. Ils sont côte à côte, les bras ballants, ne se parlent pas, ne se regardent pas. Quel sang-froid après ce qu'ils viennent de faire. Ils sont comme deux personnes qui ne se connaissent pas et attendent le prochain bus.

— Qui ne viendra pas.

— Ben non, à 3 heures du mat, point de bus, cher collègue. Zoome sur celui de droite. Voilà, sur les mains… Très bien. On dirait qu'il porte des gants en latex, les mêmes que ceux que nous utilisons pour ramasser les indices et les mettre dans un sac plastique. Tu confirmes ?

— Je suis d'accord. Et, aussi, dépasse de la poche du manteau un truc qui ressemble à un manche de gros couteau, genre couteau de cuisine ou de boucher.

— Affirmatif. L'arme du crime, sans aucun doute. Passe au suivant. Plus près, s'il te plaît… Parfait !

— Les mêmes gants.

— Exact. Qu'est-ce qu'il tient dans sa main droite, celui-là ?

Les deux flics se penchent en avant, à toucher l'écran, et plissent les yeux.

— Tu sais ce que je crois ? dit Becquedot.

— Un petit caméscope ?

— Correct. Donc, on a la même impression. Un petit caméscope, très léger, très maniable, qui rentre tranquillou dans une poche. Braque sur les visages !

Maigre collecte d'informations cette fois-ci. Le manque de luminosité gêne l'observation. L'un paraît dégarni, presque chauve, l'autre a les cheveux courts, les deux sont barbus.

— Faute de mieux, on va se contenter de ça. Envoie la sauce et soyons attentifs.

Une camionnette approche et se gare à l'emplacement du bus.

— Stop ! crie Becquedot en levant la main. Alors, c'est quoi ce fourgon ? Un Renault Trafic, non ?

— Plutôt un Ford Transit… Ils se ressemblent tous un peu, ces machins-là. Dommage qu'on n'arrive pas à identifier l'emblème à l'avant sur le capot. Bon, un spécialiste nous le dira. Quant au conducteur, c'est le noir complet.

— Oui, mais il est seul. Allez, zou, avance !

La scène suivante est décortiquée image par image. L'un des deux hommes ouvre la porte coulissante du fourgon et y pénètre tandis que l'autre, par la vitre ouverte, tend au conducteur l'objet qu'il tenait à la main.

— Il lui donne la caméra, commente Becquedot.

Puis il rejoint son complice à l'arrière et la porte coulissante se referme. La camionnette redémarre aussitôt.

— Et voilà ! Le ramassage scolaire est vite torché ! Même pas dix secondes. Bon, là-dessus, un petit café !

*
* *

Le gobelet à la main, Becquedot déambulait dans la pièce, comme si marcher activait ses neurones. Piquemal s'était assis à son bureau.

— Le fourgon file vers la sortie de la ville et on n'a pas d'autres images. Faut donc se contenter de ce qu'on vient de voir, annonça Becquedot.

— Oui.

— Par ailleurs, si je résume, dans l'appartement de Lafeuille, on a retrouvé son téléphone portable et son ordinateur. Analysés, ils ne révèlent absolument rien en lien avec son meurtre. Aucun coup de fil bizarre, aucun mail louche. *Nada !* C'est donc pour cela que les tueurs ne les ont pas emportés. Conclusion ?

— Lafeuille ne connaissait pas ses assassins.

— Logique. Et comme il n'y a pas eu effraction, pourquoi leur a-t-il ouvert à 2 heures du mat ? Tout simplement parce qu'il n'était pas couché.

— Tu affirmes ça parce qu'on l'a retrouvé nu et que ses vêtements se trouvaient en vrac sur la moquette à côté du lit ?

— Oui, on l'a déshabillé, de force s'entend, mais c'étaient ses vêtements de la journée, pas un pyjama. Un insomniaque sans doute, comme l'indiquent les somnifères retrouvés dans sa salle de bains.

— Et comment ont-ils su qu'il n'était pas couché ?

Becquedot but une gorgée de son café, fit la grimace – elle avait bien raison, Svetlana Koloshenskaïa, ce café était dégueulasse – et marqua un petit temps de réflexion.

— De la rue, en vérifiant que la lumière était encore allumée chez leur victime. Et cela d'ailleurs m'amène à une conclusion.

— Laquelle ?

— Les assassins ne sont pas, en effet, une connaissance de la victime, mais ils l'avaient repérée et espionnée avant de commettre leur crime. Ils savaient que Lafeuille vivait seul et se couchait très tard.

Seconde gorgée de café et seconde grimace avant de poursuivre :

— Ils ont agi à deux, mais ils ont un complice. En fait, ils sont trois dans cette sordide affaire. Espérons que l'analyse des images de la camionnette permettra d'avancer pour les retrouver.

Sans regret, Becquedot balança le gobelet dans la poubelle.

— Le pire dans cette histoire, tu sais ce que c'est, mon petit Piquemal ?

— Non, mais je sens que tu vas me le dire.

— C'est que cette horrible boucherie a été filmée. Ils vont se la repasser en boucle. Des sadiques, voilà ce qu'ils sont. Ce ne sont pas des assassins habituels, des meurtriers à la petite semaine que nous recherchons, ce sont des monstres.

18

6 décembre 2022, 19 h 34

Selon son habitude, Svetlana pianota trois fois du bout des ongles à la porte de l'appartement de Juan.

— C'est ouvert !

Une fesse à moitié posée sur la chaise, Juan était penché sur sa petite table de travail encombrée de feuilles noircies à l'encre.

— Ah, Nina Hagen ! Je ne t'attendais pas.

Balançant contre le mur son sac de sport, Svetlana bondit sur Juan et, par-derrière, referma les bras autour de son buste, le serrant brièvement de toutes ses forces. Ses cheveux encore humides sur le cou et la joue de Juan le firent frissonner.

— T'es mouillée ? Il pleut dehors ?

— Non, c'est la douche. Je sors de l'entraînement et j'ai eu envie de te voir !

— J'aurais pu ne pas être seul.

— Un risque à courir.

Svetlana ouvrit le réfrigérateur et prit une bière.

— T'en veux une ?

— Tout à l'heure.

La bouteille à la main, elle s'allongea sur le lit tandis que Juan continuait à écrire.

— Tu fais quoi ?

— Je termine... Je mets au propre.

— En fait, Juan, je suis un peu inquiète.

— Raconte.

— C'est pour demain.

Juan s'arrêta d'écrire et releva la tête.

— Tu vas dans la maison hantée du vieux Kolo ?

— Hantée, j'espère pas ! Le bal des morts-vivants ! Mais oui, j'y vais. Le mec qu'il appelle son majordome m'a rappelée ce matin. Tout est prêt. La demeure est chauffée, tout est en état de marche. Son patron arrive demain et aimerait que je sois là le soir même. Comme je n'ai rien à foutre en ce moment, j'ai dit oui.

— Et comment penses-tu que ça va se passer ?

Tout en disant cela, Juan s'était remis à écrire.

— C'est bien ça qui me fait peur.

— Tu vas lui montrer la lettre ?

— Je l'apporte, en tout cas.

— Quel dilemme ! Moi, je serais toi, je tâterais le terrain avant de prendre une décision. Histoire de voir ce qu'il a dans le bide, le vieux.

— Tu as sans doute raison.

Posant la bouteille à moitié vide sur la table de nuit, Svetlana s'étira de tout son long.

— Tu sais, je ne plaisantais pas, l'autre jour. Si jamais je touche tous ces millions, j'en aurai trop. Je t'en filerai cinq. Tu arrêteras de te casser le dos à faire de la manutention ou à bosser jusqu'à point d'heure dans une boîte de nuit à servir tous ces connards bourrés.

De nouveau, Juan cessa d'écrire et se tourna vers le lit.

— Je ne sais pas quoi te dire, Svet, parce que ça me gêne. C'est trop généreux de ta part. Tu n'as pas à faire un truc pareil.

— Ta gueule ! C'est moi qui décide ! Je fais ce que je veux !

— On te changera pas, de toute façon. Mais je n'aurai jamais assez avec le temps qui me reste à vivre pour te remercier.

— Tatata ! Allez, on ne parle plus de ça, l'affaire est entendue. Tu es mon seul ami, Juan. Le seul, tu entends ? Et si on peut plus aider ses amis, la vie est bien triste.

— Toi aussi, tu es ma seule amie, Svet.

— On stoppe là, autrement on va finir par parler mariage et bébés !

Juan éclata de rire. Puis il se leva, tenant entre le pouce et l'index la feuille sur laquelle il écrivait.

— Eh bien, justement, j'ai écrit un conte pour mon fils.

— Tu n'as pas d'enfant.

— Je m'en suis inventé un. Pour moi, c'est pareil. Tu veux lire ?

— Bien sûr. Fais-voir.

Svetlana redressa les coussins pour s'adosser confortablement. Relevant les genoux, elle posa la feuille sur ses cuisses. Dans un silence absolu, elle se mit à lire tandis que Juan, la mine inquiète, se posait sur le bord du lit.

Petit et frêle par les sentiers boueux

As-tu un moment, mon fils ? Viens ici, calme-toi, tu auras tout le temps ensuite. Regarde par la fenêtre et dis-moi ce que tu vois. Dans le jardin, oui, que vois-tu ? Le chat, oui. La poule ? Oui. Le chien, c'est vrai. Ne vois-tu rien d'autre dans le jardin, mon fils, ne vois-tu rien d'autre ? Non ?

Assieds-toi près de moi et écoute, je vais te raconter une histoire. Il y a très longtemps, j'avais ton âge, j'ai voulu monter sur la petite montagne qui est derrière le village. Tu n'y es jamais allé, ça te paraît loin, ça te paraît haut. J'avais ton âge, et j'ai voulu y monter un jour.

Je suis sorti sans le dire à ton grand-père, à ta grand-mère. Pourquoi ne leur ai-je rien dit ? Je ne sais pas. Il y a des choses comme ça, on ne sait pas très bien pourquoi on les fait.

J'ai marché par les sentiers boueux, le vent me bousculait, la pluie coulait sur mon visage. C'était dur, beaucoup plus dur que je ne l'avais prévu. On ne se rend pas compte, parfois, comme c'est difficile, surtout à ton âge. Mais je suis allé, petit et frêle comme toi, par les sentiers boueux...

Je n'y étais jamais allé et tu sais ce qui m'est arrivé ? Oui, tu as raison, je me suis perdu. Perdu dans la montagne, petit et frêle comme toi. Tu imagines, mon fils, comme j'ai pu avoir peur, tout seul, perdu dans la montagne ?

Je me suis assis dans l'herbe mouillée. J'ai pleuré. Je crois bien que j'ai pleuré longtemps.

C'est le battement de ses ailes qui m'a fait relever la tête. Il voletait au-dessus de moi, tout autour de moi. Non, pas un vautour, mon fils, un rouge-gorge. Oui, un rouge-gorge.

Je me suis redressé et il m'a précédé par les sentiers boueux.

Je l'ai suivi, mes larmes ont séché.
Je l'ai suivi, mes yeux voyaient clair de nouveau.
Je l'ai suivi, et j'ai marché avec assurance.

On montait, on grimpait, toujours plus haut. Nous avons quitté les sentiers boueux. Le sol devenait dur, solide, le roc remplaçait la terre.

Jusqu'en haut, mon fils, il m'a conduit jusqu'au sommet de la montagne. Tu imagines ? Ton père, au sommet de la montagne, petit et frêle comme toi.

Le vent a fait fuir les nuages, la pluie a cessé. Et j'ai vu la plaine, toute la plaine, le village, notre maison. On voyait tous les chemins, tous les sentiers, le plus obscur des passages. C'est pour cela que je les connais si bien.

Le rouge-gorge était posé sur un arbuste. Il m'observait, il regardait mes grands yeux émerveillés. J'étais heureux.

Je suis redescendu, il était tard déjà. Tu sais, c'est une longue promenade pour un enfant, petit et frêle comme toi. Le rouge-gorge m'a suivi. Il ne m'a jamais quitté.

Et maintenant, mon fils, approche-toi de la fenêtre et regarde de nouveau. Oui, tu le vois à présent, il est là, sur la branche du cerisier. Il n'a pas changé, il est resté le même depuis ce jour où je me suis risqué seul par les sentiers boueux.

Non, ne mets pas ton manteau. Ce n'est pas nécessaire, il fait beau aujourd'hui.
Oui, tu as raison de te dépêcher.
Tu as raison.
Il t'attend.
À bientôt, mon fils.

Svetlana restait silencieuse, la tête baissée. Puis elle fixa Juan. Ses yeux étaient humides.

— C'est beau ce que tu écris, Juan. J'ignore pourquoi, mais ton texte me bouleverse. Il remue quelque chose au fond de moi. Quelque chose de très enfoui…

Juan voyait son amie au bord des larmes et se taisait.

— Quand j'ai lu : « Il ne m'a jamais quitté », une lame m'a transpercée. Si tu savais, Juan, si tu savais comme je me sens seule parfois…

— Je sais, Svet, je sais…

Elle se leva et, dans la cuisine, but un grand verre d'eau. Juan avait reposé la feuille sur son bureau et se tenait debout, un peu gauche, la main sur le dossier de la chaise.

Svetlana s'approcha et se plaqua contre lui.

— « Petit et frêle par les sentiers boueux »… N'est-ce pas le sort de tout être humain, tant qu'il ne trouve pas une âme sœur qui lui ressemble un petit peu ?

— Sans doute.

Elle serrait le corps de Juan, collant son pubis contre le sien, avant d'entreprendre enfin un lent balancement du bassin. Sentant le sexe de l'homme se gonfler de sève, elle eut un gémissement de désir.

— Fais-moi l'amour, Juan.

DEUXIÈME PARTIE

Le domaine de l'Ours

1

7 décembre 2022, 10 h 15

Svetlana avait pris sa voiture. Une vieille guimbarde à la carrosserie piquetée de taches de rouille qu'elle utilisait peu, étant donné son âge et son kilométrage. L'absence de GPS intégré l'avait obligée à en acheter un qui se branchait sur l'allume-cigare.

Après la sortie de la ville, elle avait entamé l'ascension vers la montagne, traversant les derniers villages isolés au cœur des champs de vaches et de brebis.

Munie du plan donné par Jean, le majordome – un terme vieillot qui la faisait sourire –, elle avait sillonné des routes départementales étroites jusqu'au croisement avec un chemin de terre qu'elle guettait avec anxiété. Une pancarte signalait l'entrée d'une propriété avec cette inscription : *Domaine de l'Ours*. Une autre signalait *Chasse gardée* et une troisième, un cercle rouge de type sens interdit, *Voie Privée – Sans Issue*. Très accueillant…

La végétation avait changé, les champs laissant la place à des forêts de conifères. Paysages fermés, obstrués par la masse compacte des branches et des troncs, et une sensation d'enfermement dans un corridor qui serpentait comme une tranchée au milieu des arbres.

Bien carrossable au début, le chemin se dégrada. Des ornières apparurent que Svetlana tentait d'éviter au mieux en donnant des coups de volant à droite et à gauche.

Il pleuvait, ce qui n'était pas fait pour arranger les choses. Par endroits, la boue s'en mêlait. Le vieux tacot souffrait, tant en raison de la montée que par la difficulté à franchir les obstacles. De plus en plus crispée, Svetlana se reprochait de ne pas avoir demandé si un 4x4 était nécessaire pour atteindre la demeure de Koloshenski.

Ses craintes, hélas, se concrétisèrent. La roue avant gauche, tombée dans une fondrière gorgée d'eau, patina, et la voiture fit un horrible sur-place, qui s'aggrava quand elle appuya sur l'accélérateur. La marche arrière ne fut pas d'un meilleur secours. Bloquée.

Sortant de l'habitacle, elle ne put que constater à quel point ses accélérations n'avaient fait qu'accroître l'enlisement. La portière avant gauche était maculée de traces de boue projetée en gerbes. La pluie qui redoublait appelait au découragement. Pourtant, il fallait bien sortir la bagnole de là d'une manière ou d'une autre !

Sur le côté, elle se mit en quête de branches mortes, sélectionnant les diamètres les plus gros. Jugeant qu'elle en avait une quantité suffisante, elle les posa en vrac sur le capot.

Le plus pénible était à venir. Sans pelle, il lui fallait cependant dégager l'arrière de la roue et y glisser les branchages. Pas d'autre solution que de creuser avec les mains, accroupie au pied de la roue. Un travail dégueulasse. En force, elle introduisit les branches, tentant de constituer une sorte de paillage qu'elle espérait suffisamment porteur pour servir d'assise au pneu.

Après s'être à peu près nettoyé les mains dans l'herbe trempée du talus, elle remonta dans la voiture et mit le contact. La marche arrière, en appuyant tout doucement sur l'accélérateur. Le véhicule hésita, la roue tourna un instant dans le vide, puis accrocha le bois et, d'un coup sec, la voiture recula d'un mètre. Svetlana poussa un ouf de soulagement.

Que faire à présent ? Repartir en avant était voué à l'échec. Elle s'enliserait à nouveau. Rentrer chez elle lui apparut comme un renoncement, un échec insupportable. Alors, elle décida de poursuivre à pied. Elle avait de bonnes chaussures, ses affaires dans un sac dos facile à porter, un vêtement de pluie.

Pour libérer le passage, elle gara sa voiture tant bien que mal sur le bas-côté, et entreprit une marche dont elle ne connaissait ni la durée ni la difficulté.

La montée se révéla douce. Si le chemin n'était pas carrossable pour son vieux tacot, la pente correspondait à celle d'une piste forestière que les camions chargés de troncs de conifères devaient emprunter à chaque coupe hivernale.

Le plus gênant restait la pluie, mais Svetlana avançait d'un bon pas en espérant atteindre son but avant midi. Elle avait annoncé son arrivée dans la matinée et, n'ayant pas donné d'heure, ce timing paraissait en mesure d'être tenu. D'ailleurs, l'air frais apaisait l'angoisse engendrée par sa prochaine confrontation avec le vieux Koloshenski.

*
* *

Au bout d'une demi-heure, la forêt évolua. Les sapins et les épicéas étaient concurrencés par des feuillus – hêtres, boulots et noisetiers –, lesquels, ayant perdu leurs feuilles, offraient des zones plus aérées, moins oppressantes que les sombres conifères.

Derrière elle, un bruit lointain l'alerta. Elle se retourna. Au loin, débouchant du dernier virage, apparut un 4x4, certes bringuebalant dans les ornières mais les franchissant avec aisance.

Le puissant véhicule mit près d'une minute pour parvenir à son niveau et Svetlana se rangea sur le côté pour l'attendre. Le conducteur était un homme aux cheveux blancs, la soixantaine un peu austère, l'air digne et sévère. La passagère, très corpulente, ne paraissait pas beaucoup plus jeune et sa chevelure grise ramenée en arrière en une courte queue-de-cheval était maintenue par un élastique.

La voiture s'arrêta et la vitre électrique se baissa avec une lenteur exaspérante. L'homme n'avait pas encore tourné la tête vers Svetlana. Quand il le fit, des yeux inquisiteurs se posèrent sur elle et l'inspectèrent de la tête aux pieds, s'attardant sur ses mains encore barbouillées de boue.

Avant que Svetlana ait eu le temps de dire quoi que ce soit, l'homme prit la parole :

— C'est à vous, la voiture plus bas ?

— Oui.

— C'est une propriété privée.

— Je sais.

— Vous n'avez donc rien à y faire. Je vais vous demander de redescendre et de reprendre votre véhicule.

Une entame désagréable qui, en d'autres circonstances, aurait déclenché une réaction belliqueuse de Svetlana. Mais son intuition la porta vers une riposte plus avisée. Comme un officiel qui montre son laissez-passer à un flic borné, elle dit avec simplicité :

— Je suis Svetlana Koloshenskaïa.

L'homme se figea. Ses traits s'allongèrent ; il entrouvrit les lèvres et ses paupières battirent à plusieurs reprises comme les ailes d'un oiseau qui vient d'être touché par une volée de plombs. D'un ton changé, rempli d'une humilité servile, il bafouilla :

— Oh, pardon, je suis confus… vraiment confus… je ne pouvais pas deviner, mademoiselle Koloshenski…

— Koloshenskaïa.

— Oui, bien sûr, mademoiselle Koloshenskaïa. Je vous prie de m'excuser… Cette regrettable méprise est entièrement de ma faute, je savais que vous deviez venir ce matin… En voyant votre voiture, je n'ai pas fait l'association… Vous comprenez ?

Ce que Svetlana comprenait surtout, c'est que l'héritière d'une telle fortune se déplaçant dans une voiture aussi pourrie, une voiture de miséreux, et arpentant le chemin sac au dos, crottée comme un poilu de la guerre de 14, était inconcevable dans l'esprit de son interlocuteur.

Lequel, tout à sa honte, se présenta :

— Je suis Jean Lafaury. Nous nous sommes parlé au téléphone.

Le fameux majordome.

— Vous avez eu des problèmes dans la montée ?

— Disons que le chemin n'a pas été coopératif.

Il sortit de son véhicule pour montrer à quel point le rapport de force venait de s'inverser ainsi que sa volonté d'être à la disposition de l'improbable héritière. Assez trapu, il était bien habillé, cravaté, mais ses mimiques révélaient son embarras.

La femme descendit à son tour.

— Je vous présente Maria Souarez, notre cuisinière.

Celle-ci fit un semblant de génuflexion ridicule, mais ne pipa mot.

— Montez à l'avant, je vous en prie, ajouta le majordome, nous ne sommes plus très loin.

La cuisinière s'était déjà engouffrée à l'arrière. Le coffre étant rempli de sacs à provisions pleins à craquer, Jean Lafaury déposa le bagage de Svetlana sur la banquette arrière pendant qu'elle prenait place sur le siège du passager avant.

Quand le 4x4 s'élança à nouveau, le majordome renouvela ses excuses.

— J'espère que vous ne m'en voudrez pas, mais il y a tant de randonneurs indélicats qui pénètrent dans les propriétés comme s'ils étaient chez eux que je suis obligé de…

Il ne finit pas sa phrase et Svetlana ne lui fit pas l'aumône de l'approuver. Impassible et silencieuse, elle fixait le chemin, qui devint plat et, de ce fait, en parfait état.

— Nous arrivons sur le plateau, osa Jean Lafaury.

— La maison se trouve sur le plateau ?

— La maison ?! répondit-il d'une voix montant soudain dans les aigus, trahissant sa surprise.

— Non ?

— Si ! Mais c'est plus qu'une maison, mademoiselle.

⋆
⋆ ⋆

Le véhicule s'engagea bientôt dans une allée bordée de majestueux chênes pluri-centenaires. De part et d'autre s'étendait une pelouse rase, bien tondue, rompue par quelques haies basses de charmes ou de troènes disposées à l'équerre, et parsemée d'ifs en cône et de buis en boule, l'ensemble taillé de frais. Svetlana en fut étonnée.

— Je croyais le domaine inhabité.

— Il l'est, mademoiselle, il l'est. Mais M. Koloshenski tient à ce qu'il ne donne pas l'impression d'être abandonné. Sinon, des hôtes indésirables s'y installeraient. Nous avons un contrat avec une entreprise d'élagage qui vient l'entretenir deux fois par an, à la fin de l'été et au début du printemps.

Svetlana n'eut pas le temps de répondre. La « maison » venait d'apparaître au bout de l'allée et elle en eut le souffle coupé. Car, en guise de maison, il s'agissait d'un véritable château aux proportions tout à fait impressionnantes.

Construit à partir d'un élément central, une tour carrée légèrement surélevée, deux ailes lui étaient accolées, strictement identiques, conférant à l'ensemble une harmonie et une symétrie parfaites. D'une hauteur double de leur largeur, les ouvertures, réparties sur deux niveaux, le rez-de-chaussée et le premier étage, étaient superposées sans aucun décalage. Sur chaque aile, Svetlana en compta quatre par étage, ce qui, avec les trois de la tour centrale, donnait dix-neuf majestueuses fenêtres en façade, toutes semblables.

La tour et les deux ailes possédaient leur propre toit en ardoise, à pente raide et ornés de chiens assis et d'œils-de-bœuf de belle facture, révélant un étage supplémentaire, lequel devait être surmonté de combles.

Taillée en bossage plat et striée de refends horizontaux, chaque pierre de l'imposante construction se détachait, ajoutant encore à la symétrie recherchée par l'architecte.

Aussitôt, une référence, dont on ne sait pas si on doit la qualifier de « littéraire », s'imposa dans le cerveau de Svetlana. Elle l'exprima, se tournant vers Jean Lafaury tout en s'exclamant :

— On dirait le château de Moulinsart, celui de Tintin et du capitaine Haddock !

Pour la première fois, le majordome se permit un sourire.

— En effet, mademoiselle. Une copie conforme, c'est ce qu'aime à dire monsieur.

— Mais le château de Moulinsart est plus petit, il n'a que trois fenêtres par niveau sur chaque aile.

Le majordome renvoya à Svetlana un regard étonné.

— C'est possible… Je ne sais pas.

Au même instant, Svetlana aperçut un individu qui courait sur la pelouse puis, se dissimulant par étapes derrière des buis ou des ifs, s'élançait vers la lisière de la forêt entourant le parc.

— Qui est cet homme ? s'écria-t-elle.

— Où ?

— Là, il disparaît dans la forêt !

— Je n'ai pas vu, mademoiselle. Sans doute encore un de ces randonneurs indiscrets.

— Non, il n'en avait pas l'air.

— Qu'est-ce qui vous fait penser cela ?

— Il ne portait pas de sac à dos, pas de vêtements appropriés et pas de chaussures de marche non plus.

— Vous avez l'œil, si vous me permettez cette expression. Ne vous inquiétez pas. Si je comprends bien, cette personne a déguerpi en nous voyant arriver. Elle ne reviendra pas.

Tandis que le majordome garait le puissant véhicule à côté du vaste perron qui permettait l'accès à l'entrée principale du château, Svetlana demeurait troublée par l'allure du fuyard. Un pressentiment désagréable. Une inquiétude diffuse.

Était-ce toujours l'assassinat du vieux Marcel qui la hantait, doublé de la conviction que Becquedot n'avait pas interpellé le vrai coupable ?

2

Même jour, 17 h 30

La cuisinière avait dû effectuer plusieurs allers et retours pour transporter les gros sacs à provisions dans la réserve. Svetlana avait proposé aussitôt de l'aider, mais le majordome s'y était opposé, arguant que tel n'était pas son rôle. Après une courte hésitation, elle était passée outre, empoignant plusieurs sacs, constatant cependant la gêne palpable de Maria à côtoyer de cette manière la légataire de son patron, ainsi que la muette réprobation du majordome face à cet indigne abaissement de la future héritière.

Elle avait ensuite découvert sa chambre. Située au premier étage de l'aile ouest du château, d'une surface très supérieure à sa piaule pourtant grande, avec une hauteur sous plafond à donner le vertige, des boiseries, des moulures, et une belle rosace où s'accrochait un lustre de cristal avec des reflets améthyste, elle était meublée par un vaste lit à baldaquin qui trônait à une extrémité, un secrétaire en acajou, un magnifique et très moelleux tapis d'orient et plusieurs fauteuils de style Louis XV. Seule négligence : la clé de la porte donnant sur le couloir était bloquée dans la vieille serrure. De toute évidence, personne ne s'était jamais préoccupé de ce détail. En revanche et par contraste, la salle de bains attenante, qui présentait tout le confort moderne, était munie d'un gros verrou tout neuf très efficace.

« J'espère qu'elle vous conviendra », avait dit Jean Lafaury, provoquant un petit éclat de rire de Svetlana.

À cette occasion, elle avait fait la connaissance de la femme de chambre. Celle-ci paraissait désœuvrée, mais Svetlana comprenait que ces trois personnes – le majordome, la cuisinière et la femme de chambre – étaient présentes dans le château depuis plusieurs jours pour préparer l'arrivée de Viktor Koloshenski. Elle ne sut que son prénom : Adeline. C'était une jeune femme assez jolie, fine, aux long cheveux blonds, et qui, à l'instar des deux autres, manifestait envers elle une déférence dont Svetlana n'avait pas l'habitude et qui l'embarrassait.

Elle avait ensuite déjeuné seule dans une salle à manger aux dimensions titanesques, dans un silence impressionnant, le majordome s'étant éclipsé et Maria lui apportant avec une célérité hors pair les plats qu'elle lui avait préparés. C'était copieux. Trop. Mais excellent.

À la fin du repas, le majordome lui avait annoncé :

« Monsieur arrivera vers 17 heures. »

Elle était montée dans sa chambre pour prendre une douche – elle en avait grand besoin après l'épisode boueux de sa voiture –, avait pris un livre – elle en avait apporté plusieurs – et, sur son lit, avait tenté de s'absorber dans la lecture. Sans y parvenir. La simple phrase « Monsieur arrivera vers 17 heures » avait provoqué en elle une insupportable tension.

L'impression que l'épreuve de vérité approchait la rendait nerveuse. Très nerveuse. La vieille lettre de Viktor Koloshenski, qu'elle connaissait désormais par cœur, avait construit un mur de méfiance et de ressentiment qui ne la quittait pas. Cette lettre, elle avait bien l'intention, à un moment ou à un autre, de la lui mettre sous les yeux.

À 17 h 15, on frappa à sa porte. Le majordome l'informa que monsieur n'était plus qu'à une vingtaine de kilomètres du château et qu'il serait là dans quelques minutes.

— Vingt kilomètres, c'est encore beaucoup, surtout avec l'état du chemin pour parvenir jusqu'ici, répondit-elle naïvement.

— Mais, mademoiselle, il vient en hélicoptère.

En hélicoptère ! Bien sûr ! Un autre monde. Elle avait été propulsée dans un autre monde, celui des riches, qui fonctionnait d'une manière si éloignée du sien qu'elle se jura de refréner ses réactions afin d'éviter de paraître trop décalée. Ou trop cruche.

— Nous l'attendrons sur le perron, ajouta Jean Lafaury.

Saisissant son blouson, elle descendit en compagnie du majordome l'énorme escalier de pierre où cinq personnes auraient pu se trouver de front sans se gêner. Sur le perron se trouvaient déjà la cuisinière et la femme de chambre.

Prenant l'initiative, Jean Lafaury la poussa presque en avant jusqu'au seuil de la première marche, pour reculer ensuite et se tenir en retrait aux côtés de Maria et d'Adeline.

Ils n'attendirent pas plus d'une minute, dans un froid vif, avant d'entendre le vrombissement d'un moteur. Svetlana vit surgir dans le ciel un puissant hélicoptère qui, dans un boucan épouvantable, tournoya au-dessus de la pelouse avant d'amorcer sa descente comme un oiseau de proie.

Les battements de son cœur s'accélérèrent à un point tel qu'elle avait presque envie de remonter dans sa chambre et de s'y cacher.

3

Au moment où l'hélicoptère se posait et que ses pales, tournant à plein régime, agitaient l'herbe en tous sens et secouaient les buis les plus proches, Svetlana tressaillit. L'homme déjà aperçu en fin de matinée se dissimulait à la lisière des bois et semblait observer l'atterrissage.

Elle voulut le signaler à Jean Lafaury, mais la situation la tétanisait. Positionnée avec autorité par le majordome au sommet des marches du perron, tel un chef d'État s'apprêtant à accueillir son homologue d'un pays étranger, elle se devait de rester à sa place. Au moins le temps de saluer pour la première fois son parent. La suite, elle ne pouvait l'imaginer, tant l'issue de cette confrontation et ses conséquences lui échappaient.

La présence de cet inconnu augmenta encore son stress, et son regard, troublé, allait de l'hélicoptère à l'individu en un mouvement nerveux et incontrôlable. Les pales ralentirent, puis s'arrêtèrent de tourner. Quand la porte de l'hélicoptère s'ouvrit, son esprit fut entièrement absorbé par sa rencontre avec le vieux Koloshenski et elle cessa de regarder du côté de la lisière.

Elle vit d'abord un premier homme sauter à terre en sportif accompli. Un homme jeune, bien balancé, dans la force de l'âge. Un second le suivit, moins alerte, mais sans difficulté. Il était certes plus âgé, la soixantaine peut-être, mais il ne pouvait être son grand-oncle.

Enfin, une tête blanche apparut. L'homme, qui tenta de descendre seul, fut d'abord retenu puis entraîné par les deux autres afin de prendre pied sur le sol en douceur. Il se redressa, réajusta ses vêtements et parla au plus sportif, lequel, retournant avec promptitude dans l'habitacle de l'hélicoptère, en rapporta une canne qu'il lui donna.

La main sur le pommeau, Viktor Koloshenski se tourna alors vers le perron et marqua un temps d'arrêt. À cette distance, aucune expression ne se lisait sur son visage, mais il fixait Svetlana et ne pouvait douter de son identité.

Elle sentit une crispation lui bloquer les épaules, le cou et la nuque, crispation renforcée par son immobilité forcée qui l'empêchait d'évacuer cette tension. Du reste, devait-elle à cet instant descendre les marches et marcher à sa rencontre ? Elle n'en fit rien, car elle aurait perçu cette décision comme une insulte à la mémoire de son grand-père, si honteusement éconduit par son cousin vingt ans auparavant. Elle préférait demeurer dans cette position dominante.

Le sexagénaire sur les talons, le vieil homme se mit à avancer dans sa direction et, à mesure qu'il approchait, elle détaillait ses traits. Il avait des cheveux abondants, une belle toison à la blancheur parfaite sans doute obtenue grâce à une lotion appropriée. Sans barbe, son visage n'était pas aussi ridé qu'elle l'aurait cru et, là encore, il fallait peut-être y voir l'effet de liftings réussis par les meilleurs spécialistes. Les joues creusées, le nez droit, le menton bien découpé, c'était un beau vieillard dont on n'aurait pas supposé qu'il était nonagénaire. Sa démarche un peu raide, dénuée de souplesse, témoignait cependant de son âge. Malgré tout, il plantait sa canne avec détermination dans l'herbe, puis dans la bande de gravier qui entourait le perron.

Parvenu au bas des marches, il fit une pause, leva la tête, et ses yeux bleus se plantèrent dans ceux de Svetlana. Moment intense que ce face-à-face, qui accrut l'inquiétude de la jeune femme. Elle se taisait, jugeant qu'en cette circonstance elle n'avait aucune initiative à prendre.

Une à une, il monta les marches, cessant de la regarder, occupé à conserver son équilibre. L'homme qui l'accompagnait, une marche plus bas, semblait prêt à intervenir à tout moment. Sur le perron, à sa hauteur, il la fixa de nouveau et, pour la seconde fois, elle entendit le son de sa voix. Une voix de basse, chaude et enveloppante, différente de celle déformée par le truchement du téléphone.

— Chère Svetlana Sergueïevna, je suis vraiment très heureux de vous voir enfin en chair et en os.

Puis, il ajouta :

— Comme vous êtes grande ! Combien mesurez-vous ?

Interloquée par l'étrangeté de cette toute première question, Svetlana hésita à répondre, notant dans le même temps que Koloshenski l'avait saluée en négligeant le « madame » ou le « mademoiselle », inusités en Russie, et la gratifiant de son prénom et du rappel de celui de son père, comme c'est l'usage dans son pays d'origine. Il avait donc étudié l'arbre généalogique de Picard ou il en savait plus qu'il ne le faisait croire.

— Un mètre soixante-dix-huit. Désirez-vous connaître aussi mon tour de cuisse et mon tour de poitrine ?

Osé.

Svetlana en fut étonnée elle-même. La provocation avait fusé avec un naturel qui, d'un coup, avait libéré sa tension. Pas de soumission, ni docile ni servile, elle resterait telle qu'elle avait toujours été. Qu'il se le tienne pour dit !

À considérer les visages impassibles, exprimant une muette désapprobation, du majordome ou de l'homme qui se tenait toujours une marche plus bas, elle avait choqué.

La surprise vint du vieux Koloshenski. Après un temps d'arrêt pour digérer cette réplique inattendue, il haussa les sourcils et se mit à rire en agitant son index sous les yeux de Svetlana.

— Vous avez de l'humour ! C'est bien, j'aime ça, l'humour… Je crois qu'on va bien s'entendre, vous et moi.

Puis il désigna l'homme qui ne l'avait pas quitté depuis son arrivée :

— Je vous présente Marc Brozilien, le gestionnaire de mon patrimoine financier.

Un homme sec, aux traits émaciés et à l'allure d'une longue tige assez raide. Une phrase parasita le cerveau de Svetlana : « Il mesurait un peu plus d'un mètre quatre-vingts, mais il était si excessivement mince qu'il en paraissait beaucoup plus. » Elle peinait à retrouver l'origine de cette citation que son puissant réseau de neurones avait fait jaillir à l'instant. Encore un livre, à l'évidence un roman, mais lequel ?

— Près de l'hélicoptère, s'occupant des bagages, vous avez Jérôme, mon garde du corps, et Brice, notre très expérimenté pilote, poursuivait Koloshenski, s'apercevant avec retard que sa petite-nièce, le regard dans le vide, paraissait perdue dans ses pensées.

Il la toucha du bras, comme pour la réveiller, et lui indiqua la porte d'entrée.

— Venez, une petite collation nous fera du bien.

Et, en passant devant le personnel aux ordres :

— Maria, nous nous apporterez une tasse de thé et des biscuits dans le petit salon. Est-il bien chauffé, Jean ?… Parfait. Adeline, ma chambre est-elle prête ?… Merci, vous êtes un ange.

*

* *

Le petit salon possédait une superficie du double de sa piaule mais, de fait, il s'agissait d'une pièce de dimension réduite au regard du gigantisme de la demeure. Orné de panneaux de bois sculptés, centré autour d'une cheminée moins monumentale que les autres, il devait personnifier le summum de l'intimité pour les nobles de l'époque, sans exclure toutefois quelques boudoirs dissimulés au détour des interminables couloirs.

Assis dans un fauteuil crapaud du dix-neuvième siècle, buvant par petites gorgées, Viktor Koloshenski entama la conversation sur un ton badin :

— Bel endroit, n'est-ce pas ? Le château de l'Ours est situé sur un plateau à neuf cent quatre-vingts mètres d'altitude. Il y fait froid l'hiver, mais cette grande demeure a été heureusement modernisée par mon père. Sanitaires, chauffage central et, tout en préservant leur style, les fenêtres ont toutes du double vitrage. Et j'ai même fait installer récemment une minuterie dans les couloirs par souci d'économie d'énergie. C'est dans l'air du temps, les économies d'énergie, n'est-ce pas ?

Sur la réserve, Svetlana acquiesça d'un mouvement du menton.

— Il y a des choses extraordinaires ici ! reprit-il. Tenez, par exemple, il y avait jadis un souterrain qui reliait le château à une écurie située à deux ou trois kilomètres dans les bois. Pour fuir en cas de jacquerie de paysans, je suppose.

— Il y avait ?

— Oui, il s'est effondré en son milieu il y a une centaine d'années. Dans la cave, mon père a fait murer l'entrée pour éviter que je m'y aventure quand j'étais gosse. Sage précaution…

Koloshenski animait la conversation, cherchant à susciter la connivence, mais Svetlana n'était pas disposée à entrer dans son jeu et assurait un service minimum. Un peu déconcerté, il persista néanmoins sur le même ton :

— Avez-vous remarqué que c'est ce genre de château qui a servi de modèle à Hergé pour dessiner son Moulinsart ? Une copie conforme.

— Oui. Style Louis XIII typique, précurseur du classicisme du règne de Louis XIV.

— Ah ! Vous vous y connaissez en architecture, à ce que je constate.

— Non, pas vraiment. Disons que j'ai dû tomber un jour par hasard sur un livre qui parlait de ça.

— Quelle mémoire… Moi, je n'en ai pas, ou je n'en ai plus. À mon âge, il faut tout me répéter deux fois.

Était-ce une manière détournée d'écarter l'épisode de la lettre infâme ? Est-on responsable de ce qu'on a oublié ? Grave sujet que Svetlana n'eut pas le temps de creuser plus avant, car Koloshenski se lança dans une série de questions indiscrètes qu'elle n'attendait pas :

— Vous avez des enfants ?

— Je n'en veux pas.

— Pourquoi ?

— Parce que je n'en veux pas, c'est tout. Je n'ai pas besoin de me justifier, si ?

— Non, non… Et vous êtes mariée ?

— « Je n'arrive pas à m'accoupler en captivité… »

Encore une réponse que sa mémoire avait extraite d'un recoin perdu de son cerveau. Cette phrase, en revanche, elle se rappelait parfaitement son origine. Elle avait été prononcée par Gloria Steinem, une journaliste féministe américaine.

Elle s'amusait de la stupéfaction de Koloshenski, qui ouvrait de grands yeux.

— Vous avez de ces réparties… On ne doit pas s'ennuyer avec vous.

Il termina sa tasse de thé et se leva.

— Je vais aller me reposer dans ma chambre, ce voyage m'a tué. Nous dînons à 19 heures précises. À tout à l'heure.

Et sans attendre, sa canne à la main, il s'éclipsa.

4

Désœuvrée, Svetlana décida de se promener dans le parc. La nuit tombait peu à peu, il faisait froid, mais l'envie de s'aérer après ces émotions fut la plus forte.

Face au château, une allée gravillonnée menait à un bassin circulaire dans lequel nageaient quelques robustes poissons rouges. Plus loin, elle tomba sur un labyrinthe constitué par un entrelacs de haies de buis disposées géométriquement. Elle ne s'y aventura pas, préférant poursuivre son exploration. Au-delà d'une dernière étendue de pelouse, la forêt se présentait comme une masse sombre inquiétante.

En marchant vers la lisière, elle eut un éclair de pensée. La phrase qui lui était revenue en examinant Marc Brozilien provenait de la toute première description de Sherlock Holmes par le docteur Watson dans *Une étude en rouge*. Troublée par son incapacité à se la rappeler sur l'instant, elle se sentit mieux à cette réminiscence. Est-ce cela, vieillir ? s'interrogea-t-elle. Réjouissant. Ce serait pour elle une excellente nouvelle si son hypermnésie pouvait dépérir avec l'âge.

Plus détendue qu'au moment de l'arrivée du vieux Koloshenski, elle approchait de la lisière quand elle s'arrêta net. Dans la pénombre naissante, quelque chose avait bougé entre les troncs d'arbres. Une ombre s'était déplacée.

Par instinct, elle abaissa son bassin, jambes pliées, prête à toutes les éventualités, et scruta le sous-bois. Une branche morte craqua. Un bruit qui avait résonné dans le silence. Était-ce un animal, un gros animal, tel un sanglier ou un loup, qui errait, solitaire ?

Après une longue minute d'attente, elle s'avança, certaine d'avoir localisé le bruit sec du branchage qui s'était brisé. Mais elle ne discernait rien. Plus près. Encore plus près. Les premiers troncs n'étaient plus qu'à quelques mètres quand elle s'immobilisa. Une ombre, celle d'un homme, se détacha soudain dans le clair-obscur et recula pour disparaître derrière le tronc d'un hêtre énorme.

Il était toujours là, l'inconnu qu'elle avait déjà aperçu par deux fois dans la journée. Et cette présence insistante constituait une menace. Comment en douter ? Qui pouvait espionner ainsi sans intention malveillante ?

Ne quittant pas des yeux le hêtre centenaire, elle reprit avec précaution sa marche en avant. Pour éviter de se faire surprendre, mais confiante dans sa capacité à se battre, elle suivit une ligne oblique à quarante-cinq degrés du tronc qui lui permettrait de découvrir qui se tenait derrière sans s'en approcher.

Elle le vit enfin. Le ventre collé contre l'arbre, d'une immobilité parfaite, l'individu était grand et massif. Plus stupéfiant encore, elle vérifia l'observation faite le matin que ce type ne portait pas de chaussures de randonnée et n'avait même pas de manteau pour se protéger du froid. D'où sortait-il ? Et comment était-il venu jusqu'ici ?

N'y tenant plus, elle le héla avec force :

— Qui êtes-vous ? Que faites-vous là ?

D'un bloc, il pivota et fit face. Puis il détala vers les profondeurs de la forêt. Svetlana s'élança à son tour.

Elle courait vite et ne doutait pas de pouvoir le rattraper. Mais c'était sans compter sur l'obscurité de plus en plus prégnante.

Au bout d'une vingtaine de mètres, elle avait perdu sa trace. Par ailleurs, ne connaissant pas ce sous-bois sombre et inhospitalier, elle eut peur de s'égarer. La crainte aussi de tomber dans un piège la fit renoncer.

Prenant une décision immédiate, elle fit demi-tour et, sans cesser de courir, repartit en direction du château. Sur la pelouse, haletante, elle jeta un coup d'œil à sa montre. 18 h 43. Il était temps d'aller retrouver le vieux Koloshenski pour le dîner.

5

Au milieu de l'impressionnante salle à manger trônait une longue table rectangulaire pouvant accueillir une vingtaine de convives. Koloshenski s'était installé à une extrémité, Svetlana à sa gauche et Marc Brozilien à sa droite. À l'évidence, le personnel, depuis le garde du corps et le pilote jusqu'au majordome et la femme de chambre, dînait dans la cuisine. Svetlana ne fit pas de remarque sur cette triste séparation des classes sociales, mais c'était bien la première fois qu'elle se situait de ce côté de la barrière et cela la mettait mal à l'aise.

Marc Brozilien avait le visage fermé, préoccupé, et ne levait pas le nez de son assiette. À peine assise, Svetlana, encore secouée par l'incident survenu dans le parc, prit la parole :

— Il y a un individu dans le parc qui nous espionne depuis ce matin. Je l'ai déjà aperçu trois fois, et, à l'instant, il a fui quand j'ai tenté de savoir ce qu'il faisait là.

Dodelinant de la tête, Koloshenski ne parut pas prendre la mesure de l'information.

— Bah, un si beau château attire toujours les indiscrets de tout poil. Qu'il rôde et qu'il admire, peu me chaut ! Vous êtes inquiète, Svetlana ?

— Il ne portait pas de chaussures adaptées à la marche, ni de manteau pour se protéger du froid.

— Vous voyez, c'est un imbécile ! À l'intérieur de nos murs, que craignons-nous ? De plus, nous avons Jérôme qui veille au grain. C'est un ancien des services de sécurité, savez-vous ? Une bête de combat, si je peux m'exprimer ainsi, rompu aux arts martiaux et armé, de surcroît. Avec lui, nous sommes entre de bonnes mains.

Pas un instant Brozilien n'avait prêté attention aux déclarations de Svetlana. Il fut surpris quand Koloshenski lui demanda à brûle-pourpoint :

— Qu'en pensez-vous, Marc ?

— Je suis de votre avis, Viktor. C'est un incident sans intérêt.

Svetlana se tut. Mais cette réplique un tantinet méprisante à son égard provoqua en elle un sentiment d'humiliation. On ne la prenait pas au sérieux. Peut-être même la considérait-on comme une jeune femme peureuse ? Elle serra les dents.

La cuisinière servit à chacun une petite assiette de foie gras agrémenté d'un sancerre haut de gamme.

— Merci, Maria. Que cela ne nous coupe pas l'appétit ! déclara Koloshenski avec bonne humeur.

Excellent foie gras, du reste, qui étonna le palais de Svetlana. Tout en mangeant, Koloshenski présenta son gestionnaire de fortune de manière plus formelle. Marc était – disait-il – à son service depuis presque trente ans. Efficace, diligent, investi, très au fait de toutes les méthodes d'optimisation fiscale, il gérait le patrimoine financier et immobilier de son riche patron avec une rare maîtrise. En bref, il donnait entière satisfaction et Koloshenski se réjouissait de l'avoir à son service. Il termina ce chaleureux panégyrique par une recommandation dont Svetlana jugea qu'elle était le but de cette plaidoirie :

— J'espère, quand je ne serai plus là, qu'il pourra continuer à veiller sur nos intérêts. N'est-ce pas, Svetlana ?

Tel un étudiant respectueux, Brozilien gardait la tête baissée et évitait le regard de la jeune femme. Pressée de répondre, Svetlana lâcha un « Sans doute » qui ne révélait rien sur ses intentions futures, d'autant plus qu'elle n'en avait pas à ce stade.

Au plat suivant, une truite forestière à la chair délicate, Koloshenski poursuivit en donnant moult explications sur la vaste propriété, la présence des ours qui au seizième siècle avait motivé le nom du château – « Rassurez-vous, il n'y en a plus depuis longtemps, des ours », avait-il précisé en riant –, les longues années de construction de l'édifice, les ajouts architecturaux et les modifications au cours des époques suivantes, le nom des différentes lignées de nobles à qui il avait appartenu, et divers détails que Svetlana ingérait tel un repas parallèle.

Au fromage, Koloshenski sortit d'une des poches de son veston, et déplia, une feuille de papier sur laquelle Svetlana reconnut l'arbre généalogique de Picard. Il la posa devant lui et mit ses lunettes.

— Voyez-vous, chère Svetlana Sergueïevna, je me croyais sans famille et voilà que je m'en découvre une à 94 ans. Minuscule, réduite à une unique parente, vous-même, mais tout de même. En France, en plus. Car on me dit par ailleurs qu'il n'y a plus de Koloshenski en Russie. Mon père, Grichka Olegovitch, était d'un mutisme total quand il s'agissait d'évoquer notre famille en Russie. À croire que nous n'en avions pas, ce dont j'ai toujours douté. La seule chose que je savais était que nous avions fui la révolution bolchévique. Et c'est tout. Vous imaginez donc mon émerveillement quand maître Bloch m'a annoncé votre existence. Je vois sur cette arborescence que votre père Sergueï et votre grand-père Feodor sont morts. Au téléphone, maître Bloch m'a appris que votre mère aussi était décédée. Sans frère ni sœur, vous êtes donc seule au monde. Par quel fait extraordinaire avez-vous atterri dans cette contrée ?

Si ce n'était cette saloperie de lettre qui brûlait la poitrine de Svetlana et qu'elle avait très envie de brandir en un geste théâtral pour mettre fin aux mensonges, ce qu'il disait était plausible. Mais la lettre constituait un atout qu'elle voulait conserver. Laisser venir lui sembla une tactique plus appropriée.

Elle raconta sa naissance en Russie – Koloshenski s'en étonna : « Ah ? Vous êtes née en Russie ? » – et la mort brutale de son père sous la présidence de Boris Eltsine. Quand elle commença à expliquer qu'Eltsine avait écrasé la démocratie naissante instaurée par Gorbatchev, son hôte réagit, mais sans chercher à entrer dans une polémique hors sujet :

— Ce n'est pas ainsi que l'on nous présente Boris Eltsine en Occident. Mais, poursuivez, ça n'a pas d'importance.

— Je vous éclairerai à ce sujet, répliqua-t-elle du tac au tac.

Puis elle expliqua la répression de plus en plus violente sous Poutine et le danger que courait son grand-père de se retrouver en prison ou même d'être liquidé par le FSB. Quand elle approcha du nœud de l'affaire, l'angoisse l'étreignit. Elle dit sobrement :

— En 2004, nous avons donc choisi l'exil et nous sommes venus nous installer en France, mon grand-père, ma mère et moi. J'avais 16 ans.

Elle marqua une pause pour voir si cette phrase prononcée en toute simplicité produisait un effet. Koloshenski paraissait troublé. À la surprise de Svetlana, il se mit à parler en russe.

— Pourquoi cette région de France en particulier ? C'est celle où, après un séjour à Paris, mes parents se sont aussi installés, en 1925, et où je suis né. Avouez que, pour un hasard, il dépasse l'entendement.

— Vous connaissez le russe ? répondit Svetlana en usant aussitôt de sa langue maternelle.

— C'est la langue que j'ai apprise en premier. Mes parents y tenaient absolument. À la maison, on ne s'exprimait qu'en russe. Vous savez, les Russes blancs[1] émigrés pensaient que la révolution bolchevique ne durerait pas, qu'elle s'effondrerait, et qu'ils rentreraient vite dans leur pays. Ils n'avaient pas l'intention de moisir en France, ni aucun désir d'intégration.

À les entendre converser en russe, Brozilien s'agita sur sa chaise. Il paraissait nerveux et inquiet. Percevant cette fébrilité, Koloshenski se remit à parler en français :

— Pardonnez-nous, Marc, ce n'est pas très délicat de recourir à une langue que vous ne comprenez pas. Où en étions-nous, Svetlana ?

Moment charnière. Soit elle insistait sur ce « hasard qui dépassait l'entendement » et, au final, il lui faudrait montrer la lettre, soit elle reportait cette bataille à plus tard, laissant pour l'instant Koloshenski au grossier mensonge d'une stupéfiante coïncidence géographique. Ne se sentant pas prête pour l'affrontement, elle opta pour la seconde solution :

— Ensuite, il n'y a plus grand chose à raconter, dit-elle. Mon grand-père est mort un an après notre arrivée et ma mère, d'un cancer, en 2018.

1. Les partisans du tsar et de la Russie impériale opposés à la révolution de 1917.

— C'est vraiment dommage que je n'aie pas été au courant, j'aurais pu vous aider au moment de votre installation en France.

Une remarque qui eut le don de crisper Svetlana. Fallait-il y voir le dernier des cynismes ? Toi, mon bonhomme, tu ne perds rien pour attendre, pensa-t-elle.

Au dessert, une délicieuse tarte aux pommes, Koloshenski évoqua comment son père avait acquis sa fortune. Ayant emporté une somme d'argent importante en quittant la Russie, il avait profité de l'après-guerre pour la faire fructifier. Svetlana le coupa :

— Notre famille était riche ?

— Oui, sous le tsar Nicolas II, on peut dire que nous l'étions.

Là encore, cette affirmation provoqua un sale écho dans la tête de Svetlana. Pourquoi son grand-père était-il si pauvre ? Et si le père de Viktor Koloshenski s'était enfui en emportant tout l'argent ? N'y avait-il pas là une autre turpitude familiale ? Elle se tut, mais une nouvelle ombre entachait le tableau.

Koloshenski raconta alors comment son père, profitant de la grande désorganisation internationale après la guerre 14-18, s'était positionné sur le marché du blé ukrainien. L'Ukraine, devenue soviétique, avait besoin de relancer son commerce à destination de l'Occident et, affrétant deux cargos, son père avait pris la main, damé le pion à ses concurrents, d'autant plus facilement qu'il parlait russe, comme tous les officiels ukrainiens. Traiter avec ses anciens ennemis ne lui avait pas posé de problème et il avait peu à peu agrandi sa flotte pour obtenir une position dominante très lucrative.

— Par la suite, jusqu'à sa mort en 1971, il a diversifié nos activités commerciales dans de nombreux domaines, conclut Koloshenski.

Comme faire fortune paraissait simple, à l'écouter ! Svetlana en avait appris beaucoup, même si de nouveaux éléments obscurs, tels des serpents venimeux, rampaient sous les propos sereins de son grand-oncle.

Ils passèrent ensuite au salon, où Koloshenski annonça :

— Je vais boire une petite vodka pour dynamiter mon repas. Svetlana, vous préférez une tisane ?

— Pas du tout, une vodka m'ira très bien.

Brozilien, toujours aussi silencieux mais ne les quittant pas d'une semelle, choisit la tisane. Sous l'insistance de Koloshenski, Svetlana dut encore narrer son adolescence dans la cité, sa vie de lycéenne ou son apprentissage du français. Il écoutait sans l'interrompre, sauf quand elle évoqua ses études de journalisme à Paris.

— Ah oui, journaliste… Pourquoi journaliste ?

— Dans certains pays, les journalistes sont assassinés. J'admire ceux et celles qui, malgré les risques, ont le courage de dire la vérité.

Enfin, elle raconta son retour au bercail pour assister sa mère malade.

— C'est bien triste, tout cela, déclara Koloshenski à l'évocation du cancer d'Irina et de sa mort prématurée.

Sur ce, il se leva, ce qui provoqua la fin de la soirée, et souhaita une bonne nuit à Svetlana et à son gestionnaire de fortune. Ils montèrent cependant tous ensemble à l'étage et Svetlana constata qu'elle était la seule à dormir dans l'aile ouest. Koloshenski et Brozilien disparaissant dans le couloir de l'aile est. Elle ne savait guère où couchait le personnel, mais elle supposait que les domestiques logeaient au niveau supérieur.

6

Allongée sur le lit, Svetlana ne dormait pas. Ce premier contact avec son grand-oncle avait provoqué un maelström d'interrogations et de souvenirs qui la maintenait dans une confusion de sentiments.

De prime abord, l'homme n'était pas antipathique. Il avait de l'énergie pour son âge, une pensée claire bien exprimée, ne dédaignait pas l'humour et supportait la provocation, ou même s'en amusait. D'un commerce agréable, attentif, voire curieux, il paraissait bienveillant et Svetlana pouvait s'en accommoder sans renier son caractère indépendant.

Qu'en était-il sous l'étiquette ? Question sensible et délicate à résoudre, car la lettre témoignait à l'inverse d'un tempérament intransigeant, dur et rancunier. Avait-il vraiment oublié cet épisode ? Ou en avait-il honte, le dissimulant en pensant que Svetlana, très jeune à l'époque, l'ignorait ? Impossible de trancher pour l'instant.

Par ailleurs, l'argent que le père de Koloshenski avait emporté avec lui en fuyant la Russie constituait-il un vol de la fortune familiale ? « Les plaies du passé » évoquées par son grand-père étaient-elles plus profondes encore que la fracture politique lors de la révolution d'octobre 1917 ?

De guerre lasse, pour endiguer ces pensées qui l'épuisaient et d'où émergeait sans cesse la figure humiliée de son grand-père, elle alluma la lumière. 2 h 12. Se penchant sur le côté, elle ramassa par terre un des livres qu'elle avait apportés et l'ouvrit au hasard.

C'était un recueil de poésie signé Philippe Soupault. Un auteur qu'elle ne connaissait pas, mais dont elle avait trouvé, en les feuilletant chez un bouquiniste, les textes vifs et amusants. Selon son habitude, elle n'avait pu s'empêcher de l'acheter. Une courte poésie attira son attention.

Monsieur Miroir marchand d'habits
Est mort hier soir à Paris.
Il fait nuit
Il fait noir
Il fait nuit noire à Paris.

À haute voix, elle la lut à plusieurs reprises, en savourant sa belle simplicité et sa musicalité. À haute voix, parce que la poésie est un assemblage heureux de rythmes et de sons qui ne peut s'apprécier autrement.

Puis une idée lui vint. Elle envoya un SMS à Juan où, après avoir recopié le texte de Soupault, elle lui demanda d'écrire son symétrique avec *madame*, sur le même ton, avec la même structure, mais dans des couleurs plus claires.

Elle ne reçut pas de réponse ; Juan devait dormir. Tant pis, il découvrirait ce message le lendemain à son réveil.

Tournant les pages du livre à la recherche d'une autre poésie aussi plaisante, elle s'interrompit brusquement. On marchait dans le couloir. Elle percevait les craquements caractéristiques du vieux parquet, que la personne tentait d'atténuer en se déplaçant avec lenteur, peut-être sur la pointe des pieds.

7

Elle tendit l'oreille. Il n'y avait aucun doute, quelqu'un avançait par étapes successives dans le couloir. Les bruissements se faisaient plus insistants, approchant de sa chambre. Une vague appréhension commença à la tarauder, produite par l'heure indue et l'image du rôdeur entrevu dans la journée. Celui-ci était-il parvenu à s'introduire dans le château ?

Par instinct, elle éteignit la lumière. Plongée dans le noir, immobile sur le lit, aux aguets, elle tentait de capter les échos en provenance du couloir.

Des grincements de gonds mal huilés. L'individu paraissait ouvrir, avec circonspection, toutes les portes situées de part et d'autre de l'interminable corridor. Cette lenteur et ces précautions révélaient qu'il ignorait la répartition des chambres entre les personnes dormant au château. C'était donc bien un intrus. Et cette déduction renforçait l'hypothèse qu'il pouvait s'agir du rôdeur du parc.

Explorait-il ce couloir, et pourquoi ? Cherchait-il quelqu'un ? Elle-même ?

L'individu n'était plus qu'à quelques mètres. Le battant de la chambre jouxtant la sienne s'ouvrit aussi dans le lent et insupportable couinement des gonds. Elle songea à son couteau, ce cran d'arrêt redoutable dont elle ne s'était encore jamais servie, son art du kyokushinkai l'ayant toujours rendu inutile jusqu'à présent. Mais sa technique du karaté suffirait-elle face à cette menace incertaine ? En pyjama, pieds nus, elle se sentait plus vulnérable que revêtue de ses habits habituels et chaussée de ses boots robustes. Tenir le manche du couteau l'aurait rassurée.

Ce dernier, cependant, n'était pas à portée de main, laissé dans son sac à dos qui se trouvait dans un recoin opposé de la pièce. S'efforçant de faire le moins de bruit possible, elle se glissait hors du lit quand, dans la pénombre, elle vit la poignée de sa chambre tourner lentement, puis le battant s'entrouvrir. Il pivota sur ses gonds en un grincement terrifiant.

Elle s'immobilisa et, parce que le sac à dos se trouvait à présent hors d'atteinte – il lui aurait fallu traverser la chambre et passer devant la porte désormais ouverte –, elle ressentit l'affreuse sensation de l'animal pris au piège dans son terrier. Que faire ?

Un homme était apparu dans l'encadrement, sa forme se détachant sur le fond plus clair du couloir. Il avait la même corpulence que celui aperçu dans le parc. Son silence inquiétant était source d'épouvante. Jamais Svetlana n'avait connu une telle situation, où l'agresseur agissait en silence, tel un prédateur nocturne. Même si l'effet de surprise pouvait s'avérer un atout, passer à l'attaque, alors même qu'elle ignorait si l'inconnu disposait d'une arme à feu, lui parut une initiative trop hasardeuse. Debout près du lit, elle tergiversa, misant encore sur l'obscurité pour se dissimuler.

L'homme posa l'index sur son crâne – il y eut un déclic – et la fine lumière d'une frontale éclaira l'espace. Il avança d'un pas. Svetlana, le regard filant le long de la manche droite de l'individu jusqu'à son poignet, s'aperçut avec effroi que ses doigts recourbés étaient prolongés par la longue lame d'un poignard.

Cet homme était venu pour tuer. Quelle qu'en soit la raison, elle était la proie et, quand le faisceau lumineux l'éclaira, son instinct de survie provoqua dans son cerveau un électrochoc salutaire. Elle pensa à gagner la salle de bains attenante pour s'y enfermer, mais elle n'en eut pas le temps.

L'individu se rua sur elle, le bras levé pour frapper. En un pur réflexe Svetlana pivota sur le côté et, le corps de profil, déclencha un yoko geri. Sa jambe droite s'allongea comme un piston et son pied percuta le ventre de son agresseur à l'instant où celui allait l'atteindre. Il plia en deux sous le choc et, bousculé par ce coup inattendu, recula en arrière jusqu'au mur, qu'il heurta.

Il se redressa aussitôt. Exécuté pied nu une seconde trop tard, au tout dernier moment, le coup n'avait pas été assez puissant pour le mettre hors de combat. Serrant le manche du couteau, l'homme hésitait, surpris par cette résistance imprévue.

Puis, renonçant, il s'élança vers la porte et disparut. Tremblante, Svetlana mit de longues secondes à réagir, avant de se précipiter à son tour dans le couloir.

Au bout du long corridor, elle l'aperçut qui tournait en direction de l'escalier principal. Elle courut dans cette direction et se mit à appeler à l'aide, s'époumonant de toutes ses forces.

*

* *

Quand elle atteignit l'escalier, une porte s'ouvrit dans le couloir de l'aile opposée. Jérôme, le garde du corps, s'éjecta de sa chambre comme un diable à ressort, alluma la lumière de la galerie et la rejoignit au pas de course en une poignée de secondes. Sa présence la rassura. En pyjama, les cheveux en désordre, il avait les yeux gonflés d'un homme qu'on vient de tirer de son sommeil, mais, en vrai professionnel, son temps de réaction avait cependant été remarquable.

— Qu'est-ce qui se passe ? demanda-t-il.

Ils se trouvaient tous les deux face à l'escalier monumental, à gauche les marches descendaient vers le rez-de-chaussée, à droite elles montaient à l'étage supérieur. D'une voix haletante, Svetlana raconta son agression et la manière dont elle avait frôlé la mort.

— Nom de Dieu ! Par où est-il passé ? Vous l'avez vu monter ?

— Je n'ai rien vu. Je sais seulement qu'il a filé dans l'escalier.

— Il a dû descendre pour s'enfuir ! Monter serait absurde ! Ne bougez surtout pas. Je vais chercher mon arme.

Il repartit aussitôt, piquant un sprint qui témoignait de son physique affûté et de ses entraînements. Restée seule, Svetlana attendait. L'escalier monumental qui joignait le rez-de-chaussée à l'étage était scindé en deux parties. À mi-parcours, on accédait à un vaste palier pour tourner et entamer la seconde ascension. Svetlana ne voyait que la seconde partie et la moitié du palier intermédiaire.

La lumière du couloir s'éteignit.

— Merde, une minuterie !

Pour faire des économies d'énergie, avait affirmé Koloshenski, ce qui, dans cette situation, constituait un inconvénient pouvant profiter à l'agresseur en fuite et même s'avérer dangereux. Elle chercha des yeux le repère lumineux pour rallumer.

Au moment où elle appuyait sur le bouton, Jérôme revenait en trombe, un pistolet à la main. Il avait enfilé à la hâte un pantalon, et un sweat-shirt à même la peau.

— Je vais descendre.

— Et mon oncle ?

— Il est en sûreté dans sa chambre fermée à clé. Vous aussi, rentrez dans votre chambre et enfermez-vous. C'est bien compris ?

— La clé de ma chambre ne fonctionne pas.

— Et dans la salle de bains ?

— Oui, il y a un verrou.

— Bon, alors enfermez-vous dans la salle de bains. Excusez-moi d'être un peu autoritaire, mademoiselle Koloshenskaïa, mais je ne veux prendre aucun risque. Mon job est de protéger votre grand-oncle et à présent, par le fait, vous aussi en votre qualité d'héritière.

Svetlana s'apprêtait à obtempérer quand ils entendirent du bruit dans l'escalier. Quelqu'un gravissait les marches. Lourdement. Il n'avait pas encore atteint le palier intermédiaire.

— C'est insensé, murmura Jérôme. Il remonte.

Se positionnant en haut des marches, les deux bras tendus, il braqua son arme sur la moitié visible du palier.

— Reculez, lança-t-il à Svetlana. S'il est armé…

Elle fit deux pas en arrière.

— Allez à côté de la minuterie et soyez prête à rallumer quand ça va s'éteindre, ajouta-t-il, toujours à voix basse.

Elle s'exécuta. Le bruit de pas dans l'escalier cessa. L'homme était parvenu sur le palier et semblait s'être arrêté. On entendait sa respiration heurtée comme si l'ascension l'avait essoufflé.

La tension était à son maximum. Svetlana voyait Jérôme de profil. Il serrait les dents et une goutte de sueur coula sur son front. En position dominante, les bras toujours tendus et le canon pointé vers le bas, il conservait une immobilité parfaite malgré l'effort.

Les bruits de pas reprirent. Deux secondes seulement et l'homme apparaîtrait sur la partie visible du palier.

Une seconde.

À ce moment précis, la lumière s'éteignit. Surprise, Svetlana tarda à réagir et un silence étouffant remplit l'espace. Privé d'éclairage, l'homme s'était aussi arrêté.

— Rallumez, bon Dieu ! cria Jérôme.

Svetlana appuya sur le bouton et la scène fut inondée de lumière. Au bas des marches, Maria était muette de terreur devant le garde du corps, l'arme pointée vers elle.

— Jérôme… bafouilla-t-elle. Qu'est-ce que tu fais…

Il baissa son arme et se redressa.

— Monte, dit-il.

Avec peine, en raison de sa corpulence, la cuisinière reprit son ascension pour accéder au premier étage. L'émotion s'ajoutant au surpoids, elle arriva auprès de Jérôme et de Svetlana dans un état d'épuisement semblable à celui d'un alpiniste qui vient de gravir l'Everest. Le garde du corps ne la laissa reprendre ni son souffle ni ses esprits :

— Qu'est-ce que tu foutais en bas, bordel ?

— Je… Je ne dormais pas… Une insomnie, j'ai l'habitude… Alors, je suis descendue à la cuisine pour préparer les repas de demain… J'ai coupé tous les légumes…

Une voix se fit entendre dans leur dos. Celle de Brozilien. En pantoufles, dans une très belle robe de chambre.

— Maria, monsieur ne vous paye pas pour que vous travailliez la nuit. Veuillez remonter dans votre chambre, s'il vous plaît.

— Un instant, monsieur Brozilien, si vous le permettez, l'interrompit Jérôme. Il se passe des choses plus graves que Maria faisant des heures supplémentaires la nuit.

En quelques phrases, il résuma l'agression dont Svetlana avait été victime et la présence de l'intrus dans le château. La figure de Brozilien s'allongea.

— Mince, je ne savais pas, dit-il. Et Viktor ?

— Tout va bien, ne vous inquiétez pas. Je dois donc interroger Maria.

— Allez-y, je comprends.

Sans plus se soucier du gestionnaire de fortune, Jérôme se tourna vers la cuisinière.

— Maria, depuis combien de temps es-tu en bas ?

— Une heure, peut-être.

— Et tu es restée tout ce temps dans la cuisine ?

— La cuisine, et aussi la réserve où la nourriture est stockée.

— Oui, mais c'est un peu pareil, les deux pièces sont contiguës. Tu as entendu du bruit à un moment ou à un autre ?

— Non.

— Même pas Mlle Koloshenskaïa quand elle a crié ?

— En bas, du côté de la cuisine, on n'entend rien du tout.

Brozilien, qui se tenait en retrait, crut bon d'ajouter une précision technique :

— Vu la longueur du château, il y a de nombreux murs porteurs qui coupent transversalement l'édifice. Ils constituent autant de barrières phoniques.

— La cuisine se trouvant dans l'aile ouest, l'homme a dû s'enfuir par l'aile est, enchaîna Jérôme. Je connais mal les lieux, c'est la première fois que je viens ici.

Combien y a-t-il de portes au rez-de-chaussée dans l'aile est, monsieur Brozilien ?

— Il n'y a pas tant d'ouvertures que cela dans le château. Une sur la façade principale, bien sûr, et trois à l'arrière, dont une côté cuisine, une au centre et une côté est. Cette dernière était jadis la seule entrée autorisée pour le personnel ; palefreniers, jardiniers, femmes de chambre, etc. Et la seule aussi pour les artisans du village ; maçons, charpentiers, etc.

— C'est l'entrée qu'il a dû utiliser pour s'introduire et c'est aussi par cette voie qu'il a dû fuir, conclut Jérôme.

— Probable. N'oubliez pas non plus l'escalier de service qui est à l'extrémité de l'aile est

Le front plissé, contrarié, Jérôme prit un air soucieux.

— Merde. Voilà qui complique les choses. Si nous étions deux, nous descendrions l'un par l'escalier principal, l'autre par l'escalier de service, histoire de bien ratisser ce côté du château. Tant pis ! Je vais tous vous demander de regagner vos chambres et de ne plus en sortir. N'hésitez pas à vous enfermer dans les salles de bains si nécessaire. Pendant ce temps-là, je vais inspecter l'aile est au rez-de-chaussée.

8

Dans sa chambre, Svetlana tournait en rond. Elle savait qu'elle ne pourrait dormir et n'avait même pas tenté de se recoucher. Elle avait hésité à proposer ses services pour descendre par l'escalier de service afin d'épauler le garde du corps dans son exploration, mais il avait pris les choses en main avec une telle autorité qu'elle avait anticipé son refus. Ne lui avait-il pas confié se sentir responsable de sa sécurité au même titre que de celle de son patron ?

C'était un professionnel aguerri, compétent, qui savait ce qu'il faisait et elle souhaitait avant tout ne pas le gêner. Malgré tout, elle se disait qu'elle aurait procédé autrement, montant d'abord au troisième étage pour interroger le reste du personnel.

Elle avait à présent une vision assez claire de la répartition des personnes dans le château. À son étage, dans l'aile est, dormaient son grand-oncle et M. Brozilien, protégés par le garde du corps dont la proximité lui permettait d'intervenir à tout moment. À l'étage supérieur étaient réunis le majordome, la femme de chambre, la cuisinière et le pilote de l'hélicoptère. Qui avait pris la décision de la laisser seule dans l'aile ouest ? Le majordome ?

Certes, elle était au même étage que les « maîtres » représentés par Koloshenski et Brozilien, mais éloignée d'eux en quelque sorte, comme une pièce rapportée dont la place n'est pas encore clairement déterminée.

Par ailleurs, la présence d'un escalier de service à l'extrémité de son couloir n'était pas un élément rassurant. Toute personne mal intentionnée pouvait aussi bien monter par ce côté et elle se retrouverait alors en première ligne, Jérôme étant bien loin pour intervenir dans la minute.

Elle en était là de ses réflexions quand un long cri horrible déchira le silence. Un cri de terreur, épouvantable, glaçant. Un cri de femme. Svetlana reçut comme une décharge électrique dans la poitrine qui la fit vaciller une pleine minute.

Après une profonde inspiration, la bouche ouverte – l'air lui manquait –, elle se précipita dans le couloir. Le cri s'interrompit, mais elle l'avait localisé. Il provenait du troisième étage.

Elle se rua le long du corridor, se jeta dans l'escalier, dont elle gravit les marches quatre à quatre, et surgit comme une folle sur le palier supérieur. Contrairement à son étage, le couloir n'était pas central avec une distribution des chambres de part et d'autre, mais longeait les fenêtres de l'arrière du château.

Elle découvrit près de la porte de leur chambre le majordome et le pilote, tous deux en pyjama. Ils paraissaient désorientés et apeurés tout à la fois.

— Qui a crié ?

— Je ne sais pas, répondit le majordome d'une voix blanche, je dormais, ça m'a réveillé en sursaut.

— Moi aussi, dit le pilote.

Il ne fallait pas compter sur eux. Tirés brutalement de leur sommeil, ils étaient perdus et ne comprenaient pas ce qui se passait, d'autant qu'ils ignoraient qu'un intrus s'était introduit dans le château.

— Où dorment Adeline et Maria ?

— Là-bas, chambres 6 et 7… De l'autre côté.

Le majordome désignait le couloir de l'aile opposé. Mue par un sale pressentiment, Svetlana courut dans cette direction. Au moment où elle atteignait la chambre 6, la porte s'ouvrit et elle se trouva face à l'individu qui l'avait agressée.

Elle n'eut pas le temps de réagir. L'homme fut plus prompt et lui envoya un violent coup de poing qui l'atteignit à la mâchoire. Catapultée en arrière, elle bascula et se retrouva sur le dos dans le couloir.

L'homme se tenait debout, les jambes écartées, son couteau à la main. Impuissante, elle tenta de se relever mais, groggy, elle n'y parvenait pas. Elle le vit lever son couteau et se jeter sur elle.

Un coup de feu claqua. La scène se figea. L'individu était toujours dans la même position, penché au-dessus d'elle, le couteau levé, prêt à frapper. Puis il bascula sur le côté et tomba comme une masse.

Svetlana se retourna. À une dizaine de mètres, Jérôme, jambes fléchies, bras tendus, les deux mains enserrant le pistolet, venait de lui sauver la vie.

*

* *

Tandis qu'elle se relevait avec difficulté, le garde du corps accourait, le canon de son arme pointé vers le corps immobile. Du pied, il le renversa sur le dos, se baissa et posa deux doigts sur son cou.

Svetlana crut alors que son cœur s'arrêtait de battre. Une gerbe d'étincelles brûlantes explosa dans ses veines.

Ce geste du garde du corps provoquait en elle un flashback épouvantable. Elle ne parvenait plus à respirer.

— Il est mort, dit Jérôme.

Le même geste, les mêmes mots... Les mêmes mots insoutenables. En lettres immenses, une date clignota – *3 octobre 1993* –, et le cadavre de son père jaillit comme une image d'épouvante, incrustée au fer rouge dans son cerveau. Ses jambes fléchirent et elle dut s'accrocher au mur pour ne pas tomber.

— Vous ne vous sentez pas bien ? demanda Jérôme en se portant à son secours.

Elle refusa son aide et se redressa, les yeux fermés, écartant les bras pour retrouver son équilibre.

— Adeline... la chambre, là... parvint-elle à murmurer en désignant le *6* inscrit sur la porte ouverte.

Jérôme s'y précipita, mais s'immobilisa sur le seuil.

— Oh, mon Dieu...

L'instant s'éternisa. Svetlana comprit que le pire s'était produit et qu'ils étaient arrivés trop tard. Elle vit Jérôme, le visage brouillé, fermer la porte et reculer.

— C'est atroce... fut son seul commentaire. Atroce.

Alors, Svetlana voulut entrer à son tour, mais il l'en empêcha avec fermeté.

— C'est inutile, mademoiselle Koloshenskaïa, inutile. Elle est morte, il n'y a plus rien à faire.

— Maria, chambre 7... lâcha-elle en une sorte de plainte.

— Ah, putain ! Elle aussi ?

Il marcha jusqu'à la porte 7 et l'ouvrit. Personne. Où était-elle, Maria, capable pour cause d'insomnie de descendre à la cuisine en pleine nuit pour couper les légumes ? Avait-elle été assassinée en remontant au troisième étage ?

Traversant la chambre, il atteignit la salle de bains et abaissa la poignée. Fermée.

— Maria ? Tu es là ? C'est Jérôme.

Un bruit de verrou qu'on tire et le battant s'entrouvrit, lassant apparaître le visage terrifié de la cuisinière. Elle tomba presque dans les bras du garde du corps.

— Jérôme… Ce cri d'Adeline… J'ai eu si peur… Je me suis cachée dans la salle de bains, comme tu avais dit…

— Tu as bien fait, Maria, tu as bien fait.

Il l'aida à sortir de la chambre et, passant devant le cadavre de l'assassin en tentant de le dissimuler, il rassembla le personnel en haut des marches.

De loin, mais non sans effroi, le majordome et le pilote avaient assisté au coup de poing que le meurtrier avait balancé dans la figure de Svetlana, à l'irruption salvatrice du garde du corps qui remontait l'escalier à une vitesse stupéfiante et au coup de feu tiré pratiquement dans la foulée. De tels événements, qu'ils n'avaient jamais vécus, les avaient plongés dans un état de sidération. Ils n'avaient pas bougé.

Jérôme consulta sa montre. 3 h 24. Montrant son expérience des situations les plus dures, il donna avec sang-froid des consignes strictes que personne en de telles circonstances n'aurait songé à contester :

— Vous allez tous descendre. Maria va vous préparer du café et vous le boirez ensemble, dans la cuisine, sans vous séparer. Vous y demeurerez jusqu'à l'arrivée de la police. Je mettrai M. Brozilien au courant de la situation, mais je reste là pendant que vous vous habillez. Faites vite, s'il vous plaît.

En silence, chacun regagna sa chambre.

— Et moi ? demanda Svetlana.

— Vous, mademoiselle Koloshenskaïa, je ne vous quitte plus d'une semelle. Je vous accompagnerai pour que vous puissiez vous aussi vous changer. Ensuite, je souhaiterais que vous acceptiez d'attendre la police dans ma chambre. Ainsi, vous serez à proximité de votre oncle et ce sera plus facile pour moi de veiller à la fois sur vous deux. Moi, je patienterai dans le couloir.

— Dans le couloir ?

— Vous en faites pas, j'ai l'habitude.

Il tira son portable de sa poche et composa le 17.

9

8 décembre 2022, 6 h 40

Il faisait encore nuit quand trois véhicules de police – des Dacia Duster – se garèrent sur l'esplanade de gravier face au perron du château. Prévenu par le garde du corps que le chemin d'accès était délicat, des 4x4 de l'administration avaient été choisis pour parvenir jusqu'au plateau. Ils faisaient pâle figure à côté de la puissante Range Rover utilisée par le majordome.

Dans l'une des voitures se trouvait une équipe de trois policiers en uniforme chargés de sécuriser les lieux. Dans l'autre, quatre membres de l'équipe scientifique allaient, revêtus de leur habituelle combinaison blanche, analyser les différentes scènes de crime, la chambre d'Adeline, mais aussi celle de Svetlana, où l'assassin avait pénétré, et le couloir où il avait trouvé la mort.

De la troisième descendirent Becquedot et Piquemal, peu ravis de cette virée nocturne sur des chemins défoncés. Dans l'obscurité, à la lumière des phares, ils avaient été secoués sans ménagement, de haut en bas et de droite à gauche, Becquedot devant parfois s'accrocher au volant pour ne pas le lâcher.

Face à l'édifice monumental, les mains dans les poches de son manteau, Becquedot lâcha :

— Eh bien, y en a qui s'emmerdent pas...

La porte s'ouvrit et le garde du corps, suivi par Svetlana, vint à leur rencontre. Incapable de se reposer, celle-ci n'avait pu se résoudre à attendre dans la chambre de Jérôme. Elle avait fait les cent pas en sa compagnie dans le couloir, recueillant ses remords et son désespoir de n'avoir pu empêcher le meurtre d'Adeline. Il estimait avoir commis une faute professionnelle irrémédiable en ne rassemblant pas l'ensemble du personnel avant de descendre au rez-de-chaussée. Que l'assassin soit remonté par l'escalier de service ou qu'il soit passé directement à l'étage supérieur après avoir échoué à tuer Svetlana importait peu. Le mal – et quel mal ! – était fait.

Quand Becquedot reconnut Svetlana, de surprise, il sursauta et balança sa tête en arrière en fermant les yeux.

— Qu'est-ce que vous foutez là, vous ?

Jérôme fut tellement sidéré par le ton de ce policier inconnu envers Mlle Koloshenskaïa, sans doute sa future patronne, qu'il se figea, son regard allant de l'un à l'autre sans comprendre.

— Vous savez déjà que je fais ce que je veux. De même, je vais où je veux, répondit Svetlana.

— Qu'une journaliste soit prévenue avant moi, les bras m'en tombent.

— Je ne suis plus journaliste, j'ai été virée.

— Ah ? J'en suis désolé pour vous, mais pas vraiment étonné.

— Merci...

— Et alors, c'est devenu une habitude chez vous de musarder sur les lieux d'un crime ?

Elle n'eut pas le temps de répondre. Brozilien sortait à son tour et se dirigeait vers eux. Les traits tirés, il serra la main aux deux policiers en se présentant de manière très formelle :

— Marc Brozilien, gestionnaire du patrimoine de M. Koloshenski. Il dort encore car nous ne l'avons pas réveillé.

— Enchanté, capitaine Becquedot.

— C'est une affaire horrible, capitaine, nous serons mieux à l'intérieur.

*

* *

Au grand agacement de Svetlana, Brozilien avait pris en main la situation comme s'il était le maître du domaine et que la petite-nièce de son patron était quantité négligeable. Il parlait exclusivement aux deux policiers, leur racontant ce qu'il savait, c'est-à-dire pas grand-chose, puisqu'il n'avait pas été acteur de cette nuit dramatique et ne possédait que des informations de seconde main.

Alors qu'il s'embrouillait dans la chronologie des événements survenus entre l'assassinat de la femme de chambre et l'agression contre Svetlana, celle-ci, qui rongeait son frein depuis un moment, le coupa sans prendre de gants :

— Capitaine, pour les détails, il faut interroger Jérôme, le garde du corps, ici présent, et moi-même. Nous sommes les seuls à avoir été aux premières loges. M. Brozilien, qui dormait, n'en connaît que ce que nous lui avons raconté.

Cette intervention musclée eut le mérite de faire taire Brozilien. Outré par cette grossière interruption qui le remettait à sa place, il se drapa dans sa dignité et fit une sortie qui sauvait les apparences :

— Capitaine, je vous laisse donc avec les témoins. Si vous avez besoin de moi, je suis à votre disposition.

À partir de ce moment, les choses allèrent beaucoup plus vite. En moins de dix minutes, Becquedot et Piquemal étaient au fait de la chronologie du drame.

Néanmoins, Becquedot posa une dernière question :

— Koloshenski et Koloshenskaïa ? Il y a un rapport, vous êtes de la même famille ? C'est pour ça que vous êtes là ?

— Je suis la petite-nièce de Viktor Koloshenski.

Ce qui laissa Becquedot rêveur.

Le plus dur était à venir. Dans le couloir de l'étage supérieur, ils examinèrent d'abord l'assassin tué d'une balle en plein cœur. Dans l'incapacité de sauver Svetlana autrement, Jérôme n'avait pas fait dans la dentelle.

Ce qui attira l'attention des deux flics fut la lampe frontale de l'assassin. Sous la surveillance des membres de la police scientifique, qui exigeaient qu'on ne touchât à rien avant leur propre examen, Piquemal l'observa à genoux et, en se redressant, lança un coup d'œil effaré à son chef.

— C'est une frontale, mais pas que.

— Je vois, répondit Becquedot.

— Tu crois qu'il faut faire le lien ?

— J'en ai peur.

En retrait mais observant la scène, Svetlana ne put s'abstenir de s'en mêler :

— Mais pas que, c'est-à-dire ?

À son grand étonnement, Becquedot daigna répondre :

— C'est aussi une GoPro.

— Vous voulez dire que…

— Oui, il a dû filmer son crime. Comme un autre meurtre sur lequel nous travaillons.

Au moment de pénétrer dans la chambre d'Adeline, Jérôme prit Becquedot à part et lui parla à voix basse. Celui-ci l'écoutait en grimaçant.

— OK, merci. Mon petit Piquemal, attends-toi au pire. Mademoiselle Koloshenskaïa, vous n'entrez pas, s'il vous plaît. Je vous l'interdis.

Prenant une grande inspiration, Becquedot ouvrit la porte avec des gants en latex fournis par la Scientifique. Il ne put réprimer un murmure de dégoût.

Jetée en travers du lit, la jeune femme était allongée sur le dos, ses jambes retombant sur le parquet. Des flots dc sang étaient répandus sous elle et les draps avaient pris une abjecte couleur rouille.

Elle ne présentait aucune trace de blessure sur le corps, mais elle avait été décapitée. La tête était posée sur l'étroite table de chevet, comme sur un buste de substitution, et ses longs et magnifiques cheveux blonds enveloppaient le petit meuble, tombant jusqu'au sol. Les yeux ouverts, son joli visage était figé dans une expression de terreur absolue.

Becquedot détourna le regard. Ne supportant pas ce spectacle de cruauté, Piquemal quitta la chambre. Du reste, Becquedot ne s'attarda pas non plus et, après avoir effectué un rapide tour d'inspection de la pièce, il rejoignit son collègue, faisant signe aux scientifiques de se mettre au travail.

— Elle a été décapitée vivante. On touche au sommet de l'horreur.

Cette phrase que Becquedot ne put s'empêcher d'adresser à son collègue fut entendue par Svetlana. Choquée, elle se vit aussi, morte, le cou tranché. N'était-ce pas ce à quoi elle avait échappé ?

Pour fuir le sentiment d'oppression étouffante que cette pensée provoquait en elle, elle fit volte-face et descendit au premier étage, tombant nez à nez avec son grand-oncle et Brozilien qui s'engageaient dans l'escalier pour prendre le petit déjeuner dans la salle à manger.

Viktor Koloshenski venait de se réveiller et ignorait encore tout du drame de la nuit.

*

* *

Quand il apprit l'assassinat de sa femme de chambre, il accusa le choc au point de se sentir mal. Victime d'une baisse de tension, il dut s'asseoir. Il avait soudain l'air d'un vieil homme dépassé par les événements. En conséquence, on lui cacha de nombreux détails, en particulier que Svetlana avait failli, elle aussi et par deux fois, perdre la vie.

Dans la salle à manger, il resta muet pendant de longues minutes puis, en dépit des encouragements de Maria, ne put avaler son petit déjeuner. Cependant, deux phrases sous forme de question montrèrent qu'il avait, malgré sa faiblesse, conservé toute sa lucidité.

— C'était le rôdeur vu par Svetlana ? Elle avait raison, en fin de compte ?

Puis, d'un air sombre, il ajouta :

— Nous aurions dû t'écouter.

Passant au tutoiement sans même s'en rendre compte, il scellait ainsi, à la suite de cette nuit tragique, une simplification de ses relations avec sa parente et un rapprochement familial définitif.

D'une manière assez mystérieuse pour Svetlana, il évoqua ensuite la venue d'un médecin pour vérifier son état de santé.

— Marc, vous demanderez à Jean d'appeler le docteur Schwartz. Loin de Biarritz, je n'ai que lui sous la main dans la région. Ce n'est pas mon médecin traitant, il pourrait rechigner, mais vous lui ferez savoir que je ne me sens pas bien du tout et que j'ai absolument besoin d'être examiné. Au besoin, mais je ne crois pas que cela sera nécessaire, dites-lui que, s'il refuse, je lui coupe mes financements.

Puis, avec des gestes très ralentis, sous les regards inquiets de Svetlana et de Brozilien, il partit se recoucher.

10

Même jour, 11 h 32

Depuis deux heures, une à une, Becquedot et Piquemal interrogeaient toutes les personnes présentes au château.

Jérôme, l'un des témoins clés de l'affaire, leur avait expliqué comment, après l'agression de Svetlana et avec de multiples précautions, il était descendu au rez-de-chaussée jusqu'à la porte de service à l'arrière du bâtiment. Au moment où il constatait que celle-ci avait été fracturée, il avait entendu le cri atroce de la femme de chambre, d'une violence désespérée extrême, et, réagissant au quart de tour, il avait fait volte-face et foncé jusqu'au troisième étage, arrivant juste à temps pour sauver Svetlana.

D'emblée, ce récit avait posé la question d'un complice puisque l'assassin tué par le garde du corps n'était pas en possession de l'outil nécessaire – un pied de biche selon toute vraisemblance – pour forcer la fameuse porte, robuste par ailleurs. Qui était ce complice ? On pouvait d'ores et déjà exclure un comparse à l'intérieur du château, les marques de l'effraction montrant sans ambiguïté que le lourd battant avait été fracturé de l'extérieur.

Tandis que les interrogatoires se poursuivaient, Svetlana ne parvenait pas à maîtriser ses pensées. La Faucheuse la cernait, telle une hyène menaçante. Elle avait vécu tant d'événements bouleversants ces trois dernières semaines – la mort de Marcel, la perte de son boulot, la révélation de sa filiation avec Koloshenski, une tentative de meurtre sur sa personne et l'assassinat d'Adeline – qu'elle avait l'impression d'être prise dans une épaisse toile d'araignée dont les fils noirs étaient tissés par une puissance maléfique.

Dans l'immense salon luxueux, elle se tenait derrière l'une des fenêtres et regardait le parc. Face à elle, en enfilade, elle voyait l'allée gravillonnée, le bassin circulaire, le labyrinthe et, au-delà, les grands arbres de la forêt. Sur sa gauche, en bordure du plateau qui dominait la plaine, l'allée bordée de chênes séculaires qu'elle avait empruntée en voiture pour arriver au château.

Son attention fut attirée par un mouvement sur la droite. Jusqu'à présent, elle n'avait pas porté attention à ce côté-ci, domaine exclusif d'une forêt qu'elle croyait impénétrable. Pourtant, derrière les troncs et les arbustes, un gros objet se déplaçait à bonne vitesse.

Émergeant soudain des sous-bois, un véhicule tout-terrain s'engagea sur la pelouse. Svetlana comprit alors qu'un autre chemin carrossable, du moins par ce type de voiture, permettait de se rendre au château. La voiture passa derrière le labyrinthe pour rattraper la grande allée et s'arrêter face au château au milieu des véhicules de la police.

Un homme de taille très modeste, mais replet, en descendit. Il ouvrit la portière arrière et empoigna un gros cartable d'écolier à l'ancienne. Puis, sans l'ombre d'une hésitation, il se dirigea vers le perron.

Le docteur Schwartz. Svetlana n'eut aucun doute sur l'identité du nouveau-venu. D'où sortait-il ? Mystère. Ce chemin, qui tournait le dos à la plaine, s'enfonçait dans le vaste domaine forestier de la montagne et semblait se perdre vers l'infini.

Le docteur Schwartz n'avait donc pas refusé la sollicitation de Viktor Koloshenski transmise par le truchement du majordome. Bien au contraire, il s'était dépêché. Était-ce par peur qu'on lui coupe ses financements, selon l'expression assez brutale de Koloshenski ? Quels financements ? Autre mystère.

Il sonna. À grandes enjambées, Svetlana traversa le salon, puis la salle à manger, déboucha dans le très vaste vestibule et gagna la porte d'entrée, qu'elle ouvrit.

*
* *

— Docteur Schwartz ? dit-elle avec aplomb.

Le petit homme leva la tête vers elle. Il portait de fines lunettes en métal, couleur or, derrière lesquelles deux yeux d'un bleu azur à l'éclat singulier vous fixaient avec une intensité presque gênante. Un peu clairsemés, mais sans qu'il y ait péril en la demeure, les cheveux étaient d'un blond cendré. Les lèvres minces, le visage carré, le nez droit et un costume à la coupe soignée complétaient le tableau d'un homme établi, en tout point respectable. On lui aurait donné une cinquantaine alerte.

Manifestement surpris de se trouver face à une inconnue, de surcroît habillée d'une manière qu'il dut juger très relâchée, voire négligée, le docteur Schwartz ne songea pas utile de confirmer la question de Svetlana.

— On m'a téléphoné pour me dire que M. Koloshenski avait fait un malaise ce matin. Je suis venu m'assurer qu'il n'y avait rien de grave.

— Entrez, je vous en prie.

Comme il retirait son manteau et le lui tendait comme à une employée, Svetlana ne fit pas un geste pour s'en saisir.

— Permettez-moi de me présenter, je suis la petite-nièce de Viktor Koloshenski.

— Je suis confus, mademoiselle, il y a méprise...

Oui, il y a méprise, pauvre imbécile. Regarde où tu mets les pieds avant de prendre les gens pour des chaises et de t'asseoir dessus.

Svetlana sentait monter en elle un regain d'agressivité. Elle décida de questionner ce drôle de docteur sorti de nulle part :

— Vous n'êtes pas son médecin traitant, je crois ?

— Non, c'est exact. Je suis psychiatre et je n'ai pas l'habitude de consulter comme un simple généraliste, mais votre oncle n'est pas un patient ordinaire.

Svetlana nota une légère pointe de mépris envers les généralistes qui l'agaça. Elle allait répliquer quand Brozilien, sans doute alerté par la sonnette, apparut au pied des marches de l'escalier.

— Ah, docteur Schwartz ! C'est vraiment très gentil de votre part d'avoir accepté de vous déplacer.

— C'est tout naturel, monsieur Brozilien.

Ce petit échange d'amabilités superficielles accrut l'irritation de Svetlana. Ce n'était pas son monde et ses usages lui paraissaient insupportables de faussetés bourgeoises, surtout au regard des fameux financements que Koloshenski avait menacé de couper si le médecin ne venait pas l'ausculter.

— Venez, docteur Schwartz, je vous précède jusqu'à la chambre de M. Koloshenski, déclara Brozilien.

De nouveau, il prenait les choses en main comme s'il était le seul habilité à le faire. Elle les regarda s'éloigner tandis qu'ils entamaient une conversation sans plus se soucier de sa présence.

— Que font là toutes ces voitures de police ? demanda le docteur Schwartz.

— C'est affreux, je vous expliquerai, mais voyons d'abord M. Koloshenski.

— J'en profiterai pour lui donner des nouvelles de notre clinique et de ses magnifiques résultats. C'est très encourageant.

La suite se perdit dans l'écho de la voûte en berceau de l'escalier monumental.

Les dernières paroles du docteur Schwartz déclenchèrent chez Svetlana une pluie d'hypothèses. L'expression « notre clinique » était éclairante. Quoi d'autre que cette clinique pouvait bénéficier des financements de Koloshenski puisqu'elle était aussi la sienne ? Et de quel autre type d'établissement de santé pourrait-il s'agir, sinon d'une clinique psychiatrique, puisque le docteur Schwartz était psychiatre ?

Une piste, quoique prématurée, émergeait. Ces assassins sanguinaires, d'une barbarie sans nom, s'étaient-ils échappés de la clinique du docteur Schwartz ?

11

Becquedot descendait l'escalier et, après avoir croisé le docteur Schwartz et Brozilien en sens inverse, apercevant Svetlana au pied des marches, immobile, l'air absente, il l'interpella :

— Mademoiselle Koloshenskaïa, je vous cherchais ! Je voudrais vous poser quelques questions pendant que mon collègue termine l'interrogatoire du personnel.

Sursautant, Svetlana leva vers Becquedot un regard d'illuminée.

— Vous tombez bien, flic ! Je crois que je tiens l'explication du meurtre d'Adeline.

— Allons bon ! Pffff…

Sans se soucier de cette première réaction négative, elle l'entraîna dans le petit salon pour parler à l'abri des oreilles indiscrètes. Mais alors qu'elle voulait développer sa théorie, Becquedot la coupa sèchement :

— Une seconde ! Plus tard, les élucubrations à la Hercule Poirot. Racontez-moi d'abord par le menu tout ce que vous avez vécu cette nuit.

Contrariée, Svetlana en raconta davantage, depuis les apparitions du rôdeur dans la journée, sa brève poursuite dans les bois, la minimisation de l'incident par Koloshenski et Brozilien et enfin toutes les étapes successives de la nuit meurtrière. Becquedot prenait quelques notes, comme s'il préparait son tiercé.

— Voilà, vous êtes content ? conclut-elle au comble de l'énervement.

— Oui, merci bien mademoiselle, vous avez été très aimable… Vous corroborez les éléments fournis par le garde du corps.

— Encore heureux !

Se renversant dans le fauteuil, Becquedot joignit les mains et de la tranche ainsi formée se tapota le menton.

— J'ai cinq minutes pour écouter votre nouveau délire.

— À l'évidence, un meurtre est une affaire trop sérieuse pour être confiée à des flics.

— Amusant… Bon, en conséquence de quoi, je réduis mon temps disponible à deux minutes.

— Vous devriez vous intéresser au docteur Schwartz.

— Qui c'est, celui-là ?

— Vous venez de le croiser dans l'escalier. C'est l'homme qui dirige la clinique psychiatrique financée par mon grand-oncle. Des malades mentaux qui s'en échappent, des schizophrènes paranoïdes, par exemple, pourquoi pas ? Et vous avez peut-être la solution de votre problème.

— C'est tout ?

— Oui, c'est tout. Faites votre boulot, interrogez Schwartz et Viktor Koloshenski au sujet de cet établissement situé à proximité et, surtout, demandez à le visiter.

On frappa à la porte et la tête du majordome apparut dans l'entrebâillement.

— Ah, vous êtes là, mademoiselle Koloshenskaïa. M. Koloshenski souhaiterait vous parler.

— Maintenant ?

— Oui, maintenant, mademoiselle.

Svetlana se leva et, avant de sortir, lança à Becquedot :

— Réfléchissez à ce que je viens de vous révéler. C'est cadeau d'Hercule Poirot !

⋆

⋆ ⋆

Pour accéder à la chambre de Viktor Koloshenski, on devait d'abord traverser une antichambre spacieuse dont le mobilier – tables et chaises – était disposé comme dans un salon. Cette pièce intermédiaire constituait une sorte de sas, de verrou, où, du temps des nobles, la femme de chambre, comme pour un roi, faisait patienter le visiteur avant d'obtenir l'autorisation du maître absolu des lieux.

La chambre elle-même était sans doute la plus remarquable et la plus belle de l'édifice. Quand Svetlana y pénétra, Viktor Koloshenski, revêtu d'une très élégante robe de chambre, était assis derrière un splendide secrétaire en acajou. Il tenait à la main une tasse de thé, qu'il reposa en apercevant sa petite-nièce.

— Entre, Svéta, entre. Jean a dû te dire que je désirais te voir.

Svetlana nota que non seulement le tutoiement se maintenait mais que, de surcroît, Koloshenski avait utilisé le diminutif russe de son prénom, qu'elle n'avait plus entendu prononcer depuis la mort de sa mère.

Dans le couloir, quelques secondes auparavant, elle avait croisé le docteur Schwartz qui s'en revenait de sa consultation. Il s'était arrêté et, avec componction, avait témoigné de son horreur pour le crime affreux perpétré la nuit précédente et dont il venait de prendre connaissance.

Elle n'avait pas répondu à cette marque de sympathie et, après un simple sourire de circonstance, avait poursuivi son chemin.

Avant de se retourner soudain et d'affirmer :

— À propos, le capitaine Becquedot souhaiterait vous voir avant votre départ.

— Moi ? Mais pourquoi donc ?

— Vous le lui demanderez. Cela concerne l'assassinat d'Adeline, je crois.

Elle l'avait ensuite laissé en plan sans attendre sa réaction.

Viktor Koloshenski lui fit signe de s'asseoir face à lui et, reprenant sa tasse de thé, il en but une toute petite gorgée en faisant la grimace.

— Trop chaud…

Svetlana n'avait pas l'intention de prendre l'initiative. Elle patientait en silence, en apparence indifférente, en réalité assez intriguée par ce qui avait un peu l'allure d'une convocation.

— Le docteur Schwartz, commença-t-il, m'a rassuré en partie. D'après lui, j'ai eu une baisse de tension liée à ce drame épouvantable. Rien de grave. Du reste, je me sens déjà mieux, bien que faible. Mais, vois-tu, chère Svéta, à mon âge, nul besoin d'être grand clerc pour savoir que tout peut s'interrompre du jour au lendemain. Les affaires doivent toujours être en ordre, prêtes pour votre départ prochain. Et je tiens donc à battre le fer tant qu'il est chaud pour ne pas me faire surprendre.

Cherchant à comprendre de quoi son parent voulait parler, Svetlana fronça légèrement les sourcils.

— Je croyais, poursuivit-il, être seul au monde avant que tu tombes du ciel. C'est pour cette raison que j'avais anticipé mon décès en prenant des dispositions qu'il va me falloir corriger sans tarder. Sans tarder, parce que les médecins sont tous des ânes, des Diafoirus qui s'ignorent, et on ne sait pas pourquoi on continue à leur faire confiance. Bref, chère Svéta, il s'agit soit d'apporter un codicille à mon testament, soit de le réécrire de A à Z, c'est selon, mais maître Bloch saura ce qu'il faut faire en la matière.

— Votre testament ?

— Tutoie-moi, s'il te plaît, Svéta.

— Ton testament ?

Koloshenski opina du chef en posant la main à plat sur une chemise qu'il avait devant lui.

— J'ai ici une copie de mes dernières volontés telles qu'elles ont été officiellement rédigées par maître Bloch. Dans ce document, il est stipulé que la quotité disponible de ma fortune sera…

S'interrompant et cherchant visiblement à vaincre une hésitation, Koloshenski pinça les lèvres et la fente de ses yeux se rétrécit. De longues secondes, il resta ainsi en suspens avant de reprendre :

— … sera distribuée à diverses causes qui me tiennent à cœur. Ce sont des donations. En l'absence de réserve héréditaire – je me croyais sans héritiers –, cette quotité disponible représentait la totalité restante après le versement des droits de succession à l'État. Tu comprends ?

— Je crois.

Pourtant, le vieil homme poursuivit comme si elle avait réclamé une explication des termes techniques :

— La quotité disponible, c'est la part que le futur défunt peut donner à qui il veut, même s'il existe des héritiers. La part réservataire, c'est la part minimale qui revient de droit à l'héritier, même si le défunt ne veut pas qu'il hérite, parce qu'il le déteste par exemple.

— Oui, oui, fit Svetlana, j'avais bien compris.

— Il faut corriger cela parce que je veux que tu hérites pleinement, et pas seulement de ta part réservataire.

Jetant un rapide coup d'œil en biais à la jeune femme, il se redressa et se carra dans son fauteuil.

— Cependant… j'aimerais quand même… parce que c'est mon droit… ne pas supprimer la totalité de ces legs.

Attentive, Svetlana laissait dire.

— Ainsi, je tiens à mettre de côté une somme, certes modeste, mais qui, en quelque sorte, prolongera mon action caritative après mon décès. Il s'agirait seulement de 10 millions d'euros que je léguerais à…

Nouvelle hésitation très palpable et nouveau pincement des lèvres. Il baissa la voix.

— … à une fondation que j'ai créée. Une clinique, une œuvre sociale et bienfaisante. Je t'expliquerai.

Il se tut, donnant l'impression d'avoir tout dit, avant de lancer sur un ton incisif :

— Y vois-tu une objection ?

— Non.

Réponse brève, mais suffisante, qui sembla contenter Koloshenski.

— C'est parfait. Nous procéderons donc de cette manière. J'en informerai Bloch dès mon retour à Biarritz.

— Tu es seul juge de ce que tu dois faire de ta fortune, ajouta Svetlana pour bien faire comprendre sa position.

— Tu es généreuse, Svéta. C'est une qualité.

Pour Koloshenski, l'entretien était terminé et il en était satisfait. Pour Svetlana, au contraire, le moment était venu de crever l'abcès. Elle craignait des répercussions mais, en mémoire de son grand-père, il lui fallait aller jusqu'au bout des choses. Elle prit une grande inspiration et, comme sous apnée, lâcha d'une traite :

— Il faut qu'on parle de la lettre que tu as adressée à mon grand-père en 2004.

Le visage dénué de toute expression, Koloshenski la regarda.

— Quelle lettre ?

— Ta réponse quand il t'a sollicité pour une aide financière à notre arrivée en France.

— Je ne comprends pas.

Il niait. En tout état de cause, c'était la situation la plus délicate pour Svetlana, qui se retrouvait dos au mur. Dès lors, la bataille devenait inévitable. Soumis à rude épreuve en vingt-quatre heures, ses nerfs cédèrent. Le visage écarlate, elle déclara d'une voix forte, agressive, lourde de reproche, pointant son index en direction de son grand-oncle :

— Tu as refusé de nous aider quand nous en avions besoin ! Feodor t'a écrit, et tu lui as envoyé une lamentable fin de non-recevoir en prenant pour prétexte la vieille brouille familiale intervenue au moment de la révolution en 1917. Prétends-tu l'avoir oublié ?

— Mais, enfin, Svéta, qu'est-ce que c'est que cette histoire ? De quoi parles-tu ? Quel procès me fais-tu ?

— Je ne fais aucun procès ! J'ai lu cette lettre ! C'est une lettre de salaud !

Un long silence plomba l'atmosphère, la rendant irrespirable. Les traits de Koloshenski s'étaient contractés et durcis. Ses yeux brillaient d'un éclat métallique, tranchant comme la lame d'un couteau.

— Tu mens ! gronda-t-il entre ses dents. Je ne sais pas dans quel but, mais tu mens !

Soufflée par tant de duplicité, Svetlana resta muette une pleine minute. Puis, d'un bond, elle s'éjecta de son fauteuil et se pencha brusquement vers son grand-oncle, les deux mains à plat sur le bureau.

— Tu veux la voir, cette lettre ?

— Je ne peux pas voir une lettre que je n'ai pas écrite.

— Ne bouge pas, vieil hypocrite, je vais la chercher ! hurla Svetlana.

Et, sans attendre, elle se rua vers la porte, traversa l'antichambre, et se précipita dans le couloir, laissant toutes les portes grandes ouvertes.

12

Dans le couloir, elle buta sur Jérôme qui arrivait en courant en sens inverse. Il avait le visage inquiet et les traits tirés.

— M. Koloshenski est-il dans sa chambre ?

— Oui.

— Il y a encore un homme dans le parc ! La police s'en occupe. À tout hasard, on ne sait jamais, je vais protéger M. Koloshenski.

Il disparut aussi sec. Svetlana descendit aussitôt l'escalier quatre à quatre et tomba dans le hall sur Becquedot, Piquemal, les trois policiers en uniforme, le majordome, le pilote de l'hélicoptère et le docteur Schwartz, lequel avait mis son manteau et tenait son gros cartable de médecin à la main.

Becquedot donnait des ordres à ses collègues :

— Toi et Piquemal, vous rassemblez l'ensemble du personnel. Vous deux et moi, on sort et on essaye de l'attraper.

— Qu'est-ce qui se passe ? demanda Svetlana en faisant irruption au milieu du groupe.

— Vous, ne venez pas foutre le bordel ! répliqua Becquedot. Dans le cellier, qui est une cave semi-enterrée sur le côté du bâtiment, M. Lafaury (il désigna le majordome) est tombé nez à nez avec un inconnu, qui l'a bousculé et a fui en remontant les marches. D'après M. Lafaury, il serait entré dans le labyrinthe. Voilà, vous savez tout ! Vous allez maintenant cesser vos conneries, vous conduire comme une sage écolière bien obéissante et rester à l'intérieur avec les autres ! Compris ?

Svetlana ne répondit pas. Bien que reconnaissant la gravité de la situation, elle était ulcérée par le ton utilisé à son endroit.

Becquedot crut qu'elle acquiesçait et lui tourna le dos.

— Exécution ! dit-il à l'intention de ses collègues en claquant les mains l'une contre l'autre.

Il sortit avec les deux policiers désignés. Le docteur Schwartz paraissait excédé d'être ainsi retenu dans le château alors qu'à l'évidence il s'apprêtait à partir au moment où Jean avait donné l'alerte.

De dépit, il balança son cartable contre le mur et, avec une mauvaise grâce évidente, retira son manteau. Svetlana s'éclipsa, mais Piquemal lui courut après.

— Mademoiselle, il faut se rassembler avec les autres.

— Non.

— J'ai des consignes.

— Tant mieux pour vous.

Elle pénétra dans le salon où le matin elle avait vu le puissant 4x4 du docteur Schwartz débouler sur la pelouse du parc et se planta devant la même fenêtre.

— Mademoiselle, je vous en prie, implorait Piquemal.

Sans le regarder, irritée par tant d'insistance, elle répliqua :

— Je croyais que vous aviez des consignes ! Que faites-vous ici au lieu de rassembler le personnel ? Vous perdez du temps et votre chef ne sera pas content.

Piquemal renonça et quitta le salon. Restée seule, Svetlana observa Becquedot et les deux policiers se diriger avec prudence vers le labyrinthe.

13

Le labyrinthe possédait deux accès opposés, l'un à l'ouest, l'autre à l'est. Une fois dedans, le but consistait à trouver la sortie en un minimum de temps, ce qui n'était pas une mince affaire. En effet, ce grand carré de quarante mètres de côté était cloisonné à l'intérieur par un entrelacs de doubles haies qui constituait une multitude de chemins étroits et de croisements menant tous à des impasses, les issues étant difficiles à trouver.

Par ailleurs, hautes de deux mètres cinquante, ces haies ne permettaient aucune visibilité ni sur le plan de l'ouvrage, ni sur l'endroit où on se trouvait car on perdait vite le sens de l'orientation après quelques tours et détours.

Becquedot jugeait absurde que l'individu se soit réfugié dans le labyrinthe alors qu'il pouvait fuir vers la forêt. Pourtant, le majordome était formel. Après son face-à-face inattendu et un moment de stupeur compréhensible, il avait remonté les marches du cellier à la suite de l'intrus et l'avait vu pénétrer dans le dédale végétal. « Tout le monde se perd là-dedans, il aura du mal à en sortir », avait-il ajouté.

— Dégainez vos armes, mais gardez le cran de sûreté, ordonna Becquedot. Prenez à gauche et entrez par l'est. Moi, je vais à droite.

Une stratégie visant à contrôler les deux sorties, mais qui comportait une faille. Selon la complexité du réseau de haies, si Becquedot et ses deux collègues en uniforme s'aventuraient dans des culs-de-sac où ne se trouvait pas l'inconnu, celui-ci pouvait très bien trouver au même moment l'une des deux issues et s'échapper. Mais pour le déloger de cette cachette, tel un rat terré dans son terrier, il n'y avait guère d'autres moyens que d'explorer les galeries.

S'étant séparé des deux autres policiers, Becquedot, les deux mains réunis sur le pistolet, bras tendus, face à l'entrée qu'il avait choisie, respira trois fois lentement pour faire baisser la tension provoquée par la situation. Il n'avait aucun doute sur le fait que cet individu était le complice du tueur de la nuit, celui qui, avec une barre de fer, avait fracturé la porte du château.

Une fois franchi le passage formé par une arche végétale, un premier choix s'offrait à Becquedot. Deux couloirs étroits, l'un à gauche, l'autre à droite. Il prit à droite. Quelques pas plus loin, il avait la possibilité soit de poursuivre, soit de tourner à gauche dans un autre corridor. Il tourna.

Le silence l'impressionna, lui donnant le sentiment d'un danger imminent. À chaque détour, il pouvait tomber nez à nez avec l'individu, et ses paumes se crispaient sur la crosse de son arme. Il dut obliquer deux fois à droite puis à gauche, avant de se retrouver bloqué. Il lui fallait revenir en arrière. Faisant demi-tour, il retourna au premier croisement et reprit le corridor principal.

Il marchait aussi précautionneusement que possible, évitant de faire le moindre bruit. Prenant conscience de la taille du labyrinthe, il imaginait ses deux collègues aux prises avec les mêmes difficultés. Cette recherche incertaine pouvait durer très longtemps, surtout si l'inconnu se déplaçait aussi de son côté, dans un jeu de cache-cache où le hasard pouvait le favoriser.

Il tentait néanmoins d'explorer toutes les possibilités d'une manière systématique, échouant toujours sur des culs-de-sac déserts qui l'obligeaient à rebrousser chemin.

Tout à coup, le souffle d'un être humain le fit s'immobiliser. L'individu était là, de l'autre côté de la haie, respirant fort. Il ne semblait pas se déplacer. Comment l'atteindre ? Une épaisse barrière végétale les séparait, et Becquedot ne voyait guère comment le rejoindre.

C'était rageant de devoir s'en éloigner, mais, pour le débusquer, il fallait trouver la voie qui menait à lui. Plus loin, encore un croisement, avec un nouveau choix à opérer. Faire le mauvais l'éloignerait du but. Faire le bon le mettrait face à un danger qu'il mesurait mal. Certes, il était armé, avait confiance dans sa capacité de réaction, jusqu'à tirer s'il jugeait sa vie en danger.

Il déglutit. Sait-on quand, au milieu du péril, la mort va vous surprendre ? Mieux valait éviter ce genre de pensées.

Il prit à gauche. Deux virages successifs, à angle droit, et le couloir s'élargit, s'achevant sur une nouvelle impasse en forme de carré. Et son cœur se mit à battre avec violence. Debout, l'homme était collé contre la paroi végétale et le fixait.

Vêtu d'un jogging et d'un pull camionneur, des tennis aux pieds, il était d'une immobilité inquiétante, mais non armé. Il était assez grand, pourtant c'est le vide de son regard qui frappa Becquedot. Aucune expression, sentiment ou émotion, n'en émanait. Rien. Telle une sculpture, il paraissait avoir été posé là, voire oublié, par son propriétaire.

— Il est là, je le tiens ! hurla Becquedot à l'intention de ses collègues, tout en sachant que ceux-ci allaient l'entendre mais seraient incapables de le rejoindre.

— Reçu ! fut pourtant la réponse, qu'il jugea lointaine.

— Allonge-toi sur le ventre, bras en croix, jambes écartées ! cria Becquedot, estimant que le meilleur moyen pour que ses collègues puissent le localiser et tenter ainsi de le rejoindre était de continuer à parler fort.

L'individu ne bougea pas d'un pouce. Il semblait ne pas avoir entendu ou ne pas avoir compris. Becquedot répéta son ordre. Sans succès.

Fallait-il s'approcher, prendre le risque de le saisir et de le forcer à se coucher ?

— Tu es pris, n'essaye pas de résister ! dit Becquedot en faisant un pas vers lui.

Voyant le policier s'avancer, l'homme eut une réaction que Becquedot n'avait pas imaginée. Il pivota sur lui-même face à la haie et se jeta dedans pour la traverser.

Les branchages serrés et entrelacés l'emprisonnaient, mais il forçait comme un furieux, tête la première, poussant sur ses jambes, introduisant son buste en force. Avec les bras, il écartait les branches tant bien que mal et pénétrait plus en profondeur dans la barrière végétale qui devaient faire au moins un mètre cinquante de large.

— Arrête-toi ou je tire ! lança Becquedot.

Cette sommation n'eut aucun effet. L'individu continua sa progression et, se tortillant comme une anguille, passa l'une de ses épaules de l'autre côté, puis le haut de son buste. Il allait réussir.

— Arrête ou je tire ! répéta Becquedot.

Les pieds de l'homme décollèrent, prenant appui sur les branches basales les plus robustes, et Becquedot le vit disparaître, tel le passe-muraille de Marcel Aymé.

Il n'avait pas tiré. Le faire eût été un meurtre de sang-froid. Becquedot n'était pas menacé, il avait simplement assisté, impuissant, à une sorte d'évasion improbable qu'il n'avait su ni anticiper ni empêcher.

Il tenta de le suivre, mais l'entreprise était trop ardue et il renonça. Avec stupeur, il s'aperçut néanmoins qu'à travers la haie il devinait le grand bassin circulaire du parc. La scène s'était déroulée sur l'un des côtés du labyrinthe et l'homme s'en était donc échappé. Libre !

Il rebroussa chemin aussitôt, courant comme un fou pour retrouver la sortie du dédale. En même temps, il criait à ses collègues de retourner dans le parc eux aussi.

Croyant suivre les couloirs qu'il avait empruntés, il échoua successivement dans quatre culs-de-sac qu'il ne reconnaissait pas. « Merde ! Merde de merde ! », vociférait-il en tentant toutes les voies possibles, tournant en rond.

Au bout de cinq minutes, il comprit qu'il était totalement perdu au milieu du labyrinthe.

14

Svetlana se tenait immobile derrière la fenêtre. Elle faisait face au long mur végétal de la façade nord du labyrinthe qu'elle distinguait en arrière-plan derrière le bassin circulaire.

Le plus étrange était de penser que la traque de l'individu découvert par le majordome, une recherche éventuellement dangereuse, s'effectuait en ce moment même au cœur de ce dédale alors qu'elle ne voyait ni n'entendait rien.

Depuis un temps indéterminé, une émotion forte la tourmentait, qu'elle ne parvenait pas à évacuer. L'enchaînement récent des événements s'était fondu en une sorte de brume opaque qui l'empêchait d'identifier l'origine de ce stress.

La lettre ! Le mot lui revint en pleine figure et lui rappela l'entretien houleux avec Koloshenski. Avait-elle eu tort d'aborder le sujet ? N'aurait-il pas mieux valu oublier ce vieil épisode et brûler cette lamentable missive que son parent niait avoir écrite ? Niait avec obstination et colère.

De toute façon, il était trop tard pour revenir en arrière. Reculer à présent n'aurait aucun sens et la ridiculiserait. Cette lettre, elle la lui mettrait sous le nez, et elle exigerait des explications. Des explications, mais aussi – espérait-elle – l'expression d'un remords et des excuses.

De plus, Koloshenski attendait. Elle l'imaginait toujours assis derrière son bureau, le col de son élégante robe de chambre relevé pour protéger son cou des courants d'air, le visage fermé, le buste rigide, redoutant de recevoir le coup qu'elle allait lui porter.

Elle devait remonter dans sa chambre, prendre la lettre et retourner auprès de son grand-oncle. Même si cet affrontement devait mal finir.

Elle amorçait déjà un demi-tour lorsque son attention fut captée par un mouvement dans la haie du labyrinthe. Les branches s'agitaient avec frénésie. Puis elle vit apparaître la tête d'un homme, ses bras, son buste, et l'individu fut comme propulsé par un ressort, traversant les végétaux et tombant la tête la première sur le gazon.

Il se releva aussitôt, regarda de tous côtés, cherchant à s'orienter, et détala en direction des bois d'où la voiture du docteur Schwartz avait surgi.

Ce ne fut pas une réaction rationnelle, mais une impulsion incontrôlée. Svetlana ouvrit la fenêtre, l'enjamba et sauta sur les graviers. Se retrouvant à quatre pattes, elle démarra dans la seconde tel un sprinteur s'éjectant des starting-blocks au moment du coup de feu.

Au même instant, l'homme disparaissait derrière la lisière. Prenant sa pleine vitesse, elle atteignit les premiers arbres en quelques secondes et aperçut une ombre qui filait à travers les troncs. Sans ralentir, inconsciente du danger, elle se lança à sa poursuite.

Elle ne fut pas longue à comprendre que, véloce et bien entraînée, elle courait plus vite que l'individu et qu'elle gagnait du terrain. Sa rage de le rattraper en fut décuplée et elle accéléra encore plus.

Le sous-bois était assez clairsemé et rien n'entravait sa progression. Elle se rapprochait de sa cible sans que l'homme s'en aperçoive. Se croyant sans doute hors d'atteinte et en sécurité dans la forêt, il ralentit et se mit même à trottiner.

Bientôt, il n'y eut plus qu'une courte distance d'une dizaine de mètres les séparant. Ce n'est qu'à ce moment précis qu'elle prit conscience non seulement du risque encouru mais aussi de son absence totale de plan ou de stratégie pour arrêter le fuyard. Elle s'était lancée tête baissée dans une entreprise dont elle ne maîtrisait aucun paramètre.

Son idée première – elle s'en rendait compte à présent – était de débusquer la planque de cet individu afin de prévenir ensuite Becquedot et ses collègues. Pas de l'affronter.

Espérant pouvoir le suivre sans se faire remarquer, elle ralentit à son tour mais les branches mortes qui craquaient sous ses semelles l'alertèrent. Il se retourna et la vit. Dès lors, il se figea.

L'instant s'étira dans un face-à-face angoissant, tous deux immobiles à quelques mètres de distance. Svetlana hésitait sur ce qu'elle devait faire. Fuir parce qu'elle était repérée lui parut absurde, alors qu'elle avait produit un effort violent pour le rattraper.

Il ne portait pas d'arme, du moins n'en voyait-elle pas. Son jogging gris clair présentait des traînées vertes au niveau des cuisses et des genoux, traces de l'herbe du gazon dans laquelle il s'était vautré en s'extirpant de la haie du labyrinthe. Son pull camionneur était déchiré au niveau du coude droit et ses tennis blanches souillées par l'humus du sous-bois.

Son regard la fascina. Les pupilles noires étaient étrangement dilatées, d'un rond trop parfait, inquiétant, qui mangeait l'iris, ne laissant qu'un pourtour à peine visible noyé dans le blanc des yeux. Et cette configuration conférait au regard une fixité de reptile, d'un vide abyssal et dénué de toute émotion. La pensée en semblait absente.

Bien que l'individu ne manifestât encore aucune agressivité, elle eut peur. Pourtant, elle était incapable de bouger, comme un oiseau surpris par un serpent et qui ne parvient plus à s'envoler.

Alors, elle entendit sa voix. Au début, déformée comme s'il parlait la bouche pleine, celle-ci était inaudible. Mais, inlassable, il répétait la même chose, si bien que Svetlana en comprit le sens :

— Femme jolie, seule… Femme jolie, seule… Femme jolie, seule… Femme jolie, seule…

Il avança vers elle sans cesser d'ânonner la même phrase obscure. Obscure et de facture enfantine, mais adressée à Svetlana et qui la désignait ainsi. Oui, elle était une jolie femme. C'était dit sans malveillance, sur un ton neutre. Mais cette insistance sur sa solitude traduisait une préoccupation suspecte, une obsession louche, une idée fixe sournoise.

Le danger était là, dans l'affirmation et la réaffirmation obsédantes de son isolement. Une femme seule est toujours en danger, Svetlana ne l'ignorait pas.

— Femme jolie, seule… Femme jolie, seule… Femme jolie, seule… Femme jolie, seule…

L'homme était grand. Maigre, certes, mais en apparence vigoureux, et la manière dont il avait réussi à traverser la haie le prouvait.

Il n'était plus qu'à deux mètres et Svetlana ne bougeait toujours pas. Cependant, elle était sur ses gardes, les muscles en tension, loin de se laisser surprendre comme dans sa chambre la nuit précédente.

Sans se départir de son ton neutre et insensible, il compléta sa phrase d'un seul mot, terrifiant, qui glaça Svetlana :

— Tuer femme jolie, seule... Tuer femme jolie, seule... Tuer femme jolie, seule... Tuer femme jolie, seule...

Telle une formule apprise par cœur qui constituait à l'instant son unique pensée. Il leva les bras et Svetlana découvrit deux mains immenses aux doigts écartés. Des mains d'étrangleur.

Il fit un pas supplémentaire et Svetlana comprit en un éclair le sort qui lui était promis. Sans l'ombre d'une hésitation, elle serra les jambes, leva la droite, et déclencha un soko geri descendant. Son pied en piston se détendit vers la rotule de l'individu et la percuta avec violence.

Il y eut un craquement sinistre. L'homme poussa un hurlement horrible et s'écoula sur le sol, le ménisque brisé. Hors de combat, incapable de se relever, pleurant et criant, il tenait son genou à deux mains, ses traits déformés exprimant une souffrance insupportable.

Svetlana, surprise par l'efficacité de sa défense, le regardait se tordre de douleur sur les feuilles humides du sous-bois et ne savait plus quoi faire. L'homme, incapable de marcher, était condamné à souffrir jusqu'à l'arrivée des secours.

Par réflexe, elle chercha son portable dans sa poche, mais elle l'avait laissé dans sa chambre sur la table de nuit. Lancée sans réfléchir dans cette poursuite, elle n'avait pas de manteau et commençait à sentir le froid l'envahir.

Abandonnant son agresseur à son triste sort, elle se mit à courir pour aller alerter Becquedot. Depuis le parc, elle n'avait parcouru que quelques centaines de mètres dans la forêt et elle n'eut aucune peine à retrouver son chemin, suivant sans difficulté la succession des troncs d'arbres et des arbustes que son incroyable mémoire avait enregistrée.

*
* *

Elle déboucha au niveau du labyrinthe, à l'endroit exact où elle s'était aventurée dans la forêt, et remonta vers le bassin circulaire en direction du château.

Apercevant Becquedot et les deux policiers gravissant les marches du perron, elle se mit à crier pour les alerter. Ils redescendirent sur l'allée de gravier et vinrent à sa rencontre.

Essoufflée par sa course, Svetlana s'écria d'une voix haletante :

— Je l'ai neutralisé, il est dans la forêt !

— Qui ? rétorqua Becquedot.

— Le mec que vous avez essayé d'attraper dans le labyrinthe !

Becquedot échangea un regard suspicieux avec ses deux collègues.

— Qu'est-ce que c'est que cette foutaise ? Il nous a échappé et on a mis dix minutes à sortir de ce putain de dédale ! Et vous, vous l'auriez neutralisé ! D'abord, ça veut dire quoi, « neutralisé » ? Vous l'avez tué ?

— Mais non ! Je lui ai juste cassé le genou !

Becquedot se prit la tête entre les mains.

— Une folle ! C'est une folle. Et vous lui avez pété le genou avec vos petits doigts délicats ?

— Avec un soko geri.

— Quoi !? Vous faites du karaté ?

— Oui, et pas qu'un peu !

— Wonder Woman ! Cette fille, c'est Wonder Woman !

— Au lieu de raconter des conneries, il faut aller le secourir parce que, là, il en chie, le mec !

— OK, on vous suit.

En chemin, Svetlana expliqua qu'elle se trouvait derrière l'une des fenêtres du château quand l'individu avait traversé la haie du labyrinthe pour s'enfuir. Et que, sans prendre le temps de la réflexion, elle avait sauté par la fenêtre pour le suivre.

— Vous devriez déposer un dossier pour entrer à la BRI, au RAID ou au GIGN, un truc comme ça, où ils ont besoin de femmes qui ont des couilles, si vous me permettez cette expression machiste, conclut Becquedot, maniant l'ironie pour cacher son admiration.

— À l'avenir, évitez ce type de langage devant moi, répliqua-t-elle.

Becquedot se le tint pour dit et se tut.

Quand ils arrivèrent sur le lieu où Svetlana avait accompli son exploit, l'homme ne criait plus. Il gisait sur le côté, immobile.

— Il s'est évanoui ? avança Becquedot.

Ils l'entourèrent et Becquedot mit un genou à terre pour l'examiner. D'un bond, il se releva.

— Merde ! Qu'est-ce que c'est que ce binz !

— Quoi ? fit Svetlana.

Se penchant à son tour, elle ne vit rien, sinon un filet de sang qui s'écoulait sur le front de l'individu. Au niveau de la tempe, un trou minuscule, gros comme un noyau de cerise. Les deux autres policiers semblaient avoir compris et avaient reculé d'un pas.

— Qu'est-ce qui s'est passé ? interrogea Svetlana.

Silencieux, Becquedot avait son visage des mauvais jours.

— Hé, flic, j'vous cause ! Qu'est-ce qui s'est passé ? insista Svetlana.

— Il est mort.

— Mort !? Mais comment ? Je n'ai fait que lui casser le genou.

— Une balle en pleine tête. À bout portant.

— Hein !?

Le trou correspondait à la balle qui avait pénétré dans le crâne. Svetlana crut défaillir. Elle détourna les yeux.

Becquedot et les deux autres policiers avaient tiré de l'étui leur arme de service. Dos au cadavre, en triangle, dans trois direction différentes, ils pointaient leurs pistolets vers le sous-bois.

— Personne… murmura Becquedot. Mais il ne doit pas être est très loin.

Avec son portable, il composa le numéro de Piquemal.

— Armel, je suis dans la forêt. Il y a du grabuge… L'homme qu'on traquait a été tué par quelqu'un d'autre, qui est armé. Et avec un flingue sans doute muni d'un silencieux, parce qu'on n'a pas entendu le coup de feu… Nos deux collègues restent sur place jusqu'à l'arrivée de la police scientifique… Appelle des renforts !

15

Sur le chemin du retour, Becquedot, conservant l'arme à la main pour parer à toute mauvaise surprise, se tenait le plus proche possible de Svetlana et se retournait fréquemment pour regarder en arrière.

Svetlana en profita pour raconter son face-à-face avec l'inconnu au cœur de la forêt. Elle insista sur son regard aussi vide qu'effrayant et sur les phrases insensées qu'il avait répétées.

— Cet homme était fou, conclut-elle. Un malade, qui ne pouvait relever que de la psychiatrie. La clinique du docteur Schwartz, c'est là qu'il faut enquêter.

Becquedot n'avait plus la même réaction tranchée au sujet de cette hypothèse. Lui aussi avait été en contact avec l'individu dans le labyrinthe et son regard l'avait également impressionné. Cet homme ne lui avait pas paru normal. Fou, il n'en savait rien, mais pour le moins dérangé.

Troublé, il se taisait, et Svetlana reprit avec véhémence :

— Alors, vous allez interroger Schwartz ?

— Peut-être.

Svetlana pensait que cette réponse dilatoire constituait un refus, si bien qu'elle fut fort surprise quand, dans le hall du château, Becquedot, apercevant le docteur Schwartz en discussion avec Brozilien, l'interpella aussitôt :

— Docteur Schwartz, pourrais-je vous poser quelques questions ?

Celui-ci fronça les sourcils.

— Volontiers, mais je suis assez pressé. Je ne fais rien depuis une heure, je tourne en rond, et si ce n'était l'agréable compagnie de M. Brozilien, je crois que malgré vos consignes je serais parti depuis longtemps.

— Vous auriez eu tort d'agir ainsi, répondit Becquedot, piqué au vif.

Il se tourna vers le gestionnaire de patrimoine, ouvrit la bouche pour lui parler, puis se ravisa et s'adressa à Svetlana :

— Nous donnez-vous l'autorisation d'utiliser le petit salon où nous étions ce matin, mademoiselle Koloshenskaïa ?

— Bien sûr.

Pour la première fois, Svetlana eut l'impression qu'elle était considérée pour ce qu'elle était, à savoir l'héritière de Koloshenski, et que la position subalterne dans laquelle Brozilien la maintenait depuis le début venait d'être désavouée. En public, de surcroît. Elle en fut reconnaissante à Becquedot et les conduisit au salon avec empressement.

Cependant, il referma la porte derrière lui pour s'entretenir en tête-à-tête avec le docteur. Elle n'en prit pas ombrage, sans doute en raison de la petite humiliation subie par Brozilien et trouvant normal qu'un enquêteur mène ses interrogatoires sans témoin.

À son retour dans le hall, elle tomba sur Piquemal qui cherchait son chef pour lui annoncer que des renforts étaient en route et ne devraient pas tarder. Très maîtresse de maison, et ce rôle nouveau l'amusait, elle lui dit :

— Je transmettrai, lieutenant Piquemal. Pour l'instant, il questionne le docteur Schwartz et ne souhaite pas être dérangé.

Ignorant d'une part les hypothèses de Svetlana sur la supposée clinique et d'autre part les événements qui leur avaient donné du crédit auprès de Becquedot, Piquemal ne voyait pas l'utilité d'interroger Schwartz. En conséquence, il ne s'offusqua pas que Becquedot ne fasse pas appel à lui pour cette audition.

★

★ ★

En s'asseyant face à Becquedot, le docteur Schwartz prit la parole avec le ton de ceux qui ont l'habitude d'être hautement considérés par leurs semblables.

— Comme je vous l'ai signalé, je suis assez pressé.

— Je n'en ai que pour quelques minutes et je vous libère.

— Tant mieux, car j'ai beaucoup de travail.

Du travail… Qui n'en avait pas ? Une réplique qui dévalorisait surtout celui des autres, jugé insignifiant. Ce médecin commençait sérieusement à agacer Becquedot mais, se voulant avant tout professionnel, il se promit de conserver son calme.

— Je me suis laissé dire que vous dirigiez une clinique psychiatrique…

— Qui vous a raconté cela ?

— Qu'importe.

Une réponse qui n'eut pas l'heur de plaire à Schwartz, car il se renfrogna et obligea Becquedot à insister :

— C'est inexact ?

— Oui, tout à fait, c'est inexact.

— Vous ne dirigez pas une clinique ?

— Si, mais ce n'est pas une clinique psychiatrique.

— Qu'est-ce que c'est, dans ce cas, car vous êtes bien médecin psychiatre, n'est-ce pas ?

— Je le suis, en effet. La clinique en question, je l'ai créée et dénommée « Clinique de réinsertion sociale », dont l'acronyme, il devrait vous plaire, est CRS.

Ceci fut prononcé avec un petit sourire en coin qui exaspéra Becquedot. Il n'aimait pas qu'on se foute de sa gueule et cette plaisanterie ridicule semblait l'indiquer. Il serra les dents et poursuivit :

— Expliquez-moi, s'il vous plaît, en quoi consiste votre clinique de réinsertion sociale.

— Il s'agit d'une noble idée que j'ai eue. On se plaint parfois que les personnes incarcérées, lorsqu'elles sont libérées, retombent dans leur travers et doivent de nouveau être mises en prison. C'est une sorte de cercle vicieux dont on ne sort pas. Je veux remédier à cette fatalité.

— Comment faites-vous ?

— J'applique des méthodes basées sur la reconstruction d'un homme neuf, l'effacement du passé perturbateur par un travail sur le psychisme, l'élaboration d'une table rase, sans aspérités, sur laquelle un individu peut se bâtir une nouvelle vie. Vous comprenez ?

— Je vois l'idée.

Becquedot voyait l'idée, mais pas bien la mise en œuvre concrète.

— Où se trouve cette clinique ?

— À quelques kilomètres d'ici, sur les terres de M. Koloshenski. Je l'ai convaincu du projet, un beau projet humaniste, vraiment, et il a accepté de m'aider dans mon entreprise.

— Il finance, si je comprends bien.

— Oui, il en est le généreux donateur. Sans lui, je ne pourrais rien faire. De plus, comme toutes les personnes très riches, il a beaucoup de relations dans le monde des affaires et au gouvernement. Il a agi aussi avec une grande efficacité pour que nous bénéficions du crédit d'impôt recherche, le CIR. Vous savez ce que c'est ?

— Non. Mais, bon, aucune importance. Si j'ai bien compris, vous avez donc des patients à demeure dans votre clinique ?

Le mot parut choquer le docteur Schwartz.

— Des patients, non ! Ce ne sont pas des malades mentaux. Ils sont tous sains d'esprit. Enfin, autant que nous pouvons l'être nous-mêmes.

— Mais ce sont des criminels que vous prenez ?

— Pas du tout. Aucun meurtrier, aucun violeur, si c'est cela que vous voulez dire.

— C'est bien à cela que je pensais. Et c'est quel public, alors ? Des petits délinquants ?

— Voilà ! Des petits délinquants, c'est le terme exact. Des personnes s'adonnant à divers trafics illégaux, des dealers, des voleurs de voitures, des cambrioleurs, etc. Mais, grand Dieu, aucun n'a jamais tué personne !

— Comment sont-ils recrutés ?

Le docteur Schwartz croisa les jambes et s'enfonça confortablement dans le fauteuil. Il était dans son élément.

— L'administration pénitentiaire nous transmet d'abord une liste de ceux qu'elle appelle les bons sujets, qui ne posent pas de problème et ont une attitude positive depuis le début de leur incarcération. Nous leur faisons alors passer une série de tests pour éprouver leur degré de motivation, identifier leurs failles psychologiques, et nous retenons les plus prometteurs. Vous voyez, tout est sous contrôle. Il n'est pas question de faire n'importe quoi.

— Ce sont un peu des cobayes, non ?

— Le mot est très déplaisant, capitaine. Mais, en un certain sens, vous n'avez pas totalement tort. À mesure que nous démontrerons l'efficacité de notre méthode, « la méthode de l'homme neuf », ainsi l'ai-je appelée, nous élargirons à des cas plus difficiles.

— Jusqu'à des assassins ?

— Il est encore trop tôt pour le dire, mais pourquoi pas ?

Becquedot resta un moment silencieux à digérer ces informations. L'arrivée de renforts allait permettre de ratisser la région à la recherche du meurtrier de la forêt. La proche présence de cet homme, armé d'un pistolet muni d'un silencieux, qui n'avait pas hésité à éliminer d'une balle dans la tête l'individu du labyrinthe, conférait à l'affaire une complexité inédite toujours plus inquiétante.

Et Becquedot devait l'avouer, il pataugeait et se trouvait à court d'hypothèses. La clinique de Schwartz, même si elle n'avait peut-être rien à voir avec ces meurtres, méritait de toute façon d'être visitée. C'était la seule piste qu'il avait sous la main.

Il se leva et s'ébroua. Schwartz fit de même avec un sourire satisfait.

— Je vais enfin pouvoir partir, dit-il.

— Vous retournez à votre clinique ?

— Oui, bien sûr.

— Mon collègue et moi-même allons vous accompagner.

— Mais pourquoi cela ?

Son sourire avait disparu.

— Parce que dans le cadre de cette enquête, je juge que c'est nécessaire.

— Vous plaisantez ?

— En ai-je l'air ?

— Enfin, capitaine, je ne comprends pas. Je vous ai tout expliqué. Il n'y aucun assassin là-bas. C'est absurde !

— C'est peut-être absurde, mais nous avons un tueur dans la forêt, et s'il pénétrait dans votre clinique, Dieu sait ce qu'il y ferait.

Astucieux et vicieux. Becquedot présentait sa décision comme une mesure de prudence. C'était du reste très plausible et lui donnait une bonne excuse pour enquêter sur place.

— Ne faudrait-il pas un mandat pour entrer dans mon établissement ?

— Entendons-nous bien, ce n'est pas une perquisition. Une simple précaution, une protection au cas où. Dois-je vous rappeler que nous avons déjà trois morts sur les bras. Vous en voulez d'autres ?

— Non…

— Alors, nous sommes d'accord.

16

Le docteur Schwartz s'était rembruni quand il avait compris qu'il ne se débarrasserait pas de ce collant policier. Il n'avait plus parlé et avait pris un air de martyr incompris. Becquedot avait rejoint Piquemal dans la vaste cuisine du château, avait pris un café préparé par Maria tout en expliquant à son collègue les raisons qui le poussaient à se rendre à la clinique. Jugeant que cette inspection était de fait inévitable, Piquemal avait acquiescé.

Les renforts arrivèrent sur ces entrefaites. Deux fourgons transportant une quinzaine d'hommes en uniforme commandés par un lieutenant de gendarmerie à l'aspect militaire, cheveux très courts et rasé de près. Becquedot lui donna les coordonnées GPS du cadavre dans la forêt et le lieutenant, prenant les choses en main, déploya ses hommes en direction de la lisière.

Svetlana tournait en rond. Indécise, elle n'avait toujours pas décidé d'aller chercher la lettre pour la montrer à Koloshenski. Était-ce le moment de régler ses comptes alors que le crime rôdait dans et autour du château ?

Quand Becquedot retourna dans le hall où Schwartz, ayant remis son pardessus et tenant son gros cartable à la main, attendait en soupirant, tel un homme harcelé par des abrutis, il lui lança :

— Allons-y, docteur ! Nous vous suivons dans notre propre véhicule.

Sans un mot, Schwartz se dirigea vers la porte au moment où Svetlana apparaissait dans le vestibule.

— Où allez-vous ? questionna-t-elle.

— Désirez-vous aussi que je vous prévienne quand je vais aux toilettes ? répondit Becquedot.

Effet douche froide pour Svetlana après la demande d'autorisation que le même Becquedot avait formulée pour utiliser le petit salon. Étonnée par ce changement de ton, elle ne releva pas et affirma tout de go :

— Si vous allez à la clinique psychiatrique, je viens avec vous.

— Non. C'est hors de question.

— Vous ne pouvez pas m'empêcher de visiter une clinique financée par mon grand-oncle et située sur ses terres.

De fait.

Becquedot le savait et souffla d'exaspération.

— OK, mais faites-vous discrète, parce que ma patience a des limites.

⋆

⋆ ⋆

Installé au volant, Piquemal à côté de lui et Svetlana à l'arrière, Becquedot suivait le 4x4 du docteur Schwartz. Ils avaient pris le mystérieux chemin par où Svetlana avait vu le psychiatre arriver. Sentier plus étroit que celui qui permettait d'aller au château, mais en assez bon état, car plat et non défoncé par les gros engins des forestiers.

Contrarié, Becquedot avait décidé de faire comme si Svetlana n'était pas là. Après un silence assez long, il s'adressa à son collègue :

— Ce qui lie le meurtre de Lafeuille et d'Adeline, c'est cette caméra. Les deux crimes ont été filmés. Concernant la femme de chambre, nous n'avons pas encore visionné cette horreur, mais il faudra avoir le cœur bien accroché pour le faire, j'en ai peur.

Piquemal eut une expression de dégoût.

— Et ce qui m'inquiète, c'est la multiplication de ces monstres. Car les deux tortionnaires de Lafeuille portaient la barbe alors que ni celui d'Adeline ni l'homme du labyrinthe n'en avaient.

— Des fausses barbes sont toujours possibles.

— Certes. Mais la corpulence des deux hommes observés à la station de bus n'est pas celle du type tué en forêt d'une balle dans la tête. Ce dernier était plus grand et plus mince.

— C'est juste, mais pour Lafeuille, on a trois hommes. Ici aussi. Et si c'était celui tué dans la forêt qui était le conducteur du fourgon lors du meurtre de Lafeuille ?

— Je veux bien croire à ça, mais j'ai des doutes.

— En revanche, si c'était vrai, il ne reste plus qu'un seul meurtrier à attraper, et pas quatre.

— Mouais…

Hypothèse optimiste pour Becquedot, car il n'oubliait pas le tueur de SDF, sans caméra celui-là, mais complètement cinglé. Si givré qu'il avait tendance à le mettre dans le même sac que les autres. Des fous sanguinaires, l'idée avait du sens, formulée pour la première fois par Svetlana. Se souvenant de sa présence, il ne put résister au plaisir de la titiller sur leur ancien désaccord.

— Au fait, mademoiselle Koloshenskaïa, vous croyez toujours à votre théorie de la substitution ? Que l'homme qui massacrait les SDF n'est pas celui que j'ai interpellé ? Pour une personne persuadée qu'il s'agit de malades mentaux échappés de l'établissement du docteur Schwartz, ça me surprend.

Il fut étonné de l'entendre répondre sans hésitation :

— Je me suis trompée sur ce point.

Dont acte. Cette fille n'était pas aussi butée qu'elle en avait l'air parfois.

Ils débouchèrent sur une vaste clairière où un bâtiment blanc de construction récente, sans étage mais d'une grande superficie, surprenait par sa présence incongrue au cœur de la forêt. Le docteur Schwartz s'arrêta face à l'édifice, où d'autres voitures stationnaient, et Becquedot se gara à ses côtés.

— Voici mon œuvre ! s'exclama Schwartz avec modestie dès qu'il fut hors de sa voiture. Là encore, il a fallu l'entregent de M. Koloshenski pour convaincre le préfet d'accorder une dérogation pour modifier le POS, le Plan d'occupation des sol, car nous sommes dans une zone inconstructible. Après quelques réticences, ce dernier a bien compris que notre projet était d'utilité publique. Je crois que les services de l'État lui ont fait la leçon. Il faut savoir que nous sommes subventionnés par le ministère de la Santé.

— Félicitation…

— Et que, même s'il ne finance pas, le ministère des Armées suit de près nos travaux…

— L'armée !?

Le docteur Schwartz se fit plus hésitant.

— Oui, les militaires s'intéressent aussi à nos activités. Cela peut paraître surprenant, mais je crois qu'ils verraient d'un bon œil que ces jeunes, car ils sont jeunes pour la plupart, s'engagent dans l'armée pour acter leur réinsertion. Si nous réussissons et que nous développons à plus grande échelle cette expérience novatrice, les militaires anticipent une source potentielle d'effectifs qui, au vu de leurs antécédents, n'auront pas froid aux yeux pour accomplir les missions dangereuses auxquelles l'armée est confrontée à l'étranger. Un instructeur vient ici de temps en temps pour discuter de l'évolution de nos patients. Il attend le moment propice, quand le traitement sera terminé, pour entrer en contact, les évaluer, leur faire passer des tests, et juger si un contrat avec l'armée leur serait profitable à l'issue de notre reconstruction psychologique.

— Votre *homme neuf* serait donc un militaire ?

Petit silence épais. Le docteur Schwartz prit très mal cette réflexion de Becquedot formulée avec une naïveté feinte.

— S'il vous plaît, capitaine, mon travail n'est pas un sujet de plaisanterie. Bien sûr que non, nous ne formons pas des militaires ! L'armée nous soutient et tout encouragement est bon à prendre. Tablant sur une réussite du projet et en envisageant éventuellement de recruter, donc d'offrir un emploi stable à ces jeunes, elle participe en aval à un projet humaniste. C'est tout !

L'entrée du bâtiment était une porte vitrée munie d'un digicode sur lequel le docteur Schwartz, agacé, pianota avec rage. Svetlana fixa les doigts qui allaient d'un chiffre à l'autre. Un déclic, et Schwartz poussa le battant, pénétrant le premier, suivi par Becquedot, Piquemal et Svetlana.

Dans le hall, ils tombèrent sur une infirmière en blouse blanche qui parut surprise par cette intrusion de quatre personnes. Reconnaissant le docteur Schwartz, elle lui lança un regard interrogateur.

— Justine, nous avons quelques personnes qui vont visiter notre établissement. Où est le docteur Pressigny ?

— Dans la chambre d'Orfield, je crois.

Le docteur Schwartz emprunta un couloir d'une blancheur immaculée. Sur les côtés, une série de portes. Les désignant sans s'arrêter, le docteur Schwartz annonça avec une certaine négligence :

— Ce sont les chambres de nos patients.

— Je souhaiterais les voir, fit Becquedot.

Schwartz stoppa et se retourna avec vivacité.

— C'est impossible ! Ils sont à l'isolement complet. C'est la base même de notre protocole médical, qui est très strict. Le rompre serait mettre en péril l'expérience de reconstruction.

— On ne peut pas parler à un *homme neuf* ?

— D'abord, ils ne le sont pas encore ! Ensuite, si vous êtes venu ici pour vous moquer de notre projet, dites-le, les choses seront plus claires !

— Pas du tout, ce que vous faites m'intéresse. Mais si je ne peux pas les voir, je veux connaître leur pedigree.

— Leur pedigree, c'est-à-dire ?

— Noms, âges, photos, délits, etc.

— Tout dossier médical est confidentiel.

— Allons, allons, vous avez affirmé vous-même que ce ne sont pas des malades. Il ne s'agit donc pas, les concernant, de dossiers médicaux. Ce sont des délinquants et en tant qu'officier de police enquêtant sur une affaire de meurtres, nombreux et sanglants, vous ne pouvez pas m'empêcher d'y avoir accès.

Le docteur Schwartz eut nettement l'impression de s'être fait piéger. Il se tut un long moment avant de répondre :

— Je vous montrerai leurs fiches, mais elles resteront ici.

— Ça va de soi.

Schwartz avança jusqu'au bout du couloir avant de faire à nouveau volte-face. Ce qu'il dit sur un ton acerbe montra qu'il n'avait toujours pas digéré la réflexion de Becquedot sur l'armée et qu'il ne cessait de la ruminer.

— Et, après tout, si certains de ces jeunes, au lieu de retourner une fois de plus en prison, se mettent au service de leur pays en accomplissant des missions militaires, quel mal y a-t-il à cela ?

— Aucun…

Schwartz fit glisser ses doigts sur un autre digicode pour ouvrir la porte. Derrière se trouvait une salle assez grande, toujours de cette même blancheur immaculée, où s'entassait d'un côté du matériel médical et de l'autre des tables et des sièges, un distributeur de boissons, un coin cuisine avec tasses, machine à café, réfrigérateur, congélateur, gazinière, etc.

À leur entrée, deux infirmiers en blouse blanche, assis sur des chaises et buvant un café, se levèrent précipitamment. Ils parurent tout aussi surpris que la jeune femme du hall de voir tant de monde pénétrer dans cet endroit.

— Ne vous dérangez pas, dit le docteur Schwartz, c'est une simple visite d'inspection de notre établissement.

Il n'ajouta rien et, au pas de charge, traversa la salle pour atteindre un autre couloir. Becquedot nota que Schwartz s'abstenait de toute présentation, évoquant même une visite d'inspection qui pouvait tout aussi bien être le fait des services de santé de l'État, comme s'il voulait éviter qu'on sache qu'il s'agissait de policiers.

Sans fenêtres, avec des murs peints en noir, le plafond aussi, le nouveau couloir était très obscur, au point que Schwartz dut allumer la lumière. Il referma la porte derrière eux.

— Ici, annonça-t-il, vous pénétrez dans le saint des saints. Le lieu où nous travaillons à la déconstruction primaire.

17

L'étonnement se lisait sur tous les visages.

— Quelle déconstruction primaire ? demanda Becquedot.

— Pour construire un homme neuf, il faut d'abord le déconstruire. Effacer les scories, les affects néfastes et les expériences négatives accumulés au stade primaire de l'enfance, renforcés pendant l'adolescence et qui amènent le sujet à n'envisager sa vie qu'en rupture avec la société. Il faut repartir de zéro, sur une terre vierge, une base saine, une page blanche, afin que l'individu devienne réceptif aux principes actifs que nous lui inculquons ensuite.

Becquedot et Piquemal échangèrent un regard dubitatif.

— Quelles techniques utilisez-vous pour réussir une chose pareille ?

— J'ai actualisé, perfectionné et humanisé les travaux des docteurs Ewen Cameron et Donald Hebb. Cameron, un éminent psychiatre, a développé dans les années 1950 une méthode originale basée sur la privation sensorielle, les cures de sommeil et les électrochocs. Le but est d'affaiblir les défenses du sujet pour le rendre perméable à notre influence et lui permettre d'accéder à une nouvelle forme de pensée, saine et positive, qu'il substituera à l'ancienne. Hélas, Cameron est allé trop loin en multipliant les séances d'électrochocs. Il en faisait vraiment beaucoup, beaucoup trop, mais on ne peut pas lui en vouloir, c'était à la mode à l'époque…

— Des électrochocs !? Mais, docteur, de nos jours, ça ne se pratique plus, les électrochocs, l'interrompit Becquedot.

— Bien sûr que si ! Ah, quelle ignorance… Je mesure là votre méconnaissance abyssale de la médecine.

Phrase blessante, mais qui n'étonna pas Becquedot. Il fallait bien que son ironie moqueuse, qui avait irrité Schwartz, connaisse tôt ou tard un retour de bâton. Il s'abstint de toute réaction, laissant le docteur poursuivre.

— Les électrochocs sont excellents pour stimuler le sujet. En raison de la mauvaise réputation du terme « électrochocs », on appelle cela maintenant de l'électro-convulsivothérapie, ou plus simplement ECT. Le courant électrique alternatif envoyé par deux électrodes situées de part et d'autre du crâne provoque une crise convulsive. Une sorte d'épilepsie, si vous préférez.

— C'est affreux ! s'écria Svetlana.

— Non, mademoiselle, absolument pas, ce n'est pas affreux ! C'est de la médecine. Et de la médecine dans tout ce qu'elle a de plus sérieux, de plus noble et de plus moderne. Quel est le but recherché ? Vous le savez, au moins ?

— …

— Eh bien, je vais vous le dire.

— Vous êtes trop bon, murmura Becquedot, assez bas pour que Schwartz ne soit pas certain d'avoir bien entendu, retrouvant en la circonstance un de ses vieux réflexes d'écolier indiscipliné.

— Lors de la crise convulsive, le cerveau va sécréter différents neurotransmetteurs et neurohormones, tels que de la dopamine, de la noradrénaline, ou encore de la sérotonine, qui vont stimuler les neurones et favoriser la création de nouvelles connexions. L'ECT permet ainsi d'améliorer la neurogenèse, soit le nombre de neurones et les connexions entre ces neurones par la multiplication des synapses et des dendrites. En d'autres termes, le sujet est stimulé. Il devient plus ouvert à d'autres informations, d'autres connaissances ou d'autres influences.

— Quand il convulse, vous le faites souffrir ! assena Svetlana. C'est de la torture !

— Je vous interdit de dire cela ! s'emporta Schwartz, rouge de colère. Le sujet est sous anesthésie générale pendant la séance, qui ne dure que cinq à dix minutes, et on lui injecte un puissant relaxant pour inhiber les convulsions musculaires et empêcher qu'il ne se blesse. Il est endormi et ne souffre donc pas ! De plus, les stimulations électriques sont de courte durée, moins de dix secondes, et le courant est de très faible intensité. De la torture, non mais, pour qui me prenez-vous ?

— Et c'est quoi, le puissant relaxant musculaire que vous utilisez ? demanda Becquedot.

— En posant la question, vous donnez l'impression de le savoir, répliqua le docteur Schwartz, le sourcil levé.

— J'ai suivi des cours de toxicologie pour le concours de flic.

— Ah oui, vraiment ? fit Schwartz, un tantinet condescendant. Et alors ?

— Ce relaxant musculaire, qui en fait agit par paralysie, ce ne serait pas du curare, par hasard ?

— Si, bravo, du curare, en effet. Au moins, vos études de flic n'auront pas été vaines.

En affichant son mépris, le docteur Schwartz signifiait qu'il n'était pas disposé à éteindre la guéguerre ouverte entre le capitaine et lui. Connaissant son patron, dont la patience avait des limites, et cherchant à faire diversion, Piquemal intervint pour la première fois :

— En médecine, actuellement, on s'en sert pour quoi faire, des électrochocs ?

— C'est le traitement le plus efficace contre les dépressions, en particulier les plus sévères, et aussi dans les cas de troubles bipolaires. Son efficacité surpasse tous les médicaments actuellement disponibles en psychiatrie pour ces affections. C'est aussi très utile pour lutter contre la schizophrénie quand les médicaments se révèlent inopérants.

Svetlana s'insurgea de nouveau :

— Ces délinquants ne sont ni dépressifs, ni atteints de troubles bipolaires, et encore moins schizophrènes. Qu'est-ce qui vous permet d'utiliser cette technique ?

— Je vous l'ai dit, grand Dieu ! C'est une stimulation neuronale qui lève les défenses du sujet. Il devient plus ouvert à la sujétion. Une sujétion positive, que nous effectuons ensuite, sous contrôle, pour orienter le sujet vers une meilleure approche de sa vie.

À son extrémité, le couloir s'élargissait et donnait sur un alignement de trois portes peintes en noir. Celle de gauche, en acier, s'ouvrit soudain et apparut un homme grand et maigre, qui donnait l'impression de flotter dans sa blouse blanche.

Chauve, un visage allongé et lisse comme un ballon de rugby mais d'où émergeait un nez aquilin proéminent, des yeux en amande surmontant des pommettes saillantes, une lèvre supérieure plus épaisse que l'inférieure et un menton pointu lui conféraient un aspect inattendu et déconcertant, accentué par sa silhouette de grand échalas. Plus jeune que Schwartz, il frisait la quarantaine.

Pourtant, il boitait et s'appuyait sur une canne pour marcher. Celle-ci était de belle facture. Un bois noir et torsadé, surmonté d'un pommeau rond en métal argenté sur lequel se devinaient d'élégants motifs de style Art nouveau. Claudication de naissance ou résultant d'un accident récent ? Il n'était guère possible de répondre à cette question, sinon que cette claudication était légère et ne constituait pas un réel handicap.

— Charles, vous voilà ! s'écria Schwartz en l'apercevant. Justine ne s'était pas trompée.

Puis, à l'intention de Svetlana, Becquedot et Piquemal, il précisa :

— Le docteur Pressigny est mon second, médecin psychiatre comme moi-même. Nous nous rejoignons sur le but recherché et sommes en parfait accord avec les méthodes utilisées, qu'il m'aide à développer.

Il y eut un échange de signes de tête, mais le docteur Pressigny demeura en retrait, dans une attitude un peu méfiante, attendant sans doute des explications sur la présence de ces intrus. Schwartz dut le comprendre, car il ajouta en les désignant de la main :

— Ces personnes effectuent une visite de notre établissement.

— Une visite dans quel cadre ?

Fine question du docteur Pressigny qui cherchait à connaître, sans les interroger frontalement, l'identité de ces gens qu'il n'avait jamais vus.

— Je vous expliquerai, Charles. Vous verrez, c'est presque cocasse. Vous sortiez de la chambre d'Orfield, il y a un problème ?

— Non, non, rassurez-vous. Je procédais à des vérifications de routine en m'assurant que tout fonctionnait bien. J'y suis resté dix minutes, c'est toujours aussi fascinant, comme endroit.

Puis Pressigny consulta sa montre.

— Je ne vais pas pouvoir rester avec vous…

— Pas de soucis, Charles, je m'en charge, répondit Schwartz.

Après un nouveau signe de tête à l'adresse des inconnus, le docteur Pressigny s'éclipsa, prenant en sens inverse le couloir que Schwartz avait emprunté pour venir jusque-là.

⋆

⋆ ⋆

« Cocasse » ! Sans doute le docteur Schwartz avait-il voulu souligner l'inutilité de montrer sa clinique et aussi, en filigrane, se moquer de l'idée saugrenue, non exprimée mais sous-entendue par la présence des policiers, qu'elle puisse avoir un rapport quelconque avec les meurtres du château. Le mot, cependant, choqua Svetlana, que la mort atroce d'Adeline poursuivait.

— Entrez dans la chambre d'Orfield, fit Schwartz en poussant Becquedot dans le dos.

La pièce, de dimensions réduites, ne contenait aucun mobilier, sinon un fauteuil central avec des sangles permettant d'attacher la personne qui s'y asseyait. Les murs étaient constitués de dièdres acoustiques en fibre de verre lui donnant un aspect futuriste des plus étranges.

Le docteur Schwartz rayonnait.

— Inventée par l'ingénieur Steven Orfield, il n'en existe que très peu dans le monde. C'est un lieu anéchoïque, ou chambre sourde. Quand vous êtes dedans, vous ne captez plus aucun bruit extérieur. Rien. Au point que vous percevez seulement les battements de votre cœur, l'air qui pénètre dans vos poumons, le craquement de vos articulations. Des sons d'ordinaire inaudibles, masqués par les bruits ambiants de notre environnement. C'est une expérience unique qui peut rendre fou.

À ce dernier mot, Becquedot sursauta.

— Rendre fou, c'est-à-dire ?

— Dans une chambre anéchoïque, dans l'obscurité, on perd l'équilibre par une désorientation totale de ses sens. Comme on n'entend que le bruit de son propre corps, on devient le son. Vous comprenez ? Seul l'organisme de la personne émet des bruits, qui sont de ce fait décuplés. C'est déjà difficilement supportable au bout d'un quart d'heure. Ayant perdu tous vos repères auditifs, il faut vous asseoir, sinon vous tombez.

— Sur ce fauteuil ?

— Oui, c'est la raison de sa présence.

— Et les sangles ?

— Elles sont nécessaires pour que le sujet ne se lève pas.

Svetlana s'était approchée du fauteuil et l'examinait.

— Si je comprends bien, dit-elle, vous attachez les gens comme les condamnés à la chaise électrique.

— Quelle comparaison morbide, mademoiselle Koloshenskaïa ! Nous les attachons pour éviter qu'ils ne se blessent en tombant.

— Là encore, quel est le but poursuivi ?

— Cette chambre sourde est l'élément qui manquait à Ewen Cameron pour réussir ces travaux. Elle participe à la privation sensorielle, qui est l'étape essentielle pour atteindre la déconstruction primaire.

— Ça paraît dangereux tout de même, si on peut devenir fou dans cette pièce, coupa Becquedot.

— On peut même mourir, capitaine, si on y reste trop longtemps.

— À ce point-là !? Inquiétant.

— C'est la raison pour laquelle l'utilisation de cette salle est strictement encadrée. Le sujet ne doit pas y rester trop longtemps, vingt minutes, vingt-cinq au grand maximum, et doit être surveillé tout au long de la séance. Nous sommes des médecins sérieux, habilités et compétents, attentifs à ne prendre aucun risque de quelque nature qu'il soit.

Il marqua une pause et reprit sur un ton glacial :

— Je n'aime pas trop le climat de suspicion et d'insinuation qui préside à beaucoup de vos interventions.

— J'en suis vraiment désolé, docteur. Mais un chasseur, ça chasse. Un chercheur, ça cherche. Un jongleur, ça jongle. Un tripatouilleur, ça tripatouille. Et un enquêteur, ça enquête.

Schwartz soupira de manière ostentatoire, comme s'il avait affaire à un individu irrécupérable, et leur fit signe de sortir de la chambre d'Orfield.

Il ouvrit aussitôt la porte du milieu et les invita à y entrer. La pièce n'était pas plus grande que la précédente, mais elle ne présentait pas cet aspect futuriste. Sans fenêtres, elle frappait par l'absence de mobilier, à l'exception d'un lit et d'une chaise. Les murs de Placoplatre peints en noir obligèrent Schwartz à allumer la lumière.

— Pourquoi le couloir et cette pièce sont-ils noirs ? demanda Svetlana.

— Par définition, la privation sensorielle ne peut s'accomplir qu'en privant le sujet de ses sens. Aucun repère visuel, sonore ou temporel tels le jour, la nuit, le matin et le soir. Le sujet ne doit plus être capable de se situer ni dans le temps ni dans l'espace.

— C'est une folie, ce que vous nous racontez ! s'exclama Svetlana.

— Ce n'est pas parce que vous n'y connaissez rien qu'il faut dire n'importe quoi. Cette pièce est la chambre d'isolement. C'est le docteur Cameron qui a inventé ce concept. Certes, cet isolement met le sujet dans un état de confusion temporaire et on observe chez lui une relative diminution de sa capacité intellectuelle, mais il devient aussi avide de stimuli et très réceptif ensuite aux messages que nous lui faisons écouter avec des bandes enregistrées.

— Des bandes enregistrées ?

— Oui, c'est ce que nous appelons la confrontation psychique, mais n'anticipons pas. Dans ces trois pièces, nous effectuons la première étape, celle de la déconstruction primaire.

Les mains dans les poches, Becquedot faisait le tour de la pièce comme s'il visitait un appartement en location. Il s'arrêta face à la table et désigna les quelques objets qui s'y trouvaient.

— Et ces choses éparses, à quoi ça sert ?

— Ce sont les lunettes noires que doit porter le sujet et les bouchons en caoutchouc qu'il lui faut mettre dans ses oreilles. Quant à ces tubes de carton, ils sont posés sur les mains et les bras pour qu'il évite de se toucher et de court-circuiter ainsi l'image qu'il a de lui-même.

— Court-circuiter, court-circuiter… Qu'est-ce que vous entendez par là ?

— Toujours pour atteindre l'objectif de la page blanche. La table rase sur laquelle on va construire du solide, du positif, l'éloignant à jamais de ses travers passés.

— Bon, je crois que j'en ai assez vu, dit Becquedot d'un ton neutre. Et la troisième pièce ?

Le docteur Schwartz se cabra.

— Celle-là, je ne vous la montrerai pas, parce que c'est celle de l'ECT, et vu vos réactions à la simple évocation des électrochocs, vous vous en passerez !

Sans tenir compte de ce refus, Becquedot ouvrit la porte, découvrant un enchevêtrement de câbles électriques reliés à des appareils par une connectique complexe. L'ensemble de ce monitoring était disposé sur une table près d'un lit d'hôpital. Il frémit en apercevant les deux grosses électrodes métalliques, de celles que l'on applique sur les tempes des patients.

— Mouais… fit-il en refermant la porte.

18

Retraversant le sombre couloir, puis la salle où se trouvaient toujours les deux infirmiers, le petit groupe reprit le premier couloir, blanc celui-là.

En désignant les portes des délinquants qu'il refusait de montrer, le docteur Schwartz précisa :

— Ce sont les chambres de sommeil. Nous maintenons les sujets dans un état de rêverie pour des périodes plus ou moins longues.

— Comment faites-vous ?

— À l'aide de diverses substances chimiques.

— Vous les droguez, en somme.

Svetlana eut l'impression qu'un orage allait éclater. Le visage de Schwartz s'était empourpré et déformé sous l'accusation. Il avait serré les poings et tout son corps s'était raidi et durci. On ne sait comment il réussit à se contenir.

— Capitaine, le mot est inadéquat ! Ce sont des calmants et des tranquillisants qui les mettent dans un état proche d'un sommeil artificiel. Les infirmiers les retournent toutes les deux heures pour éviter les escarres. Vous voyez, nous en prenons soin. Pendant le même temps, nous passons les bandes enregistrées pour modifier leurs schèmes de pensée et, grâce aux stimuli liés à la déconstruction primaire, leurs cerveaux enregistrent avec avidité ces nouvelles données. C'est une sorte de réécriture de leur psychisme.

Donnant le sentiment de n'écouter que d'une oreille cette argumentation, Becquedot sourit d'une manière un peu ironique puis parut se désintéresser de la question.

Dans le hall, pourtant, il reprit la parole sur un ton presque badin :

— N'oublions pas de jeter un coup d'œil sur les dossiers des patients.

Schwartz lui jeta un regard sévère et se dirigea vers un autre couloir à l'opposé du premier.

— On pourra dire que je ne vous cache rien, annonça-t-il en préambule. Dans cette aile du bâtiment se trouvent nos bureaux et la salle de surveillance.

— Comment cela, la salle de surveillance ?

— Parce que nous sommes des médecins attentifs et sérieux, nous avons disposé une caméra dans chaque chambre de sommeil pour intervenir si une anomalie se produisait.

Il poussa une porte sur laquelle était inscrit *Docteur Schwartz*.

C'était une grande pièce agréable, bien éclairée, où trônaient près de la fenêtre une vaste table de travail et un fauteuil en cuir, avec des murs couverts de multiples étagères regorgeant de documents et de livres et, sur le côté, une table ronde avec quelques sièges pour accueillir des visiteurs.

— Mon bureau… dit-il modestement.

Sans hésiter, il se dirigea vers l'une des étagères et saisit une pile de chemises bien rangées qu'il posa sur la table ronde.

— Tout est là. Les dossiers sont numérisés, mais je trouve commode de les avoir aussi à portée de main sous leur forme matérielle.

— C'est en effet plus pratique, confirma Becquedot en s'asseyant et en ramenant devant lui la pile de chemises. Combien avez-vous de patients ?

— Dix.

— C'est tout ?

— C'est déjà beaucoup pour un programme expérimental. D'ailleurs, si vous aviez été attentif, vous auriez constaté qu'il n'y a que dix portes dans le couloir des chambres de sommeil.

— Ah, parce que ce sont aussi leur chambre tout court ?

— Oui, bien sûr. Ils ne sont pas toujours en sommeil artificiel. Il faut alterner les périodes de déconstruction primaire, les moments de sommeil artificiel avec écoute prolongée des bandes, et des instants de récupération.

— De récupération… Et, pendant ces instants, ils ont le droit sortir ?

— Non. L'isolement est la clé de la réussite de cette expérimentation. À l'exception du personnel médical, aucun contact extérieur avec qui que ce soit pendant toute la durée du traitement. Quelle qu'elle soit, nulle influence en dehors de la nôtre ne doit perturber ou polluer leur psychisme. Mais je vous ferai remarquer, parce que vous avez l'air de l'oublier, qu'ils sont tous volontaires. Qu'ils ont accepté de signer des décharges de responsabilité médicale. Nous ne forçons personne.

Becquedot ouvrit la première chemise, parcourut brièvement les quelques feuilles qui s'y trouvaient, et sortit son smartphone.

— Vous allez prendre des photos ? s'inquiéta le docteur Schwartz.

— Puisque nous vous laissons les documents… Il faut bien que j'ai le pedigree de ces dix personnes.

— Qu'allez-vous en faire ?

— Probablement rien. De simples vérifications de routine.

— Et ensuite ?

— Ensuite poubelle.

— Ah ! Car, enfin, tout de même, c'est très confidentiel.

— Je n'en doute pas. Vous n'avez aucun souci à vous faire, les noms ne seront jamais diffusés sur la place publique.

Sans plus s'occuper du docteur Schwartz, Becquedot photographia un à un les dossiers avec application. Quand il eut terminé, il se leva.

— Et, à présent, la salle de surveillance, annonça-t-il.

— Pourquoi ?

— Pour vérifier qu'ils sont tous là, ces braves gens. Que personne ne manque à l'appel.

— Est-ce absolument nécessaire ?

— Absolument. Après, nous vous laisserons poursuivre votre travail.

Ce fut sans doute la perspective de voir enfin déguerpir ce flic collant et désagréable qui fit que le docteur ne s'opposa pas à cette ultime exigence. Cependant, en sortant de son bureau, le petit groupe sur ses talons, il maugréait, et les quelques phrases audibles qu'il marmonnait entre ses dents laissaient entendre qu'il se trouvait vraiment de bonne composition pour subir une telle intrusion dans sa clinique sans en contester la légalité.

Dans le couloir, ils passèrent devant une porte fermée sur laquelle on lisait *Docteur Pressigny*, avant de pénétrer dans une pièce de dimension modeste avec, fixés au mur, une dizaine d'écrans. Assise à une table, l'infirmière leur faisait face. Elle se retourna, surprise, et se leva.

— Justine, vous pouvez nous laisser un instant, s'il vous plaît ?

Elle disparut aussitôt, refermant la porte derrière elle. Désignant les écrans d'un geste vague de la main, Schwartz déclara :

— Vous voyez, tout est en ordre.

Il pensait sans doute que cette affirmation sonnerait la fin de la visite mais, imperturbable, Becquedot tapota sur son portable et annonça un premier nom.

— Bon, Kevin Markovic, il est où, celui-là ?

— Euh… attendez… chambre 7… voyons… C'est cet écran, là…

Immobile, un homme était allongé sur un lit.

— Il est en sommeil artificiel, précisa Schwartz.

— Vous avez le son ?

— Pourquoi voulez-vous le son ? protesta Schwartz. Ce sont des bandes préenregistrées, rien de plus !

— J'aimerais en avoir un aperçu.

— Je vous le dis tout net, vous outrepassez vos droits et je me plaindrai en haut lieu. Vous vous ferez taper sur les doigts.

— C'est déjà arrivé, répondit Becquedot, indifférent. C'est avec cette sorte de table de mixage et tous ces curseurs qu'on peut entendre le son des chambres ?

— Oui.

— Chambre 7, allons-y !

À contrecœur, le docteur Schwartz poussa un bouton et une voix neutre se fit entendre, qui répétait en boucle la même phrase :

« Dealer, prison, souffrance… dealer, prison, souffrance… dealer, prison, souffrance… dealer, prison, souffrance… dealer, prison, souffrance… dealer, prison, souffrance… dealer… »

— OK, fit Becquedot qui consultait de nouveau son portable. Passons à Brian Moktari…

Schwartz désigna un autre écran. Encore un homme allongé sur son lit, sur le dos, les yeux ouverts.

— Il n'est pas en sommeil artificiel, celui-là ? demanda Svetlana.

— Si, il l'est. Mais, parfois, le sujet garde les yeux ouverts.

— Le son, s'il vous plaît, commanda Becquedot.

« Travail, salaire, bien-être... travail, salaire, bien-être... travail, salaire, bien-être... travail, salaire, bien-être... travail, salaire, bien-être... travail, salaire, bien-être... »

Puis, soudain, le message changea :

« Police, confiance, coopération... police, confiance, coopération... police, confiance, coopération... police, confiance, coopération... police, confiance, coopération... »

À l'écoute de ce nouveau discours, le docteur Schwartz sourit de contentement et provoqua Becquedot, avec un mouvement de menton dans sa direction :

— Il vous convient, ce message ?

Becquedot ne prit pas la peine de répondre, mais Svetlana le fit :

— C'est une incitation à dénoncer leurs potes à la police ?

— Pas du tout ! C'est, encore une fois, je le répète, j'insiste, un changement dans leurs schèmes de pensée pour qu'ils ne voient plus les policiers comme des ennemis, mais en toutes circonstances comme des alliés.

Svetlana allait répliquer, quand Becquedot les coupa :

— Sans m'immiscer dans votre querelle, peut-on passer aux autres individus ?

Avec un soin méticuleux, il obligea le docteur Schwartz à visionner les chambres des huit autres patients pour vérifier leur présence. À chaque fois, semblant s'en amuser, il écouta les bandes préenregistrées, différentes des précédentes mais du même tonneau.

Il s'attarda sur trois patients qui n'étaient pas plongés en sommeil artificiel. Les trois hommes, bien que jeunes, paraissaient frappés d'apathie. L'un était assis sur sa chaise et contemplait les murs. L'autre marchait en diagonale, lentement, les mains derrière le dos, et allait parfois s'asseoir sur la chaise, posait les coudes sur la table, demeurait ainsi une poignée de secondes, puis se relevait et arpentait à nouveau la diagonale de la pièce. L'autre enfin était allongé sur le lit, les bras croisés, et murmurait des phrases inaudibles.

— Il n'y a que des hommes ? questionna Becquedot.

— Pour cette première expérimentation, oui. Nous avons été mis en relation avec un seul établissement pénitentiaire, et c'était une prison d'hommes. Nous les avons choisis jeunes.

— Pourquoi ?

— Les jeunes ont un meilleur potentiel. Ils sont plus faciles à remodeler.

Becquedot fit signe qu'il en savait assez et, laissant tout le monde en plan, quitta lui-même la salle de surveillance pour retourner dans le hall, où il fut rejoint par le groupe.

— Une dernière question, docteur Schwartz. Vous dormez ici ?

— Non. Je viens le matin et je pars le soir.

— Vous faites deux fois par jour ce long périple qui passe par le château ?

— Heureusement non ! Il y a un autre accès beaucoup plus court. D'ici, à l'opposé du château, on peut rejoindre une petite route dans une vallée à proximité d'un bourg où je me suis établi le temps de l'expérimentation.

— Qui reste sur place ?

— Notre infirmière rentre aussi chez elle, ainsi que les deux infirmiers que vous avez aperçus. Deux autres viennent uniquement pour la surveillance de nuit.

— Et le docteur Pressigny ?

— Lui, il dort à la clinique. Dans une chambre, non loin de son bureau. Le week-end, en revanche, il est absent.

19

Dans la voiture qui les ramenait au château, Becquedot, pensif et silencieux, les mains mollement posés sur le volant, conduisait avec une lenteur inaccoutumée. Son esprit tentait de trier et de synthétiser les informations recueillies à la clinique du docteur Schwartz. Il n'avait pas d'opinion tranchée sur cette étrange expérimentation, mais il ressentait une sorte de malaise indéfinissable.

Assis à ses côtés, Piquemal, qui avait effectué la visite sans trop se manifester, était absorbé par l'écran de son téléphone portable sur lequel il pianotait avec frénésie. Sans doute, supposa Becquedot, quelques messages urgents à envoyer à sa famille. Car Piquemal avait une famille – une femme et deux jeunes enfants – qui prenait de la place dans sa vie personnelle, ce qui, parfois, agaçait son supérieur, jugeant son subordonné peu disponible pour réfléchir aux enquêtes en cours. Facile pour Becquedot de raisonner ainsi puisque, depuis des lustres, il vivait seul.

« C'est triste ? », lui avait demandé un jour Svetlana dans une discussion où, provocatrice, elle s'était mise à renvoyer les phrases comme des balles de ping-pong. Il se remémorait la question, moins la réponse qu'il avait formulée. Ce souvenir lui fit jeter un regard dans le rétroviseur et il s'aperçut avec surprise que la jeune femme le fixait.

— Qu'avez-vous à me regarder comme ça ?

— Vous en pensez quoi, de ce qu'on vient de voir ?

— Pas grand-chose, si ce n'est que la clinique accueille dix patients et qu'ils sont tous présents.

— C'est tout ?

— Pour l'instant, oui.

Svetlana s'agita sur son siège, à l'évidence irritée, hochant la tête d'un air entendu.

— Quoi !? lui lança Becquedot.

— Les méthodes de cette clinique, ça ne vous choque pas ?

— Chacun son métier…

— Eh bien, moi, je vais vous dire ce que j'en pense. Ces procédés sont de la manipulation mentale qui s'apparentent à de la torture !

— Vous y allez fort.

— Enfermer des gens dans cette chambre d'Orfield qui peut rendre fou, les maintenir à l'isolement dans une pièce où on les prive de tous leurs repères spatio-temporels, leur faire subir des électrochocs et les plonger dans un sommeil artificiel, pour moi, c'est de la torture ! Ni plus ni moins !

Becquedot tourna soudain le volant pour éviter une ornière, provoquant une embardée du véhicule, qui reprit aussitôt sa course.

— Excusez-moi… dit-il.

Puis, s'adressant de nouveau à Svetlana :

— Pour expliquer sa méthode, Schwartz a évoqué des psychiatres qui en seraient les promoteurs, mais dont je ne me souviens plus des noms.

— Ewen Cameron et Donald Hebb.

— Ah ! Vous connaissez ?

— Non, mais j'ai de la mémoire.

— Eh bien, le dénommé Cameron, jetez un coup d'œil sur Internet pour voir qui est ce bonhomme.

Becquedot fut étonné de constater que Svetlana lui obéissait, saisissait son téléphone et se penchait sur l'écran. Elle resta un moment silencieuse.

— Et alors ? fit-il avec impatience.

— Minute, je suis sur plein de sites en même temps… Bon alors, Ewen Cameron, 1901-1967, ancien président de la World Psychiatric Association, mais aussi de l'American Psychiatric Association et de la Canadian Psychiatric Association…

— Vous voyez, c'est quelqu'un de sérieux s'il a été président d'une Association mondiale de psychiatrie…

— Oh, putain, le trip !

— Qu'est-ce qui se passe ?

— C'est bien ce que je dis, ce Cameron, c'est un tortionnaire. Électrochocs, drogues type LSD et barbituriques, privation sensorielle, sommeil prolongé, bandes préenregistrées avec parfois le même message pendant cent jours d'affilée ! Tout y est, vous verrez par vous-même ! Le but de sa méthode – je vous lis ça – « visait à déprogrammer ou purger le cerveau de ses défauts pour y reprogrammer de nouvelles pensées ». Il a participé au programme secret MK-Ultra de la CIA dont le but était, je lis : « l'élaboration de méthodes techniques et scientifiques rigoureuses permettant d'influencer et de provoquer des comportements, ou de manipuler la conscience pour faire agir un ou plusieurs individus de la manière souhaitée »… De la manière souhaitée, vous vous rendez compte ?

— Je reconnais que c'est pas très clean comme méthode. Mais si ça donne de bons résultats ?

— Parce que, vous, l'éthique, la déontologie, l'être humain, les mauvais traitements, les drogues hallucinogènes, la torture mentale, tout ça, vous vous en foutez ?

— Bien sûr que non, je m'en fous pas ! Mais enfin, bon Dieu !, tout cela est programmé dans un cadre rigoureux, agréé par le ministère de la Santé…

— Et celui des Armées, amen !

— Oui, des Armées ! Voilà, vous êtes contente ?

La querelle s'envenimait, le ton montait, si bien que Piquemal, étonné, leva le nez de son portable.

— On s'engueule ? dit-il sans réfléchir.

Becquedot lui jeta un regard noir.

— Et toi, tu fais quoi pendant ce temps-là ? Elle t'intéresse, cette enquête ? T'as mieux à faire ?

— Évidemment, elle m'intéresse ! protesta Piquemal, ne sachant pas à quoi il devait cette violente charge contre lui.

— Bon, eh bien, donne ton avis ! T'en as pensé quoi, de cette clinique ?

— Assez bizarre, comme truc.

— Mais encore, par rapport aux meurtres ?

— Ils ont dix patients, personne ne s'est échappé, donc nos assassins viennent d'ailleurs.

Becquedot lâcha le volant et tapa dans ses mains.

— Exactement ! Quoi qu'on pense des méthodes du docteur Schwartz, il n'y a rien de ce côté-là qui fasse progresser notre enquête.

Le silence se fit dans l'habitacle. Avec l'aide de son collègue, Becquedot pensait avoir enfoncé le clou. Sur le plan médical, on pouvait trouver à redire, mais pour l'affaire criminelle, on avait fait fausse route.

Pourtant, au moment où ils arrivaient dans le parc du château, Svetlana lâcha :

— Cette clinique, c'est quand même un bel endroit pour créer des fous sanguinaires comme ceux qu'on cherche.

Becquedot leva les yeux au ciel et s'abstint de répondre.

*

* *

Passant derrière le labyrinthe pour rattraper l'allée principale en gravier, ils constatèrent une effervescence autour de l'hélicoptère. Le pilote et Jérôme s'activaient, l'un portant des valises qu'il déposait dans l'appareil, l'autre, assis au poste de pilotage, semblant effectuer des réglages.

— Qu'est-ce qu'ils font ? Ils partent ? s'étonna Becquedot.

Garant la voiture près du perron, il en sortit précipitamment et s'engouffra dans le hall comme s'il descendait d'un train en marche, tombant nez à nez avec le gestionnaire de patrimoine.

— Excusez-moi, monsieur Brozilien, que se passe-t-il ?

— M. Koloshenski est très fatigué. Vu les événements dramatiques qui se sont déroulés, il ne se sent pas de rester au château et a décidé de rentrer à Biarritz.

Svetlana, qui se trouvait derrière eux en compagnie de Piquemal, reçut l'information comme une décharge électrique. Son grand-oncle s'en allait sans qu'elle ait eu le temps de lui montrer la lettre. Remettre ce moment de vérité à plus tard – à quand, d'ailleurs ? – n'était pas envisageable. Il fallait en finir aujourd'hui même avec cette histoire, quelles qu'en soient les conséquences. Sans attendre, elle grimpa l'escalier quatre à quatre et se précipita dans sa chambre.

— Je souhaiterais lui poser quelques questions avant qu'il parte, poursuivit Becquedot, qui, surpris, avait suivi des yeux Svetlana disparaissant en trombe dans l'escalier.

— C'est vraiment nécessaire ?

— Oui.

— Dans ce cas, suivez-moi, il se repose dans ses appartements.

20

Viktor Koloshenski était allongé sur son lit, un livre entre les mains. Prévenu par Brozilien que le policier souhaitait le rencontrer, il avait donné son accord.

— Permettez que je reste couché, dit-il en préambule, désignant une chaise que Becquedot déplaça pour l'approcher du lit. Je vous écoute, monsieur… monsieur ?

— Capitaine Becquedot, de la Brigade de sûreté urbaine. J'irai droit au but pour ne pas vous retarder. J'ai fait la connaissance du docteur Schwartz et j'ai visité son établissement. Je sais que vous êtes l'un des généreux donateurs de sa clinique. Vous l'avez visitée ?

— Je me suis déplacé pour l'inauguration et j'ai trouvé ces installations flambant neuves tout à fait remarquables. Par téléphone, le docteur Schwartz me tient au courant de son expérimentation. Les résultats semblent prometteurs.

— Puis-je vous demander comment vous avez eu cette idée et comment vous avez rencontré le docteur Schwartz ?

Koloshenski ferma le livre qu'il tenait encore ouvert entre ses mains, retira ses lunettes et posa le tout sur la table de nuit.

— Je voulais depuis longtemps créer une fondation à but humanitaire ou quelque chose de ce genre.

— Les gens très riches financent des fondations, en effet. Il faut bien faire quelque chose de son argent… laissa tomber Becquedot.

À cette remarque, Koloshenski arqua un sourcil suspicieux et jeta un regard aigu au policier. Puis il sourit.

— Vous connaissez les réunions du Siècle ?

— Non.

— Le Siècle est une sorte de club de l'élite française, un cercle qui réunit des hommes et des femmes politiques issus de gouvernements actuels ou passés, des dirigeants d'entreprises, des actionnaires de la finance ou de l'industrie, des éditorialistes connus de différents médias, télé, radios ou journaux, mais aussi des gens du monde des lettres et du spectacle, etc.

— Un vrai fourre-tout, votre affaire.

— C'est le but, paraît-il. Réunir et mélanger toute cette élite, chaque dernier mercredi du mois dans un dîner.

— Vous en faites partie, si je comprends bien, de ce club.

Levant les bras en l'air, Koloshenski les laissa retomber sur la couverture en riant.

— Par pur hasard ! Pour en faire partie, le conseil d'administration examine votre dossier, et il y a un vote. Mais on ne candidate pas, on est proposé par des membres du cercle. Bien sûr, en amont, on vous demande quand même si vous accepteriez. J'ai été surpris, mais j'ai dit oui, sans trop réfléchir, un peu par curiosité.

— Et, donc, vous avez participé à ces repas.

— Oui. C'est bizarre. On est répartis par tables de sept, si je me souviens bien, et on papote avec des personnes qu'on ne connaît pas, ou qu'on connaît très bien si on est un habitué.

— On papote ?

— C'est une façon de s'exprimer mais, vraiment, on parle de tout et de rien. Quand on mange ensemble, on finit tous par devenir copains, si je peux me permettre ce mot. C'est une sorte d'entre-soi élitiste, mais où les participants font des rencontres qui permettent de nouer des liens entre différents milieux et professions. C'est un peu les personnalités qui font la France, si vous voyez ce que je veux dire.

— À peu près... Vous en parlez avec un certain détachement.

— Tout simplement parce que j'ai atteint la limite d'âge et que je n'y vais plus. Par ailleurs, je ne voyais pas très bien ni ce que j'y faisais ni ce que ça m'apportait. Comme vous pouvez vous en douter, les gens pensent à peu près tous la même chose. Sur le fond, il n'y a pas beaucoup de variété.

— Bien. Mais pourquoi vous me racontez tout cela ?

Il y eut un court silence pendant lequel Koloshenski plissa le front comme s'il cherchait à se rappeler le cours de la discussion. Puis son visage s'éclaira.

— Ah oui, bien sûr ! C'est au sujet du docteur Schwartz. J'avais noué quelques amitiés au cercle et c'est lors d'un dîner chez l'un de ses membres que j'ai fait sa connaissance. Il a exposé son projet et sa méthode. Remettre sur le droit chemin des délinquants. Très impressionnant. Très convaincant. En fait, sans le dire de manière explicite, il cherchait des financements. Il avait déjà des contacts avec le ministère de la Santé, mais ça n'avançait pas trop. Pas de locaux, aides insuffisantes... Et c'est là que, dans ma tête, il y a eu comme une sorte de déclic.

— La fondation.

— Voilà, la fondation ! Bref, je lui ai dit mon intérêt, que j'étais prêt à apporter des fonds pour son projet, et même que je possédais un vaste terrain dont je ne faisais rien et où sa petite structure pourrait être construite.

Dès le début de cette conversation, Svetlana, la lettre à la main, avait pénétré dans l'antichambre, où elle s'était immobilisée en entendant la voix de Becquedot par la porte de la chambre restée entrouverte.

Par discrétion, elle aurait dû s'éclipser mais, très étonnée par les questions de Becquedot, elle s'était assise sans faire de bruit et avait tendu l'oreille. Ce qui la surprenait était que la discussion portait sur le docteur Schwartz, alors qu'elle était convaincue, au vu de sa réaction dans la voiture, que Becquedot avait écarté tout lien entre la clinique et les meurtres.

Pas si buté qu'il en a l'air parfois, ce flic, pensa-t-elle.

Elle entendit un bruit de chaise. Becquedot se levait, mettant fin à la conversation en remerciant Koloshenski. Avant qu'elle ait eu le temps de prendre une décision, se précipiter dans le couloir par exemple, Becquedot surgissait devant elle.

— Vous êtes là, vous ? dit-il sans détour, mécontent.

— Oui.

— Vous écoutez aux portes maintenant ?

— Les portes, si on veut être tranquille, on les ferme.

— Et vous, vous la fermez de temps en temps ?

— Pas le genre de la maison.

Et sur cette insolence, elle passa devant Becquedot et entra dans la chambre de son oncle.

21

Quand Koloshenski vit Svetlana débouler dans sa chambre, son visage s'assombrit. Il aurait sans doute souhaité ne pas la revoir avant son départ précipité. Non seulement il se sentait épuisé – en baisse de tension, donc de vitalité, comme le docteur Schwartz le lui avait annoncé –, mais il redoutait que le voyage en hélicoptère n'accroisse son asthénie.

La venue de Svetlana n'augurait rien de bon. Ils avaient échangé des mots violents dans la matinée et cette dispute avait creusé entre eux un large fossé qui, à en juger par les traits contractés de la jeune femme et par cette irruption fracassante, ne semblait pas près de se combler.

Elle s'avança droit jusqu'au lit, le contourna, sortit la lettre de son enveloppe, la déplia et la fourra presque de force dans la main de son grand-oncle.

— La voilà, la lettre ! Prétends-tu encore qu'elle n'existe pas ? cria-t-elle sans ménagement.

Avec difficulté et sans rien dire, Koloshenski se redressa, réajusta l'oreiller qui maintenait son dos et, d'un geste lent, s'empara de ses lunettes posées sur la table de nuit. Penché sur la lettre, il entama la lecture. Un silence palpable, lourd de menace, accompagna ce moment.

L'esprit de Svetlana était encombré de pensées funestes. Elle revoyait son grand-père assis dans la cuisine, cette même lettre tenue entre ses doigts tremblants, et revivait la fureur du vieil homme, son humiliation, la haine recuite entre les deux branches de la famille dont elle n'avait appris que récemment la raison.

Confrontée dès la prime enfance au pire – la mort d'un de ses deux parents, qui plus est dans des circonstances d'une extrême violence –, Svetlana, pour survivre, s'était constituée une carapace d'une implacable dureté qui allait de pair avec un caractère combatif que rien n'arrêtait, dissimulant son hyper-sensibilité derrière des comportements désordonnés, parfois incompréhensibles mais souvent querelleurs, agressifs, méprisants ou moqueurs.

En regardant son grand-oncle lire la lettre, elle bouillait intérieurement. Elle avait presque envie de la lui arracher, les lunettes en même temps, et de lui hurler à la figure : « Et alors, qu'est-ce que tu en dis, vieux salopard !? » L'instant durait et cette attente devenait insupportable. Elle recula de deux pas en soufflant bruyamment.

Quand Koloshenski laissa tomber la lettre sur la couverture, il avait les traits brouillés, les yeux dans le vague. Svetlana eut l'impression d'avoir porté un coup définitif qui faisait voler en éclat le mensonge auquel il s'était accroché le matin.

Le front incliné, Koloshenski tourna la tête vers Svetlana. Il leva ses yeux bleus vers elle et la fixa avec une intensité inquiétante. Puis, il dit d'une voix sourde :

— Cette lettre est un faux. Je n'ai jamais écrit cela.

— Un faux !?

Svetlana était au comble de l'indignation. Elle fit soudain volte-face, s'approcha du mur et décocha un violent coup de poing dans la tapisserie. Se retournant de nouveau, hors d'elle, elle vociféra :

— Un faux !? C'est tout ce que tu trouves pour te défendre !

— Je n'ai pas besoin de me défendre. Cette lettre, qui est tapée à la machine et qui imite ma signature, a pu être écrite hier.

— Hier !? Tu te fous de ma gueule !

Elle se précipita sur son grand-oncle à une telle vitesse qu'il crut qu'elle allait le frapper. Mais, stoppant net au pied du lit, elle lui brandit l'enveloppe sous le nez.

— Regarde l'oblitération sur le timbre ! La date est bien visible ! C'est un faux, ça aussi !?

Le cachet de la poste était si petit que Koloshenski dut approcher l'enveloppe à trois centimètres de ses lunettes. Comme il paraissait hésiter, Svetlana s'écria :

— On n'arrive pas à lire le jour, mais le mois et l'année, par contre, c'est net ! 05/2004 ! La machine a oblitéré le timbre en 2004. C'est hier, 2004 ?

Cette fois-ci, Koloshenski sembla accuser le coup. Il resta silencieux, presque inerte sur sa couche, au point que Svetlana eut soudain peur qu'il fasse un malaise.

— Je ne comprends pas, finit-il par dire d'une voix faible.

— Ah ! fit Svetlana sur un ton victorieux. Eh bien, moi, je comprends !

Elle sentit que son oncle ne l'écoutait plus. Fermant les yeux, appuyant sur ses paupières avec le pouce et l'index, il était plongé dans une sorte d'abîme, une attitude de désarroi qui fit baisser d'un cran l'agressivité de la jeune femme, d'autant que son interlocuteur était très âgé, fatigué, et donc vulnérable. Elle attendait, déstabilisée, ne sachant plus que dire ni faire. Quand un adversaire, ou supposé tel, s'effondre, il est rare qu'un assaillant s'acharne sur lui et, d'une manière inattendue, Svetlana se retrouvait dans cette position.

La situation s'éternisa. Jusqu'au moment où Svetlana dut se pencher pour entendre son grand-oncle prononcer à mi-voix :

— Serait-il possible que…

Comme il n'ajoutait rien, Svetlana demanda :

— Que quoi ?

La voix de Svetlana sortit Koloshenski de sa torpeur. Elle le vit plier la lettre et la remettre dans son enveloppe. Il la tint un moment dans sa main qui tremblait légèrement, puis se tourna vers Svetlana.

— Je peux la garder ?

Réaction de méfiance instinctive de la part de Svetlana. Cette lettre était la seule preuve en sa possession qui révélait la manière dont son grand-père avait été traité. En quelque sorte, elle était l'acte d'accusation de son grand-oncle et celui-ci voulait la lui subtiliser. Elle réagit aussitôt avec vigueur :

— Pourquoi ? Tu veux la brûler ?

— Non, pas du tout. J'en ai besoin pour… éclaircir ce mystère.

— Parce qu'il y a un mystère ?

— Oui, il y en a un. Svéta, je n'ai jamais écrit cette lettre. Il faut que tu me croies.

— Et c'est qui, alors ?

— Je ne sais pas. Mais je trouverai. S'il te plaît, laisse-moi cette lettre.

Il avait l'air sincère et Svetlana céda. Elle prit sans violence l'enveloppe des mains de son oncle, déplia le feuillet et le prit en photo avec son smartphone avant de le lui redonner.

— Merci, Svéta, de me faire confiance.

— Je ne sais pas si je devrais.

22

Les gendarmes étaient revenus bredouilles de leur traque. Le meurtrier de l'homme du labyrinthe était introuvable. En ligne, ils avaient arpenté la forêt en tous sens, jusqu'à la clinique du docteur Schwartz, où celui-ci les avait informés que la police venait à l'instant de fouiller son établissement.

Selon le lieutenant, aux cheveux si courts qu'il en paraissait chauve, l'individu avait eu le temps de fuir vers la vallée suivante. Il devait être loin désormais et seul un survol en hélicoptère pourrait permettre, si la chance s'en mêlait, de le repérer. Il avait pris des dispositions en ce sens. Becquedot n'avait pas été étonné en apprenant ce résultat négatif, n'ayant jamais imaginé que ce meurtrier au sang froid se laisserait attraper facilement.

Par prudence, quelques gendarmes demeuraient en forêt avec la PTS, la Scientifique, qui effectuait des relevés sur et autour du cadavre de l'homme du labyrinthe. Les analyses dans la chambre d'Adeline et sur son assassin étaient terminées et une ambulance stationnait près du perron, prête à embarquer les trois cadavres pour les amener à l'institut médico-légal, où les autopsies seraient pratiquées.

Becquedot et Piquemal avaient fait le point sur l'affaire. Non sans appréhension, ils allaient devoir visionner le film de la GoPro du meurtrier d'Adeline. On pouvait s'attendre au pire, à des images insoutenables, et cette perspective assombrissait leur humeur. Par ailleurs, même si aucun des deux assassins morts n'avait en sa possession de carte d'identité, leurs visages permettraient peut-être de les identifier dans le fichier des personnes recherchées. Aucune piste ne devait être négligée.

Les préparatifs pour le départ étant achevés, Marc Brozilien alla chercher Koloshenski, qui apparut emmitouflé dans un grand manteau, une écharpe de laine autour du cou et des gants de cuir noir recouvrant ses mains. S'appuyant sur une canne, sa démarche ayant perdu de sa vitalité, il allait à petits pas comptés, hésitant, et salua Becquedot et Piquemal sans s'arrêter, d'un simple signe de tête, en traversant le hall.

Le personnel de maison, réduit au majordome et à Maria, le suivait, les visages défaits par la fatigue et les horreurs de la nuit.

Sur le perron, Koloshenski s'immobilisa. Il se retourna et s'adressa à Lafaury pour demander où se trouvait Svetlana. Celui-ci l'ignorait. Maria aussi. Koloshenski donna alors cette surprenante consigne :

— Jean, vous lui confierez un double de la clé de la porte du château. Si, aux beaux jours, elle veut venir s'y reposer, je l'y autorise.

— Bien, monsieur, s'inclina Lafaury.

Puis le vieil homme descendit les marches une à une, flanqué de son gestionnaire de patrimoine, tandis que Jérôme les attendait près de l'hélicoptère. Le pilote, déjà aux commandes de son appareil, devait s'impatienter.

Les gendarmes présents étaient regroupés à l'écart et observaient le vieil homme quitter les lieux. Quand il eut disparu à l'intérieur de l'habitacle et que la porte fut refermée, les pales de l'hélice se mirent à tourner et l'hélicoptère s'éleva verticalement dans un bruit assourdissant avant d'entamer une gracieuse courbe et de s'éloigner vers le sud à une stupéfiante vitesse.

Au bruit de l'hélicoptère, Svetlana bondit hors de sa chambre où elle faisait son sac, dévala l'escalier et surgit dans le hall, tombant sur Becquedot et Piquemal.

— Il est parti !?

— Je le crains.

— Sans me dire au revoir ?

— Il vous a demandée.

Svetlana ressentait un curieux sentiment d'abandon. Pourtant, cette rencontre avec son oncle avait été houleuse et n'avait pas connu de conclusions bien claires, mais Koloshenski avait surgi dans sa vie comme le dernier représentant de sa famille. Ce vieillard l'avait rattachée à une histoire commune, certes conflictuelle mais réelle, telle une racine inconnue déterrée à l'improviste.

Une voix s'éleva dans son dos :

— Excusez-moi, mademoiselle Koloshenskaïa, M. Koloshenski a tenu à vous donner un double de la clé de la porte d'entrée. La voici. Il dit que vous pourrez venir ici en vacances à la belle saison, si vous le souhaitez.

— Ah ?

— Par ailleurs, je peux vous ramener à votre voiture quand Maria et moi quitterons le château pour rentrer à Biarritz.

★

★ ★

Elle accepta, mais dut attendre que Maria fasse les chambres, lave les draps et nettoie la cuisine. Quand ils embarquèrent dans le puissant 4x4, les gendarmes et la PTS avaient disparu depuis longtemps, ainsi que Becquedot et Piquemal.

Cependant, avant le départ des deux policiers, Svetlana avait abordé Becquedot pour connaître son opinion sur la clinique. L'échange avait tourné court.

— J'ai entendu, quand vous posiez des questions sur Schwartz à mon oncle.

— Je sais… avait-il répondu avec un regard de travers.

— Et alors, qu'est-ce que vous en avez tiré ?

— Rien de probant.

— Pourtant, cette clinique, c'est louche.

— C'est vous qui le dites.

— La visite dans ce lieu de torture ne vous a pas suffi ?

— Écoutez, je suis pas médecin, encore moins psychiatre, et les spéculations ne m'intéressent pas. Je m'en tiens aux faits. La seule chose que je peux faire et que je vais faire, c'est visionner les bandes vidéos de la clinique s'ils les conservent. Par ailleurs, bien sûr, j'attends les résultats de l'analyse des vêtements des deux morts par la police scientifique. Voilà, vous êtes contente ?

Dans le véhicule conduit par le majordome, elle repensait à cette brève discussion et s'agaçait que Becquedot ait balayé son hypothèse d'un revers de main.

N'ayant pas eu le temps de consulter son portable depuis le matin, elle s'aperçut que Juan lui avait envoyé un SMS.

Tu me demandes de faire un pastiche du poème de Soupault ?

Elle sourit et tapa : *C'est ça.*

Juan, si éloigné de toutes ces horreurs, reclus volontaire dans sa piaule pour s'adonner à sa passion de l'écriture.

Quel individu à part, sensible, délicat, son seul ami, un amour d'homme. Elle avait hâte de le revoir pour oublier dans ses bras la noirceur du monde.

TROISIÈME PARTIE

Le souterrain

1

9 décembre 2022

Épuisée, Svetlana s'était couchée dès son retour. Elle avait dormi d'une traite, pour une fois épargnée par ses souvenirs envahissants. Le matin, elle avait traîné en pyjama jusqu'à tard, réfléchissant aux événements qui lui étaient arrivés ces deux derniers jours.

Ce n'était pas une pensée construite, rationnelle, plutôt des éléments disparates qui venaient pêle-mêle dans sa tête et qu'elle décortiquait un instant avant de les remplacer par d'autres. Tout échouait dans une sorte de voie sans issue de l'esprit dont elle ne tirait aucune conclusion.

Son grand-oncle ? Elle ne savait plus quoi en penser. Sa dernière entrevue s'était achevée sans rien régler de leur différend. Lui confier une clé du château, décision forte, l'avait en quelque sorte consacrée héritière du vieil homme. Et, malgré sa méfiance, elle en avait été émue.

Le docteur Schwartz ? Un psychiatre antipathique, sûr de lui et de ses méthodes, qui appliquait une thérapie abjecte dont il défendait les fondements en s'appuyant sur l'autorité d'autres spécialistes. Avait-il vraiment quelque chose à voir avec ces crimes horribles ?

Becquedot ? Parfois à l'écoute, à la fois sceptique et ouvert à certaines hypothèses, cherchant même à les valider, puis les rejetant d'une manière aussi butée que catégorique. Policier complexe, avec lequel elle se sentait des affinités de caractère, sans parvenir néanmoins à éviter l'affrontement.

Elle nageait dans le flou, l'imprécis, le nébuleux. Les meurtres horribles, eux, étaient bien réels, filmés de surcroît. En début d'après-midi, elle envoya un SMS à Juan lui demandant si elle pouvait passer chez lui dans la soirée. L'envie de tendresse, de détente, de calme et de sécurité. Impatiente, elle attendit une réponse qui ne vint pas.

Alors, elle décida de lire pour ne plus penser. N'importe quoi, pourvu que son cerveau soit occupé. Au bout d'une centaine de pages, ses yeux se brouillèrent, sa tête s'alourdit, et elle finit par s'endormir, non sans avoir pris la décision d'aller chez Juan dès la nuit tombée.

*

* *

Joyeuse, elle gravit presque en courant les marches de l'escalier qui menait au logement de Juan. Certes, il pouvait être absent, mais le risque était faible. Solitaire, il sortait peu, consacrait l'essentiel de son temps à l'écriture, laquelle constituait un jardin secret qu'il ne montrait qu'à sa seule véritable amie, Svetlana. Il lui arrivait parfois d'avoir quelques brèves aventures féminines, mais il avait la délicatesse à ce moment-là de prévenir Svetlana de ne pas rappliquer chez lui sans prévenir.

Un lien très particulier unissait ces deux êtres : l'émigration. Sur ce plan, ils n'étaient pas de la même génération. Svetlana était née en Russie et l'avait quittée à l'adolescence ; Juan était né en France, fils de parents chiliens ayant fui en 1973 le coup d'État de Pinochet et la répression sanglante qui s'en était suivie. Cependant, il y avait chez eux le souvenir d'un déracinement, d'un éloignement forcé de la terre natale. Élevé dans l'espoir d'un retour au Chili qui vint trop tard, Juan avait grandi dans l'amour de ce pays lointain, qu'il ne connaissait pas, et avait appris l'espagnol avant le français.

Enfin, autre point commun, plus tragique, leurs deux parents étaient morts et ils n'avaient ni frère ni sœur. Des sans familles, que leurs origines avaient isolés, les poussant à cultiver une marginalité au départ involontaire mais qui avait façonné leur identité. Et facilité leur rapprochement.

Quand Svetlana déboucha sur le palier, elle vit des bandes jaunes collées en travers de la porte et interdisant l'accès à l'appartement. Sur les bandes on lisait : *Police nationale – zone interdite*. Des scellés. Elle eut un moment de sidération et, dans le déni, crut même à une plaisanterie de Juan. Mais cela lui ressemblait si peu qu'elle sentit son sang se glacer dans ses veines.

Pétrifiée, puis chancelante, elle s'approcha et découvrit qu'un verrou avait été posé. Un verrou tout neuf, qu'elle n'avait jamais vu, Juan ne fermant jamais son appartement. Il en avait même perdu la clé et ne s'était guère soucié d'en demander une autre au propriétaire pour en faire une copie.

Le vide se fit dans sa tête et, sans savoir pourquoi, elle arracha les bandes jaunes, emportée par une rage incontrôlable, les roula en une boule qu'elle jeta par-dessus la rambarde de l'escalier. Frénétiquement, elle abaissa la poignée, poussant de toutes ses forces sans parvenir à ouvrir la porte, finissant par donner de grands coups d'épaule, sans résultat.

Désespérée, tournant le dos à la porte et se collant contre elle, elle se laissa glisser jusqu'au sol. Assise, les jambes repliées contre son buste, son regard errait sans but, brouillé, n'accrochant rien, perdu.

Elle finit par chercher son portable dans la poche intérieure de son blouson, le sortit, mais il s'échappa de ses mains moites et tomba sur le parquet du palier. Quand elle réussit à le ramasser, une profonde fêlure barrait l'écran en diagonale.

Ouvrant son carnet d'adresse, elle chercha *Becquedot*, mais ne vit pas son nom. Pourtant, elle était certaine de l'avoir inscrit après son coup de téléphone pour annoncer l'arrestation du tueur de SDF. Disparu, volatilisé, pas de Becquedot.

Bon Dieu de merde ! siffla-t-elle entre ses dents. Qu'est-ce que j'ai foutu de ce putain de numéro !?

Elle eut un flash. *Flic*, je l'ai répertorié à *Flic* ! Elle fit défiler l'annuaire, tomba sur *Flic* et appela.

— Décroche, nom de Dieu, décroche… murmurait-elle en écoutant la sonnerie.

Un déclic, et la voix de Becquedot se fit entendre.

— Oui, Svetlana Koloshenskaïa ?

Le souffle coupé, terrorisée à l'idée de ce qu'elle allait apprendre, elle ne parvenait plus à parler.

— Je vous écoute. Que se passe-t-il ?

Le barrage qui entravait sa parole se brisant d'un seul coup, celle-ci se mit à jaillir telle une explosion désordonnée, tourmentée et obscure :

— Becquedot, je veux savoir ! Je suis ici ! La porte est fermée ! Je peux pas entrer ! Pourquoi ? Qu'est-ce qui lui est arrivé ?

Silence perplexe de Becquedot, qui reprit après quelques secondes :

— Je ne comprends pas. Vous êtes où ? De qui parlez-vous ?

— Juan, je parle de Juan !

— Juan ?

— Oui, Juan !

— Juan Sotomayor ?

— Oui, Juan Sotomayor, de qui je pourrais parler d'autre !?

— Vous le connaissez ?

— Je le connais, c'est tout !

Le long silence qui suivit fut un supplice, une attente insupportable. Becquedot ne disait plus rien et, dans son angoisse, cette torture qui la disloquait, Svetlana n'osait même pas le relancer. Quand le policier parla à nouveau, son ton était bas et grave :

— Svetlana, je suis désolé... Il est arrivé un malheur à votre ami... Il est mort...

— Il est mort ? bredouilla Svetlana d'une voix blanche.

— Il a été victime de ces salopards. Je ne sais pas comment vous le dire.

Effondrée, Svetlana serrait son téléphone à le briser. La voix de Becquedot ne lui parvenait que lointaine, tel un écho au cœur d'un cauchemar.

— C'est arrivé cette nuit, poursuivait-il. Ce sont des voisins qui ont appelé la police parce qu'ils entendaient des cris épouvantables à l'étage au-dessus d'eux. Quand une patrouille a débarqué, c'était trop tard et les criminels avaicnt disparu.

— Que lui ont-ils fait ?

Cette question, Svetlana ne voulait pas la poser. Elle avait surgi, car son cerveau continuait à fonctionner et que le désir de savoir est toujours le plus fort.

— Vraiment, je ne peux pas vous le dire. Je suis... Svetlana, écoutez-moi, excusez-moi, mais c'est pas racontable.

— Il a souffert ?

Elle entendit son souffle et perçut son hésitation.

— Ne me demandez pas des choses comme ça. Vous êtes devant sa porte, c'est ça ?

— Oui.

— S'il vous plaît, ne restez pas là. Rentrez chez vous, ou passez au commissariat.

— Au commissariat ? Qu'est-ce que j'irais foutre au commissariat ?

— Nous avons emporté des documents pour tenter d'avancer dans l'enquête. On a tout regardé ce matin, mais il n'y a rien qui puisse nous aider. Ce sont deux cartons pleins où il n'y a que des textes et des poésies. Comme il n'a pas de famille, si vous voulez les récupérer.

Elle raccrocha subitement, là encore sans l'avoir décidé. C'était fini. La mort avait emporté une partie d'elle.

Un gouffre s'ouvrit sous ses pieds et elle tomba dans le puits noir de la souffrance. Sur un sol humide et glacial, son ventre se déchira et ses viscères se répandirent sur les dalles. La peau de ses joues et de son front gonfla, formant d'affreux bubons blanchâtres qui éclatèrent et déversèrent sur ses lèvres un pus gluant. Ses doigts s'effilèrent et ses mains noircirent, se couvrant de poils, prenant l'aspect de deux araignées, deux hideuses tarentules dressées sur leurs pattes, immobiles et menaçantes sur la pierre froide.

Elle n'était plus qu'un monstre agonisant, roulant sur le palier, heurtant la rambarde de l'escalier, incapable de penser ou d'agir.

Un picotement lui brûla soudain les yeux. Elle eut l'impression que ceux-ci allaient s'éjecter de leurs orbites. Mais ce fut un flot qui en jaillit, un flot de larmes qui inonda son visage, son cou, ses bras. Svetlana pleurait pour la première fois depuis la mort de son père.

Elle qui se pensait à jamais asséchée depuis ce jour fatal du 3 octobre 1993, elle se tordait sur le parquet comme une serpillière immonde, se vidant comme une outre crevée, hurlant son désespoir et sa souffrance.

2

10 décembre 2022, 11 heures

Au commissariat, Svetlana était assise face à Becquedot. De profonds cernes sous les yeux, le teint très pâle, les traits tirés, elle avait un regard d'une inquiétante fixité. Comme absente, elle n'écoutait pas Becquedot qui, impressionné, lui parlait avec douceur :

— Donc, ces cartons sont à vous, si vous le souhaitez, disait-il. Si vous le souhaitez…

Gêné par le silence, il ne savait comment poursuivre.

— Pour les obsèques, la mairie est prévenue. Dans les cas de personnes sans famille, c'est à elle de s'en charger. Si votre ami n'a pas de ressources, et il ne semblait pas en avoir, elle doit aussi payer les frais. Vous pouvez la contacter, si vous voulez, pour voir avec elle, si jamais, de votre côté…

Il fit une pause. La douleur de Svetlana le peinait. Cette jeune femme, qui lui avait paru si forte, si volontaire, était anéantie d'une manière qu'il n'aurait jamais anticipée. Au téléphone, quand il lui avait appris la terrible nouvelle, il l'avait appelée par son prénom, Svetlana. Une réaction instinctive pour lui témoigner sa compassion en laissant tomber les froids « mademoiselle Koloshenskaïa ». Une chaleur humaine qu'il avait voulu lui procurer, telle une tentative de réconfort.

— Svetlana, vous ne m'écoutez pas et je vous comprends. J'ai aussi perdu des proches. Je sais ce que l'on ressent.

Cet aveu étonnant sembla ranimer Svetlana. Elle tourna lentement la tête dans sa direction.

— Je les tuerai, dit-elle.

— Ne dites pas ça. Personne n'a le droit de se faire justice soi-même. Vous auriez de très gros ennuis et vous finiriez en prison.

— Je m'en fous.

Becquedot se mordit la joue. Sans doute fallait-il ne pas insister et attendre que sa souffrance s'estompe.

— C'est dans la clinique de ce cinglé de docteur que ça se passe, reprit-elle.

À ce stade, il devait s'armer de patience, ne pas montrer d'agacement, comme on ménage un malade.

— Nous avons visité ensemble cette clinique. Objectivement, je n'y ai rien vu d'anormal. Les patients sont là, le personnel médical est présent et paraît compétent, les autorisations proviennent du ministère de la Santé. Tout est sous contrôle. Le visionnage des vidéos n'a rien donné et il n'y a aucune trace permettant de conclure que des pensionnaires ont vagabondé dans le parc. Que voulez-vous que je fasse ?

— Y retourner.

— En l'état, je n'ai aucune raison d'y retourner. Je n'ai plus de questions à poser au docteur Schwartz. On pense de lui ce qu'on veut, mais rien ne peut être retenu contre lui.

— Donc, vous allez laisser tomber.

Becquedot serra un peu plus fort le crayon à papier qu'il tripotait depuis le début de l'entretien. Il dit, avec une patience et sur un ton qui l'étonnèrent lui-même :

— Je poursuis l'enquête. Les photos des deux morts au domaine de l'Ours ne donnent rien au fichier des personnes recherchées. Leur ADN non plus. Ce sont deux inconnus. Quant au tueur de SDF, il a été présenté à un juge d'instruction qui a demandé une expertise psychiatrique. Il fallait s'en douter et le résultat paraît couru d'avance et, hélas, justifié.

— Qu'on le déclare fou ne vous suffit pas pour remonter là-haut ?

— Je suis désolé, mais la réponse est non. Revisiter cette clinique ne nous apportera rien de plus que ce que nous savons déjà. On y a passé du temps, vous étiez là, et vous comme moi n'y avons rien vu qui ait fait progresser notre affaire d'un iota.

— Bien au contraire ! lâcha Svetlana, les dents serrées, le visage contracté, les paupières humides.

Becquedot cessa de parler. Tout raisonnement rationnel s'avérait inutile et mieux valait se taire, sinon il pressentait l'affrontement, ce qui, vu l'état émotionnel de la jeune femme, lui serait encore plus néfaste.

Le silence s'éternisa jusqu'à ce que Svetlana se lève comme une automate et se dirige vers la porte.

— Vous n'emportez pas les deux cartons ?

Elle dirigea vers Becquedot des yeux perdus.

— Si… dit-elle d'une voix absente. Enfin, non… Je ne suis pas venue en voiture. C'est trop gros et trop lourd.

— Vous voulez qu'on les embarque et que je vous ramène en bagnole ?

Elle haussa les épaules, sans agressivité, plutôt par abattement, révélant son incapacité à prendre une décision.

Sans rien ajouter, Becquedot se leva à son tour et, dans le couloir, appela Piquemal.

— Tu peux m'aider à descendre les deux cartons ?

Pendant le trajet, aucune parole ne fut échangée. Becquedot conduisait en douceur, jetant parfois de discrets regards vers Svetlana qui fixait le tableau de bord.

Au pied de l'immeuble, il monta les cartons en deux voyages et les rangea côte à côte contre un mur. Svetlana s'était assise sur son lit et, face à son mutisme, Becquedot ne savait pas comment partir.

— Je peux vous laisser ?

— Oui. Merci.

— Vous n'allez pas faire une bêtise ?

Au stade où elle en était, il s'inquiétait du pire. Il dut tendre l'oreille pour l'entendre répondre :

— J'y songerai…

*

* *

Restée seule, Svetlana demeura prostrée pendant presque une heure, sans bouger, l'esprit vide. Puis elle empoigna les cartons et les posa sur le lit. Dedans, des papiers mélangés, froissés, repliés. La police ne fait pas dans la délicatesse. Elle y remit un peu d'ordre. Puis elle commença à lire.

C'étaient des textes écrits à la main, recopiés pour la plupart, mais ceux qui ne l'étaient pas, raturés à l'extrême, témoignaient du travail accompli avec méthode et patience. Il y avait des poésies, souvent courtes, des réflexions en forme d'adages ou de maximes ainsi que de brèves histoires qui tenaient du conte plus que de la nouvelle.

Parfois, elle n'avait pas le courage de lire jusqu'au bout et s'interrompait, le cœur serré. Toute la sensibilité de Juan s'exprimait, débordante d'émotion, de passion aussi, et du rêve d'un genre humain moins fruste et moins brutal. Svetlana reposait les feuillets d'une main tremblante pour en saisir d'autres et les parcourir, les lèvres absentes.

Elle aperçut soudain, elle aussi recopiée avec soin, la poésie de Philippe Soupault qu'elle lui avait envoyée.

Monsieur Miroir marchand d'habits
Est mort hier soir à Paris.
Il fait nuit
Il fait noir
Il fait nuit noire à Paris.

Dessous, Juan avait écrit :

Le charme du poème est basé sur la répétition des sonorités i et oir à chaque vers ou en alternance.
1. Miroir (i et oir)
2. Hier soir (i et oir)
3. Nuit (i)
4. Noir (oir)
5. Nuit noir (i et oir)
Le pastiche pour Svet doit respecter cette forme.

Puis apparaissait sa version, suivie d'un commentaire :

Madame Hilaire fille de marin
Est morte cet hiver au Tonkin.
Il fait gris
Il fait clair
Il fait gris clair au Tonkin.

Cet essai remplit les conditions de base avec les sonorité i et ère.

1. Hilaire (i et ère)
2. Hiver (i et ère)
3. Gris (i)
4. Clair (ère)
5. Gris clair (i et ère)

Enfin, écrit en travers dans la marge et souligné avec vigueur : *À améliorer pour Svet*. Pour la seconde fois de la journée, elle ne put empêcher les larmes de jaillir et de couler sur son visage. L'application avec laquelle Juan avait, sitôt reçue, tenté de répondre à sa demande et le sérieux qu'il y avait mis n'était que le reflet de son amour pour elle. Juan, le seul homme qu'elle ait jamais aimé, et qu'elle ne reverrait plus.

Une bouffée de haine l'envahit et la submergea. Ces salauds, qui avaient ôté la vie à son compagnon dans des circonstances si atroces que Becquedot avait refusé de les lui communiquer, devaient payer. Quand elle avait affirmé qu'elle les tuerait, ce n'était pas une parole en l'air, mais l'expression d'une rage et d'une profonde férocité qui remontaient à la mort de son père, tombé sous ses yeux, victime de la répression armée.

Une force obscure présida à sa décision. Étrange décision en vérité, qui ne reposait sur aucune stratégie précise, aucune preuve matérielle, aucun indice convaincant, sinon une intuition qui, à l'instar de toutes les intuitions, avait l'apparence du vrai et de l'évidence.

Elle ramassa quelques vêtements et des affaires de toilette, les fourra dans son sac à dos avant de balancer celui-ci contre la porte d'entrée. Elle le fit avec des gestes mécaniques, comme un automate, sous l'impulsion d'une pression intérieure à laquelle elle ne pouvait pas se dérober et dont elle acceptait toutes les conséquences sans frémir, même celle de mourir à son tour.

Elle se coucha tout habillée, sachant que le lendemain matin, dès l'aube, elle retournerait seule au château de l'Ours.

3

Même jour, 22 h 25

Après un dernier regard derrière lui, l'individu poussa le battant et pénétra dans le bar. Ambiance des grands soirs : un monde fou, des attroupements bruyants, une masse compacte agglutinée autour du comptoir, certains criant main levée pour attirer l'attention des serveurs.

Il dut jouer un peu des coudes pour parvenir à la table où l'attendait son contact. Celui-ci, le visage fermé, ne le gratifia que d'un demi-sourire crispé tandis qu'il s'asseyait.

— Pourquoi ici ? questionna-il. C'est pas très discret…

— Au contraire, c'est dans les endroits bourrés de monde qu'on se fait le moins remarquer.

— Si vous le dites… On commande quelque chose ?

— Non, ce n'est pas la peine. On verra si un barman se dérange pour nous, mais j'en doute.

Silencieux, le contact demeura longtemps les yeux baissés, tripotant un briquet entre ses doigts, le front contracté et les lèvres pincées. Puis il releva la tête en un mouvement brusque.

— On a besoin de savoir.

— Quoi ?

— C'est vous, ces conneries ?

Calant son dos contre le dossier de la chaise, il répondit avec un calme ahurissant :

— Oui, c'est moi.

L'autre faillit bondir de son siège. Il se contint, mais sa voix exprima stupeur et colère. Les dents serrées, il balança :

— Putain de merde, vous êtes complètement cinglé !

— Pas du tout. J'ai une mission, je m'en acquitte de mon mieux.

— Une mission !? Parce que c'est ça, votre mission !? Vous vous foutez de la gueule de qui ?

— De personne, répondit-il, imperturbable.

Pendant une minute, le contact ne sembla plus considérer qu'il avait un interlocuteur face à lui. Sombre et préoccupé, son regard traversait son vis-à-vis, jusqu'au moment où celui-ci affirma avec mépris :

— Vous ne pouvez pas comprendre parce que vous n'êtes pas un scientifique. En science, on a besoin de vérifications par l'expérience.

— Par l'expérience ? Vous appelez cela des expériences ?

— Oui, pour démontrer que le but recherché a été atteint. Et c'est le cas. Encore quelques réglages, et ce seront des mécaniques parfaites. Vous pourrez en faire ce que vous voudrez.

— …

— Ah, je marque un point, là ! Car c'est bien l'objectif du programme Oz, non ? Qu'est-ce que vous voulez de plus ? Je vais vous faire des livraisons clé en main.

— En vrai, je devrais vous féliciter ? ironisa le contact.

— Je n'en ai pas besoin. Répondre aux attentes aura été ma principale satisfaction.

— On est en plein délire. Vous vous rendez compte de la merde noire, si la police découvrait que…

— Impossible ! coupa-t-il avec une assurance inébranlable. Mes enfants sont incapables de nous trahir. La sécurité et la fiabilité absolues. Cela aussi, c'était le Graal à atteindre !

Renonçant à discuter, le contact saisit son portable et envoya un SMS, attendant la réponse en parcourant d'un regard vague la grande salle animée. Quand son mobile vibra, il se pencha sur l'écran et lut avec attention avant de ranger le téléphone dans la poche de son blouson.

Il jeta un coup d'œil glacial à son interlocuteur avant de déclarer, comme s'il communiquait un verdict qui venait de tomber :

— Ces épouvantables initiatives doivent cesser immédiatement.

Ajoutant :

— M. est furieux. Furieux, vous entendez ?

— Oui, j'entends.

— C'est tout l'effet que ça vous fait ?

— Oui, parce que j'ai agi selon les directives, telles qu'elles m'ont été transmises.

— Faites gaffe, M. ne vous loupera pas, vous n'êtes pas intouchable.

Face au contact qui tendait vers lui un index accusateur, sa bouche se contracta en un étrange rictus et se fit menaçante.

— Bien sûr que si, je suis intouchable. Cette blague ! Vous comptez me remplacer ? Le projet Oz ne peut tourner sans moi.

Puis, balançant la tête en arrière et partant d'un grand rire quelque peu effrayant :

— C'est moi, le magicien d'Oz !

4

11 décembre 2022

Partie tôt le matin après une nuit d'un sommeil mauvais, peuplé des fantômes de son père et de Juan, Svetlana avait garé sa voiture peu avant l'endroit où elle l'avait stationnée la première fois, non seulement pour éviter de s'embourber à nouveau, mais aussi pour qu'aucun véhicule ne soit visible au château. Ne pas attirer l'attention d'un ennemi dont elle ne savait rien, mais qui d'après elle rôdait dans le secteur, étant une priorité absolue.

Préférant ne pas garder la clé de la voiture dans son sac, elle la dissimula sur l'essieu de la roue avant gauche. Au cas où, l'affaire tournant mal, elle serait fouillée. Prudence peut-être excessive, mais elle se devait d'anticiper le pire.

Le trajet à pied se fit sans encombre et la grosse clé confiée par le majordome sur l'ordre de son grand-oncle fonctionna à merveille. Vidée de ses occupants, l'immense demeure était tout à la fois grandiose et sinistre. Après avoir remis l'électricité et le chauffage, elle rangea dans le réfrigérateur, le congélateur et les placards la nourriture qu'elle avait achetée au supermarché. Elle n'avait pas de quoi tenir un siège, mais au moins une semaine, ce qui lui semblait suffisant.

Pour éviter d'être aperçue dans le parc, elle resta dans le château, avec l'intention de se rendre dès la nuit tombée à la clinique. Débarquer en plein jour et tomber sur le docteur Schwartz aurait compromis sa mission. D'après ses dires, le docteur ne dormait pas dans son établissement, qu'il quittait le soir. Une nouvelle équipe, constituée de deux infirmiers supervisés par le docteur Pressigny, surveillait alors les patients. Il lui faudrait donc être d'une prudence de Sioux si elle voulait comprendre ce qui se tramait à la clinique.

Elle attendit donc patiemment que le jour décline. À la recherche d'un improbable indice, elle arpenta les salons en enfilade du rez-de-chaussée, inspecta les belles chambres du premier étage, grimpa au deuxième pour examiner aussi les pièces moins luxueuses de ce niveau, évitant toutefois de pénétrer dans celle d'Adeline, dont la porte fermée lui rappelait trop l'horreur vécue par la jeune femme.

En fin d'après-midi, elle reçut un SMS qui l'intrigua. Il émanait du majordome, M. Lafaury.

M. Koloshenski souhaiterait vous recevoir à Biarritz. Il a des informations importantes à vous communiquer.

Situation délicate. Svetlana ne souhaitait pas que son oncle sache qu'elle se trouvait au château tant que les fils de cette affaire ne seraient pas dénoués. Elle ignorait le rôle qu'il y jouait, peut-être aucun, mais une sagesse instinctive commandait que personne ne soit au courant de ses faits et gestes. Pourtant, ces mystérieuses informations avaient peut-être un rapport avec les meurtres sanguinaires de ces derniers temps et pouvaient orienter ses recherches. Elle avait une furieuse envie d'aller sans tarder à Biarritz.

Répondre ou ne pas répondre ? Aller à Biarritz ou rester sur place ? Une alternative qui la fit hésiter, avant de choisir. Même si elle ignorait ce que la nuit prochaine lui réservait, elle répondit :

Merci, Jean.
Dites à mon oncle que je viendrai dès demain.

*
* *

Quand l'obscurité fut suffisamment épaisse, elle sortit avec prudence du château, traversa le parc en oblique et, coupant par la forêt, se dirigea vers la clinique. Le ciel nuageux ne dispensait pas une grande clarté, suffisamment toutefois pour quelle puisse se déplacer sans lampe de poche.

Elle reconnut l'endroit où elle avait rattrapé l'homme du labyrinthe. Et où il avait trouvé la mort, une balle dans la tête. Rétrospectivement, savoir qu'elle avait affronté cet individu, l'avait mis hors de combat, pendant qu'un autre homme, armé celui-là, se trouvait à proximité, lui donnait des sueurs froides. C'est cet homme qu'elle cherchait à débusquer, dont elle voulait découvrir l'identité, et son intuition, méprisée par Becquedot, indiquait la clinique de Schwartz comme le lieu d'où venait le mal.

La forêt s'éclaircit pour s'ouvrir sur la clairière occupée par l'établissement de santé. Une tache blafarde dans l'obscurité ambiante. Avec précaution, elle s'approcha de la porte vitrée. Le hall était faiblement éclairé par des veilleuses mais, sur la gauche, le couloir des chambres était d'une aveuglante blancheur, une lumière crue tombant des ampoules incrustées dans les faux plafonds. À l'opposée, le couloir administratif était plongé dans l'obscurité.

Elle posa ses doigts sur le digicode et pianota. *24121901*. Chiffres fixés dans son cerveau depuis que Schwartz s'en était servi pour déclencher l'ouverture de la porte. Peu de temps après, elle avait découvert leur signification quand Becquedot lui avait demandé de se renseigner sur le docteur Ewen Cameron. Le 24 décembre 1901 était la date de naissance du psychiatre écossais.

Léger déclic. De la paume de la main, elle poussa le battant et se glissa dans le hall. Le couloir des pensionnaires, prolongé par les salles de traitement (ou de torture ?) – chambre d'Orfield, chambres d'isolement et des électrochocs –, lui était connu et elle doutait d'y trouver quelque chose d'intéressant. C'était l'autre couloir qui l'intéressait. Celui où se trouvaient la salle de surveillance, les bureaux des docteurs Schwartz et Pressigny, ainsi que l'appartement de ce dernier puisqu'en semaine il dormait à la clinique.

Lointaines et étouffées, des voix d'hommes lui parvinrent en provenance du couloir éclairé. Les deux infirmiers de nuit. Ils devaient se trouver dans la pièce qui servait d'antichambre aux salles de traitement, avec un coin cuisine et de détente, et dont l'accès était également protégé par un digicode. Peut-être le docteur Pressigny se tenait-il avec eux ?

Cette hypothèse la poussa à se rendre sans tarder dans le couloir administratif. À l'entrée du corridor, elle repéra les portes successives des bureaux de Schwartz et de Pressigny, de la salle de surveillance, puis plus loin une dernière porte qui ne pouvait être que celle de l'appartement.

A priori, si la clé du mystère était cachée quelque part, fouiller les bureaux des deux médecins à la recherche de documents révélateurs constituait un premier objectif. Elle craignait que le bureau de Schwartz ne soit fermé, ce qui en son absence aurait été normal, et elle espérait que celui de Pressigny, parce qu'il était présent à la clinique, serait ouvert.

Elle fixait donc sa porte lorsque celle-ci s'ouvrit. Ce fut comme si elle recevait une décharge électrique. Son rythme cardiaque s'accéléra brutalement. Dans la semi-obscurité, elle reflua vers le hall, chercha un endroit où se cacher, ne vit que la banque d'accueil et, se repliant derrière celle-ci, elle s'accroupit et attendit, le cœur battant.

C'était une cachette de fortune, elle en était bien consciente, mais dans la panique elle n'avait pu trouver mieux. En entendant le bruit des pas qui se rapprochaient, elle regrettait de ne pas avoir pris la décision de quitter les lieux. Trop tard.

D'une poche de son blouson, elle sortit son couteau à cran d'arrêt, prête à vendre chèrement sa peau si nécessaire. Mais que peut faire une arme blanche face à un pistolet ou un revolver ?

Une ombre traversa le hall sans que la lumière fut allumée. L'homme appuya sur le bouton qui de l'intérieur déclenchait l'ouverture de la porte vitrée, tira sur le battant et sortit.

Svetlana avait reconnu le docteur Pressigny. Elle ne l'avait pas vu longtemps lors de la visite avec Becquedot, mais son cerveau photographique avait enregistré la forme étrange de son visage – en forme de ballon de rugby – et son allure d'étudiant dégingandé. La canne aussi, témoin de sa claudication, qui frappait le sol en cadence.

Avait-il oublié quelque chose dans sa voiture, qu'il allait chercher ? Était-il fumeur et allait-il s'en griller une malgré le froid hivernal ? Elle se releva et s'approcha de la porte.

De dos, d'une démarche heurtée, Pressigny s'éloignait de la clinique. Fait étrange, il partait, à pied de surcroît. Svetlana appuya à son tour sur le bouton pour ouvrir la porte et s'élança en silence derrière lui.

5

À l'extrémité de la clairière artificielle sur laquelle la clinique avait été construite s'amorçait une déclivité où la forêt reprenait ses droits. Svetlana dut accélérer car, encore sur le terrain plat, elle ne voyait plus que le haut du corps du docteur qui peu à peu disparaissait dans la pente. Elle eut peur de le perdre.

Pressigny suivait un sentier étroit, peu marqué, qui serpentait dans la descente. Au bout d'un moment, il s'éclaira avec une petite lampe torche, les grandes frondaisons des arbres accentuant l'obscurité des lieux. Svetlana aussi aurait eu besoin d'un peu plus de lumière, mais le risque de se faire repérer était trop important. À plusieurs reprises elle s'écarta du chemin sans s'en rendre compte et dut couper à travers la broussaille pour le retrouver.

Enfin, la pente s'atténua jusqu'au moment où, sur un replat du terrain, au milieu d'une nouvelle clairière, un bâtiment apparut. Svetlana s'immobilisa, de peur d'être aperçue par Pressigny. Grâce à la clarté de la Lune qui perçait derrière les nuages intermittents, elle distinguait assez bien la masse de pierre et de briques qui se dressait dans la pénombre.

C'était un gros pavillon de chasse octogonal. Sept côtés étaient munis d'une fenêtre haute et large, tandis que le huitième, l'entrée, précédé de deux marches, donnait sur une porte étroite avec un linteau supérieur en granit et un encadrement latéral en briques. L'étage, où devaient se trouver quelques chambres, était couronné par un terrasson en plomb et une balustrade en pierre. Au rez-de-chaussée, des volets intérieurs empêchaient de regarder à travers les carreaux. Cet ancien pavillon de chasse, dépendance du château, avait tout de l'édifice inutilisé, fermé depuis des lustres et, à en juger par les pierres d'angle très abîmées et le crépi tombé par plaques, en fort mauvais état.

Pressigny tira une petite clé de sa poche qu'il introduisit dans une serrure neuve, ouvrit la porte et disparut dans le bâtiment. Filtrant aux jointures des volets intérieurs, la lumière s'alluma au rez-de-chaussée.

Que faire ? La situation devenait périlleuse. Ayant perdu de vue le médecin, elle craignait d'être repérée en tournant autour de la bâtisse. Une prudence des plus élémentaires exigeait de ne pas s'attarder en terrain découvert. Contournant le pavillon, Svetlana le dépassa et découvrit un autre bâtiment tout en longueur, d'anciennes écuries, sans étage sinon de vastes combles servant autrefois de réserves de foin et de paille. Il donnait l'impression d'un plus grand délabrement que le pavillon, le toit en ardoise s'affaissant d'ailleurs dangereusement à une extrémité. Sur la façade principale se découpait une grande ouverture voûtée – de quoi laisser pénétrer chevaux et calèches –, close par une lourde porte en bois à deux battants, rongée par l'humidité et condamnée avec une chaîne et un cadenas.

Après avoir éprouvé la solidité de la chaîne, Svetlana inspecta les deux pignons dénués de portes et de fenêtres, ainsi que l'arrière du bâtiment, un très long mur de pierre lui aussi totalement dépourvu d'ouverture.

Des bruits de voix la firent sursauter. Des hommes en provenance de la clinique descendaient le sentier qu'elle venait d'emprunter. Protégée à l'arrière des écuries, elle se réjouit de ne pas s'être encore trouvée près du pavillon de chasse. Elle s'écarta du bâtiment et s'accroupit derrière des arbustes, dans une zone plus sombre, de manière à voir sans être vue.

Ils étaient deux, avec des différences morphologiques marquées puisque l'un était large d'épaules et de haute stature tandis que l'autre, costaud aussi mais trapu, était court sur pattes. Elle n'eut aucune peine à les identifier car, bien que recouvertes par leurs manteaux, leurs blouses blanches dépassaient au niveau des genoux. Il s'agissait sans nul doute des deux infirmiers qui constituaient l'équipe de nuit avec Pressigny. *A priori*, à moins d'un troisième soignant, ils avaient donc laissé seuls les patients de la clinique pour rejoindre le psychiatre au pavillon de chasse. Par malchance, ils se turent au moment où la distance réduite aurait permis à Svetlana de les comprendre.

Ils frappèrent à la porte et attendirent. L'attente s'éternisa jusqu'au moment où le portable de l'infirmier de petite taille se mit à sonner. Elle l'entendit dire : « Oui, c'est nous », puis, après un court délai, la silhouette de Pressigny apparut dans l'encadrement.

En raison de l'obscurité, elle ne distinguait pas l'expression de son visage mais sa parole était parfaitement audible :

— Je suis surpris de vous voir déjà, je viens à peine d'arriver.

— Vous nous aviez dit 20 heures, répondit l'infirmier en rangeant son téléphone dans la poche de son manteau. Il est 20 heures.

— Déjà ? Bon, OK.

Il s'éclipsa quelques instants, puis réapparut et, sans un mot, referma à clé le pavillon. D'un pas résolu, maniant sa canne avec détermination, les deux infirmiers dans son sillage, il se dirigea vers les écuries. Dissimulée sur le côté, Svetlana les observa s'approcher de la grande porte en bois. Pressigny tripota le cadenas en alignant les chiffres, l'ouvrit et retira la chaîne. Le plus grand des infirmiers poussa l'un des deux battants.

— Qui, aujourd'hui ? demanda le plus petit.

— On leur a montré ce qu'on peut obtenir avec des hommes. Mais de quoi une femme est capable, ils ne s'en doutent pas. Ce sera encore plus impressionnant. Un dernier réglage cette nuit avec Létale et on l'essaye la nuit prochaine.

Tandis que Pressigny donnait ces mystérieuses indications, le plus grand des infirmiers dégageait à l'intérieur des écuries un emplacement recouvert de paille et encombré de tonneaux vides, de vieilles chaises et de tables. Une trappe se dessina sur le sol, avec un anneau qu'il empoigna pour la tirer à lui et l'amener à la verticale avant de la rabattre en arrière jusqu'à l'horizontale. Un escalier en métal, de facture moderne et sans contremarche, plongeait dans une cave obscure.

Au cœur du cerveau de Svetlana, la voix de Viktor Koloshenski se fraya soudain un chemin d'une manière inattendue : « Il y avait jadis un souterrain qui reliait le château à une écurie située à deux ou trois kilomètres dans les bois. Pour fuir en cas de jacquerie de paysans, je suppose. » Cet antre inquiétant, accessible par un escalier neuf, ne pouvait être que l'issue de cette galerie secrète effondrée en son milieu.

— Je vous attends ici, dit Pressigny. Ça me fout un peu le cafard, ces ténèbres.

Demeuré seul, Pressigny posa sa canne contre le mur, sortit un paquet de sa poche et alluma une cigarette. Il fumait lentement, aspirant de grandes bouffées qu'il expirait droit devant lui en de longs et étroits panaches. En même temps, il scrutait les environs, fouillant la lisière de la forêt qui entourait la clairière. Svetlana retint son souffle car elle eut l'impression que son regard s'attardait plus que de raison dans sa direction. Pourtant, à cette distance et avec une si faible clarté, il était impossible qu'il puisse la repérer, immobile et accroupie, parmi l'enchevêtrement des branches d'arbustes entre les larges troncs de hêtres et de chênes.

Pressigny écrasa son mégot par terre au moment où les deux infirmiers remontaient de l'échelle. Le plus trapu émergea en premier, suivi par une femme – la fameuse Létale ? –, tandis que le second infirmier fermait la marche. Ce dernier rabattit aussitôt la trappe, du pied balaya au sol pour la recouvrir de paille et remit le vieux mobilier en place.

La femme paraissait docile. Elle se tenait droite, muette, les bras ballants, telle une étrangère nullement concernée par la situation. Avec ses cheveux courts dont Svetlana ne pouvait distinguer la couleur, un pantalon de randonnée, des rangers qui lui enserraient les chevilles, plutôt grande, elle avait une apparence athlétique. Mais son corps manquait de vitalité, son attitude amorphe contrastait avec l'allure sportive, lui conférant une apparence contradictoire difficile à définir.

Pressigny déplia une feuille de papier et la tendit à l'infirmier trapu.

— Je vous ai écrit le programme. Un cycle ternaire. Trente minutes dans la chambre d'Orfield, dix minutes d'électrochocs et une heure dans la chambre d'isolement. Répété trois fois. Ensuite, retour ici, dans sa chambre de sommeil, jusqu'à demain soir, avec bandes enregistrées sans interruption. Et, la nuit prochaine, ce sera son baptême du feu.

Le plus étonnant, ou hallucinant pour Svetlana, était que Pressigny parlait de la jeune femme comme si elle était absente et, de fait, elle n'avait eu aucune réaction en écoutant le programme qui lui était réservé.

Sur un ton autoritaire, il ajouta :

— Allez-y, je vous rejoins.

D'une petite tape dans le dos, presque amicale, comme on le ferait avec une amie, l'infirmier déclencha la mise en mouvement de la jeune femme. Elle lui emboîta le pas avec la même soumission résignée. Sa démarche tenait plus de l'automate que de l'être humain, avec ce mouvement saccadé propre aux mécanismes qui fonctionnent à l'aide de leviers, de poulies, d'arbres à cames, de roues dentées et de courroies.

Les mains dans les poches, Pressigny les regarda s'éloigner et disparaître dans le chemin qui remontait vers la clinique.

6

Ayant repris sa canne, Pressigny regagna le pavillon de chasse et y pénétra en refermant la porte derrière lui. Svetlana n'osait pas bouger de sa cachette. Elle fit le point avant de se décider à agir. La scène à laquelle elle venait d'assister montrait à quel point elle avait eu dès le départ la juste intuition au sujet de cette étrange clinique. D'autres patients existaient, logés dans ces entrailles souterraines, ces « ténèbres » comme les avait dénommées Pressigny lui-même.

Rien n'indiquait à ce stade que le docteur Schwartz était complice des agissements de son adjoint. Des arguments dans un sens ou dans l'autre étaient faciles à énoncer et, par le fait, trop nombreux et contradictoires pour emporter une conviction.

Seule certitude, Pressigny, avec l'aide des deux infirmiers, se chargeait de la basse besogne qui consistait à « traiter » de nuit ces patients particuliers avec le matériel de la clinique. Cependant, les chambres de sommeil se trouvaient dans cette cave infâme à l'intérieur de laquelle Pressigny n'aimait pas descendre.

Ces découvertes inquiétantes, hélas, ne suffiraient pas pour que la police entreprenne une perquisition en règle du pavillon de chasse et des écuries attenantes. Avant de signer l'autorisation d'une perquisition, le procureur devait ouvrir au préalable une enquête de flagrance, laquelle était précédée d'indices concrets de la constitution d'un délit, que Svetlana était à ce stade incapable de fournir. Pour convaincre ce magistrat, il fallait de solides raisons, bien étayées, et les élucubrations d'une Svetlana Koloshenskaïa, de retour d'une improbable expédition nocturne, paraîtraient bien farfelues.

Elle regrettait de ne pas avoir tenté de prendre la scène en photo, voire de la filmer. Cette détermination lui avait manqué, par peur de faire du bruit et d'être repérée. Et probablement avait-elle eu raison.

Une conclusion s'imposait. Avant de retourner au château, elle devait trouver sur place et emporter avec elle des preuves irréfutables, soit en volant des documents – y en avait-il ? –, soit en tournant des vidéos de ce qui se déroulait la nuit dans cet endroit.

Avec précaution, elle s'approcha du pavillon de chasse. Longeant le mur de l'édifice octogonal, à chaque fenêtre, collant son visage au carreau, elle cherchait un interstice dans les volets intérieurs pour regarder dans les pièces.

La quatrième fenêtre fut la bonne. Une fente entre deux planches verticales du volet, élargie par le temps et l'alternance des périodes sèches et humides, permettait une vision certes partielle mais centrale de la salle.

Recouvert d'une vieille chaux blanchâtre, le mur du fond était nu, sans cadres, tableaux, étagères ou meubles. Suspendu au plafond par un fil électrique, un lustre, très kitch et bien moche, constitué de six branches réparties en étoile avec, à leur extrémité, une ampoule verticale de forme allongée vissée sur une fausse bougie dont elle simulait la flamme. Au milieu de la salle, un canapé, récent et en bon état, face à une table basse dont Svetlana ne voyait que la moitié.

Pressigny n'était pas visible, ce qui l'inquiéta. Était-il à l'étage ? L'avait-il repérée ? Pouvait-il la surprendre ? Cette angoisse se prolongea jusqu'à ce qu'il surgisse dans son champ de vision, contournant la table basse en boitant, mais sans canne, et s'asseyant sur le divan, une télécommande à la main. Il s'installa confortablement, le dos bien enfoncé dans le dossier moelleux, fixant quelque chose droit devant lui. Puis il lâcha la télécommande ou, plutôt, sans détourner le regard, il la balança sur le côté, où elle rebondit sur l'assise rembourrée du canapé avant de s'immobiliser.

Pressigny ne bougeait plus depuis plusieurs minutes, comme statufié ou fasciné par ce qu'il semblait observer, quand sa main droite, jusque-là inerte sur le canapé, se déplaça et vint se poser sur son entrejambe Avec la paume et les doigts bien serrés, par un lent mouvement d'avant en arrière, il se caressa, et Svetlana vit croître peu à peu, sous la pression exercée, une bosse de plus en plus proéminente. Il bandait.

Quelques instants plus tard, d'un geste précipité, Pressigny déboucla sa ceinture, déboutonna son pantalon et, abaissant son slip, empoigna son sexe, qui se dressa verticalement. Avec de robustes mouvements du poignet, il entama une masturbation active. Dans le même temps, sa tête restait droite et son regard fixé dans la même direction.

Bien que contenus et bloqués par l'épaisseur des murs, des sons amortis et difficiles à interpréter passaient néanmoins par les carreaux et le volet de bois, parvenant aux oreilles de Svetlana. Ceux-ci se précisèrent, montant en puissance, et elle n'eut bientôt plus aucun doute. Le souffle coupé, moins par le spectacle offert par Pressigny que par ce qu'elle venait de comprendre, elle se rejeta en arrière.

Si les yeux de Pressigny visaient une cible unique, sans dévier une seconde, c'était parce que le psychiatre regardait un écran. Sa sordide excitation venait de ce qu'il voyait, d'un spectacle qui le fascinait et convoquait son plaisir et sa jouissance. Si l'éventualité que Pressigny se régalait d'un simple film porno était crédible, Svetlana n'ignorait pas que les assassins portaient au front une GoPro quand ils torturaient leurs victimes, et ces vidéos, toutes plus horribles l'une que l'autre, n'existaient que pour être visionnées. Sinon, à quoi d'autre auraient-elles pu servir ?

En cet instant, une pensée épouvantable vint à l'esprit de Svetlana. Et si Pressigny se délectait du meurtre de Juan ? Elle en suffoqua, ouvrit la bouche pour aspirer l'air qui lui manquait et, prise de vertige, fléchit sur les jambes et s'agenouilla, posant une main sur le sol pour ne pas tomber.

Une haine d'une implacable violence se ranima en elle et brûla d'une ardeur nouvelle, comme la braise enflamme du bois sec à peine déposé dans l'âtre. Cette pulsion de meurtre, déjà exprimée face à Becquedot, Svetlana la ressentait à nouveau, acceptant sans la craindre la terrible extrémité vers laquelle cette force puissante l'aspirait. Oui, Svetlana tuerait elle aussi si l'occasion lui en était donnée. La vengeance était devenue le moteur de son existence, et toutes ses souffrances s'enchevêtraient dans sa tête depuis la mort de son père jusqu'à celle de Juan.

Elle fut sur le point de se précipiter vers la porte du pavillon de chasse. Pour tuer Pressigny, à coups de poing, à coups de pied, sa science du karaté asservie au pire, au meurtre le plus sauvage, et la soulageant enfin, ne serait-ce que le temps de cette folie. Cependant, l'hypothèse très probable que l'entrée du pavillon soit fermée à clé et que cette tentative ratée trahisse sa présence et ruine son expédition secrète la retint *in extremis*.

Garder la tête froide, essayer, du moins, et recueillir des preuves pour les apporter à Becquedot. C'était la voie à suivre.

Elle se releva et s'élança, traversa la clairière et remonta en courant l'étroit sentier qui menait à la clinique.

7

Sur le terre-plein où la clinique avait été construite, Svetlana s'immobilisa un instant et écouta le silence en scrutant les abords pour éviter toute mauvaise surprise. Un calme rassurant la remit en mouvement vers le hall d'entrée, dont l'intérieur était toujours faiblement éclairé par des veilleuses.

Cependant, elle savait désormais que les deux infirmiers étaient de mèche avec Pressigny. Ces hommes ne pouvaient qu'être dangereux, jusqu'à douter d'ailleurs qu'il s'agisse de véritables infirmiers. C'était ce genre de preuves, par exemple, qu'elle devait chercher et apporter à Becquedot.

Après s'être assurée que personne ne se trouvait dans le hall d'entrée, elle tapa le code et poussa la porte vitrée. Le couloir qui longeait les chambres des patients officiels – ceux en tout cas que le docteur Schwartz avait bien voulu montrer sur les écrans de surveillance – et qui menait à la salle de repos des « soignants » puis aux trois chambres, d'Orfield, des électrochocs et d'isolement, dont la simple évocation soulevait Svetlana d'indignation, était inondé de cette lumière crue, blanche et agressive, projetée par des plafonniers ronds disposés tous les deux mètres.

Du fond de ce couloir, elle entendit des voix qui provoquèrent en elle une brusque montée d'adrénaline. C'étaient celles des infirmiers. Sans doute, selon les recommandations de Pressigny, venaient-ils d'enfermer la femme appelée Létale dans la chambre d'Orfield et prenaient-ils un café en attendant de la déplacer dans la chambre d'isolement ou de lui infliger des électrochocs ? Leur présence, si proche, rendait affreusement palpables les risques que Svetlana prenait en s'aventurant dans la clinique.

Sur la pointe des pieds, elle s'orienta à l'opposé et s'engagea dans le second couloir, sombre celui-là, qui desservait les bureaux des psychiatres, la salle de surveillance et l'appartement.

Elle ignorait de combien de temps elle disposait. Pressigny, avant de se vautrer dans un plaisir sadique aussi répugnant qu'ignoble, avait promis aux deux infirmiers de les rejoindre. Combien de temps ce salopard prenait-il pour jouir en visionnant ces films atroces ? Était-il capable de faire durer la chose, voire de changer de vidéo pour s'exciter sur différents scénarios avant d'éjaculer ? Impossible de le dire. Quoi qu'il en soit, il fallait agir vite en espérant trouver sans délai des éléments probants et quitter aussitôt cet enfer.

Elle passa devant le bureau de Schwartz sans tenter de l'ouvrir. Visiter celui de Pressigny lui parut plus urgent puisqu'elle était désormais certaine de sa culpabilité. D'une main un peu tremblante, elle abaissa la poignée et poussa le battant. Ouvert.

Elle referma derrière elle et alluma la lumière de son téléphone. C'était un bureau moins vaste que celui de Schwartz, mais néanmoins de bonne dimension. Au centre, devant un confortable fauteuil moderne en cuir sur roulettes et muni d'un dossier ergonomique, trônait une table de travail sur laquelle se trouvait un grand écran plat relié à un ordinateur portable.

Elle songea à s'emparer de l'ordinateur et à fuir avec. Au château, elle pourrait tenter de craquer le mot de passe et de chercher dans les dossiers des fichiers compromettants. Trop hasardeux. Rien ne prouvait que cet ordinateur contenait des preuves et, dès que Pressigny s'apercevrait de sa disparition, il prendrait diverses initiatives, difficiles à anticiper, mais qui pouvaient consister par exemple à embarquer et éloigner les patients des écuries, à nettoyer les lieux, à détruire le moindre indice. Sans compter qu'il y avait peut-être des caméras de surveillance dans le hall, ou dehors sur le parking, qui révéleraient son identité – Pressigny l'avait déjà vue – et précipiteraient le psychiatre et ses sbires au château.

Plutôt que de fouiller dans les classeurs qui formaient sur les étagères plusieurs rangées bien alignées mais trop facilement accessibles au moindre visiteur, elle jeta son dévolu sur les tiroirs du bureau, à portée de main de Pressigny quand celui-ci était assis à sa table de travail.

Il y en avait quatre, superposés, qu'elle tira un à un, découvrant des chemises multicolores entassées, mais le dernier, celui du bas, résista. Fermé à clé. Si quelque chose de compromettant se trouvait quelque part, c'était là. Elle força, sans succès, et comprit que la poignée céderait sans débloquer l'ouverture.

Un pied-de-biche aurait fait l'affaire, mais c'était peine perdue d'espérer en dénicher un dans cette pièce. Ses yeux errèrent sur le bureau à la recherche d'un instrument adéquat et s'arrêtèrent sur un coupe-papier de facture ancienne, un de ces objets d'apparat destinés à donner une touche de chic et de raffinement et qui n'ont pas vocation à servir. Il était posé en évidence au pied de la lampe de bureau de style Art déco, comme pour former un assemblage rétro de bon goût.

En métal, peut-être en bronze, le coupe-papier, malgré sa finesse, pesait un certain poids, qui surprenait mais révélait aussi sa solidité. Sans attendre, elle introduisit la pointe dans l'interstice horizontal du tiroir, l'enfonçant le plus profondément possible, avant de s'en servir comme d'un levier en le basculant vers le haut.

Le système de fermeture résista, mais la rigidité du coupe-papier et son action en levier, qui décuplait la force, eurent raison du bois, qui se fendit soudain en un craquement sinistre, s'arracha en plusieurs morceaux, cassant net la serrure.

Le tiroir grand ouvert laissa apparaître d'autres chemises, cinq au total, à première vue semblables aux précédentes. Svetlana les posa sur le bureau et ouvrit la première, sur laquelle était écrit à la main et au feutre noir *Correspondance.*

Au total une dizaine de lettres rangées dans l'ordre inverse de la chronologie, la plus récente au sommet du paquet. Elle retourna la pile et saisit la première, donc la plus ancienne. L'en-tête principal était celui du ministère des Armées sous lequel était inscrit *Institut de recherche biomédicale des armées*. Elle était brève.

Docteur Pressigny,

Le conseil d'enquête statuant sur votre dossier a décidé de mettre un terme à votre suspension prononcée pour faute lourde et d'autoriser votre réintégration. Cependant, en raison de la nature des faits reprochés, celle-ci ne pourra s'effectuer au sein de l'Institut de recherche biomédicale. Vous serez prochainement contacté par le service ad hoc pour connaître votre future affectation.

Suivaient une formule de politesse des plus banales et la signature du président du conseil d'enquête. La seconde lettre était une convocation au siège du ministère sans plus d'informations. La troisième portait une autre adresse et révélait un changement d'interlocuteurs. Elle émanait de la Direction générale de la Sécurité extérieure, les services secrets français.

Docteur Pressigny,

Suite à notre entretien au siège de la DGSE le 23 avril dernier, nous vous confirmons votre affectation au service de la Direction de la recherche et des opérations. Le projet dont vous serez responsable et que nous avons évoqué en détail se fera sous couverture. À ce titre, des moyens humains et financiers spécifiques seront mis à votre disposition.

Le cadre officiel vous sera précisé ultérieurement. Celui-ci résulte d'un partenariat entre des fonds privés et des subventions du ministère de la Santé. De taille modeste, la structure où vous évoluerez en qualité d'adjoint est en cours d'achèvement et son directeur vous sera présenté prochainement.

Cette missive se terminait également par une formule banale : « Veuillez agréer, docteur Pressigny, etc », précédant la signature du directeur du service susnommé.

S'intercalait ensuite une lettre enthousiaste du docteur Schwartz :

Cher collègue,

J'ai été ravi de faire votre connaissance ce matin au ministère de la Santé. Nous partageons les mêmes convictions sur l'opportunité de mener cette étude de cas. Je suis convaincu que mes hypothèses seront confirmées et que cette méthode ouvrira une ère nouvelle pour la réinsertion des délinquants.

En parfait accord avec les procédures et le dispositif que je vous ai longuement exposés, votre manière d'appréhender la refondation des mécanismes psychiques intimes de nos futurs patients favorisera une fructueuse synergie entre nos savoirs respectifs.

Sachez que je considère notre prochaine collaboration comme un gage de réussite de ce beau projet humaniste et que j'ai grande hâte de démarrer ces recherches sur la psyché humaine.

Sincèrement vôtre,

Docteur Schwartz

Les quatre courriers suivants étaient des convocations au siège de la DGSE à Paris et précédaient une dernière lettre au laconisme surprenant. Sans en-tête, elle était sibylline et signée d'un paraphe illisible.

Docteur Pressigny,

Désormais, communications par téléphone crypté avec M. uniquement. De même, rapports à transmettre à M. pour évaluation opération spéciale DGSE.

Posant côte à côte sur le bureau les quatre lettres importantes, Svetlana les photographia une à une. Elle remit ces courriers dans la chemise et, après l'avoir rangée dans le tiroir, examina les suivantes. Le même feutre noir avait été utilisé pour indiquer leur contenu : *Objectif SDF*, *Objectif Homme seul*, *Objectif Femme seule*, *Objectif multiple*.

Elle ouvrit celle marquée *Objectif SDF*. La première feuille volante semblait correspondre à un signalement.

Nom : *Alexeï Areshnikov*
Âge : *24 ans*
Nationalité : *Biélorusse*
Provenance : *Jungle de Calais*
Capture : *Septembre 2022*

Provenance et capture, tel un animal… Une sordide réalité se dessinait, celle d'un migrant enlevé, puis séquestré pour subir des expériences inhumaines. Un rapport de plusieurs pages se trouvait également dans la chemise. Elle le parcourut. Un traitement de dix semaines y était exposé, jour par jour, avec le détail des heures passées dans la chambre d'Orfield, le nombre et la durée de chaque séance d'électrochocs et le temps imposé dans la chambre d'isolement.

Une liste impressionnante de drogues, tranquillisants et hallucinogènes, utilisés pour détruire les résistances psychiques du cobaye, était annexée à la fin du rapport. Selon les jours, le jeune Alexeï Areshnikov absorbait d'inquiétants cocktails contenant chlorpromazine, sodium amytal, oxyde nitreux, Desoxyn, Seconal, Nembutal, Véronal, Melicone, Thorazine et insuline.

Au début du rapport, le but à atteindre était clairement défini : créer chez le sujet une obsession des SDF et la volonté sans faille de les tuer avec une barre de fer. Si le contenu des bandes enregistrées n'était pas révélé, ce n'était pas sorcier de les imaginer au diapason de celles entendues au cours de la visite de la clinique en compagnie de Becquedot et de Piquemal.

Voilà comment, après sa « déconstruction primaire », l'assassin de Marcel avait été façonné *ex nihilo*, à partir de la fameuse « page blanche » chère au docteur Schwartz, gravant en lettres de sang dans sa conscience détruite des ordres criminels dont l'efficacité avait ensuite été testée en conditions réelles.

Qu'importe que l'individu soit attrapé ou non par la police, son état de ruine psychique empêcherait les enquêteurs d'en tirer quoi que ce soit. Projet machiavélique consistant à utiliser des hommes programmés pour tuer, programmés au sens littéral du terme, et dont, cerise sur le gâteau, on n'avait pas à se soucier après l'opération, ni à chercher à les récupérer, ni à craindre qu'ils livrent le nom du commanditaire. En toutes circonstances, on pouvait compter sur leur « dévouement » et leur « abnégation », et ceci quelle que soit la mission, même la plus dangereuse, même la plus suicidaire.

Ou la plus tordue. L'image du *Rainbow Warrior*, le navire de l'association Greenpeace, coulé en 1985 dans le port d'Auckland en Nouvelle-Zélande par la DGSE, surgit soudain des tréfonds de sa mémoire. Elle se rappelait les moindres détails de cette affaire, en particulier l'arrestation des faux époux Turenge, deux agents secrets impliqués dans la mission et arrêtés par la police néo-zélandaise. Si la mission avait été confiée à des humains reconstruits sur une page blanche, la DGSE aurait pu dormir sur ses deux oreilles, jamais l'origine de ce sabotage qui avait coûté la mort à un passager du bateau n'aurait été connue.

Après avoir photographié les documents, écœurée par l'ignominie qu'elle découvrait, Svetlana referma la chemise, repoussa celle marquée *Objectif Femme seule*, devinant qu'elle concernait les deux hommes impliqués dans l'assassinat d'Adeline, ainsi que celle portant la mention *Objectif Homme seul*, qui ne pouvait que contenir les fiches et le rapport sur les assassins de Lafeuille et de Juan, pensée qui provoqua en elle une bouffée de rage impuissante.

L'esprit un instant brouillé par la haine, elle s'empara de celle sur laquelle était inscrit *Objectif multiple*. Là aussi, une feuille volante détaillait la provenance de la personne, tel du matériel d'importation. La jungle de Calais. Astucieux. Cet enfer, où échouaient les candidats à l'émigration vers l'Angleterre, constituait de fait un réservoir inépuisable de femmes et d'hommes, souvent isolés, errant dans ces campements infâmes sans cesse détruits par la police et sans cesse reconstitués.

Tirant profit de leur désarroi et de leur épuisement, il devait être facile de promettre monts et merveille aux migrants esseulés et de les embarquer sans violence pour les ramener au domaine de l'Ours. Ensuite, en les droguant, on pouvait commencer leur déconstruction psychique, les anéantir et les remodeler selon l'option choisie.

Nom : *Nawal Khalil*
Âge : *34 ans*
Nationalité : *Syrienne*
Provenance : *Jungle de Calais*
Capture : *Novembre 2022*

Svetlana tenait entre les mains le dossier de la femme que Pressigny appelait Létale. Syrienne, elle avait dû fuir son pays pendant la sanglante guerre civile déclenchée par la répression du tyran Bachar el-Assad.

Le rapport détaillait un programme plus vaste où le sujet était programmé pour de multiples actions. La méthode consistait non pas à lui inculquer des obsessions meurtrières mais à le préparer à obéir aveuglément à tous les ordres de son instructeur, quels qu'ils soient, de la mission suicide, tels ces fanatiques islamistes se faisant sauter avec une ceinture d'explosifs, à l'assassinat ciblé d'une personnalité désignée, en passant par la participation à des commandos infiltrés dans les lignes ennemies et se livrant à des exactions sur des civils pour semer la terreur.

Létale représentait un perfectionnement, un aboutissement, une sorte de couteau suisse du massacre, au regard duquel les obsédés des SDF, des hommes ou des femmes seules n'étaient que de maladroites ébauches.

Absorbée par sa lecture, Svetlana fut surprise au moment où elle s'y attendait le moins. Sa découverte lui avait fait relâcher sa vigilance et, quand la porte s'ouvrit et que la lumière éclaira brutalement la pièce, elle n'eut aucune réaction.

Elle vit le canon du pistolet pointée vers elle, une main qui tenait l'arme et, levant les yeux, elle découvrit le visage de Pressigny. Derrière lui, en retrait dans le couloir, se profilaient les deux infirmiers.

La reconnaissant, le psychiatre eut un sourire effrayant, ses lèvres s'étirant d'une manière asymétrique. La commissure labiale gauche remonta vers l'oreille, plissant par contrecoup l'œil comme s'il faisait un clin d'œil obscène à la jeune femme.

— N'est-ce pas la mignonnette Koloshenski, l'amie des flics, qui est déjà venue fourrer son petit nez dans la clinique ?

Sa voix n'était plus celle entendue près du pavillon de chasse. Elle suintait une excitation malsaine, une terrifiante perversité qui épouvanta Svetlana.

8

Leur faisant signe d'entrer dans la pièce, Pressigny confia son pistolet aux deux infirmiers.

— Ne la laissez pas s'échapper.

Puis il composa un numéro sur son portable et, délaissant sa canne, passa dans le couloir. Il s'éloignait vers le hall si bien que Svetlana n'entendit que le début de la conversation :

— M., c'est P. On a un problème.

La suite devint inaudible, d'autant que le plus grand des infirmiers, qui s'était emparé du pistolet et le pointait vers elle, refermait la porte en disant :

— T'aurais pas dû venir, pauvre connasse…

Elle recula jusqu'au mur, consciente que cette retraite ne la protégerait pas des deux sbires au service de Pressigny.

L'homme ajoutait avec un regard appuyé et salace vers son collègue :

— C'est qu'on est un peu à jeun, dans ce trou perdu. Que des mecs, à part Létale, mais on n'a pas le droit d'y toucher. C'est abusé, non ? Létale, c'est un prototype, faut en prendre soin. C'est de la mécanique de haute précision. Mais, toi, t'es pas un prototype, t'es qu'une petite salope qu'on a le droit de défoncer.

Il causait et y prenait manifestement plaisir.

— J'espère qu'on y aura droit avec toi. Sinon, on se rebelle, pas vrai, Clément ?

— Sûr, on se rebelle. Cette vie de moine, ça peut pas durer.

Le dénommé Clément s'y mettait, et Svetlana sentait, leur fébrilité allant crescendo, que peut-être, se poussant l'un l'autre, ils se passeraient de l'autorisation de leur maître, car ils se rapprochaient, l'encerclant peu à peu.

Serrant les poings, elle s'apprêtait à vendre chèrement sa peau, sans espoir, quand la porte s'ouvrit à nouveau. Pressigny remettait son portable dans sa poche. Il fronça les sourcils.

— Holà, pas d'initiatives personnelles. Surtout que je vous connais, vous manquez de raffinement.

Il reprit le pistolet et, en souriant, il fit semblant de tirer sur Svetlana. Celle-ci crut que son cœur s'arrêtait de battre. Puis il lui adressa la parole et sa voix vibrait d'une fièvre sadique :

— Je lui ai dit : « On a un problème. » Et M. m'a répondu : « Nous viendrons chercher le problème au petit matin. Gardez le au chaud. » Je devine ses intentions. Discuter avec toi, te proposer un marché, et tenter d'obtenir ton silence. C'est peine perdue et perte de temps.

Il leva les yeux au plafond en secouant la tête d'un air navré.

— Je les trouve très ramollo dans ce service. Moi, je prends les devants, j'anticipe, je tranche dans le lard, c'est mon point fort. Et je vais le leur rendre en pièces détachées, le problème. Ne te fais pas de souci, excitante femelle, au petit matin, ils seront surpris, mais le service de ramassage sera néanmoins bien fait. Ce sont quand même des pros. Donc, vous autres, ajouta-t-il en se tournant vers les deux infirmiers, nous avons le choix, du moins je me le donne, et je sais à quoi vous pensez puisque vous ne pensez qu'à ça. Vous souhaitez vous détendre un peu avec cette petite garce, n'est-ce pas ?

Hésitants parce que méfiants, ils acquiescèrent mollement d'un hochement de tête.

— Eh bien, moi, je vous dis non. Je suis un chercheur et la passion de la recherche guide mes réflexions et mes actions. On ne se refait pas. Nous avons l'opportunité de réaliser une expérience unique. Cette poule qui nous tombe entre les mains servira de repas à Létale.

— De repas ? interrogea le dénommé Clément.

— Oui, de repas. On lui indiquera d'abord comment la tuer et, sur ce point, vous connaissez mes principes. Faut que ça saigne, faut que ça gicle, faut que ça jaillisse !

Se tenant soudain les côtes, pliant le buste et basculant sa tête chauve en forme de ballon de rugby vers le sol, il rit en répétant :

— Faut que ça saigne… faut que ça gicle… faut que ça jaillisse…

Quand il cessa de rire, il hoquetait et en avait les larmes aux yeux.

— Ensuite, on lui demandera de découper les meilleurs morceaux et de les manger cru avec les mains. Tout sera filmé. Ce sera superbe ! Du grand spectacle ! Du technicolor !

Et, s'adressant de nouveau à Svetlana, il rugit avec férocité :

— Létale sera barbouillée de ton sang, elle en aura plein les mains, ça lui dégoulinera sur les lèvres, dans le cou, partout ! Ce sera son baptême du sang. Un baptême, tu comprends ? Elle n'a jamais tué personne, Létale, personne, tu seras la première ! Tu devrais être fière de participer à cette expérience, de faire avancer la science. Tu es fière ?

À présent, hors de lui, il hurlait :

— Tu es fière, salope ? Tu es fière ?

Épouvantée, Svetlana avait le regard fixe, les yeux exorbités, comme paralysée par un poison violent.

— Procédons par ordre, reprit Pressigny après un long silence pendant lequel il parut se calmer. Gaux, tu lui enlèves son portable et tu le détruis. Halter, où est Létale ?

— Dans la chambre d'isolement.

— Parfait. Vous allez enfermer son repas dans la chambre d'Orfield. Ça va assouplir la viande !

Gaux lui arracha son téléphone et, après avoir jeté l'appareil par terre, l'écrasa à grands coups de talon rageurs. Sous la menace du pistolet, Svetlana dut quitter le bureau et regagner le hall. À travers la porte vitrée, elle jeta un triste regard vers les grands arbres de la forêt qui symbolisaient la liberté perdue. Elle longea ensuite le second couloir, dont la lumière crue l'obligea à cligner des yeux, jusqu'à la chambre d'Orfield.

— Tu vas voir, c'est épatant comme endroit ! lança Pressigny qui ne cessait de la reluquer, prêt à se délecter du moindre signe de panique et d'angoisse.

Dès qu'il eut ouvert la porte, Halter la saisit par le bras et la balança à l'intérieur.

— Je l'attache au fauteuil ?

— Non, répondit Pressigny. Nous n'avons aucune raison de prendre soin de cette marchandise vu l'état dans lequel elle sera demain matin.

Le lourd battant de fer se referma et Svetlana entendit le bruit métallique des verrous automatiques qui condamnaient la pièce au silence absolu, tel un tombeau.

9

Irrationnelle, sa première réaction fut de se précipiter pour rouvrir la porte. Peine perdue, bien sûr, et elle le savait, mais ce fut comme un réflexe désespéré.

Accrochée un moment au lourd battant, dans une immobilité parfaite, elle n'osait plus bouger. Le silence avait quelque chose d'effrayant et de définitif. La pièce conçue pour absorber tous les sons n'émettait aucun décibel perceptible à l'oreille. Rien. Le néant.

« Six pieds sous terre », cette vieille expression qui figure la mort, le cadavre enfermé à jamais dans son cercueil, une croix misérable le signalant en surface, s'alluma dans son cerveau comme un flash terrifiant.

Soudain, alors qu'elle demeurait dans une inertie de statue depuis plus de cinq minutes, elle perçut un faible bruit qui la fit sursauter et se retourner. Elle regarda dans toutes les directions pour en trouver l'origine. Hormis le fauteuil au milieu de la pièce, avec ses sangles qui pendaient de chaque côté des accoudoirs, elle ne vit rien. Les murs constitués de dièdres acoustiques en fibre de verre étaient nus. Aucun mobilier, en dehors de ce fauteuil qui évoquait une chaise électrique.

Pourtant, dans ce lieu clos, les résonances allaient crescendo et prenaient de l'ampleur. Bientôt, elles occupèrent l'espace, provenant de partout et de nulle part.

C'étaient des sons multiples. Il y avait comme un bruit de grosse caisse, que la mailloche frapperait avec un rythme sourd et inexorable. Telle une batterie qui orchestrait les autres sonorités dont certaines, étranges, rappelaient l'eau qui dévale les torrents de montagne, d'autres le vent qui s'engouffre dans des canyons étroits, et d'autres encore le crépitement du bois sec qui s'enflamme dans l'âtre de la cheminée.

Ou bien les sons s'amplifiaient – mais pourquoi et comment ? –, ou bien ses tympans, s'habituant à ce silence de plomb et affinant leurs capacités, vibraient à des bruits qui avaient toujours existé, mais si bas qu'ils les avaient jusque-là ignorés.

La vérité éclata soudain comme une évidence. Ce bruit de grosse caisse, sourd et insistant, c'étaient les battements de son propre cœur. Il toquait dans sa poitrine comme s'il manquait de place. L'eau ruisselante n'était que le sang qui parcourait ses veines. Le vent hurleur n'était que l'air qui pénétrait ses voies respiratoires, et ces craquements sinistres le bruit de ses articulations quand elle se déplaçait.

Les bruits de son corps, rien d'autre ! Elle était devenue le son. Des bruits qui rendent fou, pensa-t-elle, se rappelant les propos du docteur Schwartz, et elle plaqua ses mains sur ses oreilles. Ce fut pire. Tout s'amplifiait dans son conduit auditif, jusqu'à l'insupportable.

Puis la lumière s'éteignit et elle se retrouva dans l'obscurité la plus totale. L'angoisse atteignit son paroxysme. Par un réflexe de survie, bras tendus, elle fit deux pas en avant comme pour échapper à cette torture, mais, privée de repères visuels et auditifs, elle perdit l'équilibre et bascula en avant, heurtant le fauteuil.

S'accrochant à un accoudoir, elle tenta de se relever. Ses perceptions brouillées, elle chancela à nouveau et décida de s'asseoir. Avec difficulté, elle y parvint et chercha à nouer les sangles pour maintenir son buste droit et s'empêcher de culbuter en avant.

Ses gestes, de plus en plus imprécis, rendaient la tâche ardue. Le temps était compté. L'amplification des bruits de son corps devenait à ce point insoutenable que l'idée de se lever et de se précipiter tête en avant contre le mur la traversa. Une pulsion suicidaire pour interrompre la panique qui la gagnait. En sueur, après cinq minutes d'efforts quasi surhumains, elle réussit à s'attacher, mais n'en conçut aucun soulagement.

Bien au contraire. Dominait en elle le sentiment d'être prise au piège, d'avoir elle-même rendu les armes, d'avoir renoncé à combattre et de n'avoir d'autre issue que d'attendre le bon vouloir de ses bourreaux, qui pouvaient tout aussi bien la laisser crever sur son siège.

Elle se mit à hurler de toutes ses forces, mais ce cri se répercuta en elle avec une telle violence, à lui éclater les tympans, qu'elle perdit connaissance.

★

★ ★

Ayant mal compris en raison d'unc conncxion aléatoire, Pressigny fit répéter son interlocuteur.

— À quelle heure avez-vous dit ?… 5 heures ?… Okay, pas de problème, Schwartz n'arrive jamais avant 8 heures… En hélico, oui j'ai bien compris.

Il raccrocha et consulta sa montre. 22 heures. Il avait sept heures devant lui avant que M. et son équipe ne viennent chercher la petite Koloshenskaïa. Plus qu'il n'en fallait pour organiser un beau spectacle, bien saignant, tel qu'il adorait en visionner.

Pressigny n'était pas loin de considérer que ses mises en scène constituaient une sorte d'art antique, dont l'inspiration puisait aux sources éternelles de la barbarie, celle qui préside depuis l'origine au déploiement des sociétés humaines. « Massacre et esclavage sont les deux mamelles de l'humanité », aimait-il à répéter.

— Depuis combien de temps est-elle enfermée là-dedans ? s'alarma-t-il soudain.

— Quarante minutes, répondit Gaux.

— Aïe ! Ça commence à faire long. Faudrait pas qu'elle meure. Sortez-la et emmenez-la dans le souterrain. Je m'occupe de Létale.

Dans la chambre d'Orfield qu'Halter venait d'ouvrir, Svetlana, le buste penché en avant retenu par les sangles, était évanouie. Les deux infirmiers la détachèrent, l'empoignèrent sous les aisselles chacun d'un côté et, la tractant en avant, les pieds de la jeune femme traînant par terre, ils passèrent devant Pressigny et empruntèrent le couloir en direction de la sortie.

Le psychiatre se glissa dans la chambre d'isolement et alluma la lumière. Létale était assise sur la chaise. Des lunettes noires sur les yeux, elle n'eut aucune réaction quand Pressigny appuya sur l'interrupteur.

Il s'approcha, lui retira les lunettes, ôta les bouchons de ses oreilles et lui caressa les cheveux avec affection. Puis il enleva les manchons qui couvraient ses mains et ses bras.

— Létale, tu es mon œuvre, murmura-t-il avec satisfaction. Je t'ai créée de toute pièce à partir de pas grand-chose. Tu n'étais qu'un déchet insignifiant et j'ai fait de toi un être supérieur à qui j'ai forgé un destin…

Il se pencha et posa ses lèvres sur celles de la jeune femme. Elle ne fit aucun mouvement et se laissa faire.

— Écoute-moi bien, Létale. Ce soir, tu vas quitter ce hall de gare où végètent ceux qui ne sont rien. Le droit de tuer va t'élever et te placer dans la position de Dieu, qui supprime la vie quand tel est son bon plaisir. L'arbitraire devient ton royaume. Tu peux sans retenue te vautrer dans le mal absolu et y apprendre la jouissance. Sans retenue, je t'en donne l'autorisation.

Il la saisit doucement par le bras et la leva.

— Létale, je vais te dire ce que tu dois faire. Tu suivras mes instructions à la lettre car je suis ton maître.

10

Dans le brouillard de ses pensées, une forêt de jambes s'agitait autour d'elle. Une clameur l'accompagnait. Si forte, si puissante, si menaçante, qu'elle aurait voulu se boucher les oreilles. Mais elle était comme paralysée. Inerte. Momifiée.

Elle tentait de reconnaître les lieux, mais les pieds en mouvement ne laissaient pas entrevoir l'horizon. Pourtant, elle n'avait guère de doute sur la situation, le moment enduré, et pour s'en assurer elle leva les yeux. Une énorme main sortant de l'extrémité de la manche d'un pardessus hors d'âge enserrait la sienne. Et la comprimait. Au-dessus, rien. La manche flottait dans le vide.

C'était tout ce que sa mémoire pouvait reconstituer de son père. Il avait disparu.

Depuis le jour fatal, ce vide était comblé par une foule infinie de souvenirs, de faits marquants et de détails inutiles, qui sillonnaient en tous sens les circonvolutions de son cortex cérébral. L'empoignant à tout instant avec la même force que la main paternelle.

Quittant la rue encombrée de cadavres, son esprit glissa vers des événements connexes qu'elle croyait avoir vécus tant ses lectures se gravaient dans son cerveau d'une manière définitive. Ses lèvres se mirent à remuer sans émettre de sons. Effectuant un effort considérable, plissant le front, elle réussit à murmurer un texte cent fois ressassé :

— « Une heure durant, hier, environ trente tanks et blindés de l'armée russe ont encerclé l'immeuble du Parlement, connu sous le nom de Maison Blanche, au centre-ville de Moscou, et l'ont pilonné à coups d'obus, tandis que les troupes d'infanterie l'arrosaient de tirs de mitrailleuses. Vers 16 h 15, environ trois cents gardiens, députés et membres du personnel sont sortis du bâtiment les mains en l'air… »

Une voix lointaine l'interrompit. Caverneuse, presque inaudible, celle-ci se répercuta en écho sur les parois de sa boîte crânienne avant que Svetlana n'en saisisse le sens.

— C'est quoi, ce charabia ?

N'ayant pas encore repris pied dans la réalité, elle répondit avec un sérieux inapproprié :

— L'article du 5 octobre 1993 de Fred Kaplan dans le *Boston Globe* relatant l'attaque du Parlement russe démocratiquement élu par les troupes de Boris Eltsine.

— Qu'est-ce que c'est que ces conneries ?

Alors, Svetlana, toujours avec le même sérieux inadapté :

— Ce ne sont pas des conneries, c'est la stricte vérité.

— Putain, ça l'a ravagée, la chambre d'Orfield… Oh, la petite fouineuse, réveille-toi !

Svetlana releva lentement les paupières. La faible luminosité accentua la vision floue de la pièce. Le décor se fixait en avant ou en arrière de sa rétine et ses yeux ne parvenaient pas à accommoder. Les objets se brouillaient, rétrécissaient ou s'élargissaient, provoquant une migraine qui lui arracha une plainte.

Peu à peu, les images se précisèrent, la netteté se fit. En face d'elle, un homme était assis sur un tabouret. Au même instant, elle prit conscience qu'elle était allongée sur le sol, le dos à moitié relevé contre un mur. L'homme se pencha vers elle et la fixa. C'était Pressigny.

Il agita ses doigts devant les yeux de la jeune femme.

— Ah ! Ça capte de nouveau. Tant mieux ! Je te veux consciente, pas barrée je ne sais où.

Il se redressa et se frotta les mains.

— Je suis venu t'annoncer le programme. D'abord, soyons franc. Dans une heure, au plus tard, tu ne seras plus de ce monde. Et cela m'offre un premier petit plaisir : celui d'avoir l'impression de causer avec une morte. C'est pas donné à tout le monde.

Svetlana, dont la terreur un instant oubliée reprenait de plus belle en écoutant Pressigny, tenta de se relever. Les forces lui manquaient et elle s'agitait en vain comme un scarabée retourné.

— Arrête de gigoter. Tu ne seras pas remise des effets de la chambre d'Orfield avant de mourir et tu vas donc assister à ton assassinat sans pouvoir te défendre. Tu seras à la fois spectatrice et actrice. Pas banal non plus, tu devrais t'en réjouir, à défaut d'en jouir !

Cette allusion à sa propre jouissance accentua son excitation. De nouveau, comme un tic qui signait son sadisme, ses lèvres s'étirèrent de manière asymétrique. L'horrible sourire déformait et remontait sa joue gauche, plissant l'œil, qui se fermait à moitié, mimant une œillade complice à la fois grotesque et effrayante.

Il étendit sa main vers le visage de la jeune femme et commença à lui caresser la joue, tel un amoureux attendri. Svetlana, en un réflexe inattendu, tourna la tête et lui mordit un doigt de toutes ses forces. Pour lui faire lâcher prise, de sa main libre, il la gifla violemment.

— Salope !

Il regardait son doigt et la marque des dents imprimées sur la peau. Puis il partit d'un rire sonore :

— Je ne peux même pas dire que tu vas me le payer, vu ce qui va t'arriver !

Et changeant du tout au tout en une fraction de seconde, son visage prit une expression douloureuse.

— Tu es bien ingrate. Sais-tu au moins à qui tu as affaire ? Mon œuvre sera reconnue plus tard. Elle sera inscrite au frontispice des grandes découvertes de l'humanité. Quand je pense que j'ai été viré de leur médiocre Institut de recherche biomédicale ! Ces médecins militaires bornés, incapables de comprendre la portée universelle de mes travaux, et qui m'écartent en jouant les effarouchés, les saintes-nitouches, pour des petits tests sur le personnel de ménage, de simples expériences anodines pour étudier leur comportement sous l'emprise de certaines substances… Heureusement que j'ai su convaincre un autre service de l'intérêt de mes recherches, sinon mes découvertes étaient perdues ! Mais que de retard et quelles conditions de travail épouvantables…

Il lança à Svetlana un regard mauvais.

— Tu es sans doute trop conne pour compatir à l'amertume d'un homme de science.

Puis, agitant la main devant lui comme s'il cherchait à dissiper de funestes pensées, il prit le ton neutre d'un organisateur de spectacles :

— J'ai donné à Létale des ordres précis. Elle va descendre dans la cave et te chercher. Ce ne sera pas difficile de te trouver. Tu es dans l'ancienne chambre de sommeil d'Alexeï, qui a été arrêté par les flics. Arrestation que j'ai provoquée en l'abandonnant dans la rue, cela faisait partie de l'expérience. Mais ne nous égarons pas… Dès que Létale t'aura dénichée, en bonne élève, elle s'acquittera sur toi de sa mission. Tu veux connaître les réjouissances ?

Pointant son menton dans sa direction, il semblait attendre une réponse. Basculé de cette manière, son visage en ballon de rugby n'en paraissait que plus monstrueux. Sortant peu à peu de l'état comateux que la chambre d'Orfield avait provoqué, Svetlana restait trop faible pour se révolter, ne serait-ce que par la parole. Épuisée, elle demeurait d'une inquiétante passivité, suivant du regard les moindres mouvements de Pressigny.

Celui-ci reprit :

— Je lui confié un poignard très effilé. Avec cette très jolie lame, je lui ai demandé de t'immobiliser et de te crever un œil. Je jugerai en même temps de ses talents de cinéaste. Il faut bien cadrer le visage, mais légèrement de profil. On doit voir la lame s'enfoncer lentement et avec précision dans la pupille. Tu seras parfaite dans le rôle, j'en suis sûr. Ensuite, elle doit te laisser souffrir cinq minutes environ et, après t'avoir déshabillée entièrement, t'achever à grand coups de couteau dans le ventre. La suite, tu la connais, je te l'ai déjà dévoilée. Mais pas à elle. Elle l'ignore encore et je la lui apprendrai après ta mort. Elle devra t'ouvrir le bide et, à pleines mains, te dévorer le foie et les tripes jusqu'à plus faim. Cette fois-ci, je serai présent pour filmer la scène qui constituera un grand moment d'anthropophagie féminine. Un must qui ne sera jamais égalé.

Empoignant l'un des pieds du tabouret et se relevant dans le même temps, il le balança en arrière.

— Que la fête commence ! s'exclama-t-il avec emphase en écartant les bras.

Récupérant sa canne posée contre le mur, il claudiqua jusqu'à la porte ouverte, se retourna et jeta à Svetlana un dernier regard.

— Ta pièce est la dernière sur la gauche au fond de ce misérable souterrain qui est ensuite obstrué. Nous avons eu six pensionnaires. Le tueur de SDF se trouve chez les poulets, ou à l'asile. Le binôme suivant s'est échappé parce que les deux crétins qu'on m'a attribués avaient mal fermé leur porte. Des abrutis, ces pseudo-infirmiers de mes deux ! Quant au binôme… Quelles andouilles ! L'un est mort au château et j'ai dû achever l'autre, qui risquait de nous compromettre en retournant à la clinique. Les deux derniers, eux, ont bien mérité de la patrie en s'acquittant à la perfection de leurs missions. Ils sont maintenus au chaud dans leur chambre. La sixième est Létale. Je te l'envoie ! Fais-lui bon accueil !

Il s'éclipsa. Restée seule, Svetlana chercha du regard un endroit où se dissimuler. Mais le lit et le tabouret composaient l'unique mobilier de l'ancienne chambre d'Alexeï. Aucun placard, aucune armoire, qui de toute façon auraient constitué des cachettes dérisoires.

Malgré sa faiblesse, elle songeait à se défendre et chercha dans sa poche de pantalon son couteau à cran d'arrêt. Son dernier espoir. Mais on le lui avait retiré.

Soudain, un bruit régulier lui parvint, qui se répercutait jusqu'à elle comme une menace.

Boum, boum, boum…

Une à une, avec lenteur, Létale descendait les marches de l'escalier en métal qui menait à la cave.

11

Le bruit sourd, accentué par la vibration du métal, se propageait et s'amplifiait dans le couloir de la galerie. À l'évidence, Létale ne cherchait pas à l'atténuer. De tout le poids de son corps, ses semelles frappaient en cadence l'acier galvanisé. Svetlana eut la vision fugace des rangers qu'elle avait aperçus aux pieds de la jeune femme près de la grange.

Létale. Avait-elle une confiance si démesurée dans ses capacités qu'elle annonçait sa venue de cette manière ? Ou était-ce un effet du lavage de cerveau qu'elle avait subi ? Ou encore l'avaient-ils aussi entraînée pour en faire une bête de combat qui ne craignait désormais plus rien ni personne ?

Pressigny lui avait ordonné d'exécuter des ordres si horribles que son apparition immédiate démontrait sa docilité. Et son acceptation du pire. En un sens, le psychiatre pouvait être fier de son travail. Il créait des monstres, et l'un d'eux venait de prendre pied sur le sol en terre battue de la cave.

Dans une réaction dictée par la panique et le désespoir, Svetlana voulut ramper jusqu'à la porte pour la fermer. Elle ne réussit même pas à se mettre sur le ventre. Réduite à l'état de larve, elle « gigotait », selon l'expression de

Pressigny, en pure perte et s'essoufflant comme si elle courait un cent mètres.

En revanche, et peut-être était-ce le résultat du danger imminent, son esprit avait retrouvé sa lucidité. Une lucidité finalement encombrante puisqu'elle ne pouvait s'en servir pour s'échapper ou se défendre. À l'approche de la mort, ne vaut-il pas mieux avoir perdu tout discernement ?

Une porte grinça. Létale avait commencé sa recherche. Du plat de la main, elle avait poussé le battant de sa propre chambre et jeté un regard circulaire à l'intérieur. Puis elle s'était replacée dans le couloir et avait parcouru les quelques mètres qui la séparaient de la porte suivante. Elle avait abaissé la poignée. Fermé. C'était la chambre d'un des hommes dont Pressigny avait vanté les mérites. Létale n'insista pas et gagna la porte suivante. Elle l'ouvrit sans difficulté. Pièce déserte.

Svetlana suivait sa progression. Bien malgré elle, elle faisait un calcul. Combien y avait-il de chambres de sommeil ? Six ? Ou bien le binôme aux obsessions identiques avait-il été conditionné dans la même chambre ? Dans ce cas, quatre chambres seulement ? Mais peut-être, à l'inverse, y avait-il plus de chambres qu'il n'y avait jamais eu de pensionnaires ?

Ces spéculations inutiles, fruit de son impuissance, s'interrompirent quand le bruit des pas fut proche. Quel que soit le nombre de pièces dans cet obscur souterrain mal éclairé par des ampoules de puissance insuffisante, Létale allait bientôt la découvrir.

Son ombre fut d'abord projetée par la lumière et apparut comme une tache noire sur le sol du couloir. Contour mouvant et indistinct de la menace. Se recroquevillant contre le mur, Svetlana ne parvenait plus à respirer. Puis, de profil, elle vit les rangers, qui pivotèrent dans sa direction. Les jambes s'écartèrent, lentement, et s'immobilisèrent. Létale l'avait aperçue.

Mince et d'une étrange raideur, la femme qui se tenait dans l'encadrement de la porte était grande, peut-être autant que Svetlana. Son visage triangulaire était émacié, les joues creusées, le menton pointu, le nez busqué, et l'immobilité des traits lui conférait une allure hiératique.

Ce fut un face-à-face insoutenable quand leurs regards se croisèrent. Svetlana ne reconnut pas celui d'un être humain. Déjà constatée chez l'homme du labyrinthe, l'étrange fixité des yeux, liée aux pupilles dilatées, d'un rond noir effrayant, évoquait un cerveau reptilien, sans émotion, privé de sentiments, l'intention froide tenant lieu de pensée.

Au bout de son bras ballant, Svetlana vit le poignard donné par Pressigny. Une arme sacrificielle, dédiée à la torture puis à la mort. Svetlana ne devait attendre nulle pitié, nulle compassion. La mission avait été inscrite au fer rouge dans les neurones de Létale et elle l'accomplirait sans états d'âme. À son front, une GoPro devait d'ailleurs immortaliser le supplice et la mise à mort.

Elle s'avança jusqu'au milieu de la pièce après avoir, précaution superflue, refermé la porte derrière elle. Elle donna d'abord un coup de pied dans les tibias de Svetlana, comme un guerrier s'assurant qu'un blessé est hors de combat. Savait-elle que Svetlana était diminuée au point de ne pouvoir se défendre ?

Puis elle l'enjamba, positionnant ses jambes de part et d'autre du bassin et, d'un coup, elle se laissa tomber, se retrouvant assise sur sa victime.

Svetlana voulut se dégager, mais elle ne put que lever les bras et saisir ceux de Létale, qui se dégagea d'un brusque mouvement de rotation. Il n'y avait rien à faire.

La force était du côté de l'assaillante, la faiblesse le sort de Svetlana.

Sans un mot, Létale se pencha en avant, appuyant ses coudes sur le buste de Svetlana et, saisissant ses cheveux d'une main ferme, plaqua sa tête contre le sol. La prise était parfaite. Svetlana était immobilisée.

Létale leva le couteau. Prise de panique, Svetlana se mit à crier d'épouvante. Létale n'eut aucune réaction. Elle attendait avec patience que Svetlana s'épuise à force de s'époumoner de la sorte.

Et Svetlana s'en rendit compte. Elle se tut brusquement. Une idée atroce l'avait traversée. En visionnant le film, Pressigny se repaîtrait de ces moments où elle montrerait son affolement, sa terreur de souffrir et de mourir. Il se masturberait en la regardant. Pensée horrible, qui lui provoqua des spasmes. Son ventre se soulevait par vagues et elle se mit à vomir, manquant de s'étouffer car Létale, indifférente, tel un serpent constricteur ne relâchait pas son étreinte.

Les vomissures coulèrent sur ses joues, débordèrent le menton et se répandirent dans son cou. Elle hoquetait. Pourtant, dans cette détresse de condamnée, une étincelle de lucidité parcourait son esprit. C'est quand Létale approcha la lame de son œil gauche, l'horreur se concrétisant de la plus ignoble des manières, que cette étincelle atteignit son but.

De toutes ses forces, elle cria :

— Nawal !

Létale eut un brutal sursaut. Ses yeux s'affolèrent et ses doigts se crispèrent sur le manche du poignard. Pour la première fois, Svetlana entendit sa respiration, qui s'était accélérée. Elle paraissait tétanisée, mais ne desserrait pas sa prise.

— Nawal ! répéta Svetlana.

Elle cherchait le regard de son assaillante, regard qui se dérobait.

— Nawal ! dit-elle encore. Tu es Nawal Khalil.

Les yeux de Létale se fixèrent enfin sur ceux de sa proie. Svetlana y lisait un trouble profond, une hésitation douloureuse, si bien qu'elle poursuivit d'une voix douce :

— Tu es Nawal Khalil. Tu es syrienne. Tu as 34 ans.

Létale écoutait.

— Tu n'es pas une meurtrière. Tu n'as jamais été une meurtrière. Tu ne seras jamais une meurtrière.

Létale ne disait rien, mais son visage peu à peu se décomposait. Le masque se craquelait, des tressaillements agitaient ses joues, ses paupières clignaient comme si la lumière l'éblouissait.

— Nawal, calme-toi… Je vais t'aider.

Avec d'infinies précautions, Svetlana détourna d'abord le couteau, puis s'en empara. Elle le dissimula sous son dos de crainte que Létale ne veuille le récupérer.

Mais Létale n'existait plus. Des larmes avaient envahi son visage. Nawal pleurait en silence.

Dans un élan spontané de miséricorde et de compassion, Svetlana l'attira contre elle et la serra dans ses bras. Les deux jeunes femmes étaient allongées sur le sol et Svetlana berçait celle qui, quelques secondes auparavant, s'apprêtait à l'assassiner.

— Ne pleure pas, Nawal, ne pleure pas, c'est fini…

La jeune femme était agitée de tremblements et de frissons. Le carcan psychique qui constituait sa nouvelle personnalité venait de s'effondrer. Elle n'était plus rien, sinon une ruine mentale, déstructurée et misérable. À l'instar d'Alexeï que le meurtre du chien avait anéanti, Nawal n'avait pas été dotée d'une armure cérébrale impénétrable à la suite de son traitement. Son prénom survivait encore dans les tréfonds de sa mémoire détruite, et Svetlana, en le lui jetant à la face, s'était engouffrée dans une faille qui l'avait sauvée.

Une plainte commença à s'échapper des lèvres entrouvertes de la Syrienne. Une sorte de hurlement lugubre, sans variations, semblable à celui d'un loup, un cri de souffrance interrompu, faible à l'origine, mais qui allait crescendo. Nawal exhalait sa raison et son humanité perdues. Sans succès, Svetlana tenta de la faire taire.

Le danger, un instant écarté avec l'anéantissement de Létale, ressurgissait. Car Svetlana comprenait que cette étrange note monocorde, incessante, qui n'évoquait pas des cris de suppliciés torturés, allait alerter Pressigny, qui s'en étonnerait et viendrait s'assurer que son expérience « scientifique » se déroulait correctement.

Allongée sur elle, Nawal l'écrasait de tout son poids. En un effort exténuant, Svetlana parvint à la rejeter sur le côté. La Syrienne roula sur le sol sans réaction, continuant à geindre et à pleurer.

Effort plus pénible encore, Svetlana se mit à quatre pattes puis debout. La tête lui tournait et elle dut s'accoter au mur pour ne pas tomber. Cependant, elle sentait que ses forces revenaient. Elle n'aurait pu réussir un tel exploit quand Pressigny lui dictait avec gourmandise le programme qu'il avait prévu pour elle.

Elle ramassa ensuite le couteau. C'était sa seule arme. Elle n'avait aucun doute sur le fait qu'elle s'en servirait pour sauver sa peau et pour venger la mort de Juan. Sa puissante volonté de vivre et sa haine irréductible des assassins se combinaient pour accélérer sa récupération physique et affiner sa lucidité.

D'abord, il fallait quitter cette pièce. La chambre d'Alexeï était le premier endroit où Pressigny se précipiterait pour comprendre ce qui se passait.

Elle tituba jusqu'au couloir et le remonta vers la sortie. Rectiligne, faiblement éclairé par quelques ampoules au plafond, il donnait sur des portes dont certaines étaient ouvertes. Il lui fallait se cacher dans la chambre la plus proche de l'escalier pour fuir dès que Pressigny se trouverait dans celle d'Alexeï, qui en était la plus éloignée.

Au même moment, un jet de lumière vertical tomba dans le couloir. La trappe venait de s'ouvrir et un homme, dont Svetlana ne voyait encore que les chaussures et le bas du pantalon, commença à descendre.

Elle s'engouffra dans la pièce juste à côté d'elle.

12

Dissimulée derrière la porte grande ouverte, n'ayant plus le temps de la refermer, Svetlana tentait de refréner son souffle que la peur accélérait. Le bruit de l'homme descendant les marches la tétanisait.

Boum, boum, toc.

Boum, boum, toc.

Boum, boum, toc.

Trois sons spécifiques dont elle devinait l'origine. Celui, sourd, des semelles des deux chaussures, relevé par une sonorité brève et sèche, la canne.

Malgré sa claudication, Pressigny se hâtait pour comprendre l'origine de l'effrayante psalmodie qui remontait des profondeurs. Car celle-ci ne cessait pas.

En quittant la pièce, Svetlana avait jeté un dernier regard à la pauvre Syrienne. La malheureuse se tordait sur le sol comme un ver extirpé de la terre et jeté sur le pavé.

Par la fente entre le battant et le mur, au niveau des gonds, Svetlana vit Pressigny qui prenait pied sur le sol du souterrain. Il marqua un léger temps d'arrêt, sans doute pour s'assurer que ce cri provenait de la chambre d'Alexeï.

Il fut trompé par sa propre perversité et son visage s'éclaira d'un sourire malsain. Aussi surprenante qu'elle soit, cette lamentation insolite ne pouvait qu'émaner de Svetlana, dont l'œil venait d'être crevé. Et il hésitait : *a priori*, il avait prévu de découvrir cet alléchant spectacle allongé sur son divan. C'est ce qu'il avait toujours fait. De cette manière, il bénéficiait d'un film qu'il pouvait interrompre aux meilleurs passages pour les revisionner sur-le-champ.

Pour la première fois, il se trouvait sur les lieux même des tortures et il pouvait, s'il le décidait, en profiter *de visu,* en avant-première. C'était tentant.

Sans se presser, il se remit en mouvement et se dirigea vers l'extrémité du couloir. Sans doute était-il rassuré, convaincu que la situation était sous contrôle, et cette entorse à ses habitudes, provoquée par les circonstances, l'emplissait d'une excitation inédite.

Le plus lentement et silencieusement possible, Svetlana se décala de la porte, la contourna et osa passer la tête dans le corridor. Elle vit Pressigny, de dos, qui approchait de la chambre où il verrait Nawal allongée et hurlant sa folie.

Découvrant sa créature dans cet état, il aurait le réflexe d'entrer. Fatalement. Pour Svetlana, ce serait le moment de fuir. Un créneau temporel étroit et incertain. Elle retenait sa respiration, prête à bondir, espérant que ses forces ressuscitées lui permettraient d'échapper à cet enfer.

Quand Pressigny pivota face à la porte ouverte, exposant son profil à Svetlana, il eut un sursaut de tout le corps, les épaules s'arrondissant, le cou et la tête se projetant en avant, les avant-bras se soulevant à l'horizontale en un réflexe incontrôlé. L'instant d'après, il avait disparu dans la pièce.

Le poignard à la main, Svetlana s'élança. En moins d'une seconde, elle était au pied de l'escalier et s'engageait sur les marches qu'elle tenta de remonter quatre à quatre. Elle y parvint, mais l'effort fut d'une telle brutalité qu'elle émergea toute chancelante, groggy, au bord de l'évanouissement, la vue trouble et la tête lui tournant.

Elle voulait continuer à fuir, pourtant, ses jambes se dérobant, elle dût s'accrocher à une antique charrette pour ne pas tomber. Le souffle court, agrippée à l'énorme roue, elle aperçut les deux infirmiers en blouse blanche qui fumaient à l'entrée de l'écurie et se retournaient dans sa direction. Le temps et l'énergie lui manquèrent pour se cacher.

— Putain de merde ! Qu'est-ce qu'elle fout là, celle-là !? cria Gaux.

Dans un même élan, jetant leur cigarette sur le sol, ils furent sur elle en un éclair. En un geste dérisoire de défense étant donné sa faiblesse, elle tenta de lever son couteau pour les frapper. Halter saisit son poignet, lui fit lâcher le poignard qui tomba à terre, puis l'immobilisa en lui tordant le bras et en le plaquant derrière son dos. Elle hurla de douleur.

— Nom de Dieu de salope… dit-il en assurant sa prise en une clé serrée.

— La lâche pas ! lança Gaux. On va lui faire sa fête !

— Crétin ! Et Pressigny ? Qu'est-ce qu'il est devenu ? Descends dans le souterrain ! répliqua Halter.

— On pourrait d'abord… tenta Gaux en pelotant nerveusement les seins de Svetlana.

— Arrête, bon Dieu ! T'es vraiment le plus con, toi ! Descends, j'te dis !

— Vas-y, toi, j'la garde !

Dos à l'escalier, les deux infirmiers s'engueulaient. Pris par leur dispute, ils ne prêtèrent aucune attention à un bruit de cavalcade en provenance d'en bas. Quelqu'un remontait les marches au pas de charge. Tournée vers la trappe béante, seule Svetlana regarda l'ouverture.

La tête de Létale apparut. Elle avait un visage hagard, l'air halluciné, les yeux exorbités, les cheveux hirsutes. Propulsée comme un diable à ressort, elle s'éjecta de l'escalier et poursuivit sa course, se ruant vers le trio constitué par Svetlana et les deux infirmiers, faisant tourner au-dessus de sa tête un bâton.

Halter fut le premier à sentir le danger. Lâchant Svetlana, il se retourna, mais trop tard. Avec une violence inouïe, la canne de Pressigny s'écrasa à l'horizontale sur sa face, entre son front et l'arête du nez. Le choc fut épouvantable, les yeux réduits en bouillie, et l'os craqua avec un bruit atroce d'œuf pulvérisé. Sans un cri, Halter s'effondra sur place.

Sous la force du coup, la canne s'était brisée en deux morceaux. Celui que Létale tenait encore dans la main se terminait en une pointe acérée, telle une gigantesque écharde.

Gaux, qui avait les deux mains glissées sous le tee-shirt de Svetlana et lui malaxait les seins, tenta de les extirper pour se défendre. Il n'en eut pas le temps. Maniant la canne brisée comme un toréador son épée, Létale la lui enfonça de toutes ses forces dans la bouche. Les chairs furent déchirées, tranchées, et la pointe effilée ressortit à l'arrière du crâne au niveau de la nuque.

Battant convulsivement l'air de ses bras, émettant un râle semblable au bruit d'une gargouille bouchée, Gaux recula comme un fantôme et heurta un large pilier de bois qui soutenait la charpente de l'écurie. Le long de ce support, il glissa doucement et tomba sur les fesses avant que sa tête ne s'incline sur le côté et ne s'immobilise, tandis qu'un sang épais, de sa gueule ouverte, s'écoulait sur la blouse blanche.

Pétrifiée par l'horrible spectacle, Svetlana n'avait pas bougé. Elle comprit qu'elle ne serait pas épargnée quand son regard croisa celui de Létale. C'était celui d'un carnassier ayant perdu toute raison, emporté par sa furie sanguinaire, tel le loup excité par les brebis s'éparpillant devant lui et qui les égorge une à une jusqu'à la dernière, laissant un champ jonché de cadavres.

Létale se rua en avant, la canne brisée tendue horizontalement vers le ventre de Svetlana, s'apprêtant à l'embrocher comme une pièce de viande. Retrouvant les réflexes acquis à la salle d'entraînement, Svetlana s'effaça *in extremis* en se jetant de côté. Emportée par son élan, Létale ne put s'arrêter et la pointe effilée de la canne s'enfonça profondément dans le bois vermoulu du montant vertical de la charrette.

Elle tira en arrière pour récupérer son arme mais, surprise par la résistance, elle dut s'y reprendre à plusieurs reprises, la canne ayant percé de part en part le panneau de bois. Tandis qu'elle s'arc-boutait, empoignant le pommeau des deux mains, Svetlana entendit un battement irrégulier mais précipité en provenance de la cave. Quelqu'un remontait l'escalier.

Dans la fureur des événements, Svetlana avait oublié le psychiatre. Peut-être même avait-elle supposé que Létale l'avait tué, ce qui aurait été dans l'ordre des choses vu son déchaînement meurtrier contre elle et les deux infirmiers.

Or, il surgissait à son tour, la face congestionnée, les yeux mauvais, le pistolet à la main. Dès qu'il aperçut sa créature qui venait enfin de retirer du bois la canne brisée, il cria :

— Létale, stop ! Ça suffit !

En même temps, il découvrait les cadavres des deux infirmiers, témoignages de la folie incontrôlée de sa protégée.

— Nom de Dieu… murmura-t-il.

Mais déjà Létale se précipitait sur lui, la canne levée pour frapper. Il n'hésita pas une seconde. Une détonation déchira l'espace confiné de l'écurie. La balle traversa la tête de la Syrienne au niveau du front et vint se ficher dans le pilier contre lequel Gaux gisait.

Il y eut un moment surréaliste. Létale avait cessé de courir, mais elle restait debout, toute droite, les bras le long du corps, dans une attitude naturelle qui donnait l'impression qu'elle avait recouvré la raison, sa tête oscillant d'avant en arrière à la manière d'une personne qui évalue une situation nouvelle.

L'instant dura, pendant lequel les trois personnages de la scène semblèrent figés comme sur une photographie. Puis Létale tomba verticalement, s'enroulant sur le sol telle la corde qu'un marionnettiste se serait enfin décidé à lâcher.

Svetlana fut la plus prompte. Elle tourna les talons et se mit à courir vers le portail de l'écurie. Pressigny la visa aussitôt, mais il n'eut pas le temps d'ajuster son tir. La balle passa au-dessus de la jeune femme et se perdit au-dehors.

Franchissant le portail, Svetlana obliqua sur la droite pour sortir du champ de vision de Pressigny. Elle l'entendit qui lançait une bordée d'injures en s'élançant à sa poursuite alors qu'elle courait vers la sombre lisière toute proche. Handicapé par sa claudication, de surcroît privé de sa canne, il rageait de ne pouvoir se mouvoir plus vite.

Svetlana atteignit les premiers arbres au moment où le psychiatre apparaissait sur le seuil de l'écurie. Par deux fois, il tira de nouveau dans sa direction et Svetlana entendit une balle ricocher sur un tronc puis sur un autre et encore un autre, comme la boule d'un flipper. Cependant, les tirs étaient imprécis en raison de l'obscurité. Ne distinguant plus que des ombres mouvantes liées à l'ondulation des frondaisons sous le vent, Pressigny se fiait au bruit des branches d'arbustes que Svetlana traversait.

Épuisée, elle se jeta à plat ventre et le silence se fit. Elle regarda par-dessus son épaule et aperçut Pressigny, immobile au milieu de la clairière, qui scrutait les bois, prêt à tirer.

Il hurla sa fureur :

— Putain de chienne de merde !

Puis elle le vit composer à la hâte un numéro sur son portable.

— M., c'est P. Elle s'est enfuie !

L'interlocuteur dut manifester son incompréhension, car Pressigny reprit plus fort, hurlant presque :

— Elle s'est enfuie, je vous dis ! Elle nous a échappé ! Volatilisée dans la forêt !

L'autre eut sans doute une première réaction de reproche, que Pressigny parut interrompre sans ménagement :

— C'est bien pire que ça ! Bien pire ! Écoutez-moi donc, bon Dieu ! Halter et Gaux sont morts, tués par cette folle ! Et avant, elle avait abattu ma patiente ! D'une balle en pleine tête !

Il termina sur une interrogation qui suait l'angoisse :

— Qu'est-ce que je fais ?

Il s'ensuivit un jeu de questions/réponses, obscur pour Svetlana mais qui à l'évidence signait autant le désarroi de Pressigny que la patiente recherche d'une solution par son interlocuteur : « Je ne sais pas », disait Pressigny ou, plus souvent, simplement : « Oui… non… », puis de nouveau : « Je ne sais pas. » Parfois : « Ce serait bien… », et : « Deux autres patients, oui, deux autres… », ou bien : « Ça ne poserait pas de problème », et « Entendu. » Ou encore, et Svetlana comprenait alors qu'on parlait d'elle,

Pressigny intercalait de courtes sentences : « Très dangereuse… », « Surentraînée », « C'est certain… prête à tout… »

Enfin, il écouta la conclusion en tournant sur lui-même et en hochant la tête. Avant de raccrocher, il lança à son interlocuteur :

— OK, je fais le nécessaire et je vous attends.

13

12 décembre 2022, 1 h 13

Le contact téléphonique de Pressigny, M., également désigné par cette simple majuscule dans le courrier du psychiatre, allait rappliquer. C'était déjà lui qui devait passer au petit matin pour embarquer Svetlana. Étant donné les circonstances, il avançait l'heure de sa venue.

Cet homme serait-il seul ? Avait-il l'intention d'entreprendre des recherches pour la retrouver ? En avait-il les moyens ? Des chiens, peut-être ?

À cette pensée funeste, Svetlana eut un frisson. Elle n'était pas encore en état de fuir. Certes, elle avait réussi à s'échapper de l'écurie et à gagner le premier rideau d'arbres pour se dissimuler, mais cet effort dont dépendait sa survie l'avait anéantie. Elle en avait eu le souffle coupé et les jambes chancelantes. Si elle devait subir une traque, avec des chiens de surcroît, elle n'avait aucune chance de s'en sortir.

Par ailleurs, si elle se relevait pour marcher, elle risquait d'attirer l'attention de Pressigny. Il pourrait soit tirer au hasard dans sa direction – et le hasard fait parfois mal les choses –, soit essayer de la rattraper malgré le handicap de sa claudication.

Pour l'instant, il demeurait sur place, tourné dans sa direction, comme s'il ne parvenait pas à se résoudre à la disparition de celle à qui il avait promis la pire des tortures et une mise à mort dont il escomptait se délecter.

En un certain sens, le temps jouait en la faveur de Svetlana. Vers 8 heures, le docteur Schwartz arriverait, la secrétaire aussi, ainsi que les deux autres infirmiers. Par la lecture du courrier de Pressigny, en particulier la lettre de Schwartz à celui-ci, elle avait acquis la conviction que l'équipe de jour ignorait l'utilisation de la clinique comme couverture d'une opération secrète.

De toute façon, M. serait obligé de prendre des décisions énergiques. L'absence des deux (faux ?) infirmiers, Halter et Gaux, pouvait-elle se maquiller ? Et si oui, comment ? Trois cadavres à gérer, et elle dans la nature, représentant la plus forte des menaces. Une équation en apparence impossible à résoudre, mais dont elle comprenait bien le paramètre principal : pour éviter qu'elle parle, la solution n'était-elle pas de l'éliminer ?

Pressigny se décida à rentrer dans le pavillon de chasse, laissant la porte ouverte. Elle le voyait passer et repasser dans l'encadrement, sans comprendre ce qu'il trafiquait, jusqu'à ce qu'il ressorte avec un carton plein qu'il déposa à l'entrée. Puis un second. Enfin, il ferma la porte à clé et sur le seuil du pavillon, les deux cartons à ses pieds, il alluma une cigarette. Tel un passager qui, sur le quai de gare, attend l'arrivée du train.

Le rat quittait le navire. Sans doute était-ce la consigne que M. lui avait donnée. S'effacer. Était-ce si simple ? Les journaux ne pourraient ignorer ces disparitions, qui feraient la une des médias et se présenteraient comme un incroyable mystère dont toutes les chaînes de télé s'empareraient.

Elle entendit un vrombissement par-delà les arbres dont elle ne comprit pas l'origine. Le relief de la montagne ayant fait écran au bruit, il explosa soudain avec une violence terrifiante. Et elle le vit. Un hélicoptère tournoyait au-dessus des arbres, puis descendait verticalement pour se poser entre le pavillon et l'écurie.

Elle regrettait de n'avoir pas tenté de fuir pendant que Pressigny rassemblait ses affaires. En aurait-elle eu la force ? En aurait-elle eu le temps ? La passivité qui l'avait saisie à ce moment charnière résultait de l'état de faiblesse provoqué par la chambre d'Orfield. Pressigny savait parfaitement ce qu'il faisait en l'y enfermant une petite heure, pour « assouplir la viande », comme il l'avait cyniquement précisé. De fait, elle se sentait molle et privée de réflexes.

Cinq hommes en tenue quasi militaire sautèrent de l'appareil alors que les pales tournaient encore. Un commando entraîné, voilà l'impression qu'ils firent à Svetlana. Si jamais ces cinq-là se mettaient à sa recherche, elle serait reprise en moins de cinq minutes. Pas de chiens, cependant.

Avec un temps de retard, un sixième homme descendit de l'hélicoptère. Elle n'eut pas de difficulté à identifier celui qui se faisait appeler M. Différence notable, il était habillé en civil. Sa corpulence et son gabarit aussi détonnaient par rapport aux autres. Du genre petit et rondouillard, en fort contraste avec l'apparence athlétique de ses hommes.

Dès qu'il l'aperçut, il alla droit vers Pressigny. Celui-ci jeta sa cigarette et parla le premier. Longuement. Il expliquait la situation. M. écouta, avec attention, sans lui couper la parole. Par moments, tête baissée, il se triturait le menton de la main gauche. Puis il consulta sa montre et, à partir de cet instant, manifesta des signes d'impatience.

Enfin, il fit un geste du bras pour mettre un terme au monologue du psychiatre. Celui-ci se tut aussitôt. Svetlana ne put entendre ce qu'il lui disait, mais ce fut bref et, quittant Pressigny, il rejoignit les cinq hommes qui attendaient.

Et là, dans le silence de la clairière, il donna des ordres impérieux qu'il ne put s'empêcher de clamer haut et fort pour leur donner plus de poids :

— Écoutez bien ! Toi, tu vas à la clinique avec P. et vous rapportez tout ce qui concerne ses expériences. Tout ! Il ne faut rien oublier ! Numérique et papier. P. te montrera. Toi, tu emballes la morte dans l'écurie. Seulement elle. Vous trois, vous descendez dans le souterrain, et vous remontez les deux patients qui s'y trouvent toujours. La suite, je vous l'indiquerai après.

Il termina par un martial « Exécution ! » qui donna le signal de la dispersion. Svetlana vit Pressigny s'engager dans le sentier qui remontait vers la clinique, l'homme désigné sur ses talons, tandis que les quatre autres se dirigeaient vers l'écurie.

M. composa un numéro sur son portable. Dans le silence de la clairière, bien qu'il parlât bas, Svetlana perçut chaque mot comme s'ils volaient jusqu'à elle :

— P. nous a mis dans un putain de merdier. Ici, c'est un carnage… Je ne crois qu'à moitié à sa version. Ce type est fou et paranoïaque…

Il y eut un petit temps d'arrêt et M. reprit avec véhémence :

— Quoi !? Une erreur de recrutement ? Les responsabilités, on les verra après, si tu veux bien. J'ai pas l'intention de porter le chapeau, tiens-le-toi pour dit !

Et chaque chose en son temps, s'il te plaît, parce qu'il y a urgence. Je nettoie et je passe la serpillière… C'est entendu, mais ça ne suffira pas. On va avoir besoin de la Tour pour contrôler l'affaire, parce qu'autrement ça va partir en couille… Faut la prévenir, tu t'en occupes… Quant à la fille, faut la retrouver avant qu'elle balance ce qu'elle a vu. Pour ça, on a des moyens. J'te rappelle.

M. avait parlé d'une traite et il raccrochait sans attendre la réaction de son interlocuteur. Telle une personne exaspérée, il expira bruyamment et allongea le pas vers l'écurie, à l'intérieur de laquelle il s'engouffra.

★

★ ★

Svetlana, qui l'avait suivi des yeux, reporta son regard sur l'hélicoptère qui évoquait une titanesque libellule posée au milieu de la clairière. La Lune qui apparaissait par intermittence entre les nuages l'éclairait d'une lumière blanchâtre.

À l'avant, enfermé dans son cockpit de verre, le pilote pianotait sur son téléphone. La tête penchée sur le minuscule écran plat, il avait cet air absorbé et inaccessible, hors du temps et de l'espace, que présentent désormais les milliards d'êtres humains tombés dans cette addiction. Le monde n'existait plus autour de lui.

Était-ce le moment pour Svetlana de se relever et de fuir en s'enfonçant dans la forêt ? La crainte d'attirer malgré tout l'attention la paralysait. La fin du discours de M. ne cessait de la harceler et, au mot près, se répétait en boucle dans son cerveau.

M. la croyait loin, ce qui permettait d'envisager qu'il ne lancerait pas de recherche dans les abords immédiats du pavillon de chasse. Un répit sans doute, si elle restait dissimulée à la même place, sans bouger.

Un répit, guère plus, car il leur fallait mettre la main sur elle. Elle représentait un danger. Si on devait la retrouver, ce ne serait pas pour lui proposer une tasse de thé, mais pour l'empêcher de parler. Elle eut un frisson qui lui parcourut l'échine.

A contrario, elle sauverait sans doute sa peau si elle déballait tout. Aux flics. À la presse. Partout. Hélas, elle n'avait plus son portable. Dans l'incapacité de prévenir qui que ce soit, elle était coupée du monde.

Et qui était donc la *Tour* qu'on devait prévenir au plus vite pour contrôler l'affaire ? Était-ce l'instance supérieure au cœur des services secrets, aux pouvoirs étendus et possédant de puissants relais dans l'administration et la société civile ? Pour la première fois, Svetlana prenait conscience qu'elle se battait contre une force redoutable, une structure tentaculaire, ayant à sa disposition des moyens illimités, jusqu'à des hélicoptères qui, si nécessaire, étaient utilisables dans l'heure. Accentué par son épuisement, le pessimisme la gagnait.

Elle vit un homme ressortir de l'écurie et venir chercher dans l'hélicoptère un long sac en plastique fermé par une fermeture éclair. Sorte de suaire temporaire pour transporter le cadavre de Létale. Au même moment, les assassins de Juan apparurent, solidement encadrés par trois membres du commando. Par sécurité, on leur avait passé des menottes, mais leur attitude passive, molle et hésitante, montrait l'étendue des dégâts psychiques produits par le fol protocole du psychiatre. M. supervisait avec attention le transfert.

C'étaient ces deux hommes qui avaient torturé Juan. Pourtant, elle le savait maintenant, ils étaient aussi des victimes. Le vrai coupable était le docteur Pressigny.

Quand elle aperçut celui-ci revenant de la clinique, accompagné de l'homme désigné par M., portant cartons et ordinateur, elle eut envie de se précipiter sur lui et de le tuer à mains nues. Rêve de vengeance et pulsion sanguinaire aussitôt réprimés. Elle serra les dents et se tassa sur elle-même.

M. donnait des consignes. Il s'agissait d'abord d'embarquer dans l'hélicoptère les deux derniers « patients » de Pressigny, ainsi que le cadavre de Létale dans son linceul de plastique.

Macabre procession que le transport de cette dépouille, portée par deux hommes, puis hissée dans l'habitacle et rangée contre la paroi interne comme un vieux tapis. Alors que Pressigny, assistant au spectacle, allumait une nouvelle cigarette, M. lui demanda de ramasser ses mégots par terre, ce que le psychiatre fit de mauvaise grâce.

Quand les deux assassins furent à l'intérieur de l'hélicoptère, attachés par leurs menottes à des poignées de l'habitacle, M. disparut à l'intérieur de l'écurie avec ses hommes. Elle l'entendit dire :

— Bon, il reste une dernière chose un peu désagréable à faire. Je vous explique…

La suite se perdit dans un monologue indistinct.

Les mains dans les poches, maussade, contrarié, Pressigny gagna également l'écurie.

14

Allongée sur le dos, Svctlana demeura immobile alors que le silence était retombé sur la forêt. Consciente qu'elle devait fuir au plus vite, elle retardait son départ car une phrase de M. lui revenait en mémoire.

« Quant à la fille, faut la retrouver avant qu'elle balance ce qu'elle a vu. Pour ça, on a des moyens. »

Des moyens. Lesquels ? Le sentiment de se battre contre un ennemi invisible et omnipotent la glaçait. Où aller pour être en sécurité ? Qui contacter, et comment ?

Rentrer chez elle était à l'évidence une très mauvaise idée. Peut-être l'y attendait-on déjà. Tant que la presse n'aurait pas déballé toute l'histoire, elle devrait vivre dans la clandestinité, se méfier de tout le monde, ne prendre aucun risque.

Première satisfaction. Quand elle se leva, la tête ne lui tournait plus et elle se sentait en mesure de marcher. Les effets de la chambre d'Orfield s'estompaient. Elle évita la clairière et longea la lisière pour atteindre le sentier qui remontait à la clinique.

Seconde satisfaction. Traversant les bois, elle fut en vue du château en peu de temps et sans fatigue excessive. Poursuivant sa stratégie de prudence, elle décida d'éviter la vaste demeure de son oncle et de rejoindre sa voiture au plus vite. Accélérant le pas, elle se précipita dans le chemin qui descendait vers la plaine.

Quand, au loin, elle aperçut son véhicule, elle ne put s'empêcher de penser que les services secrets avaient peut-être déjà repéré celui-ci et qu'on l'y attendait. Elle quitta le chemin pour effectuer une approche précautionneuse, se glissant d'arbre en arbre à l'orée des bois. Les lieux étaient en apparence déserts. Seule la brise agitait parfois les branches d'arbres et aucune présence n'était détectable.

Prenant sur elle malgré la peur qui la tenaillait, elle courut jusqu'à sa voiture, récupéra la clé sur la roue gauche, ouvrit la portière, se jeta dans l'habitacle et mit le contact. Nerveuse, ses mains tremblaient sur le volant.

Après un demi-tour laborieux effectué sur le chemin forestier, elle entama le retour, roulant trop vite, ce qui provoquait de violentes oscillations de sa voiture, laquelle piquait du nez dans les ornières, son pare-chocs avant heurtant la terre dans un bruit affreux, avant de se cabrer sur les bosses comme un cheval rétif.

Elle ne pensait à rien, sinon à s'échapper. Espérant que son véhicule tiendrait le coup, son cerveau entièrement accaparé par la conduite, elle ne prit une décision définitive sur sa destination qu'au moment où les pneus adhérèrent au goudron de la départementale.

Une scène lui était revenue à l'esprit. Par jeu ou par défi, le flic avait tenu sa propre carte d'identité face à elle, à une certaine distance qu'il avait crue suffisante pour se moquer d'elle. Pourtant, dotée d'une vue perçante, même de loin, elle avait lu son adresse et, non sans satisfaction, le lui avait signalé. C'était le jour de leur première rencontre.

Depuis, grâce à sa mémoire pathologique, elle savait où Becquedot habitait. Qu'importait l'heure – il était

3 h 15 du matin –, elle irait sonner chez lui, lui raconterait tout dans les moindres détails et se mettrait sous sa protection par la même occasion.

*

* *

Quoique de facture récente, une ancienne maison bourgeoise ayant été rasée pour l'ériger, l'immeuble était situé en centre-ville. À l'entrée, un digicode, par chance hors d'usage, et Svetlana n'eut qu'à pousser la baie vitrée pour pénétrer dans le hall. Une rapide inspection des boîtes aux lettres pour connaître l'étage et elle monta par l'escalier. Sur le palier, à gauche, une étiquette collée sur une porte et un simple nom tapé à la machine : *Becquedot*.

Elle appuya sur la sonnette et, consciente de l'heure, insista comme un curé qui, aux matines, s'accroche à sa cloche pour réveiller les fidèles. Pourtant, le temps lui parut long avant qu'elle n'entende la voix du flic juste derrière le battant :

— Qui est là ?

— Svetlana. Ouvrez, j'ai besoin de vous parler.

Quelques secondes furent nécessaires à Becquedot pour surmonter sa surprise. Puis la serrure fut déverrouillée et le visage encore endormi du policier apparut. Vêtu d'une vieille robe de chambre enfilée à la hâte, il avait les cheveux en bataille et, détail qui fit frémir Svetlana, son arme de service à la main.

S'écartant pour laisser entrer la jeune femme, il s'en excusa :

— Dans mon métier, on ne sait jamais…

Il referma à clé en ajoutant :

— Et, pour la même raison, on se barricade.

Enfin, dans le salon, il rangea le pistolet dans le tiroir d'une commode avant de s'exclamer :

— Vous avez vu l'heure ? Vous êtes bourrée ou quoi ?

— Non, j'ai pas picolé, je suis clean, et je ne débarque pas à 4 heures du mat parce que j'ai eu tout à coup envie de baiser avec vous.

— Bon, alors, c'est quoi le problème ?

— Vous pouvez faire un café ?

Sans répondre, secouant la tête et soufflant d'exaspération, Becquedot alla dans le coin cuisine et mit une tasse sous le percolateur.

— Long ? court ?

— Long.

— Sucre ?

— Non.

— On dit « Non merci » quand on est poli.

— Non merci.

Il posa la tasse pleine sur la table basse, désigna le canapé à Svetlana et s'installa dans un fauteuil.

— Je vous écoute et j'espère que cette intrusion est justifiée.

Fermant les yeux pour rassembler ses souvenirs, Svetlana restitua avec une précision presque surnaturelle les événements dramatiques de la nuit. Becquedot l'écoutait, impassible, mais la fixité de son regard en disait long sur sa stupéfaction.

Quand elle eut achevé son récit, il leva les yeux au plafond, la bouche ouverte, ne sachant comment réagir. Il finit par articuler :

— C'est de la folie, votre histoire.

— Vous ne me croyez pas ?

— Si, si. Le pire, justement, c'est que j'ai appris à vous connaître et que je vous crois.

— Il faut aller là-bas et alerter la presse !

— Ne mélangeons pas tout, assena Becquedot en s'extirpant du fauteuil. Laissez-moi prendre une douche et m'habiller.

— Je peux me refaire un café ?

— Faites-m'en un, surtout !

Dès qu'il fut prêt, Becquedot passa deux coups de fil. Le premier à son commandant pour que celui-ci appelle le procureur. Il s'agissait d'abord de ne pas oublier la chaîne hiérarchique et d'être officiellement missionné pour retourner à la clinique, au risque sinon de se faire taper sur les doigts.

Perturbé par ce réveil au milieu de la nuit, l'esprit un peu embrouillé, le commandant mit quelque temps avant de prendre la mesure de l'énormité de l'affaire et, par réflexe, exprima d'abord son scepticisme. Becquedot dut insister, haussant le ton, sous les yeux de Svetlana qui tournait en rond dans la pièce.

Il avala coup sur coup plusieurs cafés avant que le commandant le rappelle enfin pour lui donner le feu vert. Alors seulement il contacta son collègue, le sollicitant pour l'accompagner à la clinique. Piquemal se montra plus réactif que le commandant et ils décidèrent de se retrouver au commissariat une demi-heure plus tard.

— Je prends ma bagnole et je vous suis, affirma Svetlana alors que Becquedot décrochait son blouson du porte-manteau.

— Ça va de soi ! s'exclama-t-il en haussant les épaules. Vous êtes le témoin de l'affaire et j'ai impérativement besoin de votre présence sur les lieux pour comprendre ce qui s'est passé.

*

* *

Il était 6 h 07 et le jour était encore loin de se lever quand le Duster des deux policiers se gara sur le terre-plein de la clinique. Laissant sa voiture dans le chemin à son emplacement habituel, Svetlana avait rejoint Becquedot et Picquemal dans leur Dacia La fin du trajet s'était effectuée dans une atmosphère tendue, les deux flics à l'avant, peu diserts, et à l'arrière Svetlana, dont le ventre se nouait à la perspective de revenir si vite en un lieu où elle avait failli perdre la vie.

En cette fin de nuit, un froid vif se répandait sur les montagnes. Une brume tenace s'accrochait aux sommets ou coulait vers le fond des vallées. Sans perdre de temps, Svetlana les entraîna dans le sentier en pente qui menait au pavillon de chasse. Celui-ci était fermé à clé et Becquedot, plutôt que de forcer l'entrée, préféra attendre la police scientifique pour y pénétrer.

En revanche, au niveau de l'écurie où Svetlana avait vécu l'enfer, la porte à double battant était restée grande ouverte. Elle ressentit une forte oppression en franchissant le seuil – les images du récent carnage inondait son cerveau –, mais elle résista à la tentation de fuir cet endroit maudit.

Piquemal projeta l'étroit faisceau de sa lampe torche, dévoilant les pierres apparentes du mur opposé. Traversant le bâtiment, Svetlana montra l'emplacement de la trappe, que Piquemal souleva, éclairant les premiers barreaux de l'échelle qui disparaissait dans l'obscurité.

— C'est complètement dingue, murmura-t-il.

Ébahi lui aussi, penché au-dessus du trou noir, Becquedot hochait la tête, mais demanda à Piquemal de refermer la trappe. Là encore, il estimait que la police scientifique devait être la première à investir la cave pour y recueillir le maximum d'indices. Y descendre aurait eu pour conséquence de polluer le souterrain avec leurs traces de pas ou en distribuant leur ADN au petit bonheur sur les montants de l'échelle ou les poignées de porte.

— Balaye-nous tout ça avec ta lampe, Piquemal, on n'y voit pas grand-chose, disait Becquedot en tentant de percer l'obscurité. Donc, c'est ici que les deux infirmiers ont été tués ainsi que la Syrienne dont vous m'avez parlé.

Il ne s'adressait pas vraiment à Svetlana et n'attendait pas une confirmation de sa part. Du reste, elle n'aurait pas eu le temps de répondre car Becquedot s'écriait tout à coup :

— Oh là ! T'as vu ça, Piquemal ? Tu le reconnais, ce fourgon ?

Son adjoint s'approchait et passait machinalement la main sur la carrosserie.

— Un Renault Trafic.

— Ce sera pas très compliqué de vérifier si c'est le même que celui sur la vidéo. En tout cas, il lui ressemble fort.

Le véhicule était rangé sur la droite dans un endroit dégagé pour lui ménager une place suffisante. Garé en marche arrière, les clés sur le contact, il était prêt à partir.

— Bon, quoi d'autre ? Éclaire dans ce coin-là, on dirait une vieille charrette.

Le faisceau lumineux se déporta dans cette direction et tous les trois, au même instant, poussèrent un cri d'effroi.

Plaqué contre l'immense roue de la charrette, un homme y était solidement attaché avec des cordes, les membres en croix. Son ventre était ouvert transversalement et un bout d'intestin dépassait entre les lèvres de l'hideuse plaie.

— Oh putain, quelle saloperie… lâcha Piquemal.

L'homme portait une blouse blanche et sa bouche ouverte laissait voir au fond de sa gorge transpercée une affreuse blessure. Piquemal éclaira tout autour du cadavre et le faisceau s'immobilisa sur le corps du second infirmier. Ligoté comme un shibari, dans une épouvantable posture, il avait la gorge tranchée.

Après avoir eu confirmation par Svetlana qu'il s'agissait des deux infirmiers, Becquedot interdit à son adjoint de s'approcher. Encore une fois, la police scientifique devrait en tirer le maximum et eux devaient éviter de souiller la scène de crime.

— Une scène de crime qui n'en est pas une, Svetlana, si j'en crois votre récit, ajouta-t-il.

La jeune femme était pâle comme un linge. Pénétrer une seconde fois dans l'écurie avait été une épreuve, mais jamais elle n'avait imaginé tomber sur un spectacle aussi macabre, dont le but lui échappait. Pourquoi la DGSE avait-elle accompli une telle horreur ?

— Vous ne croyez pas que j'ai dit la vérité ? bafouilla-t-elle.

— Si, moi j'vous crois ! répliqua Becquedot aussitôt. Mais d'autres pourraient douter de votre histoire. Vous voyez ce que je veux dire ?

Pointé par Becquedot, le côté machiavélique de cette manipulation dégueulasse de cadavres apparut soudain évident à Svetlana. Il s'agissait de créer de toute pièce un storytelling différent du sien. Or, celui des services secrets était affreusement tangible, visible par tous, alors que le sien, contredit par la mise en scène du meurtre des deux infirmiers, n'était qu'une narration aussi absurde qu'abstraite que rien ne viendrait étayer.

Vertige de la falsification des faits, que nul ne pourrait rétablir. Déjà éprouvée par l'hideux tableau créé dans l'écurie et comprenant à présent l'objectif des services secrets, Svetlana se sentit accablée par son impuissance. Elle se devait de retrouver de la combativité, au risque d'admettre sa défaite et d'abandonner son combat pour la mémoire de Juan.

Ils n'eurent pas le temps d'aller plus loin dans l'interprétation de cette découverte. En provenance de la clinique, un bruit de moteur se fit entendre. Une voiture semblait se trouver au niveau du parking.

Becquedot jeta un coup d'œil à sa montre : 6 h 37. Trop tôt pour correspondre à l'arrivée du docteur Schwartz ou du personnel de l'équipe de jour. Le commandant – ou le procureur – avait-il décidé d'envoyer des renforts ? Peu probable, car il était censé effectuer les premières constatations et prendre ensuite les décisions adéquates. Le capitaine échangea un regard soucieux avec Piquemal.

Des portières claquèrent.

— Il faut remonter là-haut, chuchota-t-il.

Dans le même temps, il posa la main sur l'étui de son pistolet pour indiquer à son adjoint de se tenir prêt à toutes les éventualités.

15

Le premier réflexe de Becquedot fut de demander à Svetlana de rester sur place. Elle refusa obstinément. La pensée d'attendre à proximité de cette écurie sordide où, à plusieurs reprises et sous ses yeux, la mort violente avait frappé, et qui était devenue finalement le théâtre d'une manipulation inhumaine, la révulsait.

— C'est hors de question, assena-t-elle.

— Ce serait peut-être plus prudent…

— Hors de question, ai-je dit !

Becquedot avait bien intégré un aspect du caractère de la jeune femme. Quand elle avait pris une décision, il était quasi-impossible de la faire changer d'avis, et tenter d'influer sur elle ne faisait que renforcer son opposition.

— Tenez-vous au moins en retrait, lâcha-t-il en soupirant de découragement.

Ils sortirent de la grange, passèrent à côté du pavillon de chasse en traversant le terre-plein et entamèrent la montée vers la clinique.

Le contact du véhicule avait été coupé, mais des éclats de voix leur parvenaient, qui s'amplifiaient à mesure qu'ils approchaient du parking.

Becquedot se sentait nerveux et, à intervalles réguliers, il touchait la crosse de son arme de service comme s'il répétait le geste à exécuter pour la sortir de son étui. Presque sur ses talons, Piquemal le suivait et, quelques mètres en arrière, venait Svetlana, dissimulant son angoisse, mais qui ne pouvait empêcher les battements de son cœur de s'accélérer.

Par prudence, Becquedot s'immobilisa dès qu'il eut le parking dans son champ de vision. Encore à moitié dissimulé dans la pente et caché par le dernier rideau d'arbres, il embrassa la scène d'un seul regard.

Un 4x4 noir aux vitres fumées était garé face à la clinique à côté de leur propre voiture. Un homme se penchait sur le digicode de la porte d'entrée et le démontait avec un tournevis. Deux autres l'entouraient et discutaient, semblant attendre que le premier finisse son travail. Dans le même temps, un quatrième individu s'écartait du groupe, sortant précipitamment son portable de la poche et le plaquant à son oreille. On l'appelait.

— Restez en arrière, chuchota Becquedot. Je ne sais pas ce qui se passe, mais c'est louche.

Absorbé par sa conversation téléphonique, l'homme se rapprochait d'eux si bien que, d'un geste, Becquedot ordonna à Piquemal et à Svetlana de s'accroupir. En revanche, indéniable avantage, cette déambulation portable en main rendait la conversation parfaitement audible :

— Oui, patron, nous sommes sur zone… Une voiture, oui, mais y a personne… Non, non, pas dans la clinique, elle paraît déserte… Tristan va nous permettre d'y entrer… Où ça ?… OK, on ira voir… Tout de suite ?… D'accord, si vous voulez… Le procureur ?… Non, je n'ai pas eu de nouvelles… Il va l'appeler directement ?… Bien. Ce serait le plus simple, en effet…

Au mot « procureur », Becquedot jeta un regard interrogateur à son adjoint. D'une mimique, celui-ci fit part de son incompréhension.

— Rassurez-vous, j'ai très bien compris les consignes, mais je ne vous cache pas que je n'aime pas trop qu'on se serve de nous de cette manière, poursuivait l'individu. Nous avons autre chose à faire que de rattraper les conneries de la DGSE… Non, non, je ne m'énerve pas, mais ça m'agace… OK, OK… Absolument, comptez sur moi. Dès que j'ai du nouveau, je vous appelle.

L'homme remit le téléphone dans sa poche et s'éloigna en direction de la clinique. Becquedot pivota vers Piquemal.

— Ce sont des flics !

— Des flics d'où ? répondit Piquemal en ouvrant des yeux gros comme des soucoupes.

— Aucune idée, mais on va vite le savoir !

Becquedot se releva.

— Tu viens avec moi, on va le leur demander.

En quelques pas, il fut sur le parking et, marchant droit sur lui, il apostropha l'homme qui s'éloignait :

— Oh ! Vous êtes qui, vous faites quoi ?

L'individu se retourna et considéra le nouveau venu sans manifester de surprise. Il attendit que Becquedot, rattrapé par Piquemal qui avait été pris de vitesse par son chef, soient tous les deux à son niveau pour répondre :

— Capitaine Becquedot, je suppose ?

Becquedot se sentit piqué au vif. Non seulement l'homme qui lui faisait face n'était nullement perturbé par son irruption mais, avec un calme olympien, il le nommait en le toisant de toute sa hauteur. Car il était grand, sensiblement plus grand que lui, et encore plus que Piquemal, de taille modeste il est vrai et qui devait lever la tête pour regarder leur interlocuteur.

Svetlana se tenait en retrait. Elle n'avait suivi aucun des deux policiers, prudente avant tout, et observait la scène de loin. Non sans surprise, en revanche, et avec inquiétude, elle avait entendu l'homme désigner Becquedot par son nom. N'était-ce pas le signe d'une toile d'araignée tissée autour d'elle ? Car, quoi ! Les services secrets la traquait sans doute, et ces inconnus qui déboulaient soudain à la clinique pouvaient bien en faire partie.

— Comment savez-vous qui je suis ? Et d'abord, vous, vous êtes qui ? rétorqua Becquedot sur un ton inquisiteur.

— Commandant Delumière, de la Direction générale de la Sûreté intérieure.

— La DGSI !? Et qu'est-ce que vous foutez là ? Je suis chargé d'une enquête et…

Delumière le coupa en levant la main avec autorité.

— Je sais ! Désolé de vous l'apprendre de cette manière, mais vous êtes dessaisi de l'affaire. Nous prenons le relais.

— Quoi !? Qu'est-ce que c'est que cette plaisanterie ? Le commandant et le procureur m'ont tous les deux confié…

De nouveau, Delumière coupa Becquedot sans ménagement :

— Écoutez, mon vieux, je vous l'ai dit, je suis désolé. J'aurais préféré que ça se passe autrement et que ce soit le proc qui vous l'annonce. D'ailleurs, il doit vous appeler pour vous le notifier.

Becquedot en resta sans voix. Jamais, de toute sa carrière, il n'avait été écarté d'une enquête. La Sécurité intérieure ! Voilà qui faisait salement écho à la Sécurité extérieure dont Svetlana disait avoir découvert le rôle dans le recrutement du docteur Pressigny. Pourtant, l'une, la DGSE, relevait du ministère des Armées, l'autre, la DGSI, du ministère de l'Intérieur.

Deux entités aux structures éloignées, peu susceptibles de coopérer, et dont les relations étaient même mauvaises, à l'image des démêlées opposant parfois aux États-Unis la CIA, l'équivalent de notre DGSE, et le FBI, l'équivalent de notre DGSI. La coopération entre les deux services n'était guère envisageable, si ce n'est en cas d'atteinte aux intérêts supérieurs de l'État. En était-on à ce stade ?

— Je ne suis pas votre vieux ! répliqua Becquedot du tac au tac.

— Excusez-moi, je ne voulais pas vous vexer, concéda Delumière, qui se rendait compte un peu tard que ce flic de base, ce petit capitaine perdu dans son micro-commissariat de province, allait possiblement l'emmerder.

Une contrariété d'autant plus exaspérante que tout avait été réglé au plus haut niveau et que seul ce poulet l'ignorait encore. Dire qu'on l'avait réveillé en pleine nuit, dépêché de Paris avec ses hommes en hélico, pour ensuite lui fournir un 4x4 afin d'accomplir une mission délicate qu'il n'était même pas certain de réussir.

— Pour l'instant, n'ayant reçu aucun coup de fil de mes supérieurs, je me considère toujours chargé de l'affaire, reprit Becquedot.

— Appelez-les, vous verrez bien ! s'énerva Delumière face à l'obstination de son interlocuteur.

— Non, c'est à eux de m'appeler. Et puis vous n'avez pas à me donner d'ordre.

— Ce n'est pas un ordre. Je veux seulement que vous compreniez la situation.

Lancé dans une sorte de match de ping-pong verbal Becquedot allait riposter quand son téléphone vibra dans sa poche. À contrecœur, il sortit le portable, craignant une intervention de l'arbitre qui sifflerait la fin de la partie. De fait…

— Allô ?… Bonjour, monsieur le procureur.

Piquemal, qui jusque-là assistait à la confrontation sans savoir s'il devait s'en inquiéter ou s'en amuser, comprit vite que la messe était dite. Son chef parlait peu, lâchant des « oui » laconiques, secouant la tête l'air contrarié, son regard se perdant vers les sous-bois environnants.

Becquedot eut cependant un « Et pourquoi ? » plus véhément, qui dut susciter une réponse assez longue et plus musclée de la part du procureur, car il serra la mâchoire, le front plissé et la main crispé sur l'appareil, révélant l'effort violent qu'il effectuait pour conserver son calme.

Quand il eut raccroché, il fut cueilli par un dernier uppercut de Delumière qui parachevait sa victoire :

— Bon, c'est clair maintenant ?

Becquedot lui jeta un regard sombre, mais se tut. Sur un ton résigné, il s'adressa à son adjoint :

— C'est officiel, on nous écarte comme des malpropres. De plus, nous ne sommes au courant de rien. Interdiction absolue de divulguer quoi que ce soit autour de nous. Vois-tu, nous ne sommes même pas venus ici ! L'amnésie totale nous est ordonnée.

Près de la clinique, le « serrurier » avait réussi à ouvrir la porte et les hommes, sans impatience, attendaient que leur commandant les rejoigne. Ce dernier fit signe à Becquedot et à Piquemal de l'attendre, trottina jusqu'à ses subordonnés et, à voix basse, leur distribua des consignes. À la suite de quoi, ils se mirent au travail, allant chercher du matériel technologique dans le 4x4 pour le transporter dans la clinique.

— Ça sent pas très bon, la gestion de cette affaire, glissa Piquemal.

— Pas très, non… murmura Becquedot, le visage fermé. On dirait qu'ils vont foutre des micros partout.

Revenu près d'eux, Delumière ne leur laissa pas le temps d'échanger leurs états d'âme.

— Qu'est-ce que vous savez exactement que je pourrais ignorer ? demanda-t-il en une bien étrange formulation.

— Sans doute rien, puisque nous ne sommes même pas venus ici, répondit Becquedot en souriant à pleines dents.

Répartie qui fit aussitôt réagir Delumière :

— Écoutez, je ne suis pas responsable de ce qui vous arrive. Il y a quelques heures encore j'étais à Paris dans mon lit et maintenant je suis dans des montagnes froides à régler un problème dont je n'ai, en ce qui me concerne, rien à foutre. Alors, on va enterrer la hache de guerre et on va faire de notre mieux, comme des adultes.

Au fond de lui, Becquedot en convenait, ce commandant de la DGSI n'y était pour rien et sa situation n'avait rien d'enviable. Il eut un peu honte de lui compliquer la tâche.

Sans transition, il changea radicalement d'attitude, à la grande surprise de Piquemal, qui n'avait pas le souvenir d'avoir jamais vu son supérieur passer si vite de l'hostilité à la collaboration.

— Tout ce que nous savons, nous l'avons appris par Svetlana Koloshenskaïa, la petite-nièce du sponsor de cette clinique.

— Qu'est-ce qu'elle vous a raconté ? interrogea Delumière, dont les traits s'étaient détendus en constatant que Becquedot avait décidé de coopérer.

Becquedot tenta d'être concis, mais le récit complet prit néanmoins plusieurs minutes. Il tenait à rappeler le cheminement de sa propre enquête, jalonnée par les crimes de SDF, de Lafeuille, de Juan, avec en point d'orgue l'horrible décapitation d'Adeline au cours de cette nuit cauchemardesque vécue par Svetlana au château.

Le récent témoignage de Koloshenskaïa, qu'il n'avait pas encore confirmé dans sa totalité (précisa-t-il), désignait le coupable de tous ces meurtres : le docteur Pressigny, lequel s'était enfoncé dans une pseudo-expérience scientifique lui servant de prétexte et de couverture à une spirale sanguinaire sans limite. Un assassin par procuration, qui transformait en monstres des êtres humains avant de les lancer sur des cibles innocentes.

Cependant, quand Becquedot rapporta la manière dont des complices étaient intervenus pour exfiltrer le psychiatre et, si on croyait Svetlana, dont ils avaient maquillé la mort des deux infirmiers dans l'écurie, il ne nomma jamais la DGSE, fit semblant d'ignorer l'identité des auteurs de cette intervention nocturne, laissant entendre qu'il en était de même pour Svetlana.

Il n'était pas dupe du fait que Delumière était parfaitement au courant du rôle joué par les services secrets dans cette affaire, mais il tenait à minimiser le degré de connaissance de Svetlana, supposant que moins elle paraîtrait en savoir sur ce point, moins sa vie serait en danger.

D'ailleurs, si Pressigny avait été choisi pour développer ces expériences particulières à des fins d'opérations spéciales accomplies hors de nos frontières, il était impensable de supposer qu'il avait été autorisé à les tester en amont dans la ville la plus proche.

Mû par son sadisme et sa folie meurtrière, Pressigny avait outrepassé sa mission, commettant des crimes abjects que la DGSE, si elle les ignorait encore, n'allait sans doute pas tarder à découvrir. Les conséquences en seraient alors démultipliées. Dans l'hypothèse où cette expérimentation secrète fuiterait dans la presse, le retentissement serait déjà énorme. Mais si on apprenait en plus qu'un des protagonistes de cette expérimentation s'était livré à des exactions aussi épouvantables, cette révélation prendrait alors la tournure d'un scandale d'État susceptible de faire vaciller le gouvernement.

Sur instruction du ministère de l'Intérieur, la DGSI était entrée dans la danse pour étouffer l'affaire. Et Becquedot comprenait parfaitement le rôle de Delumière. D'une manière ou d'une autre, celui-ci devait neutraliser Schwartz et convaincre Svetlana de se taire.

Or, le visage de Delumière s'assombrissait à mesure que Becquedot avançait dans son récit. À l'évidence, il découvrait l'ampleur de faits dont il n'avait qu'une connaissance partielle. Le volet criminel lui était inconnu. S'il était au courant de l'expérimentation parallèle du psychiatre, on lui avait fait croire que Pressigny ne possédait qu'une seule patiente et que celle-ci avait disjoncté, tuant les deux infirmiers qui s'occupaient d'elle.

— Vous êtes sûr de ce que vous dites ? questionna-t-il après le long silence qui ponctua la fin du récit de Becquedot.

— Je n'ai aucune preuve de rien. Tout repose sur le témoignage de Svetlana Koloshenskaïa.

— Il faut que je lui parle. Où est-elle ?

Becquedot désigna la lisière toute proche.

— Elle est là-bas. Comme on ne savait pas qui vous étiez, elle a préféré attendre.

En quelques pas pressés, ils atteignirent le premier rideau d'arbres et jetèrent un regard dans la pente qui menait au pavillon de chasse et à l'écurie.

Svetlana avait disparu.

16

Becquedot en ressentit une forte contrariété. Il s'était érigé en protecteur et, de fait, tant que la jeune femme demeurait à ses côtés, rien de fâcheux ne pouvait lui arriver. Seule, livrée à elle-même, elle devenait une cible isolée pour les services secrets, dont les projets encore inconnus se préciseraient quand ils apprendraient sa fuite.

Ses craintes furent renforcées par la réaction de Delumière, qui lâcha entre ses dents :

— Quelle conne… En disparaissant, elle se met dans la merde.

— Vous la croyez en danger ?

Habile coup de sonde de la part de Becquedot pour définir le degré de coopération entre les deux services et, par là même, le niveau du péril encouru par Svetlana.

Redressant sa haute taille, Delumière respira profondément, hésitant sans doute à s'ouvrir à ce flic, certes tenu par son devoir de réserve mais qu'il ne connaissait que depuis peu. Il opta pour la franchise :

— Très honnêtement, je ne saurais dire. Moi, je suis sûr que je l'aurais convaincue de ne rien divulguer à la presse. Et qu'on en serait restés là.

— Sauf que vous ignoriez les ramifications criminelles de l'affaire ainsi que l'assassinat de l'amant de

Koloshenskaïa par les zombies de Pressigny. Et ça, je peux vous jurer qu'elle ne le pardonnera jamais. Vous ne l'auriez pas convaincue.

— Son amant fait partie des victimes ?

Nouvelle découverte pour Delumière, qui poussa un soupir de découragement. Silencieux jusque-là, Piquemal profita du flottement de leur interlocuteur pour tenter de cerner ses intentions :

— Qu'allez-vous faire ?

— D'abord, l'appeler sur son portable et parlementer.

— Elle n'en a plus, lâcha Becquedot. Détruit par Pressigny.

— Et merde ! Donc, personne ne peut pas la joindre ?

— Personne.

Mécaniquement, Delumière se mit en marche vers la clinique. Les sourcils froncés, la tête basse, il cherchait une solution. Au fond, dès qu'il avait reçu les premières instructions, il avait eu la conviction que cette mission se révélerait un puits d'emmerdes. Les informations obtenues depuis son arrivée sur zone confirmaient ses craintes.

Sans se soucier de la présence des deux flics qu'il avait au final adoptés, espérant peut-être que Becquedot par sa connaissance de la jeune femme pourrait l'aider, il entreprit de faire le point à haute voix :

— Sa voiture est sur le chemin qui mène au château.

— Vous savez cela ?

— On l'a dépassée en venant à la clinique. Elle est garée sur le côté.

Becquedot ne l'ignorait pas, mais il constatait qu'il allait être difficile à Svetlana d'échapper aux recherches. Delumière poursuivait :

— En partant d'ici et en courant vite, elle en avait pour un quart d'heure avant de l'atteindre. Autant dire que même en prenant le 4x4 on arrivera trop tard. D'ailleurs, sur ce type de chemins défoncés, on va plus vite en courant qu'en bagnole.

— En plus, elle est sportive, précisa Becquedot.

Parvenu à la porte de la clinique, l'homme de la DGSI fit halte et regarda alternativement les deux policiers.

— Je vais appeler mes supérieurs pour signaler que je n'ai pas pu établir le contact avec Koloshenskaïa et qu'elle s'est évaporée dans la nature. Il va y avoir de l'effervescence au sommet…

À cet instant, un bruit de moteur se fit entendre. Au bout du chemin qui donnait accès à l'autre vallée, une voiture apparaissait.

— Voilà le docteur Schwartz, dit Delumière. C'est son véhicule, en tout cas.

— Vous en savez, des choses, vous, les services de renseignement, ironisa Becquedot.

Malgré la tension du moment, Delumière ne put réprimer un petit rire.

— Et lui, qu'est-ce que vous allez lui raconter, à celui-là ? ajouta Becquedot.

— À lui ? Je crois que c'est assez simple.

— Ah bon ?

— Oui. Je vais lui dire ce qu'on m'a demandé de lui raconter. La version officielle.

— À savoir ?

— Que cette nuit le ou les assassins de la domestique du château, sans doute cachés quelque part dans la forêt, ont tué de la plus atroce des manières les infirmiers. Que Pressigny, sorti sur le parking pour aller chercher quelque chose dans sa voiture, a entendu des cris du côté de l'écurie, est allé voir et les a finalement découverts. Qu'il a aussitôt appelé ses supérieurs – vous savez que

Pressigny est médecin militaire –, lesquels se sont chargés des premières constatations avant que l'enquête ne nous soit confiée. Et, enfin, que Pressigny, choqué par ce qu'il a vu, a été emmené dans un hôpital militaire où il restera en observation plusieurs jours…

Soufflé par tant de mensonges, Becquedot avait écouté avec attention le discours de Delumière.

— Donc, rien sur l'expérimentation parallèle de ce fou…

— Rien. C'est le but de la version officielle, qui est aussi la vôtre et celle de votre adjoint.

— J'avais bien compris, et ça ne me plaît pas du tout.

— À moi non plus.

Au moins, les choses étaient claires. Delumière, malgré son grade de commandant, était avant tout un exécutant qui accomplissait son travail. Et à qui d'ailleurs on avait caché une partie de la vérité.

Le pire était que Becquedot savait qu'il en allait de même pour lui. Soit il restait à sa place – un strapontin en bas de l'estrade – et conservait son job, soit il parlait et se retrouvait suspendu de ses fonctions pour insubordination, manquement à son devoir de réserve, etc. Avec, en plus, l'impossibilité de prouver ce qu'il avançait.

— Et Schwartz, vous croyez qu'il va gober tout cela ?

— Pourquoi non ? Qu'y a-t-il d'illogique ou d'impossible dans cette version ? Par ailleurs, le docteur Schwartz est assez vaniteux et a une obsession, mener à bien son protocole expérimental, dont tout le monde se fout, si j'ai bien compris. Je vais lui annoncer que la clinique cessera de fonctionner si les médias s'emparent de cette dramatique histoire. À l'inverse, si seulement un minimum transpire dans la presse, le docteur Pressigny sera remplacé le plus rapidement possible. Avec deux nouveaux infirmiers. C'est la décision de la cellule de crise qui gère cette affaire en haut lieu. À mon avis, Schwartz en dira le moins possible pour sauver sa clinique.

— Et vous allez servir la même salade à la secrétaire et au reste du personnel.

— Pas la peine, répondit Delumière avec un sourire complice. Le docteur Schwartz s'en chargera lui-même. Il fera cela très bien, j'en suis sûr.

Le psychiatre garait sa voiture tout en jetant à travers sa vitre des coups d'œil étonnés dans leur direction. Delumière baissa la voix et son visage prit une expression soucieuse.

— Vous savez ce que je pense ?

— Non.

— Il vaudrait mieux que ce soit nous et pas eux qui la retrouvions.

— Pourquoi ?

— Parce qu'ils ont beaucoup plus à perdre que nous si elle parle.

17

Dès l'instant où le commandant Delumière avait décliné son identité ainsi que son appartenance à la DGSI, Svetlana avait décidé de fuir. Pour elle, l'irruption des services de renseignements à la clinique signifiait qu'elle était déjà recherchée et que les moyens les plus performants étaient mis en œuvre pour la retrouver.

Contournant la clairière de la clinique, elle avait couru jusqu'à sa voiture. Jusqu'à perdre haleine. Si Delumière avait estimé à un quart d'heure le temps nécessaire pour gagner sa voiture, elle en prit assurément moins.

Au début, elle conduisait sans savoir où elle allait. Contacter la presse n'était pas si simple, même si grâce à son métier elle avait quelques relations qui pourraient lui être utiles. Mais elle se méfiait des pressions du pouvoir qui pourraient s'exercer sur les médias, poussant ceux-ci à tergiverser, à temporiser, arguant du besoin de preuves et d'accusations trop graves pour être divulguées sans vérification. Ensuite, elle supposait que son domicile devait être surveillé, ce qui l'empêchait de rentrer chez elle, ne serait-ce que pour se reposer avant de passer à l'offensive.

Court-circuitant les méandres du raisonnement rationnel qui ralentissent la prise de décision, l'instinct arbitra à son insu. Au bout d'un moment, elle comprit qu'elle roulait en direction de Biarritz.

Trouver un refuge temporaire chez son oncle lui permettrait d'élaborer la meilleure stratégie à suivre pour les prochains jours. Par ailleurs, la veille, elle avait promis de venir ce jour même, en réponse au message du majordome affirmant que Viktor Koloshenski avait des informations importantes à lui communiquer. Si ces révélations avaient un lien avec son affaire, il était urgent d'en prendre connaissance.

Elle conduisit aussi vite que sa vieille guimbarde le lui permettait. Pressée d'arriver, avec le sentiment qu'elle serait là-bas en sécurité, elle ne fit que deux pauses, l'une pour prendre de l'essence, l'autre pour aller aux toilettes et avaler un café. Si Pressigny lui avait enlevé son portable, elle avait conservé dans la poche revolver de son pantalon son portefeuille contenant entre autres sa carte bleue. Consciente des moyens techniques de la DGSI, elle renonça à l'utiliser, ne se servant que du liquide. Elle avait deux billets de cinquante, plus qu'il n'en fallait pour atteindre Biarritz.

Dans ces stations d'autoroute, impersonnelles et standardisées, le gobelet à la main, elle se fit la plus discrète possible, scrutant de tous côtés, craignant de repérer dans l'affluence clairsemée des agents lancés à sa poursuite.

Elle pénétra dans la ville à la mi-journée, s'arrêta sur un parking. Après avoir envoyé un SMS au majordome pour lui annoncer sa présence et obtenir l'adresse exacte du domicile de son oncle, elle s'installa à une terrasse, malgré un petit vent froid en provenance de l'océan, pour manger un sandwich et boire une bière.

Elle terminait cette frugale collation quand son portable se signala :

M. Koloshenski est ravi de vous savoir arrivée. Il vous attend.

Suivaient le nom de la rue et le numéro de la maison. Elle paya au bar, remonta dans sa voiture et, guidée par son GPS, se dirigea vers l'adresse indiquée par le majordome.

Quelques belles villas avaient déjà attiré son regard quand, après avoir traversé le centre-ville, non loin du golf et du phare, elle découvrit une magnifique grille en fer forgé que M. Lafaury était en train d'ouvrir. L'apercevant, il la salua d'un signe de tête tout en lui faisant signe d'avancer. Svetlana stoppa à son niveau et baissa la vitre.

— Allez-y, mademoiselle Koloshenskaïa, je vous en prie, je refermerai derrière vous. Remontez l'allée et garez-vous sous le carport avant la maison. À côté des autres voitures.

Roulant au pas sur des gravillons bordés par deux rangées de platanes centenaires, elle fut impressionnée par l'immense villa, une construction de l'entre-deux-guerres dans un style néobasque, dont la façade principale et la vaste terrasse surélevée dominaient l'eau bleutée d'une grande piscine, entretenue malgré la période hivernale et ainsi prête à accueillir de courageux baigneurs.

Le carport était à l'avenant et pouvait accepter une bonne dizaine de véhicules. Elle gara son épave à côté du gros 4x4 utilisé par Lafaury pour venir au château de l'Ours. Une Mercedes haut de gamme, aussi rutilante qu'au sortir de l'usine, ainsi qu'un joli break noir et un pick-up plus usagé complétaient le parc automobile de son oncle.

Au pied des marches qui menaient à la terrasse, elle attendit le retour du majordome, qui accéléra le pas dès qu'il en comprit la raison.

— Je suis confus, mademoiselle, il fallait entrer.

Sur la terrasse, il l'avertit en parlant à voix basse :

— Votre grand-oncle est un peu fatigué. Il a eu une grosse déception ces derniers temps, qui l'a beaucoup affecté.

— Une grosse déception ?

— Oui, il vous en parlera lui-même.

Phrase qui avait clairement pour but d'éviter les questions. Svetlana se tut. Ensuite, accédant directement de la terrasse au salon par une porte-fenêtre, Lafaury s'étonna :

— Vous n'avez pas de bagages ?

— Non, je m'en expliquerai auprès de mon oncle.

Réponse qui elle aussi mettait fin aux légitimes interrogations du majordome. De fait, sans insister, celui-ci ajouta :

— Il vous attend. Je vais vous conduire à sa chambre.

D'un couloir qui devait mener à la cuisine surgit Jérôme, le garde du corps. Il l'accueillit avec un grand sourire, qu'elle lui rendit, les événements tragiques de la nuit au château ayant créé entre elle et lui un lien particulier. Mais ils n'échangèrent aucune parole, Lafaury poursuivant imperturbablement son chemin.

Traversant de vastes espaces de vie avant d'atteindre l'escalier qui montait à l'étage, Svetlana nota le luxe de la villa, cheminées en marbre, belle hauteur sous plafond, parquet en point de Hongrie, rosaces, moulures et boiseries ; l'architecte n'avait pas lésiné pour répondre aux désirs d'apparat du premier propriétaire des lieux.

À l'extrémité d'un couloir recouvert d'une épaisse moquette de couleur bordeaux, le majordome frappa à une porte. Svetlana entendit la voix affaiblie de son oncle. M. Lafaury ouvrit et l'annonça :

— Votre petite-nièce, monsieur Koloshenski.

*

* *

Avec une discrétion très étudiée, le majordome s'effaça et referma doucement la porte derrière Svetlana. La chambre aussi signait la richesse de la propriété par ses dimensions, son épais tapis oriental, son mobilier et les tableaux accrochés aux murs. Le moindre objet devait valoir son prix, impossible à évaluer, mais que la jeune femme devinait élevé.

Viktor Koloshenski était allongé sur son lit. Bien que vêtu de sa robe de chambre, il était recouvert par la couette jusqu'à la poitrine. Un foulard en soie protégeait son cou, suggérant que le plus petit courant d'air pouvait aggraver son mal. Ses mains veineuses de vieillard, aux doigts osseux légèrement tremblants, reposaient à plat sur le bord supérieur d'un épais couvre-pied.

Sur la table de nuit, une pyramide de boîtes de médicaments, en équilibre instable, entourait la lampe de chevet, ne laissant qu'une place réduite à un verre d'eau et une petite bouteille en plastique.

La tête relevée par deux oreillers, son oncle avait le teint terreux, les paupières tombantes et les yeux vitreux. L'homme qui se trouvait devant elle n'avait plus rien à voir avec le vieillard fringant qui était descendu de son hélicoptère au château de l'Ours.

Consciente de pénétrer dans la chambre d'un malade à ménager, elle s'approcha en silence, prit une chaise pour s'asseoir au plus près du lit et salua son oncle d'une voix calme et douce. Il lui répondit par un sourire affectueux qui émut Svetlana. Cet être fatigué n'était-il pas l'ultime lien familial qui lui restait ?

À cet instant, parce qu'elle sentait que le temps de son oncle était peut-être compté, elle était prête à tout lui pardonner, jusqu'à cette lettre infâme qu'elle regrettait presque de lui avoir montrée.

— Que dit le docteur ? demanda-t-elle.

— Oh, tu sais, Sveta, il dit ce qu'on raconte à quelqu'un de mon âge, à savoir que je ne vais pas si mal, que je suis robuste, et que ça ira mieux dans quelques jours si je prends mes médicaments. Des sottises de médecins, qui ont appris sur les bancs de leur école à infantiliser les vieux par le mensonge.

Bien que sa voix soit plus faible qu'à l'ordinaire, le discours montrait que son cerveau n'avait rien perdu de son acuité ni de sa lucidité. Sur ce point, Svetlana pouvait se rassurer.

Elle ne voulut pas épiloguer sur la brièveté de la vie, jugeant maladroite la moindre phrase à ce sujet. Elle acquiesça d'un simple mouvement de tête et, cherchant à oublier l'atmosphère morbide qui flottait dans la pièce, elle le questionna en russe. Ce fut instinctif pour elle d'utiliser sa langue maternelle, un point commun qui les rapprochait.

— Tu aurais des informations importantes à me communiquer ?

Il souleva une de ses mains et la laissa retomber lourdement sur la couette tandis que son visage prenait une expression douloureuse. Svetlana sentait qu'il lui était pénible d'aborder ce sujet, qui sans doute n'était pas étranger à son épuisement.

Après une ultime réticence, il répondit, s'exprimant lui aussi en russe :

— Ma petite Svéta, quand tu m'as montré cette lettre ignoble, passé le moment de stupeur, j'ai envisagé le pire. J'avais besoin de m'en assurer, c'est pourquoi je t'ai demandé si je pouvais la garder. J'espérais encore me tromper, mais le pire, hélas, constituait bien la vérité…

— Et c'est quoi, la vérité ?

— Pour la comprendre, je dois tout d'abord te dire que Marc est à mon service depuis plus de trente ans. Il est l'artisan principal de la bonne gestion de ma fortune et, en quelque sorte, de son optimisation. C'est un travailleur acharné et je lui suis redevable de cette constance qu'il a montrée à mon service depuis si longtemps. Certes, au début, il n'était qu'un gestionnaire de fortune qui s'acquittait à la perfection de son travail… C'était déjà très bien… mais nous nous sommes rapprochés. Et il m'est devenu de plus en plus indispensable, devenant peu à peu le confident à qui je racontais l'histoire de ma famille. Il savait tout de ma situation, ce qui d'ailleurs est absolument nécessaire dans l'exercice de sa profession. Alors, avec les années, il est devenu un peu comme mon fils.

Dans le silence feutré de la chambre et cette odeur prégnante de médicaments, Svetlana n'osait interrompre ce qui prenait l'allure d'une confession. Et il s'agissait bien d'un aveu puisque, après avoir repris son souffle péniblement, Koloshenski ajouta :

— Me croyant sans héritiers, je l'avais désigné légataire universel à mon décès. En d'autres termes, il était jusqu'à ton apparition le seul à hériter de ma fortune. D'une grande partie tout au moins, puisqu'un légataire universel, on s'en doute, ne touche pas la totalité de l'actif de la personne décédée.

— Brozilien, ton légataire universel ? Au château, tu m'avais parlé d'une donation de dix millions pour la clinique et ta fondation.

— Je t'ai menti. Jamais je n'ai eu l'intention de donner ces dix millions à la fondation, mais à Marc, après avoir modifié mon testament. Comme il n'était plus mon légataire universel, c'était une compensation, pour atténuer ce changement qui lui faisait perdre la quotité disponible de mon héritage, c'est-à-dire beaucoup… Une récompense aussi pour le travail accompli à mon service.

— Pourquoi ce mensonge ?

— Je voulais m'assurer d'abord de la manière dont tu réagirais en apprenant cette ponction de dix millions sur ma succession. Et annoncer ma décision à Marc ensuite. J'avais peur que vos rapports ne se détériorent avant même que vous appreniez à vous connaître. Car il aurait été pour toi un excellent gestionnaire de fortune. Le meilleur…

— Aurait été ?

— Aurait été.

Koloshenski posa sur Svetlana un regard d'une infinie tristesse. L'utilisation du conditionnel passé agit sur Svetlana comme un révélateur.

— C'était donc vrai que tu n'avais jamais vu la lettre de ton cousin.

— Jamais. Marc s'occupait de mon courrier. Il m'apportait les choses importantes tous les matins et répondait au reste. Cette lettre, il l'a subtilisée…

— Et y a répondu lui-même.

— Oui.

Un silence écrasant s'installa. Koloshenski, la tête inclinée vers l'avant, fixait le couvre-pied. Il mesurait les conséquences de sa confiance trahie. L'occasion manquée de renouer avec les siens, d'en finir avec les terribles querelles du passé, et d'aider financièrement les nouveaux exilés. Réparer les torts subis par cette famille, du moins pour son ultime représentante encore en vie, serait désormais sa dernière mission.

Il sursauta quand Svetlana reprit la parole :

— Brozilien a avoué ?

— Ce fut une scène épouvantable, crois-moi. Il a tenté de nier, mais j'avais la lettre, et il a fini par capituler.

— Où est-il ?

— Je l'ai foutu à la porte. Mon avocat s'occupera des termes du licenciement, je ne veux plus jamais entendre parler de lui.

Brozilien avait-il jamais été loyal ? Avait-il sincèrement aimé son patron ? Peut-être, qui sait, jusqu'à la lettre du grand-père Feodor. Cette irruption brutale du passé dans la vie de son employeur comportait pour lui un risque qu'il n'avait pas voulu courir. La forfaiture visait à préserver le testament qui faisait de lui un homme richissime. Faiblesse humaine, si banale au fond.

Cherchant à tourner la page de ce sujet douloureux Koloshenski s'efforça de sourire et lança tout à trac :

— Et toi ? Comment vas-tu ? Quoi de neuf ?

Se produisit alors en Svetlana un blocage complet. Son intention première était de révéler à son oncle les découvertes effectuées à la clinique, d'expliquer le détournement du projet initial par le docteur Pressigny, de rapporter l'horreur des crimes permis par l'utilisation du matériel investi – chambre d'Orfield et électrochocs principalement –, mais aussi de l'informer du rôle de la DGSE et de lui narrer la nuit affreuse vécue quelques heures auparavant.

Pourtant, voyant son oncle accablé et affaibli, elle n'en eut pas le courage, de peur de lui porter un nouveau coup qui pourrait s'avérer fatal. Elle mentit, parlant de tout et de rien, surtout de rien, jusqu'au moment où on frappa à la porte. C'était Lafaury, plus compassé et déférent que jamais.

— Monsieur, votre médecin pour la visite du soir.

— Faites-le entrer. Svéta, nous nous reverrons plus tard. Merci d'être là.

*

* *

La fin de l'après-midi se déroula dans le calme apaisant de la grande demeure. Le majordome indiqua à Svetlana la chambre où elle pourrait dormir. À cette occasion, elle fit la connaissance de la remplaçante de cette pauvre Adeline, une femme brune d'une quarantaine d'années, un peu forte et au visage avenant, très serviable également, mais moins révérencieuse que les autres domestiques. Ce dernier point plut à Svetlana, qui préférait entretenir avec le personnel des relations plus spontanées. Après tout, n'étaient-ce pas ses futurs employés ? Tous devaient le penser, en tout cas, et cette pensée la hantait à intervalles réguliers.

Elle s'appelait Alexandra et lui apporta serviettes, savon, shampoing, dentifrice, brosse à dents – Svetlana n'avait rien –, et même un peignoir en tissu éponge, incitant Svetlana à prendre une douche, ce qu'elle fit.

Plus tard, dans la cuisine, elle retrouva Maria qui préparait le dîner. La cuisinière paraissait marquée par la nuit d'horreur vécue au château. Elle tentait de faire bonne figure, de n'en rien laisser paraître, mais ses traits s'affaissaient d'une triste manière dès qu'elle cessait de parler. Svetlana sentit que sa présence n'apportait aucun réconfort et, au bout de quelques minutes, elle s'éclipsa pour faire le tour de la propriété.

Sans atteindre les dimensions du parc du domaine de l'Ours, le jardin était grand, avoisinant les trois mille mètres carrés. Elle rencontra le jardinier qui ramassait les feuilles mortes, constituant de gros tas qu'il chargeait ensuite dans la benne d'un camion miniature. Surpris par la présence de la jeune femme et ne sachant qui elle était, l'homme se révéla peu bavard, si bien que Svetlana poursuivit son exploration, découvrant derrière une haie dense de chênes verts une petite maison d'amis aux volets fermés. Elle tenta d'y pénétrer, mais la porte était verrouillée.

À son retour dans la maison principale, Lafaury lui annonça que son oncle, pour ménager ses forces, se restaurerait dans sa chambre, mais qu'il souhaitait ensuite la voir brièvement pour lui souhaiter bonne nuit. De fait, elle dîna seule dans la salle à manger, Maria, comme au château, lui apportant les plats. Du réfectoire, elle entendait les voix du majordome, d'Alexandra, de Maria et de Jérôme, mesurant le contraste entre sa solitude et la convivialité des domestiques.

Elle se rendit ensuite dans la chambre de son oncle. Celui-ci avait vaguement grignoté dans son assiette, très peu à vrai dire, avant de repousser le plateau sur le côté du lit. Sur le dos, les yeux ouverts mais le regard inexpressif, il semblait attendre.

Dès qu'il l'aperçut, il lui fit signe de s'approcher.

— Je voulais te dire, ma petite Svéta, que je souhaiterais ta présence demain matin à 10 heures précises. Elle n'est pas obligatoire, mais ce serait mieux.

— De quoi s'agit-il ?

— Une surprise, Svéta, une surprise. Et ce ne serait plus une surprise si je te la dévoilais.

Disant cela, il avait pris l'air malicieux d'un enfant qui prépare un bon coup.

— OK, je serai là.

Elle s'approcha et, de la manière la plus naturelle, se pencha et l'embrassa.

— Bonne nuit, mon oncle.

— Bonne nuit, Svéta.

18

Avant de se coucher, Svetlana avait poussé le verrou de sa chambre. Auparavant, regardant par la fenêtre, elle avait entrevu Jérôme qui, par routine, faisait le tour du parc. Malgré cette présence rassurante, au contact des mêmes acteurs que la nuit cauchemardesque du château une superstition angoissante l'avait saisie, et s'enfermer avait été le seul moyen pour s'en défendre.

Pourtant, elle se croyait en sécurité dans cette luxueuse propriété. Quelles que soient les intentions des hommes de la DGSE à son égard, elle estimait que rien ne serait tenté de leur part tant qu'elle séjournerait dans la demeure de son oncle. Celui-ci était un homme riche, donc connu, et son tissu relationnel étendu jouait le rôle de bouclier protecteur.

En un certain sens, on pouvait penser que, ne détenant aucune preuve contre le docteur Pressigny, Svetlana ne présentait aucune menace pour les services secrets et, par conséquent, n'était pas susceptible d'ébranler le gouvernement. Il suffirait de nier et de taxer la jeune femme d'affabulatrice.

En réalité, son témoignage, certes invérifiable, constituait une bombe à retardement. Car il liait en une seule affaire des crimes mystérieux considérés jusque-là comme déconnectés les uns des autres ; les meurtres de SDF dont l'auteur se trouvait entre les mains de la justice, ceux de Lafeuille, d'Adeline et de Juan, auxquels la DGSE, dans le but de trouver une issue au merdier créé par Pressigny, avait artificiellement ajouté ceux des deux infirmiers.

Si la DGSE avait effacé toutes les preuves à la clinique, elle n'avait pas pu faire disparaître le souterrain, lequel pouvait être montré, ainsi que ses aménagements pour recevoir les cobayes de Pressigny. Cette cave sordide ne manquerait pas d'intéresser des journalistes indépendants, dont les articles pouvaient instiller le doute chez leurs lecteurs.

Parce qu'elle offrait une explication globale à une série incompréhensible de meurtres, la théorie d'un complot de la DGSE, très séduisante comme toutes les théories du complot, se propagerait. Et pouvait, à terme, devenir un gros caillou dans la chaussure du gouvernement.

Épuisée, elle dormit d'un sommeil de plomb dont elle émergea avec difficulté. Une sorte de remue-ménage, des bruits de pas appuyés dans le couloir – courait-on ? –, des éclats de voix et des chuchotements la ramenèrent peu à peu à la réalité. Elle se retourna plusieurs fois dans son lit avant de se redresser pour écouter plus attentivement.

Les bruits persistaient dans le corridor. Il se passait quelque chose.

13 décembre, 8 h 26

Assaillie par un mauvais pressentiment, elle se leva d'un bond, s'habilla sans prendre de douche et, les cheveux en bataille, jaillit dans le couloir. Au fond de celui-ci, près de la chambre de son oncle, elle vit Maria et le majordome. La cuisinière avait les mains croisées au niveau de la poitrine comme si elle priait et Lafaury semblait plus raide que jamais.

Apercevant Svetlana, le majordome vint aussitôt à sa rencontre, le visage grave, les bras s'écartant du corps dans un geste d'impuissance.

— Mademoiselle Koloshenskaïa, un grand malheur est arrivé.

Svetlana fut tétanisée. Elle comprit dans la seconde.

— Mon oncle ? dit-elle d'une voix atone.

— Hélas oui, mademoiselle, c'est affreux…

— Il est mort ?

— Cette nuit.

— Comment est-ce possible ? Hier soir encore…

Lafaury acquiesçait, peinait à reprendre la parole puis, bafouillant quelque peu, se lançait dans une explication :

— Ce matin, comme il ne nous appelait pas… l'heure tournant… votre oncle se réveille tôt d'ordinaire, entre 7 heures et 7 h 30… je suis allé voir, j'ai frappé, pas de réponse… alors, inquiet, je me suis permis…

Il hésitait à avouer ce qui était pour lui une faute dans l'exercice de sa fonction.

— D'entrer ? l'aida Svetlana.

— Oui, et je l'ai trouvé dans son lit, immobile. J'ai réalisé tout de suite que… Enfin… c'était trop tard, il n'y avait plus rien à faire.

Pendant un court instant, l'esprit de Svetlana fut vide de toute pensée. Elle demeurait là, stupide, inerte, à regarder le majordome. La mort n'a pas d'équivalent, elle est absolument inexplicable, elle surgit à l'improviste, et la soudaine disparition de son oncle, tel un décor de théâtre effondré, brisait les illusions d'éternité suggérées par l'atmosphère rassurante de cette vieille villa.

— Il faut appeler son médecin, finit-elle par articuler avec difficulté.

— C'est fait, mademoiselle, je l'ai contacté aussitôt. Il est dans la chambre pour les constats d'usage.

Sur le seuil de la pièce, elle vit le docteur ranger un stéthoscope dans sa mallette en cuir et boucler celle-ci d'un geste vif, la fermeture métallique à l'ancienne émettant un *clic* caractéristique. Puis son regard se porta sur son oncle, allongé sur le dos, qui semblait dormir. Elle fut envahie par un intense sentiment de chagrin et de désarroi, mais le médecin, venant à elle, lui permit de reprendre pied.

— Acceptez toutes mes condoléances, mademoiselle. Nous nous sommes croisés hier soir et M. Lafaury m'a prévenu que vous étiez sa petite-nièce, je crois.

— Merci… répondit Svetlana machinalement en serrant la main du médecin avec mollesse. De quoi est-il décédé ?

— Simple arrêt du cœur, dans son sommeil, sans raison apparente, sinon le grand âge et la fatigue accumulée. On ne peut pas l'anticiper et, à cet âge-là, vous savez, s'est souvent comme cela que… Soyez assurée en tout cas qu'il n'a pas souffert.

Fixant le cadavre de son oncle, Svetlana hochait la tête d'une manière mécanique, absente de la conversation.

— Mademoiselle, pourriez-vous m'indiquer un endroit où je puis rédiger le certificat de décès ?

— Voyez avec M. Lafaury.

La question du docteur et la réponse de Svetlana confirmaient le statut de la jeune femme, devenue subitement la maîtresse de maison. Elle s'en aperçut et un pli amer affecta ses lèvres.

Seule, elle était seule de nouveau. Ce lien familial tardif, retrouvé depuis peu, à peine saisi, venait de se rompre.

*

* *

Alexandra remettait de l'ordre dans la chambre du mort tandis que Svetlana, debout à côté du lit, se recueillait en silence. Elle comparaît les traits de Viktor à ceux de Feodor. La ressemblance existait, dans la forme du nez et le dessin de la bouche. Ces deux cousins auraient pu écrire ensemble une histoire différente, brisant la malédiction familiale. Le destin, ou plus précisément Brozilien, ne l'avait pas permis.

Les regrets font mal et ne servent à rien. Svetlana quitta la pièce et descendit dans la cuisine où Maria, les yeux rouges, lui avait préparé un petit déjeuner. Elle mâchouilla en silence, observant à travers le carreau de la fenêtre les feuilles des arbres du jardin qui frémissaient sous la brise. Elle pensa à Juan.

Errant ensuite dans la villa, elle discuta quelques minutes avec Jérôme, qui lui fit part de sa tristesse.

— Je l'aimais bien… confia-t-il avec pudeur et sincérité.

M. Lafaury fit preuve d'efficacité. Après avoir recueilli l'assentiment de Svetlana, il contacta le meilleur thanatopracteur de la ville, lequel, arrivé sans délai avec son assistant, s'était mis au travail après avoir refermé la porte de la chambre de Koloshenski derrière eux.

Svetlana errait comme une âme en peine dans la vaste demeure sans savoir quelle décision prendre. La nouvelle de la mort de son oncle allait se répandre et la présence d'une petite-nièce, qu'on croirait venue pour l'enterrement, serait bientôt un secret de polichinelle. La DGSE en serait peut-être la première informée. Devait-elle se cacher, quitter Biarritz et trouver un autre refuge ?

Pourtant, elle ne se sentait pas capable de disparaître avant la cérémonie, d'autant que Lafaury ne prenait aucune initiative sans lui en demander l'autorisation. À l'instant, il venait de l'avertir que l'enterrement se déroulerait à l'église orthodoxe de Biarritz et qu'il allait téléphoner au recteur de la paroisse, l'archiprêtre Georges Ashkov.

On sonna.

Par réflexe, parce qu'elle se trouvait dans le hall d'entrée, elle ouvrit elle-même, prenant conscience au même instant qu'elle ne pouvait s'autoriser pareille imprudence.

L'homme qui se trouvait sur le perron, serviette de cuir sous le bras, avait la soixantaine, le cheveu rare, la peau comme du papier mâché et l'air raisonnable des administrateurs. Il eut l'air étonné et prit quelques secondes avant de se présenter :

— Maître Block. J'ai rendez-vous avec M. Koloshenski à 10 heures.

Voici donc la surprise que son oncle lui avait annoncée la veille. Non sans une certaine brutalité, elle annonça tout de go :

— Mon oncle est mort ce matin.

Le visage du notaire se décomposa.

— Mon Dieu, ce n'est pas possible…

— Arrêt du cœur cette nuit.

— C'est terrible…

Long silence, que Svetlana ne tentait pas d'interrompre alors que maître Block, surpris par une situation qu'il n'avait pas prévue, ne savait plus ni que dire ni que faire.

Il finit cependant par reprendre la parole :

— Excusez-moi, mais ne seriez-vous pas mademoiselle Koloshenskaïa ?

Question idiote, puisque Svetlana avait annoncé la mort de son oncle. Elle choisit de ne pas répondre.

— Je vous ai eue au téléphone le jour où vous étiez avec M. Picard.

— Je m'en souviens.

Les sourcils de maître Block ondulèrent pour prendre la forme d'un accent circonflexe.

— C'est dommage, tout cela, c'est vraiment dommage…

— Qu'est-ce qui est dommage, à part la mort de mon oncle ?

— Bien sûr, bien sûr… pardonnez-moi, je m'exprime mal. Votre oncle voulait aujourd'hui signer son nouveau testament que j'avais préparé sous sa directive. Il m'avait demandé de supprimer la clause qui faisait de M. Brozilien son légataire universel, faisant ainsi de vous sa seule héritière.

Imperturbable, une marche plus haut, Svetlana toisait le notaire.

— Et, donc, ce nouveau testament est dans votre sacoche.

— C'est cela, oui.

— Nouveau testament qui ne pourra pas être signé.

— Hélas, mademoiselle, effectivement, vous comprendrez…

— Mais je comprends parfaitement, maître Block. Merci de vous être dérangé.

Et, sans rien ajouter, elle fit quelques pas en arrière et referma la porte.

*

* *

Svetlana remonta dans sa chambre. Elle avait une sensation aiguë de désespérance. Non pas parce que

Brozilien allait finalement empocher la quotité disponible, réduisant d'autant son héritage – cet argent, au fond, elle s'en foutait –, mais parce qu'elle jugeait que le mal l'emportait, et que son expérience de la vie montrait qu'il l'emportait toujours, quoi qu'on fasse.

En plus, Brozilien, malgré son infamie et son profit indu, devait doublement la haïr. Elle était non seulement responsable de son licenciement mais aussi de la perte de la fortune convoitée, puisqu'il ignorait encore que le testament ne serait pas modifié. Il n'apprendrait le gain de son substantiel lot de consolation qu'après l'ouverture officielle du testament chez le notaire, soit plusieurs semaines après l'enterrement.

Et son cœur se serrait en songeant au visage malicieux de son oncle lui demandant la veille de venir le rejoindre à 10 heures ce matin. Avec une mise en scène théâtrale, il voulait signer en sa présence une manière de rédemption scellant la réconciliation des deux familles Koloshenski. Prenant maître Block à témoin de cette concorde, à Biarritz, chez lui, car il ne devait pas douter non plus que Svetlana s'établirait un jour dans cette propriété.

Une simple crise cardiaque avait ôté au vieil homme ce dernier plaisir et récompensé la forfaiture du gestionnaire de fortune.

Tirant le verrou, elle lâcha prise et, désarmée, se laissa envahir par les souvenirs, quels qu'ils soient, en vrac, comme un tsunami déferlant sur son esprit, emportant sur son passage la maîtrise de sa pensée.

Pourtant, une phrase jaillit de ce magma, qui résumait son désespoir. Juan l'avait écrite et récitée devant elle, un soir de mélancolie. S'accordant si fortement avec sa psyché, cette phrase s'était gravée en elle pour toujours.

Sur le lit, les yeux rivés au plafond, à mi-voix, elle la récita à son tour :

Nos rêves sont comme ces châteaux de sable bâtis par les enfants
que la vague de la marée montante aplanit sûrement
avant de laisser les flots les disperser à jamais

Svetlana ferma les paupières et, les lèvres absentes, formula d'autres rêves dont elle savait qu'ils ne pourraient s'accomplir.

19

M. Lafaury se révéla un remarquable organisateur. C'est lui qui avait contacté les pompes funèbres puis reçu le thanatopracteur qui, par sa science et ses techniques, parut rendre vie à Koloshenski sur son lit de mort. Il fixa également la date exacte de la cérémonie orthodoxe et résolut toutes sortes de problèmes pratiques dont Svetlana n'aurait même pas soupçonné l'existence.

Il fut secondé en cela par Mme Laforge, une secrétaire qui venait une fois par semaine pour archiver la paperasse administrative, le courrier et autres documents sur un ordinateur. Recrutée depuis une petite dizaine d'années, elle avait travaillé jusque-là sous la houlette de Brozilien. La mise à la porte de ce dernier l'avait laissée un peu orpheline, inemployée, et elle trouvait là une utilité qu'elle savait – à son grand dam – de courte durée. À moins que l'héritière, Mlle Koloshenskaïa, ne la conserve pour sa fonction initiale après le recrutement d'un nouveau gestionnaire de fortune.

En la rencontrant, Svetlana comprit que cette femme, assez terne mais pas méchante, était la personne qui lui avait répondu lors de son tout premier contact téléphonique avec son oncle. À cette occasion, la secrétaire s'était dressée comme un rempart entre le vieux Koloshenski et le monde extérieur. Peut-être en suivant des consignes données par Brozilien ou par Koloshenski lui-même. Ce souvenir ne fut pas évoqué et Svetlana fit comme si elle n'avait jamais eu affaire à elle auparavant.

En réalité, au-delà de la tristesse de voir son oncle disparaître, Svetlana avait d'autres soucis. Sa présence prolongée dans la luxueuse villa était du temps perdu donnant à l'ennemi la possibilité non seulement de la localiser – ce qui devait être fait depuis un moment –, mais aussi d'élaborer une stratégie pour la réduire au silence. Laquelle ? À ce sujet, le pire pouvait être envisagé.

Elle chercha la manière la plus efficace de médiatiser l'affaire. S'adresser à des journaux spécialisés dans la révélation des turpitudes du monde sous toutes ses facettes, qu'elles soient politique, économique, culturelle, sociétale, lui parut une bonne idée. Deux lui parurent appropriés : *Le Canard enchaîné* et *Mediapart*.

Après avoir acheté un smartphone, elle contacta les rédactions de ces deux journaux et, évoquant une affaire grave mettant en cause les plus hauts sommets de l'État, affaire dont elle résuma les grandes lignes – l'existence de la clinique, les lavages de cerveau, les crimes d'individus déstructurés, l'implication de la DGSE, etc. –, elle prit rendez-vous à Paris.

Par ailleurs, en furetant sur Internet, elle avait constaté que la mort atroce des deux infirmiers de la clinique avait été rapportée localement mais n'avait pas été évoquée par la presse nationale. Même régionalement ces deux crimes étaient peu commentés et, en n'établissant aucun lien entre les meurtres sanglants des SDF, de Juan ou de M. Lafeuille, et ceux des deux personnels soignants de la clinique, les journaux semblaient chercher à éviter une psychose dans la population. Elle ne trouva qu'une seule courte réaction du docteur Schwartz, qui évoquait le drame en signalant que son assistant, le docteur Pressigny, choqué, était depuis lors en arrêt maladie.

Bref, de puissants réseaux d'influence s'étaient activés pour dissimuler l'affaire, laquelle risquait de s'éteindre d'elle-même faute de carburant puisqu'aucun nouveau crime de cet acabit n'aurait lieu dans la région. Il était plus que temps pour Svetlana de faire connaître une autre version, celle qui confondrait les assassins de Juan.

La veille de son départ pour Paris, en présence du pope, Svetlana assista à la mise en bière de son oncle. À cette occasion, Jean Lafaury demanda à sa nouvelle patronne d'accepter la présence de quelques intimes du défunt, essentiellement des descendants d'émigrés russes. Devant une assistance réduite à une petite dizaine de personnes, les pompes funèbres suivirent strictement les directives du religieux, qui aspergea le corps d'eau consacrée, le bénit avec sa croix avant d'embrasser celle-ci.

Cette cérémonie fut suivie d'une collation servie par le personnel de maison pendant laquelle Svetlana fut l'attraction, entourée des vieux amis de son oncle, surpris de découvrir son existence et qui cherchaient à en savoir plus sur cette mystérieuse jeune femme surgie de nulle part.

16 décembre 2022

Le lendemain, après avoir pris le train sans cesser au cours de son voyage de vérifier qu'aucune personne suspecte ne la suivait, elle s'entretint dans deux cafés de la capitale avec un journaliste de chacun des deux journaux contactés.

Elle fut déçue. Loin de manifester l'enthousiasme qu'elle espérait, les journalistes se montrèrent réservés, manifestant une méfiance polie. Devant l'absence de preuves matérielles apportées à son récit par la jeune femme, ils lui expliquèrent, presque dans les mêmes termes, que leurs journaux respectifs avaient acquis leur crédibilité et leur réputation grâce à une rigoureuse et implacable vérification des sources. Que toute nouvelle affaire débusquée reposait sur des documents tangibles, des preuves irréfutables, évitant ainsi l'avalanche de procès qu'une accusation bâclée aurait inévitablement déclenchée.

Pour les sensibiliser, Svetlana leur parla du souterrain creusé sous les écuries du château – de son château, précisa-t-elle –, souterrain qu'elle pouvait leur montrer, ainsi que les cellules où les cobayes de Pressigny avaient vécu l'enfer. Affirmant qu'il serait aisé d'établir que ce souterrain avait servi ces derniers temps.

De mémoire, fermant à moitié les yeux, elle donna ensuite le pedigree du tueur de SDF :

Nom : *Alexeï Areshnikov*
Âge : *24 ans*
Nationalité : *Biélorusse*
Provenance : *Jungle de Calais*
Capture : *Septembre 2022*

Puis celui de Létale :

Nom : *Nawal Khalil*
Âge : *34 ans*
Nationalité : *Syrienne*
Provenance : *Jungle de Calais*
Capture : *Novembre 2022*

L'un – rappela-t-elle –, Alexeï Areshnikov, était aux mains de la justice. Des recherches pouvaient être effectuées pour vérifier que son identité correspondait bien à ce qu'elle affirmait. De même, il ne devait pas être très difficile de s'assurer que Nawal Khalil existait – ou, plutôt, avait existé – et qu'elle avait choisi l'exil, ce que sa famille, sans nouvelles, confirmerait.

Devant les deux journalistes sidérés, elle récita en partie la correspondance qu'elle avait lue dans le bureau de Pressigny, dont certains paragraphes clés demeuraient gravés dans sa mémoire pathologique.

Au final, les deux investigateurs ne savaient plus quoi penser. Ils hésitaient entre le désir de ne pas passer à côté d'une formidable affaire impliquant la DGSE qui ferait autant de bruit que celle compromettant une entreprise française dans la Syrie de Daech ou celle des deux agents secrets français recrutés par la Chine en 2017, et la crainte d'être face à une affabulatrice, une vraie folle – Svetlana leur donnait par moments cette impression – qui pouvait ridiculiser leur journal.

Temporisant, ils acceptèrent de rester en contact avec cette jeune femme à la mémoire insolite, de visiter la fameuse cave et d'effectuer des recherches sur les noms qu'elle leur avait donnés. Mais à ce stade très préliminaire, aucune publication n'était envisageable.

Évoquant l'enterrement de son oncle le surlendemain, Svetlana leur promit de les recevoir ensuite au château (l'un après l'autre) et de leur montrer la clinique et l'écurie.

Ce bref aller-retour d'une journée s'était révélé très décevant. Dans le train qui la ramenait à Biarritz, Svetlana avait la sensation de piétiner. Il lui faudrait faire preuve de patience pendant plusieurs jours, donc perdre du temps, et rien n'indiquait qu'elle réussirait à convaincre ces journalistes consciencieux mais suspicieux de la véracité de son histoire. Elle se sentait de plus en plus vulnérable.

19 décembre 2022

La cérémonie religieuse eut lieu à l'église orthodoxe de Biarritz. Svetlana fut surprise par l'affluence. Son oncle, sans doute en raison de sa richesse, était un personnage connu dans la région et de nombreux officiels se déplacèrent, tels le préfet, le maire de la ville et le président du Conseil départemental. Elle ne put dissimuler ni sa présence ni son lien de parenté avec le défunt et dut serrer une kyrielle de mains d'inconnus cravatés à l'air grave et compassé. Ce n'est que par respect pour son oncle qu'elle joua ce rôle dévolu à la plus proche parente du disparu.

Assise au premier rang, Svetlana fixait le cercueil resté ouvert, selon la tradition orthodoxe – ce qui l'étonnait. Le corps de son oncle, dont les bras avaient été croisés sur sa poitrine, était recouvert d'un drap de couleur dorée sur lequel avaient été posés le livre des Évangiles et une icône représentant la résurrection du Christ. Des fleurs, en abondance, ainsi que des chandeliers entouraient le cercueil.

Des prières et des chants en slavon se succédèrent au cours de la cérémonie dans une odeur d'encens presque suffocante. Les intimes – les vieux amis que Svetlana avait rencontrés au moment de la mise en bière – reçurent un cierge qu'ils allumèrent auprès d'une personne debout près du cercueil. Svetlana suivait le mouvement, acceptant de faire tout ce qu'on lui demandait mais pressée d'en finir.

Il fallut pourtant aller encore au cimetière, jeter une poignée de terre sur la bière et endurer de nouveaux chants et prières sous l'autorité du pope.

Le majordome avait organisé une collation à la villa qu'elle eut aussi à supporter jusqu'au moment où, prétextant la fatigue et la tristesse accumulées, elle s'éclipsa, laissant tout ce beau monde manger des petits fours et boire de l'alcool.

20 décembre 2022

Le lendemain matin, Svetlana décida d'utiliser le 4x4 pour se rendre au domaine de l'Ours. Elle expliqua au majordome qu'elle avait besoin d'une pause après le brutal décès de son oncle, qu'elle partait se reposer quelques jours au château, au calme, loin de tout, et qu'elle serait de retour dans moins d'une semaine.

Elle quitta la villa au milieu de la matinée. Elle devait récupérer le premier journaliste, celui du *Canard enchaîné*, à la gare le lendemain en début d'après-midi. Le reporter de *Mediapart* arriverait deux jours plus tard par le même train en provenance de Paris.

En traversant Biarritz puis en roulant sur l'autoroute, elle ressentit un inexplicable sentiment d'insécurité. Inexplicable, car elle se trouvait pourtant protégée, bien à l'abri dans l'habitacle d'une voiture confortable et robuste.

Jetant un coup d'œil sur la jauge et constatant que le niveau de carburant était bas, elle se mit à guetter la prochaine station. Un premier panneau l'indiqua à vingt kilomètres et, par un curieux réflexe, elle appuya sur l'accélérateur pour l'atteindre plus vite.

L'impression d'un emballement fut immédiate, comme si d'autres voitures avaient également accéléré. Alors que dans le train ou le métro, quelques jours auparavant, elle contrôlait les allées et venues des passagers, fixant et mémorisant toux ceux qui pouvaient montrer une attitude étrange, voire louche, la route ne permettait plus une telle surveillance. On la doublait, elle doublait, sans voir ni les conducteurs ni les passagers, qui demeuraient des inconnus.

Un second panneau – *10 kilomètres* – fut bientôt dépassé. Elle filait désormais à pleine vitesse sans se soucier des limitations. Peu après, elle s'engagea sur la bretelle d'accès, roula vers les pompes, puis coupa le contact pour prendre de l'essence. Elle sortit du véhicule. Moment de répit et de calme. Le temps était frais mais beau.

Se tenant près de sa portière fermée, entre deux pompes, elle cherchait sa carte bancaire dans la poche de son blouson. La station était fréquentée et animée, cependant, en face d'elle, l'emplacement était vide.

Tout se déroula vite et d'une manière presque naturelle. Elle sentit qu'une voiture s'engageait dans sa direction. Au lieu de viser l'autre place, le véhicule – une berline noire aux vitres fumées – avançait au milieu du passage comme s'il voulait seulement le traverser pour aller se garer au-delà, sur le parking face à la station. Svetlana fit un pas en arrière pour le laisser passer, se serrant contre son 4x4.

La voiture s'arrêta à son niveau. La vitre fumée s'abaissa à moitié et Svetlana vit le silencieux d'un pistolet pointé vers elle. Elle n'eut pas le temps de réagir.

Au même instant, un choc violent la frappa en pleine poitrine et elle fut projetée en arrière, son dos percutant la portière de sa voiture.

Il lui restait un embryon de conscience qui lui permit de saisir que la berline repartait lentement. Puis un flash blanc d'une extraordinaire intensité annihila sa vision, suivi aussitôt d'un voile noir qui tomba tel un couperet ou le rideau d'une scène de théâtre. Elle s'effondra.

Svetlana ne sut pas qu'elle venait d'être assassinée.

20

Même jour, 14 h 27

La voix de sa secrétaire retentit dans l'appareil.

— M. demande à vous parler sur la ligne confidentielle. Vous prenez ?

— Je prends. Merci, madame Rossignol.

Gardant l'écouteur à l'oreille, il entendit la bascule vers la ligne confidentielle, puis le déclic caractéristique de la mise en communication, et attendit.

— M. à l'appareil. C'est vous, monsieur ?

— Oui, c'est moi. Alors, quoi de neuf ?

— Je ne sais pas comment vous l'annoncer parce que c'est à peine croyable.

— Vous voulez dire qu'elle vous a grillés et qu'elle a parlé aux journalistes avant que vous ne puissiez l'intercepter ? lâcha-t-il sur un ton maîtrisé mais glacial.

— Non, monsieur. Vous êtes loin d'imaginer…

— M., s'il vous plaît, ne me faites pas lanterner. Que s'est-il passé de si incroyable que vous osiez à peine m'en informer ?

— Elle a été assassinée.

Il ferma les yeux en plissant le front, et écarta un instant l'écouteur de son oreille. La nouvelle n'avait pas de sens.

— Assassinée !? C'est quand même pas vous qui avez pris une telle initiative ?

— Sûrement pas ! Je vous en donne ma parole.

— Et alors, comment est-ce arrivé ? Qui a fait cela ?

— Sur une aire d'autoroute, une balle dans le thorax. Personne n'a rien vu.

— Une balle dans le thorax… Je ne vous cache pas que je suis scié. Dites-moi, M., vous avez bien une idée de l'identité du ou des meurtriers.

— Aucune. Pas encore, en tout cas.

— Quel est ce mystère… murmura-t-il pour lui-même.

Il laissa passer un moment pour rassembler les fils de l'histoire, mais il n'y vit pas plus clair pour autant. Il tenta :

— Ce ne serait pas votre docteur Pressigny, par hasard ?

— Absolument pas. Vous m'aviez donné l'ordre de le mettre au frigo. Il y est toujours et on le surveille comme le lait sur le feu. C'est pas lui.

— Mais alors qui, bon sang !?

— Je le saurai, monsieur. J'espère que ce n'est pas un coup tordu d'un autre service.

— Allons, ne dites pas de bêtises !

— Quoi qu'il en soit, d'un certain point de vue, ça nous arrange.

Il lâcha un soupir qui exprimait tout à la fois son soulagement et son exaspération.

— Il faut néanmoins continuer à étouffer l'affaire. Je vous fais confiance pour que cet assassinat serve à détourner les regards et non à les orienter vers nous. Vous comprenez ?

— Vous pouvez me faire confiance, monsieur.

— Bien.

Puis il reprit aussitôt, non sans une certaine véhémence teintée d'amertume :

— Ce fut une connerie, ce projet Oz. Cette Opération Zombies, je la regrette. Un vrai désastre. Je ne me souviens même plus comment vous avez pu convaincre le bureau en la proposant. Et, cerise sur le gâteau, vous êtes allé repêcher ce psychopathe pour la mettre en œuvre, chapeau !

— Enfin, monsieur, on ne pouvait pas deviner…

— Si, on pouvait ! Avec un minimum de lucidité, vu le pedigree du bonhomme ! Je ne vous le cache pas, M., il y aura des sanctions.

Il y eut un long moment de silence. M. devait méditer sur la notion de fusible et sur l'ingratitude des supérieurs, lui qui s'était toujours donné corps et âme à ses missions.

21

22 décembre 2022, 11 h 23

Becquedot restait penché sur son bureau, immobile, telle une momie qu'on aurait placée là pour un film d'horreur. Étalé devant lui, bien à plat, le journal. Ses yeux fixaient l'article qu'il avait déjà lu deux fois.

C'est le titre qui avait capté son attention alors qu'il tournait négligemment les pages. Titre qui donnait déjà une idée du sérieux des informations recueillies par le journaliste.

LA FILLE DU MILLIARDAIRE RUSSE
KOLOSHENSKI
ASSASSINÉE SUR UNE AIRE D'AUTOROUTE

Mais le titre, Becquedot s'en foutait. Qu'importait les erreurs les plus absurdes de l'article, l'issue était la même. Le doute, hélas, n'était pas autorisé.

Il était environ 10 h 15 vendredi quand la fille du milliardaire Koloshenski, figure connue de la ville de Biarritz, a été assassinée. La jeune femme s'apprêtait à prendre de l'essence dans une station à une soixantaine de kilomètres de Biarritz quand elle a été victime d'un tir de pistolet. Atteinte en plein cœur, elle est morte sur le coup. La police n'a pas trouvé de témoin direct du meurtre.

Ce crime se produit moins d'une semaine après la mort de Viktor Koloshenski. Si la mort du milliardaire d'origine russe n'est pas a priori *suspecte, l'assassinat de son unique héritière quelques jours après son décès interroge. Selon une source gouvernementale autorisée, la famille Koloshenski, établie en France depuis plusieurs décennies, s'opposait de longue date à la politique du président Poutine. Toujours selon cette source, une opération menée par les services secrets du dictateur russe, si elle n'est pas actuellement la piste privilégiée par la police, n'est pas à exclure.*

Pliée. L'affaire était pliée. La mort de Svetlana était orientée vers un crime politique, l'astuce étant de se servir de Poutine, coutumier du fait et donc commanditaire plausible. Svetlana Koloshenskaïa s'ajoutait à la longue liste des opposants assassinés à l'étranger par le despote. Circulez, il n'y a rien à voir. Les Français n'étaient pas concernés par ce règlement de comptes, déplorable certes, mais hélas inévitable.

Becquedot cherchait à bouger, mais n'y parvenait pas. Il revoyait le visage et la silhouette de Svetlana, songeait à son caractère rebelle, déroutant parfois, à son comportement et à ses réactions qui l'avaient profondément impressionné.

Un désespoir sans nom s'abattit sur lui. Tout était consommé. Inutile d'appeler Delumière, celui-ci lui répondrait ne rien savoir, ce qui d'ailleurs serait sans doute vrai. Charger de contrôler Svetlana pour qu'elle accepte d'oublier cette affaire et de ne rien divulguer à la presse, Delumière avait échoué et le crime n'émanait pas de ses services. Lors de sa conversation avec Becquedot, il l'avait même quasi-anticipé.

Il fallut près d'une demi-heure à Becquedot pour sortir de sa léthargie. Sa main gauche se mit d'abord en action pour refermer le journal et le repousser sur le côté. Puis son buste se souleva – il pesait une tonne – et il quitta son bureau, traversa le couloir et, sans un mot pour ses collègues qui travaillaient à l'accueil, il sortit dans la rue.

Il leva les yeux vers le ciel. Les nuages bas annonçaient un régime d'averses qui s'imposerait sans doute avant midi. Une pensée superflue lui vint à l'esprit. La sécheresse guettait, on manquait de pluie, elle serait la bienvenue.

Super…

Puis sa tête s'inclina lentement vers le sol que son regard fixa. Tant d'êtres chers reposaient déjà sous la terre. Svetlana les avait rejoints.

Il se dirigea vers l'enseigne au coin de la rue, le bureau de tabac où il n'avait pas mis les pieds depuis deux ans. Il entra, désigna par geste ce dont il avait besoin, paya et ressortit aussitôt.

Adossé contre le mur du commissariat, il ouvrit le paquet sans fébrilité, en tira une cigarette sans se presser, qu'il glissa ensuite entre ses lèvres, comme une fatalité à laquelle on ne peut pas échapper. Il l'alluma.

Piquemal surgit sur le trottoir et l'aperçut avant d'entrer dans le commissariat. Stupéfait, il s'exclama :

— Tu as recommencé à fumer !?

Becquedot haussa les épaules.

— Ça se voit pas ?

Postface

Il est entendu que les activités des services secrets d'un pays sont, par définition, secrètes… Parfois, elles sont aussi inavouables, et les innombrables films ou livres d'espionnage sont là pour nous le rappeler.

Celles qui sont décrites dans ce roman sont fondées sur le projet MK-Ultra dirigé par la CIA de 1953 jusqu'à sa révélation publique en 1974, qui déclencha le plus grand scandale auquel l'agence américaine de renseignements ait eu à faire face au cours de son histoire.

Dès la fin des années 1940, convaincus que les Soviétiques et les Chinois pratiquaient des « lavages de cerveau » sur les prisonniers et les dissidents dans leur programme de « rééducation », les Américains se lancent dans diverses recherches pour contrôler et manipuler l'esprit humain. Le programme MK-Ultra est la prolongation et le renouvellement de plusieurs programmes antérieurs, comme « Bluebird » ou « Artichoke », basés sur des interrogatoires couplant le harcèlement psychologique, l'isolement total et l'utilisation de drogues et de médicaments pour affaiblir mentalement le sujet.

L'objectif ultime du programme MK-Ultra était la mise en œuvre d'une nouvelle méthode d'interrogatoire de prisonniers. Il s'agissait avant tout d'un programme de torture sophistiquée et efficace, visant à briser psychologiquement les individus récalcitrants en évitant les boucheries sanglantes utilisées depuis toujours. En 1963, la CIA rassembla ces méthodes dans un manuel secret, le KUBARK Counterintelligence Interrogation (KUBARK interrogatoire du contre-espionnage).

Dispersées sur tout le territoire et même à l'étranger (Canada, Allemagne, entre autres), toutes marquées du sceau « secret défense », les expériences de MK-Ultra s'effectuèrent sur des sujets humains (sans leur consentement), et furent déployées dans quatre-vingts établissements (casernes, prisons, sociétés pharmaceutiques...), dont quarante-quatre universités et douze hôpitaux. Au total, 25 millions de dollars furent consacrés au projet, l'argent étant distribué à des sociétés-écrans à partir de fonds secrets de la CIA échappant à tout contrôle budgétaire.

Les pires méthodes furent celles utilisées par le docteur Cameron au Allan Memorial Institute, un hôpital psychiatrique situé à Montréal, au Canada. La CIA subventionna le docteur Cameron à partir de 1957. Afin de passer inaperçu et de dissimuler son origine, le financement s'opéra par le truchement de la Society for the investigation of Human Ecology.

Ce psychiatre de renommée mondiale, dont Svetlana découvre l'existence dans le roman, intéressa la CIA car il professait que les troubles mentaux pouvaient se guérir par la destruction totale de la structure psychique de la personne – une régression cérébrale salutaire permettant l'élimination des anciens traumas –, étape indispensable pour reconstruire un sujet neuf ainsi délivré de son passé. Pour y parvenir, tous les moyens était bons : isolement, privations sensorielles, électrochocs, drogues, hallucinogènes, sommeil artificiel, etc.

Cameron utilisa les fonds de la CIA pour convertir en chambres de patients d'anciennes écuries situées derrière l'hôpital. L'utilisation des électrochocs dans des proportions effarantes, plongeant ces cobayes humains dans des états de régression physique et mentale effrayants, est une des marques de fabrique de son protocole expérimentale. Il brisait définitivement les sujets par des privations sensorielles de plusieurs semaines (l'un d'eux resta trente-cinq jours dans un état d'isolement absolu, pièce insonorisée et noir total), des séances de quinze à trente jours d'affilée de sommeil artificiel (on les réveillait seulement pour manger et aller aux toilettes) et l'administration quotidienne de drogues diverses (dont du curare, qui provoque des paralysies).

Finalement, à cet épouvantable protocole il ne manquait que la chambre d'Orfield, inconnue à l'époque. Gageons que le docteur Cameron aurait su en faire bon usage…

Une fois les cobayes dans un état quasi végétatif, il leur faisait écouter des messages répétitifs sur des bandes préenregistrées seize à vingt heures par jour pendant des semaines afin de remodeler leur psychisme selon l'orientation souhaitée (l'un d'eux subit le même message pendant cent un jours d'affilée).

Le scandale fuita dans la presse au début des années 1970. Diverses commissions – la commission Church en particulier, du nom de son président, un sénateur de l'Idaho – révélèrent l'étendue du programme, son caractère ultrasecret et les dégâts psychologiques et physiques irréversibles observés sur les survivants.

L'un des instigateurs du projet, Richard Helms, directeur adjoint de la CIA en 1963, puis directeur de 1966 à 1973, date à laquelle il ordonna la destruction de tous les documents secrets relatifs au projet MK-Ultra, fut condamné en 1977 pour mensonge devant le Congrès américain sur les activités secrètes de la CIA. La destruction de la majorité des archives du projet par la CIA en 1973 n'a pas permis de reconstituer la totalité des expériences de ce programme.

Les techniques de torture du manuel KUBARK, largement basées sur les travaux du docteur Cameron, sont toujours utilisées, par exemple dans les prisons d'Abou Ghraib et de Guantanamo, mais aussi par de nombreux pays, en particulier en Amérique latine. Par ailleurs, le docteur Cameron, qui fut successivement président de l'Association américaine de psychiatrie, de l'Association canadienne de psychiatrie, de l'Association américaine de psychopathologie et de l'Association mondiale de psychiatrie, n'a jamais été inquiété pour ses pratiques.

Bien que fondé sur des faits réels, ce roman n'en est pas moins une pure fiction et, bien évidemment, rien ne permet de penser que les services secrets français se soient jamais compromis dans de tels programmes de manipulation mentale.

Table

Composition et mise en pages
Nord Compo à Villeneuve-d'Ascq

Achevé d'imprimer sur Roto-Page
par l'Imprimerie Floch à Mayenne
en septembre 2024

Soucieuses de la préservation de l'environnement, les Éditions XO utilisent du papier issu de forêts gérées de manière responsable.

N° d'édition : 5248/01 – N° d'impression : 105634
Dépôt légal : octobre 2024

Imprimé en France